新中国70年70部
长篇小说典藏

张　洁

(1937—　　)

当代作家,祖籍辽宁抚顺。长篇小说《沉重的翅膀》《无字》分别获第二届、第六届茅盾文学奖。

新中国70年70部
长篇小说典藏

沉重的翅膀

张　洁——著

学习出版社
人民文学出版社

图书在版编目（CIP）数据

沉重的翅膀／张洁著．—2版．—北京：人民文学出版社：学习出版社，2019
（新中国70年70部长篇小说典藏）
ISBN 978-7-02-015449-4

Ⅰ．①沉… Ⅱ．①张… Ⅲ．①长篇小说—中国—当代 Ⅳ．①I247.5

中国版本图书馆CIP数据核字（2019）第152216号

策划编辑 杨 柳
责任编辑 刘 稚
装帧设计 刘 静
责任印制 徐 冉

出版发行 人民文学出版社 学习出版社
社 址 北京市朝内大街166号
邮政编码 100705
网 址 http：//www.rw-cn.com

印 刷 北京新华印刷有限公司
经 销 全国新华书店等

字 数 274千字
开 本 680毫米×960毫米 1/16
印 张 23.25 插页2
印 数 1—5000
版 次 1981年12月北京第1版
1984年7月北京第2版
印 次 2019年9月第1次印刷

书 号 978-7-02-015449-4
定 价 65.00元

出版说明

为庆祝中华人民共和国成立70周年，全面展现中华民族的文化创造能力和文学发展水平，深入揭示新中国70年来的伟大历程、辉煌成就和宝贵经验，激励人们为实现“两个一百年”奋斗目标、中华民族伟大复兴的中国梦而不懈奋斗，我们策划出版了这套“新中国70年70部长篇小说典藏”丛书。为将该丛书打造成思想精深、艺术精湛、制作精良的精品丛书，我们成立了丛书评审专家委员会，成员均为密切关注和深刻了解我国长篇小说创作动态的资深评论家。委员会从历史评价、专家意见和读者喜好等方面对新中国成立70年来众多优秀长篇小说进行综合评定，从中选出70部描写我国人民生活图景、展现我国社会全方位变革、反映社会现实和人民主体地位、弘扬社会主义核心价值观和讴歌中华民族伟大复兴中国梦的精品力作。这些作品，大多为曾获中宣部“五个一工程”奖、“茅盾文学奖”等重大国家级奖项的长篇小说，政治性、思想性和艺术性高度统一，代表了中国文坛70年间长篇小说创作发展的最高成就。

我们致力于“把提高作品的精神高度、文化内涵、艺术价值作为追求”的使命任务，通过这套丛书的出版，在讲好中国故事、传播中国声音、阐释中国精神、展现中国风貌的同时，倡导精品阅读，引领和推动未来的中国文学原创出版。

“新中国70年70部长篇小说典藏”
评审专家委员会名单

评审专家委员会主任：李敬泽

评审专家委员会委员（按姓氏笔画排序）：

丁　帆	白　烨	朱向前	吴义勤	何向阳
应　红	张　柠	张清华	陆文虎	陈思和
孟繁华	胡　平	南　帆	贺绍俊	梁鸿鹰
董保生	董俊山	谢有顺	臧永清	潘凯雄

项目统筹：吴保平　宋　强

实践，是检验客观真理的唯一标准。

一

令人馋涎欲滴的红菜汤的香味，从厨房里飘送过来。案板上，还响着切菜刀轻快的节奏。

也许因为身体已经恢复了健康，叶知秋的心情就像窗外那片冬日少有的晴空，融着太阳的暖意。

发了几天烧，身子软软的，嘴里老有一股苦味，什么也吃不下去。

厨房里送过来的香味，诱发着叶知秋的食欲。她跟许多善良的人一样，一点儿顺心的小事，都会使她加倍地感到生活的乐趣。比方说，一个好天气；一封盼望已久的来信；看了一部好电影；电车上有个吊儿郎当的小青年给老太太让了座……现在呢，只是因为这晴朗的天；病后的好胃口；莫征周到而又不露形迹的关切。

多亏莫征。如果没有他，谁能这样细心地照料她呢？抓药、煎药、变着法儿地调换着伙食的花样……但这番感慨莫征是不要听的，他会拿眼睛翻她，还会不屑地从鼻子里往外喷冷气儿，好像她是卖梨膏糖的。

她高兴。不由得想说两句无伤大雅的废话——你叫它耍贫嘴也行，或是唱几嗓子。她试着咕咕噜噜地哼了几句，不行，嗓子是嘶哑的，还带着齉齉的鼻音，两个鼻管里仍旧塞满了没有打扫干净的浊物。

她索然地发了一会儿呆，便收起了心。真的，一个人，即使在自己家里，也不能太过放肆。这种放纵自己的行为，如果成为一种习惯，然后不知不觉地带到办公室，或者是带到公共场合里去，就会引起莫名其妙的指责或非议。何况她在别人眼里，已经是个行为荒诞、不合时宜的人物。

她愣怔了一会儿，突然想起了久已忘记的法文，不禁高声地问了一句："今天中午吃什么？"

莫征在厨房用法文嚷道："红菜汤、腊肠和面包。"

这孩子真不赖，竟然没有忘记。这当然因为他自小生活在一个有教养的家庭。

有教养的家庭？——他现在什么也没有了，真正地成了一个孤儿，就像她一样。

可教养又是什么呢？在那几年，它是一种容不得的奢侈品，是资产阶级这个词汇的同义语。

人类真是一群疯狂的傻瓜，为什么要创造文明呢？要是还停留在洪荒时代，或是还用四肢在地上爬行，一切大概会简单得多。

莫征的父母，曾是一所名牌大学的法文教授。五十年代中期，叶知秋做过他们的学生。那时，莫征只有三岁多，很像英国电影《雾都孤儿》里那个可爱的小男孩奥利佛尔。穿着一套浅蓝色的法兰绒衣服，黑黑的眼珠，像两颗滚动着的黑宝石。每次开饭以前，他总是把两只洗得干干净净的小手，平放在桌子上让妈妈检查，然后有礼貌地用法文问道："我可以吃饭了吗？"每每叶知秋到莫教授家里做客，总是戏谑地管莫征叫奥利佛尔。当时，叶知秋绝没想到，他以后的命运，竟是孤儿奥利佛尔的翻版。为这，叶知秋总觉得有点儿对不起莫征。没想到她这善意的玩笑竟成了一个巫婆的咒语，不然，何以会应验得如此准确呢？

"文化大革命"中父母双双死于非命之后，莫征成了靠偷窃过日子的小贼，像一只流落在街头的野狗。叶知秋第一次把他从派出所领回之后，他甚至狠狠地咬了她一口，在她家里来了一次卷逃。这也许是每一条野狗的经验，躲着那些伸过来的手，再不就咬它一口。别相信它会抚摸你，它要么给你一顿毒打，要么就勒死你。

叶知秋再一次把他从派出所领了回来。她也弄不清自己到底为什么要这样做。

也许因为她自小也是一个孤儿，饱尝过世态的炎凉和寄人篱下的痛苦？它们像一条天生的纽带，把她和莫征联在一起。

也许因为这一生她将永远无法实现自己的母爱，像一切女人一样，顽强地需要一个表现这种天性的机会。

对于一个女人来说，丑陋真是一种不幸。

说不出叶知秋脸上的哪个部件究竟有什么明显的缺陷，可是这些部件凑在一起，毫不夸张地说，几乎使她成了一千个女人里也难以遇到的一个顶丑的女人。

那些很代表她性格的头发，又粗、又多、又硬，头发的式样也非常古怪。她又不肯让理发师剪个稍稍时髦一点的发型，稍稍地削薄一点。于是,又短又厚的头发,像放射线一样向四处支棱着,远远看去,活像头上戴了一顶士兵的钢盔。

浑身上下看不到一点儿女性的曲线和魅力。肩膀方方正正,就像伐木人用斧子砍倒的一棵老树的树桩。

没有一个神经正常的男人,会娶这样一个女人做妻子。

菜饭端进来了。

莫征,像饭店里老练的服务员,右手端着腾着热气的红菜汤,左手拿着两个分盛着腊肠和面包的盘子。两个盘子上还摞着一个小小的果酱盘子。

腊肠切得很薄,一片片错落有致地向着一个方面,顺着盘子绕成环形,斜躺在盘底。面包切得很均匀,每片面包的厚度一样,简直像用尺子比着、量着切出来的。

每每莫征十分在行地抄起锅碗瓢勺在厨房里做饭,或是带着一种猜不透含义的微笑,像饭馆里的大师傅那样,用勺子在炒锅底上俏皮地敲两下的时候,叶知秋的心里,总泛起一种说不出是悲凉还是欣喜的复杂情绪。他的生存能力似乎比她们这一代人强。比如,直到现在她还不会做饭烧菜,如果没有莫征,她就不得不去吃那口味单调透顶的食堂。奇怪,食堂里烧的东西,别管是红烧肉还是黄焖鸡,永远是一个味儿,你就分不清它们到底有什么不同。她喜欢吃口味好的菜,可是要她为那种事分心她又舍不得时间,就算下个狠心抽出时间,她也不会做。她的生活安排得一塌糊涂……不,生存能力!当然她指的不是这个,实际上她想得更多的是,只要他愿意,他可以干好任何一件事情,别管是做饭、弹钢琴或是法文……可是他为什么一副乐天知命的样子端着这几个盘子呢?

不，也不是说端盘子有什么不好，她不是这个意思，而是……而是什么呢？她的思绪飘移开去……

汤大概很烫，放在桌子上之后，莫征立刻吹着自己的手指头尖。

那应该是一双艺术家的手。手指粗而长，手掌厚而宽，指关节和桡腕关节都生得十分结实。小的时候他学过几年钢琴，小小的人儿，脚还够不着踏板，却会在一片琴键的轰鸣中忘记了玩耍和吃饭……可现在，当叶知秋心血来潮，在那架落满尘土的钢琴上，用僵硬的、不听使唤的手指勉强弹上一曲的时候，他呢，却远远地躲进自己房间的一个角落，仿佛那琴声里有什么让他感到害怕的东西……

什么叫做应该是呢？莫征早已不是那个穿着一套浅蓝色法兰绒衣服的小男孩。他已经变成又高又大的青年，穿着一件军绿色的棉布上衣，那是部队上的处理物资。衣服皱皱巴巴，原先的扣子早已掉光，现在的五个扣子是有深有浅，大小不一。又肥又长的劳动布裤子，像没有盛满东西的口袋，挂在他那又瘦又长的腿上，裤脚上还有一个没有补缀的三角口子。他所有的裤脚上几乎都有这样的口子，这大半和他干的工种有关系。整天和树枝、灌木丛打交道，灌水、剪枝、喷药……一不小心，就会被树枝剐破。即使这样，他仍然是个让姑娘们一见倾心的人物——假如她们不知道他的过去的话——方方的下巴，棱角清晰的大嘴巴，黑而柔软的头发松松地披向脑后，仿佛修剪过的、不宽不窄的眉毛，整齐地、直直地伸向太阳穴，只是在眉梢有那么几根，微微地往上翘着，这使他在不动声色的时候，也给人一种神采飞扬的感觉。也许因为黑眼珠比平常的稍大了一些，目光总显得凝重、迟缓，还有点儿淡漠。

莫征用脚勾出放在桌下的凳子,在那张摇摇晃晃的凳子上坐下,凳子立刻吱吱嘎嘎地呻吟起来,仿佛因为这突然增加的负荷而感到极大的痛苦。

这声音总让叶知秋感到不放心。她不知说过多少次,要么赶快拿去修理,要么就丢掉它,不然,早晚有一天会摔坏人。而莫征总是懒懒地说:“没事儿,只要您记着别坐它就行了。”叶知秋只好随他。不过每每他往那个凳子上坐下去的时候,她的眼睛总会不由得对那凳子瞟上几眼。这会儿,她的眼睛也还是那么不放心地瞟着。

唉,太爱操心了。

莫征装出没有察觉的样子,随口问道:“怎么样?味道还可以吧?”

叶知秋这才低头吹着汤勺里滚烫的汤,匆匆地呷了一口,笑了,满意地称许着:“不错,挺地道,像你的法文发音一样。”

莫征的汤勺在半路上停住了。啊,为什么要提起那与旧日的生活有关联的事呢?莫征不愿意回忆它。但只要有一点光亮,它就会像影子一样地出现,紧紧地跟随着他,纠缠着他,不肯和他分离,凭空地给他增添了许多的烦恼。他张开嘴巴,带着一种差不多是发狠的样子,咽下了那勺菜汤,好像要把那烦恼和菜汤一起咽进肚子里去。牵动他眉头的那根神经不安地跳动起来。接着,他又用那副白而坚实的牙齿撕下一块面包。

“哐当”一声。叶知秋一愣,一时以为莫征到底坐翻了凳子。不,那声音是从天花板上传来的。一定是楼上有人碰翻了什么。随之而来的是小壮嚎啕的哭声、杂沓的脚步声和小壮的妈妈刘玉英极力压抑着的啜泣声。

莫征的脸上闪过一丝冷冷的微笑,说道:“高尔基笔下的生活。”

叶知秋停止了吃饭。

莫征,还是带着那淡淡的、冷冷的微笑问道:“怎么啦?”

叶知秋不好意思地笑了。在比她似乎还老于世故、不易动情的莫征面前,她有时倒像个幼稚的、容易感情冲动的小女孩:“在别人的哭声里,我觉得难以下咽……”

“你简直像个基督教徒。”

她发脾气了。她觉得他亵渎了自己的感情:“莫征!”然后站起身来,往外走去。莫征把他长长的腿往她面前一横,那弓着的腿,活像一个放在二百米跑道上的中栏:“您还是歇会儿吧,您管得了吗?过不了两天还得打。”

他说的是真话。楼上这一家,总是孩子哭大人骂的。那两口子都不是泼皮式的人物,两个孩子也都懂事听话,可是,他们的生活为什么过得那么狼狈啊。

莫征和解地劝慰着她:“您还是再吃点儿吧,一会儿该凉了。”

叶知秋已经没有了胃口,饭前那阵美妙的情绪不知为什么已经消散得无影无踪。她摇摇头。

她无言地在写字台前坐下,顺手翻动着因为生病没有细读过的那些报纸。习惯性地注意着哪些工程已经竣工投产、哪些企业已经超额完成今年的生产计划……这些报道都给她一种年终将近的气氛。还有一个多月,一九七九年就要过去了。她立即想起病前就应写完的那篇报道,便在写字台上寻找她已经拟好的那份写作提纲。

奇怪,那份提纲哪儿去了呢?她明明记得放在这一摞稿纸上嘛。没有,也许放在抽屉里了?

她依次拉开每一个抽屉,每个抽屉都是同样的杂乱无章:日记本、信札、邮票、装着钞票的信封或钱包、工作证、眼镜盒(有好几个)、药瓶子(空的或是装着药的)……要是没有极大的耐心,谁也别想在这一大堆乱七八糟的东西里找到一件要找的东西。偏偏叶知秋就是一个顶缺乏耐心的人。每当她急急地在抽屉里寻找什么东西的时候,她都会下定最大的决心,什么时候一定要清理一下抽屉,没用的就把它扔掉。这里有很多没用的东西:这些旧信,瞧,还有这个空药瓶子。"砰"的一声,她顺手把那空药瓶子扔到墙角里去。

可是,等到这阵骚乱一过,她便会忘掉自己的决心,那些废物便依旧安然无恙地躺在抽屉里。再说,那些旧信她也舍不得丢掉。它们好像是她生活的记录:失败的,然而却是昂扬的。

因为她是记者;因为她对每一个受了不公正待遇的人持着由衷的同情;因为她对一切丑恶现象的义愤——在那些年这些事情遍及每个角落——她采访过的那些工人、基层干部,把她当作了以心相托的朋友。她不自量力地干预了多少工作分外的事情哟!那些事情,照例没有得到合理的解决。每当她像个没头苍蝇,乱碰一气,精疲力竭地回来,坐在桌前翻动这些信件的时候,她总是感到内疚,好像她愚弄了那些善良而忠厚的人们。难哪。

远方的客人往往会突如其来地光临:站在门口,一个劲儿地搓着一双骨节粗大的手,羞涩地微笑着,微微地涨红了脸,然后,牢骚一发就是大半夜,闹得莫征的房间简直像个客店。

这两年,信件的内容有了明显的转变:谁谁家的,被谁谁的后门挤掉了大学报考名额的儿子,终于考上了大学;谁谁的所谓叛徒问题终于澄清，恢复了工作；谁谁再也不穿小鞋了，因为那个靠帮派势力上台的党委书记被撤了职……这些信，怎么舍得丢掉呢？

但是，提纲总得找到。

“莫征，看见我放在桌上的一张纸了吗？”她没有说什么提纲不提纲，那对找到或找不到完全没有一点儿帮助。这孩子对她的工作总像不大看得上，从来不会朝她写过的那些东西看上一眼。

“什么纸？我没在您桌子上拿过什么纸。”

“一张稿纸，上面写了字的。”

莫征这才想了起来：“噢——前天小壮来玩儿，我在您桌子上拿了一张废纸给他包糖来着。”

叶知秋痛心了：“哎呀呀，那是我写的报道今年工业完成情况的提纲，怎么是废纸？”

“我怎么知道那是提纲。”莫征的语调里竟没有一点儿不安或歉意。

“我跟你说过多少次，我写过字的纸，不要乱动，不要乱动，你全当成耳旁风！”

莫征终于显出一副懊悔的模样。叶知秋那副气急败坏的样子，令他感到此事非同小可。他诚心诚意地表示着自己的悔过：“有那工夫您不如好好休息休息，急什么呢？那些报道什么的，不过是些冠冕堂皇的官话。有人看吗？又有人信吗？”

“你怎么能这么说话？我看你脑子里那些乱七八糟的东西越来越多了！”叶知秋拍了桌子。

莫征不再说话，只顾低着头不紧不慢地吃着。房间里只有汤勺磕着碗盏，以及莫征那轻轻的有节奏的嚼东西的声音。

他们经常发生争论，但让步的往往是莫征。他不愿意惹她生气。在他那荒漠似的心里,竟还有一片浓密的绿阴,因为她是这个世界上他唯一信赖的、给他温暖的、不记着他的过去的人。

最坚强的心,也许是最脆弱的心。对于在各种逆境中备受作践、蹂躏、摧残……从而变得残酷、冷漠的心来说,再没有什么比“温暖”这种东西更强大、更能征服它了。因为他得到的太少、失去的太多,一旦得到,就很懂得珍惜。

有时他不能理解,他们之间不过差了二十个年头,在对客观事物的认识上,却有这样悬殊的差异。简直莫名其妙!难道她们那一代人全是这个样子吗?唉,她们那一代,是多么善良、多么轻信、多么纯洁而又多么顽固地坚守着那些陈腐观念的一代啊!

这种局面,让叶知秋打心眼儿里感到委屈,她觉得她终归不是一个没有头脑的女人。她的思想是新鲜的,感觉是敏锐的。她并不陈腐。陈腐这种印象是莫征这一代人强加在她头上的。在他们的眼睛里,凡是有些年纪的人,大半是老朽的。

一九五六年大学毕业后,她在新闻战线已经工作了二十多年。这工作使她的接触面十分广泛,对真实情况了解得多一点、深一点。她对许多事物都有自己的看法,虽然她感到无可奈何。她总在心里告诫自己,叶知秋哟,不管你报道什么,千万不要有半点虚假,可不能愚弄养活我们的人民。就拿“文化大革命”那些年来说,她宁肯耍赖不写,也不肯跟着那些挂羊头卖狗肉的理论家们吹喇叭。她明白,这绝不是因为勇敢,而是因为她幸好不搞理论。相反,她是懦弱的。但这能怪她吗?那是一个时代的懦弱。

她接触过不少基层工业部门的同志。那是些实打实的人和实打实的工作。一般人觉得干巴巴的数字,在她眼睛里却是一张张熟悉的脸、出炉的钢水、转动的机床、血管一样输送电流的送变电线路……每每想起这些，她总是感到安慰，毕竟还有人在脚踏实地地干着。因此，她的工作也是脚踏实地的工作。可是，听听莫征在说什么？“冠冕堂皇的官话”！

她愈想愈气，连下巴都有点儿哆嗦。她伸出长长的脖子，拿眼睛瞪着莫征，她的眼镜也好像发了脾气，恨不得从鼻梁上跳下来，在莫征面前跺上几脚才解气。

莫征不吃了，她显然误解了他的意思。他收起脸上那种淡漠的冷笑，神情变得严肃起来。他说：“我不是说您的工作，我是说那些没完没了的数字。好些人都以为那些数字，是从基层到上面，一级一级按着统计表格的要求，个、十、百、千、万，一个算盘子儿一个算盘子儿地扒拉出来的。实际呢，没有什么是不可以伪造的，就连‘最高指示’也在内。报纸上总在写工业生产今年下半年比上半年超额完成百分之几，今年又比去年超额完成百分之几。扯淡！有什么意思。我并不是说这些数字全是假的，我是说它没有意思。就拿咱们楼上老吴这个工人来说，他们家的生活状况到底如何？应该有人写一篇若干年来，这些流臭汗、出苦力、脚踏实地地为我们这个社会创造财富、并且使我们得以生存下去的工人以及农民生活改善情况的真实报道。这才能真实地反映我们的生产发展了没有，发展得怎么样。要是老百姓的生活还不如资本主义国家，咱们的优越性还表现在哪儿呢？老百姓还拥护你吗？您说那些数字有什么用？您想过没有?!”这回，倒是莫征难得地动了肝火，他越说越快，最后还使劲儿地把汤盘往前一推。菜汤洒了出来，向四周漾开，顺着桌子一角淌了下来，淌了莫征一裤腿。他掏出揉成一团、脏得看不清到底是什么颜色的手帕，擦着湿了的裤腿，不停地，一下又一下……

莫征的话，虽然带着孩子的偏激，但是有他那一面的道理。她痛心地想起从五六年以后到三中全会前经济政策上的那些问题。如果不来回折腾，而是像现在这样，有一个讲求经济效果的明确目标，老百姓的生活肯定会大不一样了。但无论如何现在比解放前还是好得多了。

她不大有劲地说："这些数字至少说明了我们的国民经济年年都在发展，比起解放前……"

莫征立刻停止擦裤腿，打断她的话说："我就知道您又该这么比了。老这么比也不行呀，这是两个完全不同的社会。你不是社会主义吗？那是旧社会，没有可比基数嘛。要是这么比、这么知足，早就应该停留在奴隶社会别往前进了。要知道奴隶社会比原始社会还进步一大截呢。"他露出一脸不屑再说下去的神气，把手帕当成了抹布使劲儿往剩下的菜汤里一摔，站起身来，拾掇起桌子上的碗盏向厨房走去。到了门口，又回转身来，满怀真情地对叶知秋说："真的，您还是想想老吴一家子为什么老是打架吧！"

那真情的语调出自莫征的嘴巴，更有一种动人肺腑的力量。因为他很少流露感情。

老吴一家，是多少年的老邻居了。叶知秋还清楚地记得吴国栋曾是一个对妻子那么体贴入微的、英俊的小伙子。刘玉英怀第一个孩子的时候，这栋楼里的住户，没有一个不拿吴国栋那种过分的体贴开过玩笑。二楼的王奶奶经常说："小吴啊，没事儿，女人生孩子，就跟母鸡下个蛋一样，别那么紧张，看吓着小刘哇。"说归说，叶知秋相信，只要没有人看见，他一定会整天小心翼翼地把小刘捧在手里，倒好像小刘是个刚下的鸡蛋，而不是准备下蛋的母鸡。小刘呢，又曾是一个多么娇美的小媳妇啊。不过是十几年的时间，这一切全都哪儿去了呢？怎么完全变成了另一副模样？吴国栋怎么变得那么粗暴，两个鬓角也过早地秃了上去；而小刘的额上怎么也那么快地添上了许多皱纹呢？

难道物质生活的贫乏，真会这样影响人们的精神生活吗？话又说回来，开门七件事：油、盐、柴、米、酱、醋、茶，缺了哪一样能行呢？

她不能用自己的思想、生活标准，去评断吴国栋家的事情。莫征首先就会说："别饱汉不知饿汉饥。"她和莫征都是一个人吃饱，全家不饿。中国有多少人像她这样生活呢？他们大多有家庭、父母、妻子、丈夫、儿女、生活、就业、升学、住房等一大堆需要考虑的问题。人的存在，首先就是以物质形式出现的，有什么办法呢？

难道我们真是那么穷吗？说到哪儿，叶知秋也不肯相信。她总觉得穷并不是主要的，主要的是我们不知在什么地方卡了壳。

问题到底在哪儿呢？她真想请个懂行的人，给她说个明白。

她恍恍惚惚地走去穿大衣。"您上哪儿去？"莫征问。

"我去打个电话。"

"带上围巾吧，您刚好，别又着凉。"莫征提醒她。

电话好不容易才打通，对方还没有好气儿地问着："我是贺家彬，你是谁呀？"他老是那么不耐烦。

"我是叶知秋。"

"我怎么没听出来。"贺家彬一改那种拒人千里的口气，"有什么事要我办的吗？"

平时叶知秋很少和贺家彬联系。她太忙，他也忙。除非有什么事需要他帮忙,她才打电话。他们是老同学了,用不着客气。所以叶知秋一打电话,贺家彬就以为她遇到了什么难题。

“不,没什么。我是想约你陪我去访问一下你们的那位副部长郑子云。”

贺家彬那边好久没有搭腔,叶知秋以为电话线路断了,赶紧问:“喂,喂,你听见了吗?”

“别喂喂,我耳朵没聋。”贺家彬佯做不解地问:“你想干什么?”

“咦,不是你老向我吹嘘他吗?说他工作有魄力,是个干事、不是混事的人,政治坚定,原则性强,对经济体制改革、对如何把生产搞上去,都有一套积极的想法。还有什么什么的……你还建议我给他写篇报告文学呢,怎么忘了。”

“哼哼——”贺家彬的这两声哼哼,不知是笑,还是一种无言的警告。

“怎么样,你到底去不去?”

“不去。”贺家彬斩钉截铁地说。

“你怎么出尔反尔呀?”

“我从来也没说过要陪你一块去。”

叶知秋一时语塞。确实,他从未说过陪她一起去采访郑子云。那么,他当初又何必鼓动她呢?“你为什么不去?”

“我——我受不了他那位太太。不论谁上他家,都像去求他们赏点好处。我是看那种脸子的人吗?再说——”他本来想说,部里的情况挺复杂,闹不好就会卷进两种力量的矛盾中去。你要是支持郑子云的主张,就是反对田守诚部长。你说你没参与?没门儿,那时你想择也择不干净。田守诚那张网可是大得很哪,别以为你不在工业系统,人家照样可以收拾你。什么老战友啊,老首长啊，横里、竖里，关系多得很，你一个小小的记者，吃得消吗？！

可是一回头，看见石全清进了办公室，便收住了话头，改口说：“反正我不去。”

“你这个人真是——好吧，那你把郑子云的地址告诉我，我自己去。”

“我劝你也别去。”

“那你就别管了。”

贺家彬的心软了。说归说，他能看着她只身一人深一脚、浅一脚地瞎蹚吗？

二

头发的确烫得不错，很合夏竹筠的心意。波浪似的推向一个方向，很有一种雍容华贵的气派。她上了年纪，不能再像年轻的妇女那样弄得满头小卷。再说那也很俗气，她又不是那些小市民阶层的妇女，好不容易烫次头发，不弄得满头是死死的小花，顶好一年不用再烫，就像亏了本似的。

她对着前后的镜子，从从容容地打量了额前、脑后、两侧的头发，满意地微笑着，向站在她身后、举着另一面镜子的刘玉英点点头。

她想：这理发员的手艺不错，难怪人家向自己推荐。只是她的眼神为什么显得那么愁苦？年纪不大嘛，怎么这么一副消沉的样子。让人看了心里挺沉闷的。

夏竹筠轻轻地舒了一口气,等着理发员去拿她存放的提包和大衣。

银嵌的、深灰色的大衣很厚,但分量很轻,是用上好的毛料缝制的。提包的式样也很少见,扁扁的,很宽,面上有压制出来的花纹。那是郑子云去年到英国考察给她带回来的礼物。

这是老规矩,不管老头子上哪儿出差,总得带些礼物给她。逢到这时,她的脸上就会浮起皇后接受藩邦进贡时的那种微笑。可是,要是她知道老头子在杭州给她买龙井茶叶的时候,带着怎样一种揶揄的口气,学得保定府的口音对人说:“送给我‘耐’(爱)人的。”她一定不会这么笑了。

刘玉英站在一旁,看着夏竹筠慢慢地穿上大衣,轻轻地蒙上头巾——小心不要压坏了刚才做好的发式——又慢慢地打开包。这种缓慢,绝不是有意做出来的。这是那种有个有地位的丈夫,又长年地过着优裕的生活,受惯了人们的逢迎的女人才有的缓慢。她知道自己的一举一动,哪怕是掉了一张化妆品的使用说明,也会让人把急着要办的事情扔在一边,耐着性儿,毕恭毕敬地守候在她的身边,随时听候着她的派遣。

夏竹筠从提包里拿出一个精致的羊皮钱夹,浅黄的皮革上,烫着咖啡色的花纹,配着两个金黄色的金属按钮。

皮夹里至少有五六张十元钱一张的钞票,那几乎是刘玉英一个月的工资,也许还要多。刘玉英只有发工资的那一天,身上才会带着这么多钱。平时,能拿出来的,不会超过一元。

夏竹筠从钱夹里抽出一张钞票,食指和拇指用力地捻了一下,好像这么一捻,还能捻出来一张,然后递给了刘玉英。

在柜台前交账的时候,小古觉得刘玉英的面容,因为愁苦显得更加疲倦了。她一面数着零钱，一面匆匆地看了看墙上的挂钟，对刘玉英说："五点半，你该下班了。"

刘玉英朝小古笑了笑，没有说话，心里想，下班又怎样呢？还不是一大堆烦心的事在等着她。

钱很脏，揉得皱皱巴巴，特别是那些角票。夏竹筠嫌恶地用手指头尖儿轻轻地捏着，不过在装进钱夹之前，并没有忘记清点一下应当找回的数目，然后合上钱夹。钱夹上，那两个金属按钮，清脆地"咔嗒"一响。

夏竹筠再次向镜子里瞥了一眼，然后向理发店门口走去。刘玉英在她身后，轻声地说了句："再见！"夏竹筠赶紧回过头去补了一句："再见！"想不到一个理发员，还挺懂得规矩，倒显得她好没教养。她心里有些不快。这理发员，服务态度是不是有些好得过了劲儿？

走出理发店大门，夏竹筠朝手腕上的小金表看了一眼。嗯，四个多小时又打发过去了。夏竹筠并不在乎时间，她愁的是如何打发时间。洗衣服、收拾房间、做饭有阿姨管着。跟前剩下的这个女儿也大了，已经参加了工作。工作很理想，是个摄影记者。唯一操心的是，得给她找一个称心如意、门当户对的丈夫。

心里高兴的时候，夏竹筠也上上班。不想上班的时候，就在家休息一段日子。她也不能老是躺着睡觉哇。织毛衣吧，几年也织不好一件。老头子笑着说："等你这件毛衣织好了，我的胡子都该绿了。"

管他，反正那是一种消遣。

当然，她还可以看书、看报。郑子云给她订了许多杂志、报纸，每天几乎有一大半时间在看书，看杂志，看报纸。她和有些高干夫人可不一样，她上过大学，受过高等教育。但是，她并不能理解或是记住书上、杂志上、报纸上的文字。

到了晚上，老头子在部里开会，女儿在外面有活动，会客室几张大沙发上就她一个人，守着一台二十英寸的彩色电视机。说她在看，又分明眯着眼睛，似睡非睡；说她没看，又明明对着电视机坐着。真到了床上她又睡不着了。于是，便会找点事情来想。她用不着吝惜晚上的睡眠，反正第二天早上愿意睡到几点就睡到几点，不必急着起床。她常想的是二女儿的婚事：王副司令员的老二还没有对象，不过那孩子吊儿郎当，没什么正经的本事；又想起俞大使的儿子，可那孩子身体不好，别中途夭折害了自己的女儿；又想起田守诚的老三，长相不错，人也聪明，是个翻译，不知有没有对象了……

郑子云坚决反对，说："这叫什么？你想搞政治联姻？我看不惯这一套。假如一个部，或一个单位的党、政领导，都照你这种办法搭上亲家，还怎么工作呢？能分得清公事或私事吗？要是大家坐在一起开会，谁能说清那是研究工作，还是在走亲家。别忘了，咱们还是共产党员。搞什么名堂！"

夏竹筠撇嘴。共产党员怎么啦，党章上也没写着干部子女不能通婚。现在和外国人还能通婚呢，中国人和中国人结婚倒成了问题。真是岂有此理。

当然，在她这样的年龄，花这样多的时间去装扮自己，已不是为了讨什么人的欢喜，而是她这个身份的习惯使然。她那位忙着上班、忙着开会、忙着深入基层、忙着打电话的郑子云，从来没有时间欣赏她的衣着和发式。他的电话那么多，惹得她经常埋怨："整天给你接电话。"他却说："谁让你那么爱接呢。"不让她接电话，那可不行。那是显示女主人的权力以及监督丈夫的重要一环。

一九五六年,她死命拉着郑子云去北京饭店参加了一次舞会,第二天,她问:“你觉得昨天晚上我穿的那件衣服合适吗?”

郑子云认真地想了想,说:“不错,浅黄色很配你的皮肤。”

听了他那经过认真思索的回答,夏竹筠目瞪口呆了好一阵。然后,她气得大叫:“天哪,我想你该不会突然患了色盲症吧?我昨天穿的是一件紫红色的绉绸旗袍啊。”

他听了之后,却哈哈大笑:“那么,你再做一件浅黄色的就是。”

等到她真做了一件浅黄色的绸衬衣穿给他看的时候,他早已忘记了自己说过浅黄色很配她肤色的这件事,却说:“浅黄色?你穿起来好像不怎么合适。”

除此之外,他没有什么可挑剔的。年轻的时候,他人很漂亮,也很有风度,和他一起走在街上,许多女人羡慕得眼红。而且他很忠实,对任何女人都没有兴趣,就连她,也好像是他房间里一件可有可无的摆设。他们早就不住在一个房间里了。她曾暗自揣度,他是不是懊悔当初不该弄个老婆来麻烦自己?或许他们结婚的时候,他错把青年人的冲动当成了爱情?他是不是从来没有爱过她,以致他把自己没有实现的热情全部献给了工作?有时她埋怨他:总是工作,工作,工作,好像这个家不是他的。要不是她出面张罗,小女儿能到那么一个理想的单位去工作?摄影记者,这工作又体面又轻松,接近的是上层人物,见识的是大场面。当然,还得张罗一套好房子,老头子恢复工作的时候,部里的房子一时紧张——怪事,部里年年盖房子,偏偏想不到给部长级的干部盖一些——只好在这套房子里住下了,这哪里像个副部长的房子?五个房间,还是四层楼。瞧瞧别的副部长,有谁住这样的房子?又不是让部里专门给盖一套，换一套合适的，还是合情合理的吧？这事靠郑子云算是白靠，还得由她出面。

顾客一走，好像把刘玉英撑着的那点劲儿也带走了，她觉得全身像散了架。昨天晚上，整整一夜没有合眼，早上连饭也没吃就出来了，中饭也没咽下去几口，一口气堵在嗓子眼里，使她难以下咽。想起来她就伤心，可是她不愿意坐下来歇着。她必须分散自己的注意力，不然眼泪立刻会流出来。她拿起扫帚，打扫散落在地上的头发。

长这么大，不论爹，不论娘，别说碰自己一手指头，就连一声申斥也没有过。昨天，她却挨了一个嘴巴子。打她的，就是她恨不得连命都舍给他的丈夫。为什么？不过是因为小壮打碎了一个暖水瓶。吴国栋也不问问孩子是不是烫着了，伸手就是一巴掌，她只是说了一句："不就是一个瓶胆嘛，一元来钱的事儿，干吗打孩子。"

听听吴国栋说的是什么哟："听你说这话，好像你是个部长太太！一元来钱，你有几个一元来钱？"

一元来钱倒是有的，可要是到了月底，就是花一元来钱，也要颠过来、倒过去地盘算好几遍呢。谁要是没过过那种日子，谁就体会不到一元来钱是怎样牵动着一个家庭主妇的心。

自从吴国栋得了肝炎，病休半年以后，每个月只拿百分之六十的工资，也就是五十几元，她自己，加上辅助工资顶多五十多元钱。四口人，每个月还要给吴国栋老家里的父母寄十五元钱。吴国栋有病，需要加强营养，再有，能让两个孩子眼巴巴地看着吗？吴国栋也咽不下去啊。

比上不足，比下有余，日子还能过得去。只不过刘玉英要使出浑身的劲儿才行。

为了省几分钱,她从来不买切面或挂面,哪怕在理发店里站一天,脚背肿得多高,回到家里,也要自己擀。

为了省几分钱,她从来没有买过新鲜的时菜,总是到地摊上去买一角钱一堆的“处理菜”。大姐从新疆来信说,那里的青菜很贵。这么一比,北京还是不错,什么都有处理的卖:菜啦,鱼啦,布啦,鞋啦……刘玉英很熟悉在哪几个商场可以买到这样的便宜货。

为了省点洗衣粉,她充分地显示了她在计划方面的才能:先洗浅色的衣服,后洗深色的,然后再刷两个儿子的鞋,最后还用这不起沫的黑汤洗拖把。

她把一个女人的全部天才和智慧都用来打发这令人操心的日子了。在家当姑娘的时候,她哪过过这种日子,受过这种罪。不过,那时候情况不同呀。她怀念一九五八年以前的日子,那时候,家家的日子过得多富裕呀。一九六五年以后,这日子一天天地就难起来了。

难,可是她还怕爹妈知道。一是怕他们惦记,二是他们自己的日子也不宽裕。爹从厂子里退了休,弟弟也添了个小闺女。何必让他们揪心呢!每次回娘家看看,刘玉英总是尽力把大人孩子收拾得整齐一点,还带上一盒子点心,不过都是七角多一斤的蛋糕,六角多一斤的桃酥。但这一切苦心都逃不过慈母的一双眼睛。做娘的也是千方百计地找个借口,总要添补添补闺女。老大、老二过生日啦,逢年过节啦,还琢磨着怎么才能不让女婿看出来,免得伤了女婿的自尊心。

这还不算,刘玉英放弃了女人天性里对于美的一切追求。前些日子,添了一件冬天的罩衣。本来,她很喜欢一块驼色的,上面有绿色和蓝色小麻点儿的棉的确良。一算,一件上衣得十来块钱。她下不了决心,在柜台前头转了几个来回,最后,还是买了块布的。想来想去,还不如用那些钱给吴国栋买些营养品,再说,两个儿子也该添棉鞋了……

这一切劳苦,全像她一个人应该受的。没有一句体贴的、知情的话,却遭到这样的抢白,这样的奚落。这也罢了,凭什么还要拿孩子撒气呢?不是一次、两次了。孩子有什么罪!要是你没能耐撑住一个家,你就别结婚。既是有了家,你就得咬牙撑住它,那才叫个男人。要是你只会怨天怨地,打孩子骂老婆,拿他们撒气,你还叫男人吗,那叫窝囊废!她越想越冤,越想越气,就说了一句更让吴国栋火上浇油的话:“谁让你不是部长。”

“你当初怎么不找个部长嫁去。”

谁也不饶谁,谁都觉得自己有一肚子的委屈,一肚子的苦水,谁都觉得对方不怜惜自己。于是,你一刀、我一枪,话赶着话,越吵越厉害。自然,小壮又成了借题发挥的对象,吴国栋往死里打,刘玉英就坚决不让。本来是在孩子身上做文章,打着打着,吴国栋往刘玉英脸上来了一巴掌。他自己也被自己的行为吓蒙了。他这是怎么啦。

刘玉英突然不吵了,也不哭了,只是定定地瞅着他,傻了一样。

这几年,他们经常吵架,却从来没发生过动手的事情。这究竟是怎么搞的,又应该怪谁啊?

这一巴掌倒好像把吴国栋自己打清醒了,他这才感到,刘玉英是家里的功臣,要是没有她,这个家怎么撑得下去呢?他问过她凭着那点收入,怎么把日子过下来的吗?没有。他想过她有什么小小的需要吗?没有。她,毫无怨尤地献出了自己的一切。用她那柔弱的肩膀，默默无言地、坚忍地担着这副力不胜任的担子。

女人，也许比男人更为坚忍，更为顽强，更富于自我牺牲的精神。

然而，不知他中了什么邪，却不能立即说出一句赎罪的话。

而在那一瞬间，刘玉英想了很多、很多。她想过，不如立刻死掉，让吴国栋后悔一生一世。但是，撇下的孩子谁来管呢？也许他们会摊上一个苛刻的后娘。她想起小时候听过的，那许多后娘虐待前房孩子的凄惨故事，眼泪止不住地淌了下来，好像她真的死了似的。不行，死不得。她想过，和吴国栋离婚。可离婚像什么话，那会让人觉得她不正经，好像她干了什么丢脸的事儿。不是吗？人们不就是用那种鄙夷和猜疑的目光看待那些离过婚的妇女吗？不行，她决不能让人家指自己的脊梁背。她想过，一卷铺盖卷回娘家去。不行，家里哪有地方让她住。再说，两位老人又该多么地着急……想来想去，从早上到现在，也没有想出什么好办法来惩罚吴国栋。

天哪，她想：为什么她的命是这样的苦啊。比起刚才那位顾客，她们的生活该有多么不同啊。她一定幸福、知足、快乐。她的男人，别说不会打她，就连一句重话也不会说啊。

想到这里，眼泪又涌了上来，她生怕别人瞅见，赶紧用手背抹去了。

下雪了，一片片茸茸的、洁白的、轻飘飘的雪花，在寒风里欢快地飞舞着，这是今年的第一场雪。这让她想起了自己做姑娘时的生活，也是这么轻盈、这么新鲜、这么清凉凉的。多好啊！

从外面又进来一男一女两个青年。姑娘的脸蛋被冷风吹得绯红，越发显得眼睛亮晶晶、活泼泼的。

小伙子手里拎着两个很大的提包，里面满塞着印有各个商场名称的纸包。一进门就站在那里，傻傻地笑着，并非有什么可笑的事情，只是因为他觉得幸福，他不能不笑。

刘玉英接待过各式各样的顾客，她知道，眼前这两人，是准备办喜事的一对儿。

姑娘对刘玉英说："同志，我想找这里的刘师傅……"

"你找她有什么事呢？"

小伙子清清嗓子，大约是为了使人注意，他将要谈到的事情，是多么重要："我们想请她给烫个头，听说她的手艺顶好！"

开票的小古插嘴说："找谁烫不行，我们这里的师傅，手艺都不错。"她觉得刘玉英今天的脸色尤其不好，她是不是病了？病了也不休息一下。这人太要强，心也太好，只要顾客指名要她做活，她没有不答应的。

小伙子窘了。打这样的交道，在他的一生中，当然还是第一次。他不知道怎样才能让人们明白，这件事对他，对他未来的妻子有多么重要："是这样……"他找不到恰当的语言了。

刘玉英明白，现在，对他来说，一切与他未来的妻子有关的，哪怕是顶微不足道的小事，都成了天底下顶重要的事了。她很累，她心烦，她一肚子的委屈，然而小伙子那傻里傻气的劲头里，有一种动人的东西。她不由得说："我姓刘。"

小古说："好吧，好吧，那就开票吧。"然后小声地埋怨刘玉英："瞧瞧你的脸都肿了。"

姑娘把钱递给小古："冷烫。"

小古立刻把钱塞了回去，看看墙上的挂钟说："哟，冷烫可来不及了。"

那两个被幸福冲击得有点昏头昏脑的小傻瓜，这才知道世界上的事物，并不都以他们那个点为中心。他们面面相觑地站着，不知道该怎么好。

姑娘说："明天哪儿还能抽出时间来呢？来不及了……"

刘玉英朝小古使了个眼色。小古像发了大慈大悲："好吧，好吧，给你们开个票就是。你们可得好好谢谢这位刘师傅。"

姑娘站在挂着各种发型的镜框面前，看了一会儿，带着茫然的微笑，回过头去问小伙子："烫个什么式样的好呢？"

小伙子也带着同样的微笑，鹦鹉学舌似的重复着："烫个什么式样的好呢？"然后，像是忽然来了做丈夫的灵感："刘师傅，您看吧，您看哪个式样合适那就准行。"

姑娘也好像有了主意："对，准行。"

刘玉英说："好吧，既是你们相信我，我就看着办啦。"她拿起姑娘的小辫，刚要下剪子，不由得朝小伙子望了一眼。虽然他的眼睛，在直勾勾地看着她手里的剪子，但他的心思却分明不在这里，而是在尽力地分辨着、捕捉着什么不清不楚，然而又是非弄清楚不可的东西。

他在想什么？也许他在想，辫子，辫子，剪了这辫子，她就要跨进另一个门槛。这种时候，是不是应该由他牵着她来迈过这门槛儿呢？

刘玉英停住手，对小伙子说："也许这一剪子由您剪才合适。"

他们没有想到，他们心里还朦胧着的、没有剖析清楚的感情，却被这个眼神愁苦、面目浮肿、也许还没有多少文化的妇女，勾勒得那么清楚、那么贴切。她怎么会有这样的能力呢？这当然不在于人的文化水平，而在于有些人，天生地具有一颗专为体会美好事物的心。光凭这样一颗心,就应该得到人们的尊敬。

小伙子几乎下不了剪子。大多数的人,在看到一朵美丽的花,而又不得不亲自把它摘下的时候,都会产生这种矛盾的心情吧?他拿着两条剪下来的辫子看了很久,然后小心翼翼地装进了一个塑料口袋。这一切情景,刘玉英觉得都像十几年前她和吴国栋经历过的一样。

刘玉英拿着吹风机,最后再把那姑娘的发式修饰一下。

镜子里映出的,是两张多么不同的面孔。在那张绯红的面孔、亮晶晶的眼睛旁边,她的面孔更显得苍老、灰暗。她也曾有过这样绯红的面孔和这样亮晶晶的眼睛。看着眼前这张年轻而美丽的面孔,刘玉英心里不由得生出了由衷的祝愿:“哦,姑娘,希望你永远这样美丽,这样新鲜啊。”

吹风机嗡嗡地响着,刘玉英用手托着姑娘耳后的头发,于是两个发卷绕过耳后,往脸颊前面弯了过去,给那姑娘的脸上添了一种少妇的妩媚。姑娘不好意思地瞟着镜子里那个显得陌生了的面庞,羞涩地微笑着。她还不习惯自己的这个新形象。

两个年轻人不知怎么都意识到了,婚前的这个晚上,他们在这个理发店里所经过的一切,以及遇见的这个并不奇特的理发师傅,将会在他们未来的生活中,发生一种长远的影响。

小伙子在一阵激动和慌乱之中,从提包里掏出一个纸袋,递给刘玉英:“刘师傅,请您收下,这是——这是我们的喜糖。”

刘玉英执意不肯接受:“哪能这样,我心领了 。”

推来推去,盛情难却。刘玉英只好打开纸袋,挑了两块包着红色箔纸、印有“囍”字的奶糖,然后又把纸袋塞进他们的提包,送他们出了理发店。

路上行人已见稀落，地上的雪也积了薄薄的一层。刘玉英站在雪地里，久久地望着他们远去的背影，再一次在心里默祝那姑娘："愿你永远这样美丽。"

直到他们的背影消失在夜色里，她才掉转头来，她看见，在理发店门口的一棵树干上，靠着吴国栋。他一定在那里站了很久，旧棉帽上、肩膀头上、围巾上全都积了一层薄薄的雪花。刘玉英用力攥住手里的两块喜糖，看着吴国栋一步步地向她走来。

三

贺家彬严厉地甚至还有点幸灾乐祸地看着他面前那张胖得几乎汪出油来的大脸。那张脸真大，差不多比一张普通的脸大出一半。他真想喝一声彩，用旧戏园子里那种怪声怪气的调门儿来一声："好脸，好大的脸！"再不，就来一声："好大的面子！"

那张油脸的主人，年纪并不很大。但脂肪却过早地在他的腮帮上、下巴上、肚皮上沉积下来。那是长期没有节制地吃喝的结果。

贺家彬心里想："着急了？活该！也该让你着着急，那些脂肪也许会消下去一些。"

贺家彬把他想得太好了。他才不着急呢。他不过是做出一副焦急的样子罢了。他干了采购员这一行，整年在外头走南闯北，知道该用哪一种态度对待哪一种人。脸上的表情，如同京戏里的脸谱，根据不同的观众的胃口，决定演哪一折，画哪一副。贺家彬这种人,顶好对付。他不过是个经办人,当然首先要通过他,这叫敬酒。实在不行,可以甩开他,去找冯局长。冯局长是地委书记的老战友,他们这个发电站配套用的全部机械、电器设备就是走冯局长的后门解决的。眼下这点小事,不在话下。但也不能为了屁大的事,动不动就找局长。利用关系,也是一门学问,要看时机,看火候。这就好像一笔存款,总有用光取完的时候,你得抻着点儿,不到关键的时候不能随便乱用。条件许可的情况下,还要不断地再往存折上加一点。

那人堆着一脸谦卑的微笑,说:"是不是麻烦您再向生产厂打个招呼,把电压等级改一下,我们填写订货卡片的时候,时间太紧,没有顾得上再复查一下。"

"笑话！这么普通的常识,怎么还会搞错?这种规格型号的风机,配套电机的电压等级就应该是六千伏,怎么会写成三百八十伏?也许填卡片的人当时喝醉了吧?这是业务工作,不是阿猫阿狗都可以挤进来混饭吃的。"他气恼地拍了拍那张摊在桌上,揉得皱皱巴巴的订货卡片,"再说,这事儿我也管不着,你们这个发电厂,是今年国家计划外的,根本就不应该通过我们这个渠道订货。我们这个渠道,只保证国家计划内基本建设项目的需要。我真纳闷儿,你们是通过什么办法把机电设备弄到手的。"

贺家彬连挖苦带损地发泄着自己的怒气。他常常感慨现在的工作简直不好干。要么不干,只要干,就惹得他肝火上升。

比方眼前这个人,据他所知,早先是他们县供销社的售货员。他要好好干他的售货员,也许是块挺好的材料——也难说,就凭他这油滑劲儿,要不贪污才叫见鬼——可偏偏要当什么采购员。有些人,准把采购员当成售货员了,以为那不过是和卖针、卖线、卖大白菜差不多的事儿，而且还可以借着这个差事遍游名山大川。为什么？无非因为他是那个电厂厂长的小舅子。正因为如此，才闹出这种驴唇不对马嘴的笑话。闹了这样的笑话，赔了公家的钱都算不了什么，反正不会从自己腰包里往外掏一分钱。

这种加塞儿、走门子的事，他见得太多了，何足为奇！别说这么一个小小的发电站，就是大的又怎么样？那一年，某位首长，不就是塞进来一个十二万五千千瓦的大机组嘛！因为那个电厂的基本建设指挥长，战争时期是那位首长的警卫员，不必经过什么手续可以直入首长府，话就好说多了嘛。贺家彬在重工业部呆了这么多年，“文化大革命”开始后，哪年没有几个头头脑脑说上就上的建设项目呢。计划内没有？算不了什么，可以增补计划嘛。那计划的严肃性自也不必提了。年年喊基建战线过长，没法儿不长。制订得好端端的计划（这计划是否符合经济发展的实际需要，还可以进一步总结），谁想往上加一个就加一个。五个人吃的饭十个人吃，谁也别想吃饱。还要强词夺理，叫做“有饭大家吃”。

往下砍吧，压缩一下吧，你砍谁的？谁的后台都挺硬。于是就这么凑合着，谁也别想快，一个大中型的建设项目，搞个十年八年完不成谁也不着急，反正离自己的心、肝、肺还远着呢。

就拿这位小舅子来说，虽然没给哪位首长当过警卫员，可他也有他的高招儿。前不久，运来了不少核桃、红枣、鸡蛋，还有名酒……处里大家分了。当然，给钱了。谁能不要呢？外头买不着哇！而且价钱还便宜得多。就连贺家彬也买了十斤鸡蛋。他是单身汉，不像人家有家室的，有个副食供应本，每月凭本还可以供应两斤。

他们这里什么都不缺。黄花、木耳、花生米、人参……全国哪一个省不需要建设电站呢？又有哪一个省没有土特产呢？当地的管电的又有什么弄不到手呢？需要什么，只要张张嘴，不想办法送来，就拉你的闸，停你的电！哪个单位能离了电呢？就连土特产公司也不能例外。建电站的单位，要想很快把电站建设起来，除了要为投资以及木材、钢材、水泥……这些基建材料奔命之外，配套的机电设备能不能及时地、按质按量地拿到手也是关键哪。要想按质按量把设备很快地拿到手，就得搞好同分配、管理这些设备的人们的关系。人熟好办事嘛。到时候，可给可不给的，也许就给了；不能及早提前交货的，也能顺顺当当地提前了。

事情就是这么进行的，就像人体某个重要部位的血管上长了一个瘤子，你不能割掉它，那会影响你的生命。血液不得不进行这种畸形的循环，把养料不断地送进那累赘的瘤子里去，养肥那多余的细胞，任它长大、膨胀，慢慢地侵吞着自己的生命或是有一天突然爆炸。

而且，据说这么一个县办的小电站，就派了五六个人在北京坐跑投资（只靠县里自筹资金根本不够，还是得靠国家贴补）、材料和设备。在招待所里包了一间房子，一包就是几个月，进出都是出租小汽车。光小汽车一项开支几个月下来就是六百多元，那是全县农民的血汗钱哪。如果能办事，倒也说得过去。可是，就像这风机卡片一样，电压等级六千伏写成三百八十伏，英文字母 Z 也可以写成阿拉伯数码 2。这是哪儿和哪儿啊。

贺家彬知道，他生气也好，说刻薄话也好，不过是耍小孩子脾气。这种事，他管得了吗。再说，这家伙有的是本事，他可以找冯局长，冯局长可以找何处长。贺家彬不愿意干，何处长可以找个办事灵活的同志办，反正又不是计划内的项目，没人分工抓它。比方可以让石全清去办。石全清正巴不得有这么个机会来踩贺家彬。他可以冠冕堂皇地说,要支援农业建设啊——这个电站,打的不就是这块招牌吗?——这是对农业现代化的态度问题啊。不想出这样生拉硬拽的理由,他整天去何处长、冯局长那里汇报点什么呢?他不是要争取入党吗?

石全清确实在密切地注意着贺家彬的一举一动,但他从不流露出注意的样子。他正在看《参考消息》。不要以为他看《参考消息》是装样子,不,他有非凡的才能,既可眼观六路,又可耳听八方,四下里全不耽误。

在石全清看来,贺家彬的行为是幼稚可笑的。他和贺家彬共事多年了,在这许多年里,他眼见过贺家彬栽了一次又一次的跟头,碰过一次又一次的钉子。他能够清楚地看见横在贺家彬面前,并且注定要把他绊个大跟头的每一块石头,但他从来不提醒贺家彬注意,他巴不得贺家彬这样折腾下去。因为,人在跌跤的时候,很容易丢掉自己的金表或钱包。偷别人的金表和钱包是不行的,那太卑劣,但是可以捡,而且还不会被丢东西的人发现,因为,那会儿,他正疼得难忍呢。

世界上的事物,便是这样奇妙地平衡着。一种生物常会攀附在另一种生物身上才能生存。如同苔藓类、蔓藤类的植物攀附在老树的周身。它们不像菌类,只在死亡的树干上依存,它们是在活活地掠夺着、吸吮着老树的生命。

贺家彬现在的这些言行,虽然还不值得石全清立即采取什么行动,但是,先放在那里,总有用处的。

办公室的门,先是无声地开了一道小缝,然后“吱呀”一声大大地敞开。从何婷处长比往日越发显得威严的步态上,从她脸上那种大惊小怪、煞有介事的神态上，石全清知道，她一定是找贺家彬的。

她走到贺家彬的办公桌前，刚要对他说些什么，电话铃却响了起来。

那一定是长途电话，铃声急促而持续。

贺家彬拿起话筒："喂，哪里？"

"我是长途台，找贺家彬讲话。"

"我是贺家彬，请讲吧。"

"喂，喂，你是老贺吗？我是洮江水电站的老蔡呀。"

"你有什么事呀？"

"喂，喂——喂，喂——"

"你老喂喂什么，有话就讲嘛，什么毛病！这是长途，你这喂喂就喂了一分钟，要算钱的。"

"是这么回事，我们的水轮机是在奥地利订货的——"

"这我知道。"

"最近奥地利才把主机的技术数据寄来，上次订货会议上订的机电设备，有很多不符合主机技术数据的要求。我们要求退货呀。"

嗬，说得倒轻巧，重工业部好像是个皮鞋店，鞋子选得不合适说退就能退。贺家彬立刻大吼起来："我早就跟你们说过，等一等，等一等，等主机技术数据来了之后再订配套设备，你们就是不听。现在都什么时候了？生产厂早已经投料了，你退货，生产厂怎么办？"

老蔡满腹牢骚地申辩着："你老说等一等、等一等，我怎么个等法？订货会议一年才一次，这趟班车一误就是一年。到时候外国人的主机到了,国内的配套设备还没订上怎么办?只能先这样估摸着订上货再说。这是你们自己订的制度嘛。人家国外都是用户随时订货,生产厂随时接。有买卖就干,哪有一年只许订一次货的,人家要是也这么干,工厂早关门了。你们把这套办法改改行不行?让我们参加订货会,也是上头的安排嘛,我们不订货行吗?到时候说我们耽误了工程进度,我们受得了吗?我们是按国家计划办事嘛,怎么能怪我们呢?”

老蔡说得对,能光怪他们吗?

多年来,计划工作成了这么一个模式。每年先开材料订货会,也是过时不候,班车一过就是一年。这种僵硬不合理的体制,生产厂也同样受不了。因为设备订货会开在材料订货会之后,生产厂订材料时还不知道用户要订的设备是什么,也只好先估摸着订一批钢铁、有色金属材料。等到用户需要的设备订货下来,生产厂原先订的材料和加工这批设备需要的材料满拧。然后,只好再想办法去串换材料。又没有交易市场,弄得材料库存积压量很大。每年只好再开几次材料调剂会,说是调剂了库存多少吨。领导一看,好像成绩很大,其实都是自己多出来的事。这能怪企业吗?难道不能有一个更灵活的、使材料供应和生产需要相结合的市场吗?

老蔡埋怨他们,他们埋怨别人。实际上这都是经济体制上的大问题,需要认真地改革。什么时候工业经济也能像农业一样,有条放宽的政策,真正搞活起来,这才是解决材料积压,加速资金周转的根本办法。

而一些合理的规章制度,又不那么认真执行,比方上面规定,每个基本建设项目,都要严格地按照基本建设程序办事。要有设计批准书,设计任务书,设计审批文件,全部的设计资料、图纸,主、副机及配套设备的技术数据……并在列入国家计划后才能参加订货。可是在今年夏天的订货会议上,光是贺家彬分管的几个省,就有三个不按基建程序办事的电站参加了订货。一个连主机究竟进口还是由国内生产还未落实;一个连厂址还没有确定,究竟烧油还是烧煤也不知道,不用说,主机根本也就无从设计;再一个就是老蔡他们这个水电站。刚和奥地利签订了协议,还不是正式合同,主机技术数据还没有拿到,就敢拍脑袋,凭着想当然提出配套设备。那么以后,还要这基本建设程序有什么用呢?

想到这里,贺家彬也只有无可奈何地说:“造成的浪费谁负责?”这不是废话吗,谁负责?谁也不会负责。还是说句实在的吧:“你们赔偿不赔偿生产厂的损失?”

老蔡真是老油子,立刻痛快地说:“赔偿!”

贺家彬心头一动:“这样吧,也不能随随便便说退货就退货,你们是不是把事情的经过写个书面情况,我们也好向生产厂做工作。”

“那好吧,就这么办。”

“就这么办。”

贺家彬放下了电话筒,心里盘算着,他一定要向国务院写一封信,反映一下国家计划和基本建设方面存在的这些问题。“四人帮”没垮台的时候,出了问题,责任当然是“四人帮”的。现在“四人帮”垮台了,经济建设中如果还出现这种混乱,怎么能把有限的人力、物力、财力用在刀刃上呢?又如何加速实现四个现代化呢?

当他还在抹着额头上因为大声嚷嚷冒出来的汗珠,思绪还留在计划、基建程序等等问题上的时候,何婷不耐烦地用手指头敲了敲他的桌子。贺家彬这才注意到她有话要对他说,但他并不主动问她。她从来看他不顺眼,对他也很刻薄,要是他好心好意地主动问她,没准还会被她抢白一顿。

“听你们科长说,你个人学大庆的总结还没有交?”

“我不是早说过了,我压根儿就没有写个人学大庆的规划。”

何婷像在牌桌上甩出一张“小王”似的说:“那好吧,冯局长请你去一下。”

那油脸的汉子立即显出一副解恨的模样。

而石全清连忙垂下眼睑,挡住眼睛里满得快要淌出来的快意。

何婷原来和贺家彬的关系还过得去,但自从去年支部改选以后,便每况愈下了。

如果真是因为郭宏才工作能力差,宣传委员的工作做得不大好,让老罗上,也不是说不过去。可是,见鬼哟。这一套全是摆在明处让人看的样子货。实际是因为郭宏才在支委里,总是一个唱反调的角色,是何婷和罗海涛的眼中钉。他们处处想找岔子整整郭宏才,可是他又没有什么小辫子可供人揪。支部里不团结,闹得群众也分成了两派,团结总是搞不好。为这,贺家彬多次向何婷提过意见:应该开个生活会,大家交换一下意见。自从何婷到电力处领导工作,总有几年没开过生活会了,实在说不过去。

何婷这才下了大决心,全处开了一次生活会。平时,罗海涛对郭宏才意见大极了,总在何婷面前说三道四,会上却一言不发。等到散了大会,回到科里分小组继续开时,却哇啦哇啦地说个不停。贺家彬实在看不下去,石全清却在一旁煽动说:“说话小心,当心有人传闲话,影响团结。”

贺家彬本来不想理他们,可石全清这一闷棍是朝他打来的。贺家彬能不挺身而出吗?他说:“这些话,你们刚才为什么不当着郭宏才同志的面,拿到桌面上说呢? 非得背地里说见不得人的话。因为别人不愿意和你们同流合污,就甩闲话。你去打听打听,我在局里工作这么多年,什么时候干过拨弄是非的事? 究竟谁在闹不团结?”

石全清接着说:“我没有说你,我是说王梦云。”

“说谁也不对,何况王梦云早就调出我们处了,和这些事情根本无关。搞什么名堂!”

罗海涛的脸,阴沉得像个判官:“我们是当着全科室的人讲的,怎么叫背地讲人坏话。”

这是无赖汉的诡辩。“背着当事人讲,就是背后讲。作为一个党员科长,你不但怂恿石全清讲那些诽谤和诬陷郭宏才同志的话,自己还参与了这种活动,这是错误的。这种会议,我拒绝参加。”说着,贺家彬就站了起来。

罗海涛知道贺家彬是个一不做二不休的人物,于是转了弯子,软了下来:“你这么一来,把这个会全搅乱了,还怎么开下去?”

“这个会开不成,倒是对你的一个挽救,否则越开下去,你的错误就越大。”

这种事传得很快,不过不是贺家彬传出去的。局党委很快就知道了电力处处长和科长、科长和科长之间的不团结的情况。冯效先找几个群众了解情况。自然,也找到了贺家彬。贺家彬把处里存在的问题,全面地作了一次汇报。

但是,这位主管政治、人事工作的局长,在与何婷谈话时,把贺家彬几个人反映的问题,一字不漏地告诉了何婷。如果说,在一个政治生活正常的单位,又有一个政治水平比较高的领导,这样做,也不会导致什么不好的后果。但客观上是，贺家彬几乎就要拿到支部大会上讨论的组织问题，被无限期地拖延下去了。理由是他还有许多非无产阶级意识，有待进一步改造。而多年不抓政治学习的何婷，把几位向冯局长反映过问题的同志组织起来，学习了一周毛主席关于反对自由主义的论述。

人们不得不对永远关闭着的213房间怀着一种神秘感和敬畏感。因为，人们的命运常常是由这里决定的。从这扇门里，不断发布出这样或那样的命令：某某人提拔处长、科长职务；某某人涨工资、提级；某某人发展入党；给某某人处分；调动某某人的工作……

在去213房间的路上，贺家彬把这些方面的情况都思量了一遍，除了调动工作，其他方面的事情，似乎都不和他沾边儿。调动工作?！现在他还能干什么呢？快五十岁的人了，在这个岗位上消磨了二十多年，什么成绩也没干出来。他原是学物理的，如果大学毕业时，就分配到一个专业对口的单位，也许会做出点儿什么。唉，还提当初干什么。这里当然也用得上一点物理学方面的常识，不过，再照现在这个办法组织基本建设工作，就是一个中专毕业生干起来也富富有余。二十多年就这么混过去了，别说世界上，就连国内物理学的研究已经达到了什么水平，他也不甚了了。学过的那点东西，也差不多全都忘光了。他怀着虚度年华的无限感慨，走进了213房间——冯效先的办公室。

“冯局长，您找我有事？”

冯效先从一大摞文件上抬起他那思想家才有的、硕大的头颅。也许他的思绪还停留在眼前的文件上，他的眼睛视而不见地把贺家彬看了很久：“啊？我找你？谁通知你的？老何？”他有些想起来了，“哦，对了，我想找你谈谈，请坐，坐。”

冯效先在椅子上坐得更舒服一点，摘下自己那副从地摊上买来的花镜，拿在手里把玩着。

从穿着打扮来看，冯效先似乎和刚进城时差不多。没有穿过皮鞋，脚上老是一双小圆口的千层底布鞋。一套中山装，原先是灰布的，而后是蓝咔叽的，再后是蓝涤卡的，当然，也有蓝色毛哔叽的。

夏天，他喜欢敞开衬衣扣子，把里面的背心一直卷到胳肢窝底下。一双手掌，像洗澡时往身上搓肥皂，在毛茸茸的胸脯上搓来搓去，于是，便有细细的泥卷掉落下来。如果不搓胸脯，那就把裤腿儿捋到不能再高的地方，搓那双毛茸茸的腿。到了冬天，这一切活动都变得不大方便的时候，他就脱了鞋子——所以他不穿皮鞋，有带子的鞋他不喜欢，穿脱起来都很麻烦——搓脚趾头缝，好在天冷，他才没脱袜子。这些习惯，在开会的时候，尤其显得突出。好像小学生做不出算术题就咬铅笔杆。

贺家彬猜不透他究竟在考虑措词，还是压根儿忘记了为什么把他找来。

不，冯效先不过正在记忆里搜索，把与贺家彬有关的印象连缀起来，然后决定用什么分寸和贺家彬谈话。这个人不是学大庆的标兵，也不是先进工作者，喜欢提意见，而且提得很尖刻。爱发奇谈怪论，爱吵架抬杠。有点理论水平，张口马克思，闭口恩格斯。他还到方文煊那里反映过家乡为感谢自己对当地兴建电站的支援，送来过“土特产”。幸亏我让何婷去处理了那些东西，并且一再声明我什么也不要。核桃和竹叶青酒是何婷给送到家里去的，我付了钱。虽然那是个象征性的价钱。这是何婷的不慎，这种事怎么搞了个满城风雨？什么事要给人留下把柄，就是顶大的笨蛋。老方不是抓住了这一点嘛，在党委会上提出什么不能把国家计划内的物资，分配给计划外的建设单位呀，不能徇私情要注意影响呀，等等。哼，大惊小怪，装模作样。冯效先当即作了一个文不对题的、调子很高的发言："是啊，我们应该保持党的优良传统和作风。过去我们经历过多少困难?! 比现在难不难？抗日战争、解放战争、土改、抗美援朝，还有三年困难时期，天灾人祸都抗过去了。那是为什么？党的威信高啊。党的威信是通过党的各级干部和党员群众来体现的。现在，有些干部把党的优良传统和作风丢掉了，脱离群众，违法乱纪。这样下去，会影响我们的事业。"

这叫你打你的，我打我的。与会的人谁也搞不清楚他要说的是什么问题。

他犯不着当面和老方顶撞，逢到他们的矛盾趋向表面化的当儿，冯效先总是显出一副"大智若愚"的样子。暗地里，他早已利用自己掌握的权力，在方文煊周围安排了自己的人。方文煊的一言一行不但会有人及时汇报给他，就连方文煊还在脑子里想着的事情，也会有人加以分析，然后具体化、形象化地反映给他。

这个方文煊，有什么能力？又有多少资历？四一年参加革命，比自己还晚两年，竟然当了正局长。凭什么？无非肚子里有那么点文化水。有点文化水也许是坏事，净爱想点邪门歪道的事儿。

不知为什么，他觉得眼前这个贺家彬和方文煊有很大的相似之处。想到这一点，他好像有了谱，便开始了迂回的包围："你最近怎么样啊?"

这种问题让人怎么回答？

"什么怎么样?"

冯效先皱了一下眉头。这叫什么答复？跟领导谈话，怎么能用这种态度呢？太不尊重领导了。不过他并不表现出来，还是耐心地解释着："哦，这个，比如说，思想、工作、生活……"

贺家彬明白，没有哪个政工干部是因为没事好干，忽然会关心起一个无声无息的人物。他猜错了，根本不是什么调动工作的问题。从刚才何婷的话茬儿分析，这场谈话也许和他既不做个人学大庆的规划、又不写年终学大庆的总结有关。冯效先既然不先提，他又何必自作聪明呢？所以，他也用含混的回答去对付冯效先含混的问话："没什么，一般还过得去。"

得，还是让他逮着了。

"过得去可不行啊，按照我们局的规划，两年达到大庆式的单位嘛，这就要求我们每一个人，都要按大庆的标准来指导我们的工作……"

贺家彬心里想：来了，就是这么回事。

"你学大庆的个人规划执行得怎么样啊？"

贺家彬想，他明明知道自己没有写学大庆的规划，也没有写学大庆的总结，何婷早就向他汇报过了，何必还这么假模假式地绕弯子呢？要是方局长，绝不这么干，他一定张口就说："贺家彬同志，你怎么不做学大庆的规划，也不写学大庆的总结呢？"

而这，就是他的思想政治工作。

"我没有做过学大庆规划。"

"为什么不做呢，这可是个原则性的问题。"

"我并不认为这是什么原则性的问题。"贺家彬心中暗笑，要是他告诉冯效先，处里有些人学大庆的规划，是以某同志的规划为蓝本，互相传抄的，他会怎样呢？

冯效先把花镜戴上，对着贺家彬直愣愣地看了好一阵子，好像贺家彬顷刻之间变成了动物园里的四不像，需要认真地看个仔细。他一时找不出合适的话来对付贺家彬。扣个帽子？不行，那玩意儿现在已不大时兴，而且人们对扣帽子已司空见惯，习以为常，谁也不再拿它当回事儿了，对贺家彬这种人，就尤其不管事儿。再说，一时也找不到一顶合适的，过去用过的那些帽子，规格品种还不齐全。

那么，批评他？一时还搞不清他真正的意思，如何批评？但是，他对学大庆这种不以为然的态度，至少可以说是一个值得警惕的苗头。他既然是分工管人事、政工的副局长，就更加感到这个问题的分量。大庆，是老人家树的旗帜，从没见过有人持不同意见，怎么这个天字第一号的人物就出在他主管的单位？这还了得？而且这个人不分场合，到处都敢乱放炮。张扬出去，对他本人怎样暂且不说，对他这个主管政工、人事的副局长却极为不利。怎么办呢？首先，他想到的是立刻表明自己的态度。

"你这种观点，我是不能同意的，发展下去是危险的。"

"我还没有说过我是什么观点呢。"

知识分子就是这样善于诡辩。但是，老弟，搞政治，你那两下子不行，还差着点儿呢。

"那么你不妨说说你的观点嘛，不做规划，不写总结，总得说出个道理来嘛。"

"我没有什么观点。只是有个朋友的妹妹在大庆的一个女子采油队工作，那年她回家探亲，我碰到她。随便闲聊的时候，我问过她：'你们平时下班以后，都干点什么？'

"'不干什么。'

“‘不干什么？比如说，不看看小说吗？’

“‘不看。’

“‘不看看电视吗？’

“‘不看。’

“‘不看看报纸吗？’

“‘不看。’

“‘那你们怎么打发业余时间？’

“‘没什么业余时间，除了星期六晚上，每天晚上就是政治学习。学习完了洗洗涮涮也该睡觉了。洗澡堂子也是最近才有的……’

“您听听，是她们不关心时事，没有提高文化、技术的要求吗？不是。她们是累得直不起腰来，没那个精力了。再说洗澡，也许是小事一桩，可人家是采油工啊。总算不错，到底还是修了一个洗澡堂子。

“还说什么赶美超修！人家采油工的工作量比我们轻多了，靠什么赶超？靠拼体力？那是不行的，只有靠机械化、现代化。当然，我们的工人阶级有觉悟，能吃苦、能耐劳，我们的老百姓又何尝不是如此，可我们应该爱惜他们，不能这样挥霍他们的积极性。他们早晚要做现代化企业的工人，不给他们时间学习技术，提高文化，将来怎么掌握、操纵先进的设备？

“此外，想过没有？他们还要恋爱、结婚、生孩子……他们是人，不是机器，机器还有个膏油、大修的时候呢……

“还搞什么蒙上眼睛摸零件，一个人要不要熟悉自己的业务？要。作为个人，这种精神也是可嘉的，可对主管人来说，却是思想上的一种倒退。世界已经进入了电子化时代，我们却还要倒退到连眼睛也不必用的地步。都这样闭着眼睛去摸，又何必搞什么现代化？还有人对此津津乐道，这就好像让人回到用四肢在地上爬的时代，然后还要警告那些用两条腿走路的人：‘人们，你们让两只手闲起来是错误的，这样下去，你们会变成游手好闲、好逸恶劳的二流子，还是像我们这样勤勤恳恳、兢兢业业、忠诚地在地上爬吧！’

“他们那套模式我们就非得遵循吗？那套企业管理办法很值得研究，只要用一点经济手段，哪怕是一小点，完全可以达到他们那种强制性的手段达不到的效果。共产党人不是要讲辩证法吗？不能一个模式互相抄袭，年年老一套，十年如一日。应该根据本单位的实际情况，制定适合本单位的管理办法。并且不断发展，不断完善，使之适合现代化的需要。”

哼，他倒给我上起政治课来了，冯效先不满意地想。要是连贺家彬这样的人，也敢在他面前试巴、试巴，他冯效先又往哪儿放呢？

他必须敲打敲打贺家彬：“大庆这面红旗可是毛主席亲自树的，你不要犯糊涂！”

“我没有说大庆不好。三年困难时期，我们没有油，大庆人为我们摘掉了贫油的帽子，做出了卓越的贡献。特别是‘文化大革命’期间，‘四人帮’把国民经济弄到几乎崩溃的边缘，大庆硬是顶住了，抓住了生产。可是，没有什么事物是一成不变的，先进就永远先进？再没有可以改进的了？为什么不提超大庆？我们干什么都喜欢划个杠杠，不许超过，不许发展。发展就是砍旗，就是修正。这叫形而上学，唯心主义。您看着吧，将来准会超过，限制是限制不住的，因为生活本身是前进的，丰富多彩的……”贺家彬越说越兴奋，而对冯效先来说，什么企业管理、形而上学、唯心主义……听起来实在吃力。他犯困了，想打哈欠，但他极力克制住自己。他把贺家彬说过的话很快地过了一遍筛子，决定别的都不记，只记住他反对大庆红旗这条最根本的就行了。别看他天花乱坠地说了一大堆，实质性的问题，就在这里。

现在，拿眼前这个人怎么办呢？一切事情要看形势，看气候。时间、条件、地点，这是马克思主义的三要素。冯效先暗暗地赞赏着自己：几十年的革命，不是白干的，马列主义水平，还是有一套的。比方，以个人的名义，对某人或某个事件表什么态，搞什么名堂，都是冒险的。政治风云，变幻莫测啊！今天挨整，明天也许就变成了英雄好汉。《红楼梦》里的“好了歌”怎么说的？“好便是了，了便是好”很有点辩证法嘛。孙中山在《总理遗嘱》里又怎么说的？啊，“积四十年革命之经验”嘛。对，凡事总得留个后路。他那硕大的脑袋，活像摆满油、盐、酱、醋的杂货铺，装着七零八碎、五花八门的学问。

他决定只就眼前的事情讲几句：“你不搞学大庆的规划和总结，会影响你们处成为大庆式的处，你们处又会影响我们局嘛。工作了这么多年，这点道理还是应该知道的。不能因为个人影响全局嘛。你如果这样坚持下去，我们局成不了大庆式的单位，你要不要负责？”

“我才不负这个责呢。我干吗非得学大庆，不学大庆我就搞不好工作啦？咱们单位年年搞这一套，总结呀，评比呀，传经送宝呀，有多少货真价实的玩意儿？有这时间，干点踏踏实实、正儿八经的事好不好？比方说，认真解决一下我们处的团结问题，干部问题。”

冯效先被将了一军，感到不能再和贺家彬纠缠下去，谁知道他还会说出什么更让他尴尬的事情。“文化大革命”以后，似乎再也没有什么“机密”可言了。上至中央文件,下至领导的私人生活。甚至连谁找谁吃过饭,谁不花钱让公家的木工打了一套家具,诸如此类的琐事,一下子就闹得满城风雨。风气大不如前了,谁也不再把维护领导的威信当回事,堂堂一个单位的领导竟还不如眼前这个一般干部气儿粗。人们动不动就向上级机关反映你,或是纷纷扬扬地给你扩散,要是你稍稍做点儿消除影响的工作,有人又会指控你打击报复……现在当领导真难啊! 人们的思想像豆腐渣,怎么也捏不到一块儿去。“文化大革命”以前,有谁敢对本单位的领导这样讲话呢。

五十年代是让人留恋的,多少人怀恋那个时候的生活水平、人的思想状况、人和人之间的关系……就连冯效先也发出了今不如昔的感慨:像贺家彬这样的言论,要在一九五七年,早就是右派了。难怪他们支部把他的组织问题撂下来,这样做是正确的。组织观念这么差的人,吸收到党内来,不是祸害吗?

还是让何婷自己去对付他吧。

下班的时候,贺家彬在机关大院门口,碰见了万群。她站在泥泞的融雪里,紧紧地锁着眉头。她有什么不高兴的事情吗? 也许没有。那不过是她眉心之间几条深深的皱纹留给他的感觉。她叫住贺家彬:“老贺,明天是星期天,帮我去煤厂拉点蜂窝煤。”

“怎么不等煤厂送呢?”

“他们好久都不送煤了,催了几次,答应得倒挺好:‘马上送,马上送。’就是不见行动。我的煤都烧完了,不自己拉,怎么办?”

一个单身女人带着个孩子过日子真不容易。她为什么不再结婚呢? 他再也不敢劝她去干这种事。如果当初他不劝她结婚,悲剧也就不会发生了。贺家彬想,他该不该对万群的眼泪负责呢?

一九六二年,万群大学毕业,刚分配到机关来的时候,是一个多么惹人注意、惹人喜爱的人物啊。

你就是对她说,有人长了四只耳朵这种荒谬绝伦的传闻,她也会歪着脑袋,认真地听下去,然后睁大一对眼睛,对这种绝不可信的事情,竟然还要将信将疑地问一声:"真的吗?"

就是对顶蹩脚的笑话,她也会热心地哈哈大笑。

人人都爱想出点骗三岁小孩的笑话、故事去引逗她。因为,看着那样一双信赖你的眼睛,会享受到一种天真的快乐。

她爱唱那首《鸽子》:"当我告别了亲爱的故乡,爱人含着眼泪悄悄地对我讲,亲爱的,我愿随你一同去远航,像一只鸽子在海上自由地飞翔……"那时候,她自己就像一只鸽子,一天到晚咕咕咕地叫着。可现在呢,她身上早已看不到当年那种可爱的稚气和洒脱劲儿了。眼眶深深地凹了进去,原来那任性的、俏皮的、向上翘着的嘴角,像被愁苦所压服,终于承认了失败似的耷拉下来。那些毛茸茸的、环绕在额头上、永远不会长长的柔发早已不知去向,把宽宽的脑门儿露了出来。她太瘦了,即使在不发脾气的时候,脑门儿上的青筋也凸现着。刻薄的人会说:"一脸寡妇相!"她是寡妇。一九七〇年丈夫因为受不了"五·一六"嫌疑的审查,在干校自杀了。

当初真不该劝他向她求婚。但谁能预卜未来呢?谁又能解答婚姻这斯芬克斯之谜呢。

在大学,他们是不错的朋友。他虽然是理工科的大学生,但在绘画、音乐、文学……方面的修养都很高,人也生得风流倜傥,有什么配不上万群的地方呢?

“你应该去追求万群，不然这小鸽子早晚有一天会在别人的屋檐下做窝。可有谁能配得上她呢?”

“你为什么不追求她呢?”

“我? 不行! 我只能把女人当作艺术品来欣赏，而不愿意破坏这艺术品的完美。要是有一天我看见我的妻子怀孕，像袋鼠一样挺着个大肚子，同哺乳类的动物一样哺乳，我会觉得我犯了大罪，而且，我也不会再爱她了。”

“你是个唯美主义者。”

“也许吧。”

“既然如此，为什么还怂恿我去追求她呢?”

“我不能让人人都按照我的观念去生活呀! 与其别人把她娶了去，还不如你娶。”

“你这古怪的人，净发些古怪的谬论。”

唯美主义的贺家彬哪里知道，人的某些内涵，非得成为夫妇之后才能了解呢? 除此，任什么绝顶要好的朋友都是领会不到的哟。

万群从未在婚姻这件事上体味过幸福：先是对爱情的失望；然后是政治上的包袱。固然，平反了，不再按自杀、按反革命分子论处，但是谁帮她挑生活这份重担呢?

他漫不经心地向她指出：“应该换个煤气炉。”但他立刻后悔。她曾说过，她不愿意用煤气炉，因为换煤气罐的时候她一个人拿不动，就得求人帮忙，一两次还可以，月月如此，人家不嫌烦吗? 而用蜂窝煤，只要煤厂送到院子里，她自己总可以慢慢地搬上楼去，用不着求谁。

小汽车的喇叭轻轻地、不停地响着，他们挡住了汽车的去路。

贺家彬拖着万群拣着泥水稍浅的地方让开去。

汽车的小窗里,方文煊那张闭着眼睛的脸,一闪而过。

贺家彬对万群说:“好吧,明天上午九点钟左右,我到你那里去!”他发现,万群的眼睛里,好像有晶莹的泪珠在闪动。

她怎么了?这神经质的女人!

四

这栋楼房,准是一九五六年以前盖的,四层楼,像新建的五层楼那么高。对一个年轻而健康的人来说,爬四层楼梯,算不了什么。叶知秋虽然还算健康,但是,头发的脱落、皱纹的加深、牙齿的松动、心脏机能的衰退,都足以说明四十多个年头里,有多少事情曾经发生、过去。雨水就是这样一滴滴地穿透石头,花岗岩就是这样地风化,生命就是这样地更替,这一个瞬间便这样被下一个瞬间所淘汰。她也会被淘汰,悄悄地,不知不觉地,就像头发不知何时开始脱落,皱纹不知何时在眼角、额头聚集,牙齿何时变长,心脏从哪一个节拍上开始出了故障。然而,已经稀疏的头发还在装饰着头颅,皱纹也不再会使她那不美的面孔更丑,牙齿也还在嚼着维系生命的食物,心脏也还在拼却全力地把血液挤压到躯体的各部分……生命的天职,蕴含着怎样不屈不挠而又自我牺牲的精神!

爬到二楼,呼哧呼哧,胸口像个破风箱在呱嗒、呱嗒地响着。叶知秋靠在栏杆扶手上休息一下,揣测着这样冒昧地拜访一个大人物,会遭到一个什么样的对待?

楼道里传来的一切音响全是不顾一切的、理直气壮的,仿佛都在宣告着自己存在的合理：剁饺子馅的声音，婴儿啼哭的声音，弹钢琴的声音……热闹的星期天。那是一首简单的钢琴曲。弹琴的人总也不能流畅而连贯地弹下去，让叶知秋心里起急。仿佛要帮弹琴的人加把劲儿，她按着记忆里的旋律，手指在栏杆的扶手上习惯地掠过，好像那是一排琴键。她喜欢这个曲子，念中学的时候，她常常在那架弃在礼堂角落深处的钢琴上弹它。那架钢琴又老又破，下过十八层地狱似的，遍体鳞伤，磕磕疤疤。好几个音已经不准，调都没法调了。好像一个漂泊了一生，到了风烛残年，又聋又瞎的孤老头子。阳光透过高大的白杨树枝，透过宽敞的玻璃窗，洒在礼堂的地板上。那和声里充满着幻想的力量。念大学以后，她就很少弹琴了。那是没有工夫幻想的年月，而且，幻想是什么？是虚无缥缈、是游手好闲、是有闲阶级的情调……工作以后，她克勤克俭，还是买了一架琴。"文化大革命"一开始，琴在一张旧毯子底下睡了十年。现在倒是可以弹了，但她早已没有那个心情：幻想、和声……仿佛是另一个世界，另一个星球上的事。

这熟悉的，因为不熟练而显得遥远了的、模糊了的旋律，使她想要流泪——使她的心稍稍有点发紧的眼泪。

像有意和这琴声作对，有谁在狠狠地、挑战似的用锤子敲击着什么：乒！乒！乓！乓！

叶知秋有点奇怪，一位重工业部的副部长，居然能和凡人一样，住在这公寓式的房子里？别是贺家彬记错了地址？不会，他说过他曾经来这里坐过、聊过。

当然，也不能算什么凡人，这里至少是司、局级干部的宿舍。

就是响着钢琴和敲击声的这个单元。

她用力地敲了好几次门，里面的琴声才戛然而止。

门开了。

好像有一道柔和的、色彩交错的光环闪过，这就是郑圆圆留给叶知秋的最初感觉。她有一头柔软的、自然鬈曲的头发，照中国人的欣赏习惯，过于黄了一点。头发剪得很短，比莫征的头发长不了多少。叶知秋总爱拿别的孩子和莫征比较，仿佛莫征是她的亲儿子。眼睛长得有点特别，也许一只稍稍有点斜视，不过，奇怪，那一点也不影响她的美丽，反倒给她增添了一种特别的风韵。有点调皮？还是有点任性？弹性很好的、高领子的白毛衣，紧裹着她纤巧的身子。身子是那么的窈窕，叶知秋几乎没有见过。裤子有点不伦不类，太过肥大，就是偷了一只老母鸡放在裤腿里，人家也看不出来。没有裤线，或许原来有过，早被她不经心地穿皱巴了。

像往常和陌生人第一次接触时所感觉的一样，叶知秋立刻在她的眼睛里，看到了这样的意思："天哪，这个女人可真丑。"然而，在郑圆圆那双眼睛里，叶知秋还看到了更多的一些东西：同情和怜悯。这善良的小姑娘。那不流畅不连贯的琴声当然是她弹奏的。

"您找谁？"那样轻轻的、温柔的声音。

"郑子云部长在家吗？"

"您是哪个单位的？"

叶知秋拿出了自己的记者证和介绍信。郑圆圆对记者证很注意，同一的职业引起了她的兴趣。她热情地请叶知秋进去，然后走进另一个房间里去了。那"乒乒乓乓"的敲打声也骤然停息下来。

房间打扫得很干净。但却有一种谁也不打算在这里住一辈子的感觉。墙壁上没有任何装饰，比如风景画、照片、条幅之类的东西。家具，全是从机关里借来的，既谈不上色彩的协调，也谈不上款式的新颖。就连浅蓝色细布的窗帘，大概也是从公家借来的。

从这房子里的陈设,绝对猜不到主人的爱好、兴趣。叶知秋暗暗惊奇:为什么在这陌生的房间里,竟隐约地感到她对生活的那种疏忽、凌乱、大意?

“您找我?”

叶知秋回过头来。她完全没想到他是这样的。衣着是那样的随意,可他一举一动,都会招人猜想:他是牛津,还是剑桥出身?根据贺家彬的介绍,当然都不是。人很瘦,握起手来却很有力。

“为什么不通过部值班室呢?”他似乎很不客气,“请坐吧。”没等叶知秋坐下,自己已经先坐下了。

“找过值班室,他们答应过,给我安排个时间。但您似乎总也没有时间,我有点等不及了。”

“啊!”郑子云抬起眼睛,注意地看了看叶知秋。这女人有一种男人才有的死硬派头。是做什么工作的?圆圆告诉他是位记者。

他的眼睛很大,在瘦削的脸上,大得似乎有点不成比例。叶知秋想,他小的时候,一定是个非常漂亮的男孩儿,剪着短短的头发,穿着翻领的白衬衣,还有一双眼白发蓝、像星星一样闪烁的眼睛。

唉,怎么搞的?她常犯思想不集中的毛病,思绪常会从眼前的事物上飘移开去,发出一些风马牛不相及的联想。比如现在,为什么会想到这老头子的少年时代呢?她用力摇了摇脑袋,驱散着这些莫名其妙的联想,惹得郑子云又发出一声:“啊?”

她接着很快地说下去:“我想采访一下您……”

郑子云的脸上立刻显出一副拒人千里之外的神气。好像生怕叶知秋会把他和什么吹牛、浮夸的事情牵扯在一起。他对新闻报道,有着显而易见的警觉,是对十年动乱期间,某些新闻报道失真的成见?抑或是他不愿成为新闻人物的防范?“对不起,我没有什么情况可以提供给您。”

“您误会了，我并没有打算写您，我是来向您请教，在实现四个现代化的进程中，工业经济部门应该怎么办？”

“噢？”郑子云来了兴趣，“是报社交给您的任务？”

“不，是我自己。”接着，她谈到了前不久和莫征的那场争论，以及莫征那些切中时弊的话。这是她绝不肯向莫征当面承认的。

“您为什么会对这个问题发生兴趣呢？”

“这个问题，是影响全国十亿人民生活的根本问题。物质是第一性的，没有这个，什么发展科学、文化、军事……全是空谈。三中全会以后，当全国人民即将把重点力量放到经济建设上去的时候，我们想多报道一些这方面的情况。而我现在只是凭感觉，觉得前十几年经济建设花的力量不小，大干苦干，实际效益却远不及我们付出的代价。为什么会搞成这个样子？又怎样才能搞好？我却说不出道理。您知道老百姓是如何盼望着、期待着工作在经济战线上的人们，尤其是那些决策人。我们是不是真就这么穷呢？我是经济部的记者，免不了天天同数字打交道。解放三十多年，平均每年产值增长百分之七，这在任何一个国家都是了不起的数字，可我们为什么老富不起来呢？我想，要是我们像日本人那么会花钱，一分钱掰成两半儿花，我们不会这么穷。我们为什么老是瞎折腾呢？再有多少钱，也经不起这么瞎折腾。大的不说，就说我上班每天都要经过的那条马路，从去年到今年，路面翻了三次。先是下水管道换成粗的一次；供热管道的铺设又是一次；冷水管道换成粗的再来一次。路旁的树呢？原来是槐树，锯了，改种成白杨树；还没长两年，又换成松树……能不能有个全面的、长远的规划，一次把它解决了呢？好像人们不知道，这么来回折腾，工人的开支、汽油、沥青、砂石……是需要重复消耗的。能不能不这么干呢？这些问题说起来，似乎人人都知道，可为什么还是这样干下去呢？”

这女人，外表是那么一副死硬的样子，其实呢，像未省事的儿童一样的执著、认真。郑子云不由得问道：“您记得《共产党宣言》里的第一句话吗？”

“一个幽灵，共产主义的幽灵，在欧洲徘徊。旧欧洲的一切势力，教皇和沙皇、梅特涅和基佐、法国的激进党人和德国的警察，都为驱除这个幽灵而结成了神圣同盟。”

“好极了。记得最后一句吗？”

“全世界无产者，联合起来！”简直像中学生在课堂上回答教师的提问。他在想什么？纯粹的“意识流”。

郑子云从沙发上站起来，倒背着双手，脚步很轻地，但又是很快地在房间里来回走动着。隔了好长一段时间，他才说话：“您怎么会找到了我？”

“我有个同学，在您那个部工作。他告诉我，在您这一层干部里，您是一个肯干、敢干、思想解放的领导干部。”这话说得真糟糕，好像成心在拍他的马屁，叶知秋浑身不自在起来。

郑子云果然锁紧了眉头。

“您那位同学叫什么名字？在哪个部门工作？”

“他叫贺家彬，在……”

“哦，我熟悉他。他很久没来看我了。”

“他这人有点古怪。”

“他有一种病态的自尊心，这也许是知识分子的通病。不过人是很好的。”

叶知秋笑笑：“未必吧？”

“怎么这样说呢?”

“他们那个管政工的局长,似乎并不这么认为。”

“为什么?”

“也许他的思想有些偏激和异端吧。”

一抹讥讽的微笑,浮上了郑子云的嘴角。

“念大学的时候,我们都是B大学最早的校刊编委,当时,为了给校刊命名,争得面红耳赤。他说我那些提议,只能让人想起女人用的化妆品商店,而新闻绝不应该是一种装饰。新闻报纸的灵魂,是真实。他建议用‘X光室’,编委们一致反对,说那个名字容易引起人们的误解,以为我们办的是一张有关医学方面的报纸。他大嚷大叫,说从某种意义上来说,报纸就应该像医生一样,至少是个会照X光的医生,即使治不了病,也应该能够作出诊断,告诉这个社会,你有病了,你的病在哪儿;或是说,你别疑神疑鬼,你没病,你的内脏是健康的,它在正常地工作。挺幼稚,还有点偏激,是不是?想起来很可笑。可是这里面总有些让人感动的东西。并不是每一个人都能保留住那些让人感动的稚气,保护着自己不受世俗生活的污染。二十多年过去了,他还是那个劲头。这个连花岗岩也能锉碎的生活,似乎并没有将他改变多少。您说,究竟什么力量是强大的呢?生活?岁月?精神?我倒真是干了新闻这一行。我才明白,他那套议论,完全行不通。按理,应该说真话,怕什么呢?不是说吗,彻底的唯物主义者是无所畏惧的。也许我们还不够彻底。我们常说报纸的党性,但党性就是只说好话吗?我们吃这个亏吃得不少了。我不是政治家,我大概也不是个合格的记者——我只是从思想深处说。事实上我还是按着整个机器的转速运转着。您知道我们那一代人最基本的特征是什么?是不识时务。”

叶知秋端起茶杯，呷了一口："哦，这茶叶的味道很好。"

郑子云停住脚步。为什么她也喜欢龙井？他看不出她和自己的老婆有什么共通之处，几乎没有。她总在想着什么，问着什么。要是十亿部头脑都像这样开动起来，会产生多大的能量呢？喜欢龙井不能说明任何问题。他为什么要去考虑这个问题呢？在他心底深处，总是纠缠着一种淡淡的忧虑，他害怕所有的人会变得和他老婆一样。

"喜欢吗？"

"不错。"叶知秋一向分辨不清茶叶的品种。喝茶是一桩讲究的事，她和莫征连开水都不能保证供应。

郑子云重又开始踱步。应该从哪儿说起，又应该怎样才能让一个和工业、和经济毫无关系的人明白，工业发展、改革所面临着的重重困难，又怎样在困难中前进呢？她有热情，愿意了解、研究，然而这是多么复杂的一套程序啊。也许应该先让她看些经济研究之类的材料？有关目前工业生产、企业管理、体制改革以及国外的经验？对，让秘书或调查研究室的同志找些材料给她看看，但她叫什么名字，住在什么地方？

"对不起，请问您的名字？"

他早已忘记了那张介绍信上的名字，尽管他很认真地看过介绍信上的印章和日期。

"叶知秋。"

"这名字很美。"他站住沉思起来，想着这女人有个很适合她的，能表现她精神、性格的名字。

"对了，可惜给了我这样一个人。"

她为什么这样敏感？也许还有一点神经质。郑子云觉得这句随意的话好像伤害了她。他很想向这个值得尊敬的女人挽回这一点，于是玩笑地加了一句："哦，不，比方苦瓜很苦，可有人就爱吃它的苦味儿……"这句话更是不伦不类，郑子云觉得这次是真正地失言了。除了自己的老婆，他从未在办公室以外和女人打过交道，他根本不懂得女人的心理，不知道如何同女人周旋。况且，这女人和他妻子不同，不能用那种"好男不和女斗"的迁就态度，她是完全独立于男人之外的。也不能用虚伪的奉承，虽然好些女人都喜欢那一套假话。她的头脑相当清楚。

叶知秋却豁达地笑了："这比喻挺准确，我还从没有想到过这么合适的一个字眼儿：苦瓜，好。"

她是真没有生气，还是有意地做作？不，这样的女人是不会做作的。这萍水相逢的女人，给人一种信赖感，她是那种第一次见面就可以无话不谈的人。

第六感觉究竟是唯心的，还是科学的？

时间过得真有那么快吗？

他们谈社会，谈经济，谈体制改革，谈三中全会以后正在展开的远景，也谈哲学，谈政治……她，一副职业妇女的派头，像男人一样把手叉在腰上讲话。谈到激动的时候，也不管是不是第一次在一个副部长家里做客，背着手在房间里走来走去。郑子云从这头走到那头，叶知秋从那头走到这头，或是他们就干脆站在地当间儿讲话。

真怪，他老婆是和他差不多党龄的老党员了。可是，为什么他们早已不在一起谈政治，谈社会，谈经济，谈哲学了呢？也许这应该怪他自己。他大部分的生活，除了睡觉（而且他们也早已不在一个房间里睡了），都是在部里、在各种会议上、在小汽车上度过的，就连星期天也很少休息。即使回到家里,那些公事,也像他热恋着的情人,不肯从他的脑海里退去。更何况每每回到家里,便已累得精疲力竭,没有精力说东道西。有时,即使想要聊聊,夏竹筠也似听非听地没有反应,郑子云很快地就没有了兴味。他常想,有什么能撼醒她那任什么也不思索,已经变得麻木的头脑呢?

难道她的精神,已经随着肉体变得老朽?让一个人的情感保持经久不变的吸引力究竟是什么呢?难道仅仅是物质上、形式上的美?但再美的肉体也会老化、起皱。他不明白为什么好些女人,偏偏把全副精力,放在监视自己的丈夫和防范别的女人这种完全不可挽回的后果上,而不注重于保持自己的进取精神,永远把一个崭新的、可爱的、美好的、因而也是富有魅力的精神世界展现在丈夫的眼前?

爱情,绝不是少男少女才享有的专利权。即使在多年的老夫老妻之间,也应该注意保持着初婚时那种诗意和美丽。对待它,应该像对待花朵一样,经常浇水、施肥、松土、去虫……绝不能像对待买回家的扫帚一样,往厨房的门后一扔,就万无一失了。不了解这一点的女人,真是个傻女人。

夏竹筠衣着入时,注意修饰,从不哈哈大笑,生怕脸上不断堆出的笑纹会加深皮肤的皱褶。真的,近六十岁的人了,看上去也就是四十七八的样子。脸上的皮肤仍然白皙光洁,没有一块花斑。只有凑得很近,又十分注意观察的时候,才能发现她眼角上那些很细很细的皱纹。可郑子云还是觉得结婚之后的夏竹筠,像个开完化装舞会的仕女,一走进那个外人看不见的家门,立刻就丢掉了顶温柔的微笑、顶文雅的风度、顶上流的教养。擦去涂过的红唇、描过的长眉,撕下粘在眼皮上的假睫毛,摘掉了假胸,脱掉了勒住松弛肌肉的紧身马甲，只穿件睡袍，披头散发，趿着一双踩歪了后跟的鞋子，摔摔打打，无缘无故地竖起眉毛，恶声恶气地对待家里的人……是不是所有的女人都会发生这种变化呢？

天色暗下来了，他们忘了开灯。沙发啦，电视机啦，小柜子啦，钢琴啦，以及人的面孔，全都变得含混起来，溶在浓浓的暮色里。叶知秋觉得，这景象分明在哪里见过。在哪儿呢？也许是在梦里，也许在她那数不尽的幻想里。好像她还是个小姑娘的时候，便曾在这硬邦邦的、又窄又长的沙发上翻过筋斗，读过童话，听过祖母讲故事……她好像已经在这沙发上面坐了一生一世……她突然意识到她应该告辞了。

但是，女主人回家了。

夏竹筠把大提包往沙发上一丢，顺手打开了天花板上的吊灯。注意到房间里有个女客人，便怪声怪气地说："哟，怎么不开灯啊。"然后又高声地叫道："圆圆！"

楼下没有停着"丰田"或是"奔驰"，家里的客人肯定是个平头百姓。

郑子云皱了皱眉头，向夏竹筠介绍着："这是报社的叶知秋同志。"

夏竹筠这才慢慢地转过身来，点点头："请坐。"没等叶知秋回答，又叫了一声："圆圆！"

叶知秋发现，当夏竹筠把目光从一件东西移到另一件东西上去的时候，总是闭着眼睛来完成这一目光的转移。再加上她一切动作都慢得过分，就给人一个十分傲慢的印象。

郑圆圆从自己的房间里走出来，从她蓬乱的头发可以猜出，她大概刚从床上爬起来。

“你又躺在床上看书了吧，我跟你说过多少次，这样会变成近视眼。一个女人戴眼镜，要多难看有多难看。”夏竹筠完全不顾叶知秋是戴眼镜的。

郑圆圆和郑子云立刻感到极大的难堪。仿佛这没有教养的话是他们说的。两个人都僵在那里，一时不知说些什么来打破这令人尴尬的场面。倒是叶知秋没事儿人似的接着说下去：“是的，躺着看书对眼睛不好。”

夏竹筠并未感到有什么不妥，也根本想不到丈夫和女儿有什么必要因她的行为而害臊。她打开一个大纸包，自管自地说着：“我给你买了一件浅蓝色的登山服，鸭绒的，又暖又轻，现在很多女孩子都穿这种衣服。”

郑子云似乎没听见：“吃晚饭吧，好不好？”然后对圆圆说：“请吴阿姨开饭吧。”

精明的吴阿姨，显然知道圆圆的吩咐是不作数的，系着围裙从厨房里跑过来：“夏同志，要开晚饭吗？”

夏竹筠看看手表：“好吧。”然后想起，“今天有客人，添点什么菜了？”

叶知秋看见，她腕上的皮肤是细腻的，雪白的。细细的金表链勒在手腕上显得紧了，她已经开始发胖。

吴阿姨在围裙上揩着她那双并不需要揩的胖手。永远是一副刚刚放下又累又脏的苦差事的样子：“今天是星期天，我多买了些菜，准备着有客人来的。一只母鸡，自由市场上买的，七块多钱……”

“七块多？！”夏竹筠插嘴了。

吴阿姨赶紧补充情况：“因为是活的，贵一些。还买了几斤黄鱼……”

大家全站在那里听吴阿姨报账。

叶知秋把眼睛冷冷地扫向郑子云。他脸上,那种讥讽的微笑更浓了。眼睛里,闪烁着一种狡黠的光。而当他的目光和叶知秋的目光相遇时,她又在他的眼睛里看到一种近乎于冷酷和陌生的情绪。叶知秋立即告辞。他生硬地问:“您不留这儿吃晚饭吗?”然后说不上是嘲讽自己还是嘲讽别人,“您没听见,这儿有一只七块多钱的活母鸡。”

叶知秋忽然从心底升起对他的一片同情。唉,这受着许多人的尊重,掌管着上万个企业、上百万职工的副部长,也像常人一样,有着他的烦恼和被生活捉弄、奚落的时候。

情绪转换得似乎毫无缘由。郑子云一下子觉得眼前的一切都显得是无聊透顶。他有点琢磨不透地看着叶知秋,难道他刚才真和她进行过那么有趣的谈话吗?

来了一位有身份的客人。他一进门就喊:“我是来赶饭吃的,有什么好吃的吗?”

“汪部长,欢迎,欢迎。”即使对这样一位客人,夏竹筠也不过是稍稍提高了一点声调,稍稍加快了一点节奏。

汪方亮直盯盯地瞅着叶知秋:“这位同志好像没有见过嘛。”

郑子云介绍着:“报社的记者。”

“噢,记者。老郑,我们应该拍记者的马屁,不然,他们要是写起文章来骂我们,我们可受不了。”他说话的声音很响,好像有一屋子人在听他讲话,而且这屋子还很大,生怕坐在角落里的人听不到似的。叶知秋想,他平时一定是作惯了报告。

不等任何人插话,汪方亮又接着说:“你来采访他?那你算倒了霉啦。他是个异教徒,前不久还挨了批。不怕你生气,我说句不客气的话,就凭你选的这个采访对象,当记者,你还太嫩哪。哈哈——我说老郑,你没有跟她讲讲你那套理论?‘买一个现代化,还是自力更生创造一个现代化,这个事搞不好,中国老百姓会没裤子穿。’”

郑子云笑笑:“你不要吓唬人家。”

圆圆送叶知秋下楼的时候说:“叶阿姨,您住哪儿?有机会的话,我一定去看您。”

善良的好姑娘。她正在努力地填补她妈妈留下来的缺陷。

像她妈妈这样的女人,似乎不缺乏使男人爱她的那些条件。可是,这个家庭,幸福吗?

人在冥冥之中被创造着的时候,是不是显得太匆忙了一点?不是忘记了最必要的这一方面,就是忘记了最必要的那一方面,而留给人们无穷无尽的不可弥补的遗憾。

汪方亮随随便便地在沙发上坐下,把右腿搭在左腿上,卡普隆袜套已经褪落到脚心,露出了脚踝和脚背。他脱了鞋子,一把把袜子从脚上抓下来,一面抖落着手里的袜子,一面埋怨:“你看看,这就是咱们的产品质量。”

夏竹筠竟也难得地蹙起了眉头。但她立刻想起两条竖纹会出现在眉心之间,又很快地舒展开双眉:“可不是,我买了个洗衣机,没用几次就坏了。”

汪方亮嚷嚷着:“难得,难得,连我们的小夏也关心起产品质量来了,可见这个问题的重要。”

“跟咱们的机械产品一样,彼此彼此。”很难说郑子云不是借题发挥。

“可不是。”汪方亮喟然叹息，“就拿机电产品漏水、漏油、漏气这个最简单的问题来说，工艺上究竟有什么解决不了的难题？没有嘛，它就是长期得不到解决。”

夏竹筠在沙发上移动了一下。她对这些可不如对袜子、洗衣机那么感兴趣。汪方亮还注意到她完全没有必要地拉扯着身上那件很平整的上衣，还把右腿向斜斜地向前伸着的左腿上靠去。

汪方亮是个绝顶聪明的，又能够洞悉别人心理状态的人，虽然这剖析有时未免过于刻薄。他不难看出，凡有外人在场的时候，不论其中有没有画家或是摄影记者之类的人物，夏竹筠总是选择和尽力保持一个顶美、顶适于拍照或是素描的角度。和她在一个屋子里哪怕只呆十分钟，也会感到疲倦的。

他不知道这种生活郑子云怎么受得了？但他又有点可怜夏竹筠。女人嘛，总是有些让人觉得短浅的地方，也许正是这短浅使她们显得可爱了？

“最近身体怎么样？”汪方亮不全是敷衍地问着。

“还可以吧。”

郑子云却不管他们，继续谈下去：“因素是多方面的。正像你所说的，只要严格地按照操作规程办事，质量问题是可以解决的。何况现在质量管理，已经有了一套比较成熟的科学方法。我们不是在进行全面质量管理的试点吗？但这个问题，为什么长期解决不了？难道我们花费的力气还少？也抓思想政治工作，也搞物质奖励，但为什么不那么灵了。难道思想政治工作和物质奖励都不对了？还是我们这套办法不够科学，有改进的余地？如果我们还按老一套的办法去搞思想政治工作，大多数工人大概是不吃那一套了。怪他们吗？不，怪我们自己。前些年，我们的思想政治工作停留在说大话，说空话，唱高调，喊口号，扣帽子，批这个，批那个，抓阶级斗争新动向上。书本上虽然写着：工人阶级是国家的主人。事实上我们对工人群众切身的困苦了解了、解决了多少？我们又尊重了多少他们的独创精神？让他们行使了多少他们理应行使的权力？如果说国家暂时还很困难，不可能在一天之内全部解决，那么，在感情上我们又给了他们多少温暖？过去在战争时期，政工干部和群众多么亲哪。到了干部部门，真像回到自己的家一样。现在呢，他们像是掌握着人家生死簿子的阎王老爷，闹得人家的心都冷了。我们不真正地把工人当成国家的主人，他们也就不把企业当成是自己的企业。重要的是把这些冷了的心温暖过来，重新激发起他们的热情。要把群众的积极性调动起来，主动地、积极地去干。否则，再科学的方法也实现不了。实际上，发挥人的积极性也是一门科学，在这方面虽然我们有过长期的、丰富的实践经验，但它仍旧是一门值得我们努力去研究的科学。必须使每个车间主任，每个工段长、班组长都懂得思想政治工作的各项原则和方法，并在实际工作中同时做好它。使它渗透到生产和管理中去，成为现代化管理的一部分。不能只把它当成一种教育工作，也不能只依靠专职的政工干部，这也是当前思想政治工作要解决的问题之一。”

对于丈夫的高谈阔论，夏竹筠每每持着一种宽容和迁就的态度。如同一个理智的、绝不喝酒的妻子，对待软弱的、爱喝酒的、又喝不了多少便会酩酊大醉，满嘴胡言乱语撒酒疯的丈夫。

谈什么都可以，只要丈夫不做出让头上的纱帽翅颤悠的事，她都可以听之任之。不论谈什么，她是一百个没听着。别看她在跟前坐着，做出津津有味的样子。这无非表示，她并不是个什么都不懂的家庭妇女，当然，多少也是出于对比较显贵的客人的礼貌。

“老郑过两天不是要去拜访那位心理学教授嘛，准备研究研究他提出的那些理论。”她不大清楚什么是心理学，但是谈谈“科学”这个眼下红得发烫的字眼儿，似乎自己也就显得“科学”起来。语气里，免不了有些小小的卖弄。

“哪里，如何搞好思想政治工作，这是我和老汪都感兴趣的一个题目。因为实际工作中的困难，逼得我们不得不去探索、思考解决这些难题的办法。”

郑子云这番实实在在的话，反倒让夏竹筠感到一些教训人的味道。她站了起来：“好啦，好啦，还是先吃饭吧，吃过再聊。”

菜肴不很丰盛，但味道精美。

夏竹筠细细地品味，从从容容地、耐心地用细细尖尖的牙齿，把每块鸡骨头剔得干干净净。

郑子云吃得很有节制，连吃饭也像他的为人处世。

圆圆匆匆忙忙、心不在焉地往嘴里扒拉着饭粒，仿佛是在对付一件不得不对付的事。夏竹筠不满意地拿眼睛扫着她掉在饭碗周围的米粒和菜屑。

汪方亮则是大刀阔斧，如同在自己家里一样的随便。他劝说着郑子云：“你再喝点汤嘛。”

“喝不下了。”

“那你就把啤酒放下。喝汤，喝汤。吃饭也同打仗、干工作一样，你得有个主攻方向。”

圆圆说：“汪叔叔，我看什么都是您的主攻方向。”说完她伏在手臂上吃吃地笑着。

“圆圆，你怎么跟大人开玩笑。”夏竹筠制止她。

“怎么就不能和大人开玩笑？平等嘛。”汪方亮嬉笑地看着圆圆，“今天早上，起得晚了一些，又赶着要到东方红公社去，匆匆忙忙的，不是在走廊里一脚踢上个篮球，就是在厕所里被谁的球鞋绊了一脚。我对儿子们说：‘把你们的鞋子、篮球放好行不行？放在地当间儿多碍事。’老二对我说：‘爸爸，刚才我在书房里就让您放在地当间儿的皮鞋绊了一脚，这叫上行下效。’我没词儿了。小孩子有小孩子的道理。”

“你今天去东方红公社的结果如何？”郑子云极有兴趣地问。

“我可是给田守诚来了个突然袭击。”汪方亮只说了这么一句，便停住不说了，好像有意在卖关子。

前不久，东方红公社给田守诚部长写了一封人民来信，反映他们公社买了一台拖拉机，质量极差，不能使用，钱等于白扔了。这个部直属厂的产品，很多用户反映质量不行。可是这个问题，成年成年地拖着，总也解决不了。向国务院汇报生产情况的时候，田守诚又总是可以找到充分的理由。比方，“文化大革命”初期是什么反革命修正主义路线的干扰；后来又是林彪反革命阴谋集团的干扰；再后是什么右倾翻案风的干扰；最后是“四人帮”的干扰……

这一次，田守诚却出乎意料地作出了强烈、迅速的反应，决定派一个部级干部，带着制造厂的厂长，到东方红公社背回这台质量不合格的拖拉机，并向公社赔礼道歉，保证负责到底，为他们提供一台优质拖拉机。

这是怎么回事？也许因为“四人帮”垮台已经三年多，再也找不出什么堂而皇之的托辞了。

当前经济界要求体制改革的这股风，预示着经济结构上必然到来的彻底变革。近两年来，很多有远见卓识、有实践经验的领导同志和经济理论家在许多文章里、讲话里，已经涉及了这个问题。

田守诚清楚，经济界不是这股风的风源。

“风源”这两个字，让他想起一九七六年批判右倾翻案风的那段往事。那时，他看错了、分析错了形势，以为大局已定。在人心所背的情况下，只有他，煞费苦心、冥思苦想地打出了《批判一个大政策——最大走资派的进口风》的炮弹。在那些违心的、按照两报一刊的调子写出的抄书抄报的批判稿中，尤其在他这一层高级领导干部中，是一发很有分量的、有价值的炮弹。假如不是很快地打倒了“四人帮”，他将会怎样呢？

飘在中国上空的政治风云是无常的，至少前几十年的历史是这样的。

他丢了很重要的一分。

这股风的风源在上头。那么，这股改革的风，就绝不只限于经济结构，它将波及到政治结构、干部结构……遍及社会生活的各个方面。

一个丧失了党性原则而又身居要职的人，往往会变成一个混迹于官场的投机家。

田守诚必然会想：在这场变革里，他得到的将是什么？失去的又是什么呢？

从东方红公社背回不合格的拖拉机，这样的事还没有一个部门做过。根据目前的气候，很可能会登报、广播。这可以算是一个小筹码，或者，至少是一粒探路的石子。

郑子云闹不清在党组会上，汪方亮为什么固执地非要去东方红公社处理这件事情不可。看着汪方亮那双诡谲的眼睛，他想汪方亮准又在这里面做了什么文章。

“昨天，我让秘书打电话给县委，同他们商议，是不是请各公社的书记、干部，以及附近的社员尽量参加？县里的同志同意了。今天一看，会场安排在县委机关礼堂，只能容下几百个人。社员呢？说是来了不少，但是场地有限。我说：‘咱们还是找个广场好不好？’县委书记为难地说：‘恐怕天气太冷。’我说：‘再冷我也受得了。咱们是共产党，不能吹牛皮的时候人越多、场面越大越好；等到做检讨的时候，人越少、场面越小越好。那成什么啦？’好，重新到广场上去，临时搭了几个桌子，拉上了有线喇叭，然后，我就说了：‘社员同志们，作为一个副部长，我为我们把质量这样差的拖拉机卖给你们感到害臊。我们的工作没有做好，这等于坑了你们，骗了你们。你们的钱，辛辛苦苦，挣得不容易，我们再也不能这么欺骗你们了。现在，我要给你们交个底，你们暂时不要买这个厂生产的拖拉机，如果他们不改变这个现状，你们就永远不要买他们的拖拉机，他们生产的拖拉机，从全国来说，质量是顶糟糕的。

“‘告诉你们这么一件事，你们就明白了。这个工厂附近的一个公社，买了他们一台拖拉机。有些零部件，老得拉回厂子去修理。他们还算不错，占了离厂子近的便宜。一开始，社里还派个社员赶着小驴车，送到厂子里去。后来社里也烦了，不再用人押送，只要把返修的零部件往小驴车上一放，再给小毛驴一鞭子，小毛驴自己颠巴颠巴就能拉到厂子里去。往大门口一站，传达室就放它进去。工人把那零部件拿下来，三捣鼓两捣鼓之后，再往驴车上一放，小毛驴又颠巴颠巴地拉回来。社员同志们，连小毛驴都跑得识

了路,你就说说这拖拉机的质量怎么样吧。’

“台下的人鼎沸了,生气了,着急了。直嚷嚷:‘那怎么办呢?我们都订货了。’我当场回答他们:‘退货——退货——’把那位厂长气得面孔煞白。他当时心里准想:‘文化大革命’期间这老家伙坐牢真是活该,怎么不多坐几年?!可他不敢说什么,我是部长,他是厂长。等级观念也还有它一定的好处,是不是?我真纳闷儿,为什么这样的厂长,就不敢碰碰他。还了得啦?难道背回拖拉机就算完事了?以后怎么办?照样生产这样的拖拉机?为什么我们的干部、厂长,别管他赚钱、赔钱,能干、不能干,一当就是一辈子?这种厂长、干部,在哪儿工作哪儿垮台。不治治他还行?

“底下又嚷嚷起来了:‘退了货上哪儿买去呀?我们的生产上急等着用。’

“我说:‘找黎明拖拉机厂,他们生产的拖拉机质量又好,价钱又便宜,服务态度也好。’这就叫竞争的好处。谁也别想像过去那样躺在包销的办法上吃大锅饭,不行就没人要。卖不出去就发不了工资,工人就不答应你,你这个厂长就没好日子过,你得千方百计地行动起来找出路。那种厂长才像个厂长的样子。

“有个会计问我:‘没有分配指标能买着拖拉机吗?’

“‘那是老皇历啦,现在扩大了企业自主权,厂里也有点权啦。’

“我一下子被包围起来,他们不大相信这是真的。我把你六月份批准黎明拖拉机厂登广告的事情讲给他们听,还告诉他们那条广告登在几号的报纸上。有个书记问我:‘生产资料进入流通领域合适吗?马克思老祖宗可没说过。’

“我说,‘马克思没讲的事多了,难道我们就不知道怎么活了?

只要对发展社会主义生产、对发展国民经济有利，对实现四个现代化有利，那就符合马克思老祖宗的原则。’”

说完，还不等别人有什么反应，汪方亮自己便开心地大笑起来，眉宇之间流露出十分的得意。

“汪叔叔，您太可爱了。您这才像个部长的样子，要是都像田伯伯那样当部长，我也能当，不就是划划圈嘛。再不就是什么‘按上面的精神办’，‘我同意大家的意见’，他自己究竟准备怎么办？谁也不知道。”

“圆圆。”郑子云严厉地喝住她。

圆圆噘起嘴巴，把眼睛一翻：“本来嘛。”

汪方亮说：“圆圆，你怎么可以批评你未来的公公。”

“谁要他这个公公。”

“咦，不是你和他家老三在搞对象吗，这有什么好保密的。”

夏竹筠脸上很不是颜色。汪方亮说话一向不照顾别人的隐私和面子。

“哼，我才不和这种人交朋友呢。”

“什么这种人那种人的，他有什么不好？”夏竹筠抢白圆圆。

“谁觉着他好，谁和他过去。”

“圆圆，你怎么越说越不像话了。”

圆圆把筷子一摔，踢开椅子，一拧身，回自己房间去了。

“何必提登广告的事呢！”郑子云全然不理会她们的争吵，继续方才的谈话。

汪方亮严肃起来：“老郑，我佩服你的勇气。”他停住，觉得没有必要再深说下去。彼此是深有了解的老同志，什么风浪没经历过，什么惊心动魄的场面没见过？但郑子云挺身而出，为黎明拖拉机厂登广告承担责任的做法，还是让他感动。那还是夏天，刚刚开始谈市场，谈利润，谈竞争。

像拖拉机这种生产资料，按现行管理体制，工厂按计划数字生产。然后按行政层次，由省呀、地区呀、县呀一级级切块分下去。现在是计划任务不足，工厂的能力还没发挥一半，而下面急着买拖拉机的单位又没有分配指标。工厂宁可闲着赔钱，也不能多生产一些，卖给急需的单位。谁要是卖了，就是私分。根据把经济搞活的精神，郑子云和黎明拖拉机厂的同志，一同详细地研究了厂里的计划任务、能力和材料情况，认为在满足计划外，还可以生产一批供应市场。并把这一情况报给上级主管部门，取得了他们的同意。又建议工厂在报上登个广告，欢迎国内外用户直接订货。生产资料登广告，当时还是头一回。他对广告稿一个字、一个字地进行过斟酌，认真地做过修改，最后由他签字批准。他想，就是有一天翻腾起来，厂子里也有案可查，有头可寻。谁能担保哪一天不会翻个个儿呢？以前遇到的这种事还少吗？郑子云怕厂子里到时候吃不消。

这在过去的年月，也许算不了什么。然而这十多年来，不正常的政治生活，压弯了多少人的脊背啊，这不能不让人感到痛心，也更加让他感到郑子云不为世俗利禄、切身利害而盘算的可贵。

这一下子，工厂的任务饱满了，亏损扭转了，职工的劲头也上来了。这么一件合情合理的事情——农民有需要，工厂有能力、有料又不影响国家计划——却引起了很多的议论。

也许几年以后，人们会奇怪，当时为什么那么死心眼，一件合情合理的事，却是那么不好办呢？

人,可能就是这个样儿。钻进哪个模式里去,再钻出来还真不容易。像鲁迅先生说过的,现在我们吃螃蟹,是件很平常的事。但世界上第一个吃螃蟹的人,当时可得有好大的勇气,一定还有很多人认为他是胡闹——过去多少辈子都没人敢碰的东西,书上也没有写过,你干吗去碰呢。

汪方亮沉思着,顺手从口袋里掏出一盒香烟,抽出一支递给郑子云。

郑子云摆摆手。

汪方亮那矍铄的目光,不无讥讽地一闪:“老婆下命令了?”

“这么大年纪了,谁还管谁呢,下午吸得太多了。”

“管归管,干归干,皆大欢喜。我一向就是这么对待不能苟同的意见。”他笑眯眯地从另一个口袋里掏出一个上面印有精致图案的硬壳小纸盒,看了郑子云一眼,然后摇头晃脑,阴阳怪气地念着:“本品系由砂糖、液体葡萄糖、胶姆基体等添加部分生物制剂及天然药物制成,经试用,戒烟效果良好,兼有润肺、止咳、提神、健胃等功能。使用方法:每用一片,咀嚼三十分钟左右,按烟瘾不同,可有二至四小时之效果。戒烟胶姆糖,要不要试用一下?”

郑子云并不答腔,知道他有时好弄点玄虚。

汪方亮打着哈哈:“老婆的命令,不可不从。烟瘾太大,不可不吸。我就又吸烟又吃糖,既照顾了老婆的情绪,又体贴了自己,两全其美。”

这就是汪方亮。他就这样周旋于各种矛盾之中。

但对即将到来的,可能会动摇某些根本观念的冲突,这套办法够不够呢?

过去,人们爱用什么阶级斗争、你死我活这一类的字眼,好像只有在敌对的营垒之间，才会发生如此激烈的冲突。难道在同一营垒之内，新的、进步的观念和旧的、陈腐的观念的冲突会比这和缓一些吗？纵使不提你死我活，也找不到恰能说明其激烈程度的词汇了。

那些旧观念，根深蒂固地渗透在许多人的意识里，并且被视为天条而不可犯。

这些旧观念有时真像一张罗网，把所有的人都紧紧地罩住、捆住。要活一块活，要死一块死。要是这里面有一个人死去了，腐烂了，谁也别想松动一下手脚把这腐烂的尸体处理掉，谁也别想把鼻子伸到罩子外面去呼吸一下新鲜空气，大家就这么臭着、熏着。

历史必然淘汰这许多人会拼死命去维护的天条。困难就困难在这些人，偏偏又是自己的同志，甚至是好同志。

然而，共产党人是什么呢？是推动历史车轮前进的人。

现在被视为大逆不道的，在不远的将来会成为天经地义。

当一八四七年，马克思向全世界发出"全世界无产者，联合起来！"这个号召时，响应者很是寥寥，而四十二年后，一八九〇年五月一日，恩格斯在伦敦为《共产党宣言》再次重写序言的时候，全世界无产者已真正联合起来了。

五

床头柜上的小闹钟，指向六点十分，实在该起床了。可以听得见大街上越来越热闹的市声。也许因为她是汽车制造厂厂长的妻子，在这纷沓的市声中，她对汽车的声音尤其敏感。现在，她几乎能从汽车的喇叭声,行驶时的隆隆声,分辨出载重汽车、翻斗汽车、吉普车、小卧车。

她准备给陈咏明做一顿丰盛的午餐。难得他有一天在家休息,陪她一块吃饭。想到这里,她微笑了一下。她在笑自己:一个以丈夫为中心的傻女人。一样的饭菜,但有他在,仿佛连味道都不一样了。一样的房间,但有他在,仿佛连温度都升高了几度。

可是,郁丽文依然一动不动地躺着,她怕惊醒了睡在身边的丈夫。她轻轻地从枕头上侧过头去,端详着陈咏明那张瘦削的脸。

他累了。睡得真死,摊手摊脚的,一副愁眉苦脸的样子,眼睛深深地凹进去。五十多岁的人,头发几乎全白了,又挺长,多久没理发了?胡子也没刮。昨天晚上,当她把脸颊贴在他脸颊上的时候,那胡茬子刺得她好疼。她问:“你多久没刮胡子了?”

他只是心不在焉地笑笑,没有回答,不知在想些什么。

她拍拍他的脸颊:“想什么呢?”

“说不清楚,好像没想什么。”说着,特别经心地亲亲她的额角。那亲吻,只是一种疼爱而不是热情。唉,难道她还是那个没和他结婚的小姑娘,需要他来哄着的吗?好像有个沉重的、无形的东西压在他的心上,使他不再对其他事情发生兴趣,哪怕是拥在他怀抱里的,他其实是那么疼爱的她。

他们结婚很晚。要不是一九六二年他得急性肝炎住进了医院,他大概永远抽不出时间去谈恋爱、结婚。这样的事情,现在的青年人已经不理解了,也不相信有人这样生活过。那年,他三十七岁;她呢,二十三岁,刚从医科大学毕业的实习医生。

每天,他躺在病床上,巴巴地看着病房的门,看得他眼睛发酸。为的是看一眼那个穿白大褂的身影,在门前一闪而过,或是笑盈盈地走来。

他这才发现，除了产量、产值、固定资产、流动资金、国家计划、企业利润……之外，世上竟还有可以占据他的精神、力量和情感的东西。

那双疏淡的、分得开开的眉，尖尖的嘴角，温和的眼睛，娴静的举止，像一个可以栖息的窝，坐落在一树浓荫里。

他谈恋爱，也像他做工作一样，疾风暴雨地、不顾一切地猛打猛冲。

一见倾心。有人责怪他。

一见倾心又有什么不可以？如果我们真诚相爱。

她不是共产党员。有人提醒他慎重。

不是共产党员难道是一种过错？被成见关在门外的，一定就比门里的不好吗？什么时候我们才能摆脱形而上学的观点而学会从本质上认识事物呢？

她那双温和的眼睛惶惑了："我配吗？我会使你幸福吗？"

他把她搂进自己宽阔的怀抱："小姑娘，你是为我而生的。"

可是，那是怎样的恋爱啊。

急急地脱下白大褂，饭也顾不上吃，赶到约会地点。饿着肚子，靠在他的臂弯里，花前月下地走来走去。"啊，你没吃饭吗？"好像他不知道她也像一般人一样，需要吃饭才能活着。"我真该打。打我吧。"他拿起她的小手，执意要她打他。然后，东奔西跑找个可以吃饭的地方。她呢，又舍不得时间，光吃一顿饭，就会占去他们二分之一的相会时间。而他给她的时间又少得那么可怜。

或是，她在公园的长椅上，白白地等上一两个小时，他才怒气冲冲地赶来。不知是朝她发脾气，还是朝她求婚："我们结婚吧，我们还要谈多久恋爱？我没有时间。”

或是，一个电话：“对不起，我不能离开。原谅我，亲你。”

“……”

“为什么不说话？”他开始提高嗓音。

“……”

“唉，好吧，也许，十点钟我可以有半个小时的空闲，到我的办公室里来好吗？”

于是，在一个夏季的下午，她任凭着他紧攥着她那只白皙的小手，到街道办事处办理了登记手续。

慌乱的心情和炎热的太阳，几乎使她昏厥。

他们曾站在一棵槐树下。许多“吊死鬼”悬着长丝，从枝叶上垂落下来，有一条还直落到她的脖子上。她发出一声有气无力的呻吟，把头靠在他宽阔的肩上，眼睛潮湿了。陈咏明从口袋里掏出那皱得不成样子的大手帕，为她揩去额头上的汗珠，忙不迭地连声问道：“怎么了？怎么了？”

郁丽文在他的声调里，听到了从未有过的慌乱。她知道，像他那样的人，是不会慌乱的，即使面对将要灭顶的灾难。他分明把她看得比什么都重，只不过他觉得那是无须言表的。如同心在胸膛里跳着，有谁会经常顾及那永远和自己在一起的心呢？但如果没有了那心，人便会死了。

一切全是新的，齐全的。但新房仍然显得空荡。

陈咏明毫无头绪地在房间里忙乱着。或是把地板上摊着的纸盒放到窗台上去，而在开窗户的时候又把它们堆到墙角里去。

最后，他张开两只大手，对郁丽文说：“对不起，今天我好像应该洗个澡。”

“要不要我给你烧点热水?”她不知道该怎么办,她害臊。像那些堆在地板上的家什一样,好像还没习惯这个新家,还没有找到自己合适的位置。

“不用,谢谢。”哗啦、哗啦,他在厕所的冷水管子底下洗了好久。

湿淋淋的头发下,一张神清气爽的脸,散发着肥皂新鲜的气味。

“我的小妻子,我们要不要做晚饭吃?”有很多家什,可是他们偏偏找不到做饭用的东西。

饼干,新婚之夜的晚餐……

婚后的生活是幸福的。

时间总是那么少,感情在时间的挤压下浓缩了。陈咏明的一个亲吻会让郁丽文几天几夜不能从那种燃烧着的感觉里清醒过来。然后是长长的等待后的另一次爱抚。出差,出差,经常的分离保持着情感的新鲜。

做陈咏明的妻子是困难的,但也是值得骄傲的。当郁丽文还是一个充满幻想的少女,在她梦幻里出现过的理想丈夫,不正是这样一个不会对困难屈服的、强有力的男人吗?

唉,焦急,担心,惦念,心疼……“文化大革命”期间,他差点儿没让人打死。在阴湿的“牛棚”里关了几个月出来,浑身上下的骨节都得了关节炎,路都不会走了。看着那样高大的一个身躯突然变得佝偻,那样一个硬挺挺的汉子,却要扶着墙一步步地挪动脚步,郁丽文肝肠寸断了。她四处奔波,为他找药、煎药,熬了种种草药在他的关节上热敷。他还要说俏皮话:“我要劝说所有的男人,他们应该找个大夫做老婆。”

她笑着,可是眼泪却一滴滴地掉在丈夫正在热敷的肩膀上。

陈咏明扳过她的肩膀,她却把头扭开,不看他的眼睛。而他,固执地把她湿漉漉的眼睛对准自己:"我不是好好的吗?等我好了,我背你爬香山去……"

好倒是好了。可是漆黑的头发却开始花白,逢到阴天下雨,每个关节都疼痛难当,像把生了锈的锁,开动起来,吱吱嘎嘎地响。这一切都瞒不过一双医生的眼睛。

当然,他们也没能去香山。

两年以前,郑子云副部长亲自找陈咏明谈话,准备派他到曙光汽车厂出任厂长。

郑子云好像存心要把陈咏明吓倒:"……不过我要先把底交给你。生产嘛,是连年亏损。设备完好率只有百分之三十五,你知道的,部里的要求是百分之八十五。挺大的车间,却没有地方下脚。铁屑、加工件、毛坯、废件,满地都是,一层摞着一层。投料不按生产计划,投一次够你用半个月,也堆在车间里占地盘。

"职工生活嘛,一千多人没房子住。一间屋,布帘子一拉,住两家。晚上倒班,不敢开灯,怕影响别家休息,黑地里,据说还有上错床的。"说到这里,郑子云停住了,好久没有言语。下巴支在交叉的十指上,坐在那里不知想些什么,陈咏明还以为他说完了。只见他叹了一口气,对陈咏明微微笑了笑,好像为自己突然中止了谈话表示歉意。

郑子云继续说下去:"托儿所送不进去孩子。房顶上有些瓦坏了也不补,露着天。外头下大雪,屋里飘雪花,把孩子赶到不漏的那头住去。玻璃碎了、窗框子坏了,全用木板一钉,弄得房间里黑乎乎的。还有人把垃圾往托儿所院子里堆。在这样的环境里,孩子们怎么生活呢?

“食堂也是乌七八糟,案板上的灰尘有一个小钱厚。医务室装中草药的麻袋成了耗子窝,拉上耗子屎,那些中草药就只能当柴烧。工人呢,却配不齐药。

“另外,还有上百个人的问题没有落实政策,几百个待业子女没有安排工作……”

他好像很了解汽车厂的情况,大概常去厂子里看看、走走,陈咏明想。

突然,郑子云像和谁吵架,气汹汹地说:“……部党组经过研究,认为你去还是合适的。”

“这样大的厂子,我从来没管理过。”

“是啊,是啊,这么一个烂摊子,搁在谁身上都够瞧的,已经换过好几任厂长了。部里就有两位局长在那里干过。当然,那是‘四人帮’横行的时期,谁也别想干成一件事。现在,干‘四化’有了相当充分的条件,当然也还有各方面的困难。对许多重大的问题,还存在着认识上的分歧。比如,到了现在还要讨论生产的目的是什么,这就涉及到积累和消费的比例问题。唉,共产党是干什么的?开宗明义第一条,是为老百姓过好日子的。怎么到了现在这个问题也成了问题!还有,思想政治工作是要把人变成唯命是从的奴隶,还是最大限度地发挥人的积极性,把他们提高到备受尊重的地位?像这些早就应该认识的问题,有些同志到现在还不认识。认识上不一致,实行起来就更加困难。有些人,干了很多年的革命,当了好些年的党员,说到底,偏偏就没有真正了解马克思主义是怎么回事……情况就是这样,我不要求你现在就答复,你可以考虑几天。”

不但陈咏明在考虑，和他要好的同志、朋友也在替他考虑。了解那个厂子内情的劝他："你到哪里，搞上去也得栽下来，搞不上去也得栽下来。"

也有人说："凭你这个级别，坐曙光汽车厂那把椅子屁股小了点儿。"

"你镇得住吗?!"

而陈咏明考虑的，并不是他将遇到的盘根错节的人事关系；层层组织像一套生了锈的、每个环节都运转不灵的机械装置；企业的亏损；生产任务的拖欠；职工中亟待解决的问题。他想的是，如果在战场上，作为一个共产党员，应该自告奋勇地到那最危险的、九死一生的阵地上去。

人们很难说清，自己的某些素质，何时、何地、因何而形成。

一九四九年报考军政大学的最后一项考核：口试。站在他前面的是一个身穿阴丹士林布旗袍的孱弱女子。看上去十八九岁的样子，却是菜一样的脸色。浮肿的眼皮，遮着一双羞怯的眸子。一个满脸络腮胡子、穿着灰布军装的人，坐在一张桌子后面。那人大概很高，长长的、打着绑腿的脚从桌子下面伸出。他左手托着腮帮子，用以支撑似乎其重无比的头颅。他一定被那些不断重复的问题弄得头都大了。右手里的那支笔，显然比他背上的三八枪更使他感到难以对付。桌上，是一大摞参加口试人的有关表格。每个人回答过他的问题之后，他便在表上做一个记号。

他问那女子："你为什么要参加军政大学?"

她期期艾艾地回答："为了工作。"

"你是不是全心全意为人民服务?"

"一半是为人民服务，一半是为自己吃饭……可能算半心半意吧?”

只见那人低头哗啦哗啦地在纸上记着,如同拿刀子在割一块牛皮,根本不看站在他面前回答问题的那些人。也许不能那么苛求他,他累了。如果他能抬头看一看站在他面前那个诚惶诚恐、十分诚实的女子,他也许不会在她那张表格上打个×了。那可怜的女子,甚至不敢看一看他在表上做了什么记号,便心慌意乱地走开了,并且差一点让他伸出桌外的长腿绊了一跤。一个人的前途,便这样草率地、武断地被否定了。

陈咏明严肃认真、实事求是的作风,也许就是从那一天开始逐步形成的。

无产阶级不但要解放全人类,还要解放无产阶级自己。这解放不但意味着物质上的解放,还意味着精神上的解放,使每一个人成为完善的人。

未来的世界,应该是人的精神更加完善的世界。从现在开始吧,从自己开始吧,让这个世界早一点到来吧。

十天之后,陈咏明对郑子云说:“您的具体要求是什么呢?”

郑子云说:“第一是把质量管理搞起来,汽车厂是流水生产,不能靠手艺过日子。第二是搞均衡生产,把再制品压下来。第三每月生产要逐步上升。你是个老厂长了,其他方面,自己参照部里整顿企业的要求去办。那么你也谈谈,你有什么要求呢?”

“您既然把这副重担给了我,我希望搞好它。这些日子,我脑子里也有些想法,但必须真正有了厂长的权力才能实现它。所以我只有一个要求,让我行使这个权力。我不是为自己争这个权力,我要它有什么用?我是为厂子的发展,最终是为生产的发展。可是这个权力，您能给我多少呢?”

“能下放的权力，部里一点儿不留，不会舍不得的。限度嘛——”郑子云思索了片刻，“你能接受得了，部党组也能领导得了，你看怎么样?”

“要是这样干下去，和现行的管理体制有冲突呢?比方，这两年国家投资压缩、任务不足、计划指标低，要是有材料、又有单位订货，我能不能扩大生产?”

“可以自找门路。为什么宁可让工厂闲着，大家坐吃大锅饭呢?只要符合客观经济规律的办法，我也尽量行使这个部长的权力。我能承担的责任，我将尽力承担。要是有人告状，我会帮你含糊过去。”然后他诙谐地做了个睁只眼闭只眼的动作。

陈咏明很少将对人的好感、崇敬溢于言表。在这番谈话之后，他不由伸出他的大手，紧紧地握住郑子云那瘦骨嶙峋的手。

有这样一位领导，底下的干部就是吃再多的苦，受再多的累，心里也是痛快的。

不论丈夫做出什么决定，郁丽文都认为是正确的。她也许不甚了解那件事情的道理，但她相信自己的丈夫。四十岁的人了，对于复杂的社会生活，仍然执著女学生式的单纯见解。这自然也有它的长处，使她不必像女政治家那样没完没了地分析，太过聪明地对待人和事，在丈夫的精神上增加压力和忧虑，干涉丈夫的决策。

她注意的只是陈咏明的脸庞是不是瘦了，眼睛上是不是布满了红丝，心情是不是忧郁……她只管用女性的温柔，使陈咏明那疲劳的身心得到抚慰。她不过是一个简单的女人，陈咏明怀里一个娇小可爱的妻。

郁丽文忍不住伸出手指,轻轻地抚摸陈咏明那霜白了的鬓角。

门上响起了手指头弹门的声音。"嗒、嗒、嗒、嗒",四下,又四下。然后是压低了的笑声和争议声。

儿子。双胞胎的儿子。这,陈咏明也自有高见:"好,一次完成任务,符合多快好省的精神。"

陈咏明答应过,今天带他们去滑冰。小家伙们兴奋了,难得陈咏明有空陪他们一次。竟然不要妈妈叫,自己就起床了。

郁丽文不理会他们,让丈夫再睡一会儿吧。儿子仿佛猜透了她的心思,她听见他们在门外嘀咕了一会儿,懂事地走开了。

可是陈咏明还是醒来了。活力、精神,全都回到他的脸上,好像刚才那个愁眉苦脸睡觉的汉子是另外一个人。他抓起郁丽文贴在他面颊上的手掌,仔细地看着,把弄着她的十个手指,然后又依次把她的十个手指亲吻一遍。他大声地清理着喉咙。暖气烧得太热了,每天早上醒来,他的嗓子都觉得发干。

门上立刻响起了擂鼓一样的敲门声。不等回答,房门就大大地敞开,两个儿子像两枚炮弹一样地射了进来。陈咏明站在地板上,平平地伸开两条胳膊,大力吊着他的右膀,二力吊着他的左膀,父子三人在地当间儿像风车一样旋转着。

打发他们吃过早饭,郁丽文和他们一同走出家门,看着父子三人的背影渐渐地走远了,她才往菜市场走去。

在买黄花鱼的队伍里,大庆办公室主任的夫人和政治部主任的夫人,嘁嘁喳喳说得十分热闹。她们看见郁丽文走过,便死拉活拽地要她插进队伍里来:"今天黄花鱼很新鲜,就排我们前头,眼瞅就轮到我们了。"

"不,这不好,后边的人该有意见了,再说我也不打算买鱼。"郁丽文脸红,不安。她不愿意加塞儿,又觉得谢绝了她们的好意于心不忍,只好硬着头皮赶紧走开。

两位夫人撇嘴了:“和她丈夫一样,假正经。”

“正经什么,陈咏明从日本回来的那一天,她去飞机场接,当着那么多人,两人就胳膊挎着胳膊,身子贴得那么紧……啧,啧,啧。”说着怪模怪样地笑笑,“等回家再亲热就来不及啦?”

“人家是知识分子嘛。”

“是呀,现在知识分子又吃香了,自从邓小平说知识分子也是劳动者以后,我看他们的尾巴又翘到天上去了。”说话人紧紧地咬着牙齿。

两条舌头,没有一条涉及到家长里短以外的事情。但是,她们立刻从彼此的语气、眼神、跳上跳下的眉梢、嘴角旁边皱褶的变化,挖掘出深埋在她们心里的那股怨愤。由于陈咏明给她们造成的、无法用斗量,也无法用秤称的损失——她们的丈夫一夜之间就从顶不费力气的、又顶受人敬畏的官职上退下位来——她们丢掉了过去的一切宿怨,结成了神圣的同盟。

六

早上接班,李瑞林到得挺早。他在厂子门口,呆呆地站了许久。心里什么滋味儿都有。两个多月没来上班,身子骨倒是清闲了,脑袋瓜可一直没闲着。想不到他这个给别人治了二十多年“思想病”的支部书记,有一天自己也会得这种病。奇怪不奇怪。

起先,是气愤。然后,是悲凉。再后,是躺在炕上猜谜:他不上班，别人会往哪儿想？会不会来动员他上班？谁会来找他谈话？批评他，还是跟他说好话？为什么要把各车间的专职书记给撤了？陈咏明抽的什么风？还要不要党的领导？自打他到厂里以后，离辙的事儿干得真不少。他在“文化大革命”当中没挨过整，还是没给整够？

听说基建处处长董大山已经把陈咏明告到部里去了。董大山部里有线。宋克局长在这里当厂长的时候，董大山就是宋克家里的常客。董大山手里有物资啊！那些年，光有钱不顶事儿。你手里要是有物，就可以换房子、换工作、换人……凡你想要的东西，都能换。再有，打个家具啦；修个“厨房”啦——那厨房讲究得给宋家老大做了新房；利用关系户，把宋克不便直接插手的老二，从农村弄了回来，还安排到哪个基建工程队搞宣传，又轻省、又不惹眼。

听说宋克局长还要提副部长呢，陈咏明这样折腾下去，能有他的好烟抽吗？

想到这里，李瑞林又着实为陈咏明担心。

虽说陈咏明这个人，说拉脸子就拉脸子。以实求实地说，陈咏明是个敢说敢当的正派人。遇见那些聪明人绕着弯子走的事，他呢，不缩脖子，不眨巴眼，对准目标，照直地走过去。

这不是哪儿泥泞，偏往哪儿踩吗。

“文化大革命”期间，一个造反派的头头，把李瑞林全家打跑了，占了李瑞林家的房。因为“文化大革命”以前，支部书记李瑞林处理过他的问题，“文化大革命”一来，他翻案了，说李瑞林处理错了。当时，处理意见李瑞林请示过厂党委，不能由李瑞林一个人负责。再说那件事也没有处理错。他不过是伺机报复，抓住李瑞林不放，撵着李瑞林两口子乱打。吓得李瑞林老婆直抽风，弄得李瑞林全家住没处住,躲没处躲。

陈咏明对保卫处长说,这件事闹得李瑞林一家到处流浪,连人身安全也没有保障,干部里头,反应强烈。如果老不处理,人家怎么工作呢?保卫处应该干预这件事。

那时,谁也不知道陈咏明有多大能耐。曙光汽车厂是个大厂,那些见过世面的处室干部,有些根本不拿陈咏明当回事;有些对新厂长抱着观望态度,等着瞧他怎么开张。陈咏明处处体会到了由于屁股太小,坐这把交椅的难处。

保卫处长根本没理陈咏明的茬儿。

第二次,陈咏明又拉上一位党委副书记和保卫处长谈话,他还是不理。

第三次,保卫处长还是不管。并且带着对不知就里的人的讥讽说:"我的工作,受公安系统的垂直领导,不能乱抓。"

陈咏明说:"我没有做过保卫工作,我在这方面的知识,一无所有,政策水平也不高。但我有三个问题向你请教,请你回答。一,你这个保卫处是保卫什么的?他把李瑞林同志的房占了,还提溜着棒子到处打人家,这是不是侵犯人权?是不是违反宪法?二,我承认公安系统对你的垂直领导,但厂党委对你是不是也有领导权?这个双重领导是以厂党委为主,还是以公安系统为主?三,今天是第三次找你,限你三天之内,把这个造反派从李瑞林同志家里弄出去。你究竟干不干?你得正面回答我。"

陈咏明像个精细的泥瓦匠,把所有可以隐遁的小缝都给泥上了,弄得保卫处长无处可钻,他拐弯抹角地表示着自己的不敬:"我可以按你的意见执行,但我保留自己的意见。"

陈咏明威严地说:"你可以保留意见,这符合组织原则。但你能执行领导的决定,这个态度还是好的。”

真稳得住神儿！够辣的,保卫处长想。第二天他只好把那个造反派弄出了李瑞林的家。

不久以后,在全厂干部大会上,陈咏明原原本本地公布了这三次谈话的内容,最后还说:“我不相信这么多人的一个大厂,就找不出个保卫处长,这个保卫处长非得你来干。”

保卫处长就在会场的前排坐着,一点没料到陈咏明会来这一手。简直像当头一棒,他蒙了。这么多年来,他还真没遇见过这么厉害的主儿,竟敢摸他的屁股。

陈咏明果断地改组了保卫处的领导班子。上上下下,好一阵热闹。由于闹派性,这个处连党支部都成立不起来。

反正厂里的人,对陈咏明要么恨之入骨,要么拥护得要命,持中不溜儿态度的很少。

两个多月,偏偏没人理李瑞林的茬儿。他沉不住气了,去找陈咏明。

陈咏明劈头就问:“想通了?”

“想通想不通,以后再说,先工作吧。”

“这就对了。有些事儿,不是一下子就能想通的,那就慢慢想吧。”

这句话还说得尽情尽理。

下一句,可就不行了。“这两个月的工资,我已经通知财务科,超出七天以外的,全部扣发了。七天之内,算你事假。老李,咱们是老同志了,就算想不通,不该不上班。你做了那么多年的思想政治工作,难道不知道这一点?”陈咏明原先还很柔和的眼神,变得死硬起来,甚至还有些烦恼的样子,好像这谈话,这决定,都让他感到极大的不快。

李瑞林闹了两个多月的情绪,陈咏明没短了一天的思虑。他知道,扣发李瑞林工资这件事,不但会引起李瑞林极大的不满,也会引起其他人的不满。毫无疑问,有那么一伙人,还会在这个问题上大做文章,去迎合一部分人的不满情绪。眼下什么东西都在涨价,扣两个月工资,真够李瑞林受的。但是陈咏明宁愿完事儿以后,自己掏腰包送一部分钱给李瑞林,也不能不这么干。作为这个厂的厂长,如果没有这个“狠心”,要是任何一个人,因为任何一件事不顺自己的心,就撂挑子躺倒不干,怎么办呢?不是已经有人在处心积虑地找岔子,钻空子吗?

比方像董大山那样的人,因为自己后台硬,不是处处刁难他吗?简直是骑在他脖子上拉屎撒尿,使他无法开展工作。

进厂的时候,有个车间的土建工程还没完工。陈咏明了解到要完成汽车厂当年的任务,这是个突破口。便把董大山找了来。“这个车间是不是打个歼灭战,早点投产。你找几个人研究一下,提个方案。”

董大山想,哼,新官上任三把火。你这头把火就烧到我头上来了,看我好拿捏?嘴头上却答应得挺好。半个月过去了,什么动静也没有。

陈咏明问:“上次说的事,你研究了没有?”

董大山一点也不亏心地回答:“没有。”

“你抓紧研究研究好吗?什么时候可以完工?”

“你说呢,你想什么时候完工?”董大山歪着头,眯缝着眼睛,反问陈咏明。他在看陈咏明的笑话,看他能说出个什么道道。他觉得陈咏明初来乍到,两眼一抹黑,什么情况都不知道。

陈咏明也确实好像没有主意地说:“我问你的意见。”

“要我说,十月份。”董大山信口说道。

“还是找几个人研究一下,是不是可以缩短工期。”陈咏明恳切地要求。

“我看没那个可能。”

“你还是找几个人研究一下,能不能缩短工期。”陈咏明的口气强硬起来。董大山把他的耐心,看作是软弱可欺了。

又过半个月,一问,董大山还是没研究。

陈咏明不满意了。“怎么回事? 还没研究?”

“你到底想要我什么时候完成?”还是那句话。

又来了,陈咏明心里暗笑。“我想顶好明天就完成,你办得到吗?”

“这不是开玩笑吗!”

“是玩笑。但我希望越快越好。你是搞基建的,应该心中有数。”

董大山被他缠得烦了,又答应研究研究。

再过半个月,还是没信儿。

陈咏明想:伙计,你太“轻敌”了。

陈咏明刚到厂子的时候,一个多月,什么话也没说,什么事也没办,先把大大小小的角落都走到了,看遍了。有关这个收尾车间的土建情况,他早已调查清楚。

陈咏明第四次找董大山。“你到底打算怎么办?”

董大山嬉皮笑脸地跟他泡:“你到底要求什么时候完工?”

“我说不出。你既然负责这个工作,你就得拿出个最佳、最快的方案来。”

“什么时候拿方案?”

“五天以后。”

“五天?! 要了我的命我也拿不出来。”

“咱们得把话说清楚,我给你的期限可不是五天,而是一个半月的时间,对不对? 你自己可以算一算。我可不是不讲理的人。事情有再一、再二,哪有再三、再四? 我也知道五天你拿不出方案,但这是你自己造成的。按照我的经验八天就够了,不过我可以给你十天的时间。十天以后,必须拿出方案来。”陈咏明用不容分辩的口气说。他已经下了决心,董大山再拿不出方案,他就先撤了他。厂长的权力范围里有一条,叫作“临机处置”。不这样整整他,还能进行工作吗?

这几句话让董大山感到一些分量了。他开始琢磨陈咏明:这到底是个什么等级的对手? 但他还要试一试他以为可以拿住陈咏明的那个法宝。“你到底要求什么时候完成?”

“‘五一’。这个时间比较实事求是。你为什么非说‘十一’不可?”

董大山的脑袋摇得像个货郎鼓。列数着“五一”不能完成的种种原因。陈咏明也不插嘴,抱着两个膀子,笑眯眯地听他说。董大山发现,他越说下去,陈咏明的嘴咧得越大。

陈咏明耐心地等他说完,才不慌不忙地反驳。“你说收尾工程量很大? 根本不是那么回事。”陈咏明从口袋里掏出一个蓝色塑料封面的笔记本,用手指头轻轻地弹了弹笔记本的封面,发出“嗒”的一响,董大山觉得那一指头像弹在了自己的脑门上。“我已经全部调查清楚,收尾工程一共二十一项,每项工程的工作量,都在我这个本上记着。是像你说的那个情况吗? 你强调车间里要安几十台床子，床子有大有小，非常复杂。你大概忘了，我是从哪里来的吧？我是从机床厂来的，摆弄了二十几年的床子，难道不如你？你给我来这一套？你真是看错人了。车间里一共要安四十台床子，每台床子的型号、规格、重量，以及多少个地脚螺丝全在我这个本子上，是像你说的那个情况吗？至于混凝土的养生期，在气温低的情况下，也不是不可以加快的。你可以用电养生，也可以加化学制剂，有一周时间足够了，为什么非二十八天？我可以向你介绍一下我的履历，我还搞过八年的基建，你没想到吧？你以为你很聪明？别给我来这一套，你还是老老实实的，十天以后交出方案。”

这一席话听得董大山目瞪口呆，他不得不对陈咏明刮目相看了。

后来，他们又打了第二个回合。

金工车间非常拥挤，机床也安得横七竖八，需要重新布置，合理流程。一些工段要迁出去，腾出地方，车间的工艺线路才能调整。

需要盖一个可以安装三吨吊车的九百平方米的厂房。根据陈咏明过去搞基建的经验，干基建主要是个组织工作，这个厂房三十天完成，他心里还是有谱的。

他召集计划处、基建处、运输处布置工作。“明天是星期天，基建处放线，运输处清理场地，下午挖方，夜间打垫层。现在天暖了，混凝土的养生期有四五个小时就可以了。星期一起基础。”

星期一早上，陈咏明上班一看，工地上一动没动。他很奇怪，布置工作的时候，没有人反对嘛！他到基建处去找董大山，办公室里没有，直到九点钟才把他找着。“今天应该起基础，怎么一动没动？”

“这个线我不能放。”

“这就怪了，星期六开会不是说得好好的吗？怎么不能放？”

“图纸没给，我怎么放？”

“我不是给了你一个平面图吗？”

“那不能作为放线的依据。”董大山振振有词。

“平面图不能放线吗？”

“不能。”

“这是标准厂房，十八米跨是标准跨距，平面图上标没标这个尺寸？”

“有。”董大山最怕陈咏明发问，他的问题像层层剥笋，最后非把你藏着掖着的东西剥出来不可。

“厂房的长度九百米，图纸上有吧？”

“有。”董大山觉得扣子一环一环地扣紧了。

“好，再问，安装天车的六米柱距是标准柱距你知道吗？”

“知道。”他不能说不知道，宋克不是在汽车行业的厂长会议上表扬过他精通基建业务吗？

“既然平面图上给了你这三个条件，你怎么不能放这个线？你想糊弄老百姓？你知道，我可不是种地的。三十天工期你给我耽误了两天。你到底能不能放这个线？你说，你到底什么时候才能放出来？”

“明天。”董大山垂头丧气地说。

“不行。今天下午三点你必须把线放出来，三点放不出来，你这个处长就别当了。”说罢，陈咏明转身就走。下午两点半一看，不但线放了，土方都开挖了。

陈咏明真想把董大山撤了。这么一件事，不但宋克打电话替董大山说情，连田守诚部长也给他打招呼。田守诚不可能认识董大山，这当然是宋克游说的结果。

陈咏明能不服从吗？一个是他的主管局长，一个是重工业部的部长。他能去问郑子云吗？“你说的话算数不算数？‘能下放的权力，部里一点儿不留……’”郑子云又能说些什么、做些什么呢？据说他的工作也并不顺利。

再说，他自己不是也得一而再再而三地做一定的迁就和让步吗？上次，田部长不知为什么缘由来厂里看看走走，他不是也同意报销一笔招待费吗？他说：“香烟嘛，就买三盒吧。他们要抽就抽，不抽不要打开，留着下次用。”原政工组组长深奥莫测地笑了。还有人说他小气。小气？谁不小气又从自己腰包里掏了一分钱呢？部长们在自己家里抽烟怎么办？也有人招待？明知这么做要讨人的不喜欢，但他要决心在自己的工厂里造就一种公事公办的风气。

据说，行政科的经办同志买了一条。那位行政科长不错，不给报销，说：“剩下的哪里去了？查不出来不要报销。”好，这么一来，下次就没有人再敢拿着公家的钱瞎花，并且从中揩油了。有反对的，不是也有支持的吗？

使陈咏明感到忧虑的还有，像李瑞林这种党龄不算短、党性比较强的同志，事情一涉及到自己头上，不但思想跟不上趟，甚至还产生了抵触情绪。而且，随着今后工作的发展，肯定还会涉及更多按老规矩办事的人。那阻力是多么的大啊！他，吃得消吗？

偶尔，他也会有力不从心的惶惑和短暂地丧失信心。这时候，他只要大步流星地在厂子里走上几圈，心里的郁闷渐渐就会被随时遇到需要他裁决的各种问题所驱散。他没有时间发愁，他必须把百分之百的精力投入这复杂的生活中去。

扣工资的事，气得李瑞林七窍生烟，可他既没跳也没闹。他知道这事不能闹。他不在理，摆到桌面儿上说不过去。不管怎么说，在他那杂乱的思想里，还有一根弦总在提着：我是三十多年的老党员了……

老吕头还按着老称呼招呼他："李书记，您——来得这么早哇。"

老吕头的两个门牙已经豁了，说起话来直漏风。所以，那语调更让李瑞林感到一种落魄的凄凉。

他原想对老吕头说："别叫我书记了，往后，就叫我老李吧。"话到嘴边儿，却硬是说不出来。

一想到今后要与老吕头为伍，一块儿看大门儿了，脸上总有些挂不住的样子。话虽那么说，共产党的干部能上能下。谁见过呀。历来的习惯是，只有那些犯了错误的干部才会连撸几级。平白无故，哪有从干部变工人的？不往上升，至少也得保持原有地位不变，才说得过去吧？

不论怎么说，老吕头还那么称呼他，在精神上多少给了他一些安慰。至少老吕头没拿他当犯了错误、撸下来劳改的干部。于是他装着没有留神的样子，只是执意劝老吕头早些下班，回家休息。

老吕头从车棚里推出自己那辆除了铃不响哪儿都乱响的自行车，头上戴着一顶小儿子吕志民复员的时候带回来的军帽。绿色布面、灰色兔毛的衬里，耷拉着两个耳扇子，一走一扇忽。身上穿的那件棉大衣，油腻腻的。胳膊肘、前襟和下摆的边缘都已经补过了，就连每个扣眼儿，也都重新锁过了。这件大衣，早该换一换了。当老人的，省啊，省啊，还不都是为了孩子。

李瑞林想起老吕头的小儿子吕志民，听说净和老吕头闹不对付。能说那孩子坏吗？也不是，就是犟，你说东，他偏说西，毛毛躁躁，是个“二了八十”的浑小子。唉，现在的年轻人，哪个也不是省油的灯。

上了年纪，心里还不得安宁啊。做父母的，除非到了蹬腿的那一天，活一天，就有操不完的心。

家家都有一本难念的经。

李瑞林瞧着老吕头走远之后，便走进传达室。坐了一会儿，又站了起来，觉得这么坐着不是个事儿，总得干点什么吧，又不知道该干什么才好。他忽然觉得呆了这么多年的厂子，变得好生分，好像他是个初来乍到的新工人。这让他觉着很不是滋味。

于是，他捅开了封着的蜂窝煤炉子，打了壶水放在炉子上烧着，又从门背后找出把大扫帚，哗啦哗啦地扫着传达室门前的那段柏油小路。说实在的，真没有什么可扫的，溜光的马路挺干净，说邪乎点，真像舔过的那么干净。他直起腰，打量着远远近近的厂房。从部队转业下来，他就到这个汽车厂来了。二十多年，眼瞅着这个厂子从无到有，从小到大地发展起来，就像眼瞅着邻居家的孩子，生下来，吃奶，断奶，会爬了，会走了，长大了，上学了……有时，他不明白，他明明见那孩子不久以前还光着屁股满世界乱爬，怎么一下子就变成了个漂亮小伙，穿着他顶不待见的喇叭裤，裤腿活像两把用高粱篾儿扎成的笤帚，胳膊弯里还挎着个小妞儿。

这工厂越来越气派了。比他家乡那个县城还大，绕厂子转一圈，没有大半个钟头怕是转不下来。

一进厂子大门，是个挺大的圆形花圃，两条柏油小路，从花圃左右两旁绕了过去。像两条筋骨挺好的胳膊，搂着个大笸箩。路边，是挺直的白杨树。树干上的节子，活像人的眼睛，木格登登地瞪着来来往往、进进出出的人们，也那么瞪着李瑞林。白杨树下，是修剪得一般高低的小松墙。松树的针叶上，锈满了从北京城的烟囱里冒出来的煤灰，叶子黑不黑、绿不绿。

花圃后面是办公楼，办公楼后面是一个挨一个的车间。右边，几乎看不到边儿的广场上，一辆辆崭新的、准备出厂的汽车，排列得整整齐齐，像列队的新战士，穿着刚发的新军装，背着乌光锃亮的新马枪，很有一些排山倒海的气势。就连满肚子怨气的李瑞林也不得不承认，在原先那个乱摊子、散摊子、烂摊子上干出这一番成绩，哪里是只花苦力气就能办到的?! 那真是明枪暗箭，左推右挡，嫉贤妒能，一步一个陷阱。全厂上上下下这些个人，谁是怎么回事，那些多少年也解决不了的老大难问题，哪一样李瑞林不知道啊。陈咏明也是个人吧，也有闷在肚里说不出的苦吧，怎么就不见他有个灰心丧气的时候?

炉子上的水开了。咕嘟咕嘟的，气儿挺足，把水壶盖顶得呱嗒呱嗒地响。李瑞林泡了杯茉莉花茶。八角钱一两的茶叶，还赶不上以前六角的。真是，什么都不如从前了。他在椅子上坐下来，掏出装烟丝的铁盒和卷烟纸，卷了一支“大炮”，悠悠地吸着，一面端详着传达室里简单的陈设。

一张条款，用毛笔字写得工工整整，醒目地贴在大挂钟的下面。大挂钟的钟摆摇来摆去，像个脑袋瓜，歪来歪去地在琢磨那张条款，看得有滋有味儿，没完没够。

条款上这样写着：

五罚一元钱的暂行规定

一、随地吐痰；

二、随处抽烟；

三、乱丢纸片；

四、乱放车子；

五、家属随便进厂。

凡有上述行为发生，各罚人民币一元。

曙光汽车制造厂

李瑞林把这条款瞧了又瞧，总觉得有点小题大做。

家属小孩不能到厂子里乱窜，这还说得过去。可随处吸烟，随地吐痰，乱扔纸片，乱放自行车要罚一元钱，有那个必要吗。寻思大伙钱多了还是怎么的？新鲜！没见过！没事儿上街看看去，满大街的烟头、纸屑、黏痰，越是人多，越是热闹的地方就越乱乎。再说，谁能不吐痰呢？中国人没有不吐痰的。不信，就支着耳朵听听，别管在戏园子里，报告会上，或是电汽车里，马路上的自行车队里，总能听见打扫嗓子的声音，往外咯痰的声音。吐口痰，又碍着谁什么了呢？倒是自行车，那是乱放不了的。看车的老娘们儿，会拿着大喇叭冲着不存车的人使劲儿吆喝，就算不想存车的人有张迫击炮也打不透的厚脸皮，也甭想省下那二分钱。一说，还是迫击炮，那是哪个朝代的武器了？早不是李瑞林在部队当迫击炮手的那个时候了。老喽！落后喽！除了迫击炮，还能知道什么呢？

肯定，这是陈咏明的主意。前不久他才从日本考察回来，准是从那儿趸来的洋货。

听说全厂整整停工一天，擦所有车间的窗子。说实话，那窗子打从建厂那天起，二十多年没有擦过。上面腻着一层黑褐色的浊物，但是谁也没觉得那有什么不好。工厂嘛，又不是宾馆，它本来就是个脏地方。油泥、铁末子、铸造车间清砂时到处飞扬的黑砂……别说车间的窗子，就是车间外头的树叶，也像刚从铸模里倒出来，上面粘着一层黑砂。你擦呀，有本事连树叶也擦擦。

陈咏明向大家讲文明生产的重要。“挺好的厂房，弄得像个监狱。黑乎乎的，一进厂房就让人昏昏欲睡，打不起精神。外国人要是看见这种厂房，准不跟你做买卖。他不相信，用这种态度对待厂房，还能用什么更好的态度对待生产。也就不相信你能生产出好东西来。”

还听说，厂子里盖了暖房，请了花匠。开春以后，还要在空地上植草皮。说是这样可以不往车间里带灰尘，能保证产品质量什么的。好倒是好，顶什么用？能代替拉闸不给电，还是能代替原材料的不足？工厂就是工厂，想看花看草上公园去。能跟洋人比吗？他们是资产阶级，中国人不看花不看草照样过日子，照样出汽车。

莫不是他成心在挑陈咏明的刺儿？

落到看大门的下场，该怪谁呢？

春天，陈咏明在部里开完整顿企业管理会回来，不知得了什么令儿，比刚到厂上任的时候更来劲儿了。什么扩大企业自主权啦；什么市场竞争啦；什么整顿企业领导班子啦；什么自由组阁啦；撤销大庆办、政工组和车间专职支部书记啦……真敢干哪。

别的事，李瑞林不敢说，有几样他可实在接受不了。

取消政工组、大庆办，行吗？

陈咏明在动员报告里讲过：“……政工组、大庆办不过是一种形式。问题不在于形式，而在于实质。只要我们把工人群众的疾苦真正地放在心上，认真地去解决，只要我们千方百计地把生产搞上去，何必一定要挂那个牌子？五十年代，我们的经济发展得不错嘛，企业里并没有政工组，大家不是很团结吗？那时的思想政治工作,靠的是各级领导,小组里还有八大员。何必另设一套人马呢?反而让各级行政干部认为思想政治工作是政工组的事,自己不用管了。到底是在党的领导下,大家做人的工作好,还是少数人抓、别人撒手不管好呢?”

自由组阁,这叫什么词儿?哪儿写着了,还是哪位首长说过了?就是部里颁发的整顿企业十二条措施里,也没有自由组阁这一条啊。

“千军万马抓班子。”

不管谁说什么,陈咏明心里有数。没有这一条措施,汽车厂的工作别想打开局面。像保卫处长和董大山那种一味拆台的人,能很好地配合工作吗?

生活福利处的处长,一天到晚不干工作,还冒领加班费。谁给他送礼,他就给谁房子。谁不给他送礼,谁就分不到房子。群众敢怒不敢言,谁敢得罪他?他手里攥着房子。

还有那个劳资处的副处长。据说她这个副处长,是不分白天黑夜,一把鼻涕、一把泪从宋克那儿哭来的。陈咏明觉得对于一个人,总应该往前看。干部里女同志又比较少,也该考虑这一方面的代表性。没想到他们处的老处长退休,没有马上把她提为正职,她就到处大骂厂党委和陈咏明,躺在家里不上班,还到部里找宋克,说厂里打击她,不重用她,直闹到宋克把她调到另一个厂去了事。

临走之前,陈咏明和她谈话:“你给厂党委和我造了不少舆论。今天你要走了,咱们应该谈谈心。我来厂以后,在干部大会上做过安民告示:多换思想少换人,不能一朝天子一朝臣,要安定团结,才能大干快上。对不对?当时群众对你反映很多,这个情况你也是知道的。但是厂党委为你承担了责任。为什么选你当厂党委委员？也是给你造舆论。这步棋，你明白吗？成立纪律检查委员会的时候，又选你当了一个委员，也是给你造舆论。这是不是事实？你们处长退休了，半年没安排正职。当然，也不是没有人建议，应该派谁派谁，我们没派。这不是给你留的位子吗？这是不是事实？你半年就等不及了？你到底是为了工作，还是为了当官儿？没有马上给你这个官，你就大骂大闹，哪点儿还像个共产党员、像个干部的样子？这是个考验。很遗憾，你没有经受住这个考验。你要求调动工作，可以。但调走也得把这个账算清楚，不能这么稀里糊涂一走了事……”

她走了也好。这种干部，走到哪儿，哪儿倒霉。

宋克怎么净选这样一些人当干部呢？这样的干部，能扑下心来干工作吗？“四人帮”的干扰固然是一个方面，但汽车厂的工作上不去，宋克能说没有责任吗？

陈咏明只用了一个多月的时间，大刀阔斧地调整了各职能处科室的领导班子。其速度之快，调整范围之广，是建厂以来从来未有的。

首先，厂内各职能处科室的领导，由厂党委在民意测验的基础上委任。不管这位新委任的领导是不是党员，责成他组织自己的班子，三天之内交出名单。由他自己提出，他那一摊儿谁上谁下，谁需要横调。然后大家坐下来讨论，你这个班子配得怎么样，提拔的、免职的、横调的理由是什么，合适不合适……

要照过去的办法，先提个想法给组织部门、政治部门。让他们去考核、研究，然后再交党委开会讨论研究。反反复复、上上下下，好几个来回。要想对班子做这么大的调整，等到猴年马月去了。这说明干部管理，是可以走群众路线的。

李瑞林说，这不是给拉山头、搞宗派留空子吗。处科长个人能比党委正确？客观？能比组织部门对干部的了解全面？资产阶级的办法，怎么能用来组织社会主义企业的领导班子？

二车间，那个叫杨小东的刺儿头，当时就顶了他："什么资产阶级的办法，毛主席批江青的时候就说过，'……不要由你组阁……'中央发的那几个揭发'四人帮'罪行的材料，您没仔细看过还是怎么着？"

只要屁股一挨板凳，坐下来开会或是学习，李瑞林马上就会打瞌睡，好像头天晚上凑巧一宿没睡。难得有那么一两回不打瞌睡，他便用两个镍币摞在一起，专心致志地夹腮帮子上的胡须。那胡须挺经拔，二十多年，搞了多少运动，开了多少会，学习了多少文件，愣是不见减少。

李瑞林没和杨小东论个长短，文件上到底有没有，他心里没底儿，实在记不准了。现在的年轻人，嘴尖舌快，见多识广，新名词、新理论一套一套的，别管真假，一张嘴就能引经据典地来上几句，把人唬得一愣一愣、张口结舌。谁知道那些话马克思、列宁说过没有？上哪儿查去？遇到这种场合，李瑞林只好不搭茬儿。

陈咏明的气儿可粗得很：

"有人反映，'苗卓岭不是党员，他有什么资格组班子？还要不要党的领导？党还管不管干部？'

"你让他当总工程师，把生产技术大权交给了他，说明你信任他。不信任他，怎么能让他当总工程师呢？生产技术让他负责，班子不让他沾边儿，他手下的人提拔、调动，他都不知道，你让他怎么负责，怎么安排工作？‘用人不疑，疑人不用’。你把他安排在这个位置上，他对班子就应该有发言权。何况最后的决定权还在党委，怎么叫不要党的领导？‘党管干部’！组织部门那几个人就代表党？

“再说组阁问题。哪怕有人组了自己的小舅子、大姨子来也行，只要把生产搞上去。有条件卡着嘛，三个月内要取得较好的成绩，半年内要有新的突破。搞不出成绩，第一把手就自动让贤嘛。怕什么？何况还没有发现这样的情况。人做工作，总要有合得来的帮手，我们要注意合得来这一点，不要怕人家说什么宗派、山头。人都是有个性的嘛，就有个合得来、合不来这一说。唱那个高调干什么？‘我们是马列主义者，我们是阶级兄弟，有什么合得来、合不来？’李瑞林和申鸿昭同志，是两位很好的同志，一个是书记，一个是车间主任，却闹得天翻地覆，这怎么工作呢？有隔阂就分开，两个人都会谢天谢地。这样的好事，为什么不干？过去人事部门、组织部门派的班子，互相之间常常搭不上手。还有些人，资格挺老，人也不错，就是任务承担不了。这样的班子，怎么能把工作搞好？各部门工作松垮，组织部门应当负一大部分责任。现在，很多权力下放到科室、车间了，就是要选拔能承担这么多权力而又不出毛病的人。通过民意测验，说明我们不是没人，而是有人不懂得使用。”

根据这套办法，李瑞林的专职书记不但撤掉了，组阁时，又把个“干部”给组掉了。说起来既让人寒心，又让人没法儿相信。谁也说不出他有什么大毛病，可就是没人要他。就算他李瑞林不行，四车间的主任冯振民怎么样？老劳模了，也下来了。

陈咏明不是这样说的吗？“为什么当了劳模就一定要当官儿呢？现在是机械化大生产，需要领导生产的人懂技术，懂生产，还有组织领导这种生产的能力。老冯人是不错，哪儿艰苦往哪儿去，为了抢任务，经常加班加点，饭都顾不上吃，饿昏在地上。可是呢，四车间的生产组织得乱七八糟，生产计划月月完不成。厂里开个调度会，回到车间，他能把一大半要做的事给忘了。记性不好，能记在本子上也行，到了现在，还是个半文盲。他呀，还是当劳模好。按选劳模的标准选车间主任是不够的，有人能当个挺好的劳模，不一定能当个得力的好干部。‘将是将才，帅是帅才’，对不对？”

“那也不能怪他，他没文化呀。他自小受苦受穷，哪儿有条件学文化？您不能拿我们大老粗和知识分子比。”说到“大老粗”这三个字，李瑞林觉得脊梁挺了起来。

“大老粗？大老粗怎么啦？既不是光荣榜又不是奖状。就算是光荣榜，它也只能代表过去不代表现在。刚解放那会儿，你还可以这么说，因为我们以前忙着打仗去了。现在，三十年的和平日子过去了，这三十年你忙什么去了？打扑克去了？”

打扑克怎么着？李瑞林不服气。他想：一不抽烟，二不喝酒，不就是打打扑克吗？算什么原则性的问题？该抓的大事不抓，倒提起打扑克的事来了。

“苗卓岭就行？”

“他怎么不行？”

“他家庭出身不好，又有海外关系。”

“你呀，什么时候了，还是这么一脑门官司。这种看法不但把许多好同志整苦了，也把咱们的国家坑苦了。多少人才，就让这种偏见给毁了。结果谁倒霉？国家倒霉。没有人才，搞什么现代化，搞什么社会主义建设。咱们只好在原地踏步走，瞅着别人往前跑。五十年代，我们和日本的经济水平差不多，现在你再看看人家，把我们落下至少三十年。”

“我用不着看他们，他们那儿贫民窟里的耗子有这么大。”李瑞林两手往外一比画，那耗子大概和猫差不多了。

“你见着啦？”

“……报纸上登过。”

“哈！哈！哈！”

陈咏明嘴里打着哈哈，心里却往外冒着苦味儿。他的眼前浮现出苗卓岭那老是夹着肩膀、缩着脑袋，以及他在生产会、办公会或技术会上结结巴巴发言的样子。战战兢兢、眼睛绝对不敢离开手里的发言稿，哪怕他要讲到的，不过是同意或是不同意修个厕所这样的问题，他也要照着事先写好的稿子念。那发言稿上的每一个字一定翻过来、覆过去地掂量过、检查过，让人抓不住一点茬儿。就是这样，散会之后，他还要拉着陈咏明和记录员当场查对记录。他怕，怕万一记录员把哪个人的错话记在他的账上，或是曲解了他的哪句话。人活在这种心境里，是一种什么滋味儿啊。难道不应该抚平这些心上的皱褶吗？

一阵自行车的铃声惊扰了李瑞林的思绪。吴国栋骑了一辆崭新的二八永久车进厂了。瞅见李瑞林坐在传达室的窗口，他挺热情地凑过去招呼着：“您——上班了？”

李瑞林讪讪地答着：“也不能老呆着。”然后从屋里走出来，前前后后地打量着吴国栋的新车。心里琢磨着，他休了那么久的病假，哪儿来的钱买新车？总得一百七十元钱吧？

吴国栋解释着：“新买的。厂子里给住家远的同志搞了一次贷款，一个月才扣两元钱。解决远途职工上下班挤车和上夜班的人搭不上早末班车的困难。”说着，吴国栋按了一下车把上的转铃。转铃叮零零地响着，像唱着一支心满意足的歌。吴国栋脸上泛着微笑，就连李瑞林也微微地笑了：穷工人哪，买辆车不容易。

一抬眼，吴国栋瞧见李瑞林那霜白的两鬓，谢了的顶，心里立刻有股酸溜溜的味儿。便一把捂住了转动着的车铃。

从为工人着想上，陈咏明没什么可挑的。那边，职工自己盖的宿舍，已经快盖好了。嚷嚷了十来年的住房问题，总算有了盼头。

李瑞林两个多月没上班，真像古话说的：“洞中方一日，世上已千年。”

吴国栋却瞧着新起的房子犯愁。“这房子盖得不易。先是建设银行不给现钱。为这，老陈答应给人家也盖点。你要说他实在也实在，滑头也滑头。他给人家抻着来，一年打基础，二年盖房子，三年再完工。他不敢一家伙干完，怕银行再提新的要求。施工队伍又泡蘑菇，三栋房子两年还不交工。这就决定自己干。车间里三个人的活两个人干，支付施工队的钱，一部分给在车间坚持生产和抽出去盖房子的工人发奖金，剩下的用来提高房子的平米造价。哪个车间出人，就先给哪个车间房子。比施工队的进度自然是快多了。可是，银行和咱们这么干对吗？”

为这，吴国栋找陈咏明谈过，提醒他注意，不要违反了政策。

陈咏明说：“我们只好来点变通手段，不然我们没法过日子。不过这些变通办法都是沿着政策的边缘，在它允许的范围内浮动。既有利于群众，也不损害国家利益。违法的事当然不干。”

陈咏明一天到晚，不知要花多少脑子，琢磨在哪儿还可以抠出一点变通的方法，好为工厂的生产发展、职工生活的改善创造点条件。有时他觉得自己简直像那菜市场旁边专门等着给顾客宰鸡宰鸭的人,为的是弄几个小钱,得点鸡鸭下水。

除了牢牢把住政治大方向,李瑞林对其他方面的问题,比吴国栋显得豁达。“嗨,这算什么,比这邪乎的事多了。怎么样,你的肝炎好了吗?”

“好了。”吴国栋感慨地摇摇头。自打生病以来的种种苦处,尽在这无言的摇头之中了。

李瑞林是很能理解个中滋味的,毕竟他们是同一代人,不论对社会、对生活的负荷,他们的感觉总是相通的:“那也要好好注意,千万别再累犯了。”

说着话,吕志民也骑车进了厂。蜻蜓点水似的把右腿从车上骗下来,用脚尖点了一下地,然后又把腿骗上车座,算是“出入下车”了,接着又“叭”的一声从嘴上吐下来个烟屁股。

李瑞林高嗓大叫:“下来! 你给我下来!”心里想,这下买卖可开张了,先罚他一元钱再说。

吕志民给他叫懵了,眨巴着眼睛:“怎么啦,怎么啦。”

“怎么啦? 拿一元钱出来!”

“干吗?”

李瑞林伸手往传达室那边一指:“墙上贴着哪,五罚一元钱。”

吕志民光翻眼睛,不见动静。

李瑞林和吴国栋都有些兴奋。不论吕志民掏不掏这一块钱,他们都会觉得称心。在这点上,他们也是相通的。要是他不掏,就是“五罚一元钱”的失败。他们乐得这一套瞎胡闹的新玩意儿受到大家的抵制。要是他掏,那叫活该。他们就乐意看吕志民这种小青年受到条条框框的约束,巴不得他们一个个像牛一样穿上鼻眼儿才好。

李瑞林说:“瞎起哄的时候挺来劲,拿一元钱就像从身上割下一斤肉。”这句话是有所指的。在陈咏明宣布撤销大庆办和政工组的大会上,李瑞林曾跳上台去痛心疾首地喊叫:“你们想干什么?你们还要不要走社会主义道路?”台下的小青年又是哄笑,又是吹口哨,又是拍巴掌。就是这个吕志民把他从台上拽下来的,还说:“一边玩儿去吧,您哪。”

吴国栋插嘴说:“陈厂长不是在全厂宣布过吗?你不知道?”

吕志民开始慢慢腾腾地解上衣口袋上的扣子。陈咏明说过的话,吕志民愿意捧场。吴国栋那个得意劲儿,却让他窝火,他正琢磨来句什么话噎噎吴国栋才好。别看他是他的车间主任,他才不吃他那一套呢。

李瑞林不知怎么,想起刚才老吕头推着的那辆破车,穿着的那件破棉大衣。他忽然改变了主意:“算了,下次记着吧,这回你自己把烟头捡起来,扔进垃圾箱就得了。”

吕志民乖乖地捡起烟头,朝李瑞林挥了挥手,又朝吴国栋挑衅地瞥了一眼,骑上车子,扬长而去。

吴国栋忙转向李瑞林:“老李,您这是——”

“算了,何必从他开刀呢?我得先从头头抓起。这条条是他们定的,对不对?”

说好了,吃过中饭杨小东找葛新发和吴宾有“要事相商”。到时候,却不见了杨小东。哪儿去了呢?是不是还没吃完?他们又折回食堂。果然,杨小东端着两个胳膊肘,和吕志民在食堂门口站着。小吕一脸的不自在,脸上那个蛤蟆镜,像一对蜻蜓的眼睛,往下耷拉着,给吕志民那无精打采的脸,更添上一种百般无奈的样子。小东呢,两道浓眉,却得意地、时不时地往上一挑,嘴巴咧得挺大,谁也说不出他是在干正事,还是在逗乐子。吴宾是聪明人,一看就知道这两个人不会无缘无故地站在食堂门口。不过他并不露声色:“吃饱了撑的,跑食堂门口站岗来啦。”

杨小东不愧是杨小东,一向直来直去:“中午吃饭,是厂里人员顶集中的时候,我把他拽来,在这儿瞧瞧,到底有多少个戴蛤蟆镜的。”他转向吕志民,“瞧见了吧？一共就俩,你是第三个,那两个是什么人，你心里全清楚。”然后，他严正起来,“我告诉你，咱们组就不能有这样的事，你压根儿就不是那号人，赶哪门子时髦?”

“得,得,趁早收起来,没劲。装什么假华侨。”吴宾一把把吕志民的眼镜抓了下来。

葛新发眯着眼睛往天上瞅了瞅。太阳,整天整天地躲在灰蒙蒙的雾啊、云啊、煤烟子的后头。“就说是戴吧,大冬天的,也不是时候。”

“我当初可是有言在先,你们选我当班长,你们十三个人就是副班长,别管咱们组有什么事,你们都得把自己摆在班长的地位上,想想自己该怎么处理,那样,事就好办多了。你们当时都点了头的,没忘吧?”

吕志民认账:“没忘。”

别管杨小东说什么,吕志民从来不带翻脸。

小哥们儿相交,讲的是仗义。

为他穿喇叭裤的事,小东已经跟车间主任吴国栋顶过一回:“喇叭裤全让小流氓给穿糟了。其实,穿的人不见得就坏,穿得油渍麻花的人,也不一定就好。”

至于吕志民和他父亲不对付的事,究竟谁对、谁不对,那笔账是算不清楚的。

老爷子任吗不懂,管得还宽,见人就数落儿子的不是。动不动就告给小东,吕志民和他吵架;早上不起床;洗脸水、洗脚水不倒,就在地当间儿放着,谁不注意就“当”地踢上一脚,闹得满地都是水;晚上一出去就是半宿,说是“厂里有事”;又说吕志民床底下压着一把三棱刮刀,可能是对付他的……去年,吕志民带回家一个新洗脸盆,两条新毛巾,老爷子竟然问小东那些东西是不是偷的……净把人往邪里想,吕志民拧劲儿上来了,越是这么着,他越是任着性儿来。这关系好得了吗?

小东既不听信老人那些狭隘的偏见,也批评吕志民成心给父亲找气的不是。仗义的是,他从不拿那些挑三窝四、恨不得把人人家里闹得鸡飞狗叫的人散布的闲言碎语当回事。该顶的顶回去,该解释的解释。在这点上,吕志民觉着小东比老吕头待他还好。这样的领导——别看是个小班长,难得遇上啊。

“好吧,再戴你就给我没收。”吕志民下了决心,何必呢,为了个蛤蟆镜和小东惹气。

“你再戴我就抓下来给你摔了。”杨小东毫不含糊。

吴宾把眼镜往吕志民兜里一杵。问杨小东:“你找我们有什么事儿?”

杨小东从口袋里掏出一把纸条,递给了吴宾。吴宾一看,是前天小组里搞的那个民意测验。题目是:今年五十元安全卫生维护机床先进班组奖金如何处理?

吴宾数了数,一共十四张,其中十三张写着离厂子顶近的“新风饭店”,一张写了“老莫”,都想到一块去了。

写条子的时候,谁也没和谁商量过,十四个人,心齐得都绝门了。

杨小东说:“今天是一九七九年的最后一天。下午没活儿,就是搞卫生,你和葛新发就别参加了。莫斯科餐厅太远,又是个别意见,就到新风饭店去订菜订饭。你们俩占座、吃馆子有经验。五十元钱,该订什么菜,什么酒,看着办。我们三点钟干完,车间一封门,队伍就开去了。”

葛新发说:“哟,那笔账你还记着哪。”

“什么经验,都有用得着的时候,但要看场合和时间。你们吃馆子的经验这回不就用上了。”

说罢,四个人都笑了起来。

葛新发说的是上次发季度奖的事。那天,还没把奖金发到个人手中,杨小东就和他们两人打招呼了:“今天发奖金,你们可不许上班时间出去吃馆子。”

杨小东这个招呼,当然不是随便说说。他从不跟人说那号没有把握、没有根据的话。

葛新发和吴宾是班组里有名的馋鬼。拿到奖金就吃馆子是他们的老习惯。杨小东也多次劝说过他们:“又去吃馆子?也不攒点钱,还打算不打算娶媳妇?”

每每提起娶媳妇的事,葛新发总是满腹狐疑地摇着大脑袋:“媳妇儿?不行。那玩意儿太受限制。你说说,你现在有单身那会儿自在吗?”

杨小东眯着眼睛想了一会儿:“是不那么自在。可这不自在里,又有点儿美不滋儿的味儿。那是没媳妇的人,咂摸不出来的。”

吴宾不以为然地说:“今天说今天,明天说明天。再说,一个月就吃那么一两次。”

葛新发继续表示着对婚姻合理性的怀疑:“是啊,就算你有了钱,没房子也不行啊。你看小宋,就差没给车间主任吴国栋磕头下跪了。”

“叫我,我他妈的两口子就搬到吴国栋的办公桌上睡去。老浑蛋,他敢情结了婚,下过俩崽儿了。”提起小宋要房子的事,吴宾总是一肚子火。

杨小东表示:“不能那么说他。车间里生产抓得还不错。他不走后门,也不利用职权,就连厂子从乡下拉来的梨、苹果,一听不是国营商店里趸来的,他都不买,生怕违反了政策。像这样的干部,就算不错了。他那样一个芝麻官,能有多大的权。还能要求他什么?”

吴宾说:“那也不能净往歪处想我们。小宋跟他要房子,他连正眼都不瞧,在那儿翻报纸,看广告。让小宋在一边站了老半天才开腔:‘结婚?你多大年纪了?’

“‘二十七。您前些日子还问过我的年龄呢。’

“你瞧瞧,他心里有咱们工人吗?车间干部大小也是个官儿,他应该了解自己的工人。我看了本小说,说的是战争年代的一个团,上千人,不算少了。这个团政委的工作做到什么程度?三天可以叫上团里新兵的名字,一个星期了解了新兵的家庭情况。咱们车间到头不过三百人。”

葛新发插嘴了:“那是小说。”

“别打岔,听下去。吴国栋接着说:‘你年龄还小嘛,咱们车间还有三十多岁的人没结婚呢,还是再等几年吧。党和国家不是提倡晚婚嘛,作为工人阶级的一分子,要考虑服从党的需要,国家的需要。’

“我要是小宋，我就问问他：‘你多大岁数结的婚？少给我来这套假招子。’

“小宋太老实，说什么‘我的事不一样，非得赶快办不成’。

“你猜吴国栋想到哪儿去了？没有比他更歪的心眼了。马上问小宋：‘出了什么问题？’

“他妈的！出了什么问题，他怎么就不知道小宋做了一件多么了不起、多么漂亮的事。这号人，还配给人家做思想政治工作，兼任什么支部书记？他什么时候真正关心过我们，拿我们当人，和我们心贴过心？他应该知道我们有权利娶媳妇，提意见，要房子，吃馆子……好像我们是专政对象，他是专来监督我们的。小东，你说的不全对。一个车间的干部，不光把生产抓上去了就是好干部，他得把每个人的心都拢到一块，像你那样。你体贴大伙，大伙再累，也心甘情愿。人到底是人，又不是牲口，他是需要点儿温暖，同情，安慰，关怀的。这些东西带来的力量，是钱、是压制命令永远做不到的。”

为了吃馆子，吴宾和葛新发确有一两次没下班就提前走了。杨小东早已警告过他们，再这么干，非得把这事儿拿到吴国栋那儿去说说不可，他决不再姑息他们。上次发完季度奖，他们俩没听小东的劝告，还是去了。一回车间，杨小东就批了他们：“我不让你们去，你们非去，这是第一个错误。上班吃饭，违反劳动纪律，这是第二个错误。你们应该主动去找吴国栋承认错误，不要让我去告状。”

他们耍赖，谁也不肯动窝。杨小东两只手像两把大台钳，拧着他们一人一只胳膊：“不去？我押着你们去，我和你们一块检讨，检讨我这个班长没当好，你们才会上班吃馆子去。”

他们挨了吴国栋的批评,扣了工时,可他们谁也不记恨杨小东。因为他从来把话说到明处,不背后整人;不编排事情算计人;不背地里打人的小报告,踩着别人的脊背往上爬;也不给人小鞋穿。

三点多钟,吴国栋看见杨小东那个班组的人,匆匆忙忙地换下工作服,在水管子上洗手。呼啊吼啊地彼此吆喝着,催促着,像有什么急事要办的样子。他才发现,这伙人里,不见了吴宾和葛新发。他走过去,顺手在吴宾那台车床的导轨上摸了一下,再看看手指头,除了机油以外,没有铁末子染污他的手指头。床子是擦过了。再看看床子周围的地面,打扫得挺干净。加工好的轴盖,整整齐齐地码在木架子上,边角上没有磕碰的地方。工具箱锁得好好的,没有工具遗留在外面。找来找去,实在没有什么毛病可挑。吴国栋并不死心,觉得自己既然兼任了支部书记,就得尽尽自己的责任,便问杨小东:"你们这样成帮成伙地干什么去?"

"到新风饭店会餐去。"

"谁请客?"

"自己请自己。你不是说了吗?奖给集体的奖金,各组爱怎么处理就怎么处理,车间不管。"

旁边,吕志民还加了一句:"杀人放火去。"这不是成心噎他么,太无法无天了,到底他还是个支部书记。

吴国栋眼瞅着他们一伙人,从车棚里推出自己的车子。那些车子,辆辆都是车座拔得老高。一个个在车把上猫着腰,撅着屁股,车铃哗啷啷地响成一片,像一群蝗虫一样地飞去了。

蝗虫!在吴国栋的眼睛里,他们真是一群蝗虫!

好哇，这还了得。拿着奖金，就这么大摇大摆，明目张胆地下馆子去了。这叫什么事儿啊。

当初怎么就鬼使神差地把这些刺儿头全拢到车工组来了？可他也纳闷儿，这伙子人怎么那么扎堆儿呢？干活也好，玩儿也好，说干什么，呼啦一下全走了。没看见他们之间闹过什么矛盾。就拿评工资这种最难平衡、最棘手的事来说，也没见他们组有谁到车间主任这里告过状，诉过委屈，争上一级。不像别的组，哭天抹泪的有，吵架不团结的有，工作甩耙子的有……怨谁呢？谁也不怨，没办法，穷啊。要不是为钱，为穷，他能和自己老婆打架吗？

要是他们组里有人生病，歇了两天病假，眼瞅拿不上奖金了，大伙全去帮他。吴国栋就见过，有次吕志民感冒，因为体温没超过三十七度，医务室没给开病假条，杨小东就让他一旁歇着，自己开两台床子。

再说干活。七八年以前，车间里老是完不成生产任务。全车间的人都埋怨车工组不给劲，拖了壳体大组的后腿。吴国栋没少批评他们拉了生产进度，影响钳工装配。

他们不服气，说壳体大组的组长是六八年进厂的，资历浅，技术水平不高，经验少，办法不多，群众威信低。他是铣工，不懂车工，乱派活，怎么能当大组长？

他们说："一完不成任务就剋我们，是我们的问题吗？"要求调整生产组织，把车、钳、铣、装配四摊分开干，是骡子是马拉出来遛遛，到底是谁完不成任务。

就这么着，吴国栋调整了车间里的生产组织。

车工小组成立的那天，他们还开了个会。

大家说："这回咱们成了独立的一个组，再不能干不好。让他们瞧瞧，咱们不是刺儿头。”

“不论车间布置的什么工作，咱们无论如何要搞起来，非争这口气不可。”

“这是给咱们一个翻身的机会，咱们行不行?”

“行!”十四个人一齐做了回答。

开过会以后，还贴了一份小组成立公告，说明小组于一九七八年一月五日正式成立，表示了把工作做好的决心。都挺好，就是最后来了一句：“年底见!”给吴国栋留下一种非常狂妄的印象。有这么写公告的吗？“年底见!”跟谁较劲儿？啊？好像向他这个车间主任示威。

劲儿铆得是足，小组成立以来，连续二十四个月完成生产任务。一九七八年评了个车间先进生产小组，今年，又评了个厂先进生产小组，公司里还评上了质量信得过小组。

去年车间要求各班组建立废品报告单，别的组都搞不起来。过去习惯了，出了废品，随手一扔，下班走人，谁也不愿意去搞那个原始记录：今天干了多少，出了多少废品，为什么出废品，最后还要请检查员签字认账。是杨小东他们组先搞起来的，没错儿。可是吴宾怎么说？“他们不灵我们灵，他们干不出来，我们干出来了，怎么样?”

吴国栋把心一横：“就冲你们这种态度，不怎么样。”

吴宾说：“哟，原来您就这么个水平。”

他们靠的是什么呢？靠觉悟？没门儿，他们组一共才两个党员，三个团员。

靠领导？难道杨小东真有这两下子？杨小东的情况，吴国栋清楚。他爸爸参加过国民党，本人不是党团员，一九六七年因为私自开车挨过批判……在汽车厂,私自开车并不稀罕,只是他的办法实在刁钻。自己配了一大堆车门上的钥匙,想开哪辆就开哪辆。把路码表一摘,跑回来再安上,让人察觉不出来新车是跑过的。下了夜班以后把汽车推着出去,离厂子很远才打火,回来的时候老远就熄火,滑行回到厂门口,再把车推进来。那时候,反正大家工作都不负责任,好长一段时间,领导和门卫都没发现。这些事,说明杨小东贼得很。他用什么办法拢住了这帮子人?难道像帮会那样,因为他招数高,大家都拜他做老头子不成?

靠集体的荣誉感?能指望这伙人有什么集体观念、荣誉感?这不,拿着自己的荣誉、集体的荣誉下馆子去了。

他们靠的是什么?对吴国栋来讲始终是个谜。别看他们样样走在前头,他始终对他们不放心,样样事情,他都提防着他们。就连他们加工好的轴盖,他也觉得像是土地爷吹的一口仙气变的,糊弄人的。等仙法一过,又会变成一堆铁疙瘩。

但是,吴国栋是个讲求实际的人。工厂是凭技术干活的地方,班组长要过得硬。要是技术上不行,跟他关系再好,他也不能用那样的人。虽然从吴国栋个人来说,他不喜欢杨小东,可是杨小东技术上有一套,干活也不偷奸耍滑,把一个工人的力气全卖在这儿了。吴国栋要把自己车间的生产搞上去,就得用杨小东这样的人。

吴国栋发现,陈咏明却是打心眼里喜欢他们。他常看见陈咏明和杨小东那帮子人在一起聊天,什么都聊:生态平衡、国家领导人频繁出访、尼斯湖怪、国际足球赛……有时,他们还叽里呱啦地讲几句英语或是日语。扯那些有什么用?这些人不好管,就是因为懂得太多。

陈咏明还很拿他们的意见当回事。比方他们提出,齿轮加工完了之后，随手往筐里一扔，容易磕碰，精度就会降低，严重地影响产品的质量，前面辛辛苦苦的许多道工序就白费了。应该设计一种推车式的、有几层格子的工位器具，加工好的齿轮可以直接摆上去。一层多少格，一格摆多少个，一共多少层，便于计算，防止磕碰，还便于运输。这道工序到下道工序，一推就推过去了。但是这种车子，除了前头两个轱辘以外，后头应该是两个可以落地的撑腿。这种车子停下来的时候稳定，不会晃动。杨小东解释说："因为平时工人看旋转的车床看得太多了，应该尽可能地在生产环境里消除一切影响工人精神状态的不利因素。"

车间里的工具箱，从打有工厂那天起，刷的就是黑色。杨小东小组，不知怎么心血来潮，全刷成了绿的。这么点屁事，也说得天花乱坠："厂房黑乎乎的、机器黑乎乎的，看起来多沉闷啊。来点绿，可以调剂调剂人的精神，多出活儿啊。这是心理学。"

这，挨得上吗？陈咏明也跟着瞎哄哄，让大家把工具箱全刷成了绿色。还说："好得很。这样的主意，科室干部肯定想不出来，只有在第一线的工人和管理干部才能想得出来。所以我才决定取消政治部。我们要把每一个基层管理干部变成政治工作者，让他们懂得企业管理心理学。我看，杨小东是懂得这一点的，所以他们班组的样样工作，才能做得出色。吴国栋，他们的经验要是你们车间能够认真地消化、推广，你们的生产肯定会更上一层楼，你信不信？"

难道使吴国栋百思不得其解的谜底就在这里？就在这个什么心理学上？吴国栋觉得玄乎透了。

七

画家那张肌肉开始松弛、打皱、下垂的面孔上，竟有一双像儿童一样充盈着幻想，让人一眼就可以望见五脏六腑的眼睛。这双眼睛可不像他的画，令人那样回味无穷。但这双眼睛让郑子云心里生出一种又是渴慕，又是怅然的感觉。像在看一幅活人走不进去，只有心灵才能走进去的美妙的画。但如果放他进去，他肯吗？问题不在于肯或不肯。永远地错过那一站了。他曾想研究人类学、历史、文学，但命运却让他做了官。

郑子云喜欢这样的眼睛。他想：要是人们到了这种年龄，眸子还能这样发光该有多好啊。但那是不可能的。这种闪光，只有在少数人的身上才可以看到。那些人，直到生命的终结，仍然保留着赤子之心。它是一种难得的财富。拥有这种财富的人，可以在万般苦涩中游离出甘甜，可以从地狱上升到天堂。

画家是汪方亮的朋友。汪方亮是个杂家，什么样的朋友全有。或是副总理，或是当今荀派的大弟子，或是金石家，或是某饭庄的名厨师……

无非因为在画展上，郑子云对汪方亮赞过那幅画："这幅画真不错。"

汪方亮开怀大笑："夫子，夫子。难得！难得！"你就说不准他是不是挖苦。继而正色道："画家的日子不好过呢。"

郑子云暗暗惊诧，他怎么会给人留下"夫子"的印象。只闷闷地问了一句："为什么？"

“在我们这里,裸体画和睡觉画等号。当然不是和自己老婆睡觉。”他又哈哈大笑。

睡觉?!

画面上,几个慵倦、娇柔、裸体的半人半神的女人,舒展着长长的手臂和下肢。不过是不长的一幅画布,却仿佛用一种出俗的人才懂得的隐语,在诉说着亿万年来生命的奥秘。

那不是某个具体的女人,而是整个的母性。脆弱的躯壳,不仅激起男性的责任,同时又内含着一种使人生出归属感的强大力量。那繁衍人类、孕育历史、诞生天才的力量。

“你问问他,这幅画肯不肯卖给我?”

幼时,父亲曾对郑子云作过如下的评语:“其犟如牛。”

没想到,画家把这幅画送给他了。郑子云失悔于自己一时犟性大发,也失悔于自己一时的冲动。拿这幅画怎么办呢?挂,还是不挂?要是部里的同志看见他挂这么一幅裸体画,会怎么想呢?他要是个一般的工作人员倒也罢了,凡事,到了他们这一级干部,会变得又简单,又复杂。不挂呢,又觉得对不起画家的一番诚意。

不能白拿人家一张画。送些钱吧?汪方亮极不赞同:“有什么关系,钱在他眼里算不了什么。这么一来,反倒伤了人家。你能给人家多少钱?你一个月的工资,还抵不上人家一张巴掌大的画呢。”

夏竹筠能批准他花那么多钱来买这张“破纸”吗?他不敢保证。

这件事,过去好久了,郑子云心里,却是一直放它不下。

于是,下午突然想起,不如接上画家,两人一起去馆子里随便坐坐,聊聊,吃吃。何况整整一天,他心里都泛着一层隐隐的烦躁。

在这种心情下，他尤其不愿意回家。说起来也没什么大不了的，但上层机关里的事情，绝非像表现出来的那么轻轻淡淡。任何一句不疼不痒的谈话后面，所囊括的内容是局外人永远无法估量的。

前些日子，某单位的一位领导同志，一定要重工业部在一个有国务院各部委负责人参加的会议上，谈谈重工业部整顿企业的经验。田守诚竟然一口应承下来，并且把这种招人不服气的事情推给了他，还让他先写个讲话稿送某领导过目。上午，讲稿退了回来，据秘书小纪同志说，田守诚传达了有关办公室的意见：讲话顶好着重谈谈重工业部是如何在学大庆的基础上抓好企业整顿的。并且说田守诚本人也认为讲稿写得不够全面，主要是“工业学大庆”的旗帜举得不够高，云云。郑子云听后，苦笑了一下，说：“我们不过是从我们的实际情况出发去抓企业整顿的，怎么可能要什么给什么呢？”随手把讲稿一撕两半，对秘书说：“小纪！打个电话，说我不讲了。”

汪方亮赶紧叫住小纪：“慢点。”然后对郑子云说：“还是送一个讲话提纲，至于具体怎么讲，到了会上还可以即兴发挥嘛。是不是还是讲一下为好？”

郑子云眼睛也不抬地回绝道：“不必了。”

“那就由你吧。不过，小纪，电话要这样打，就说郑副部长觉得我们的工作做得还很不够，没有什么好讲的。”

郑子云哭笑不得地看着汪方亮。

汪方亮两手一摊：“何必呢？不值得的。”

冷静下来，郑子云也自知过于偏激，不如汪方亮的练达，对于做领导工作的人，偏激几乎是一个致命的弱点。可是他的犟劲一上来，便不知如何控制自己。参加革命几十年，经历过多少运动，为这个毛病挨了多少次整,生生没有把他教训过来。

纪恒全是郑子云官复原职以后,由干部部门委派给郑子云的秘书。

郑子云从来不指名要谁当自己的秘书,或把秘书当成自己随身携带的一个物件:比方,一支钢笔,或一个笔记本子,走哪儿带到哪儿。他觉得那是渗透了封建意识的一种表现。他并不认为非在哪个位置上呆一辈子不可。没有必要往上投靠谁的门下,往下纠结一帮人,形成一股力量,为巩固既得的一切而绞尽脑汁。把他放在这儿,他就拼着性命去干,把他扒拉掉,他可以读书去,有那么多书好读啊。或者,教书去。有那么多青年渴望着投身到火热的建设中来,需要上一代人,把几十年正反两方面的经验告诉他们。

纪恒全曾给几位部长当过秘书,有着当秘书的足够经验,工作起来得心应手。因此,他一眼就能看出郑子云的毛病,他太有自己的个性,自己的脾气,常常别出心裁地干些不合乎常规的事情。光凭这一点,纪恒全料定郑子云的官运,充其量也只能当到这个份上。就是这顶乌纱帽,也不知怎么会阴错阳差地落到了郑子云的头上。这种任性的人,天生是一种不能掌握自己命运的人。也许有什么机缘上去了,但早晚会跌得很惨,决不会四平八稳地把这个差事干到头。他很有兴味地注意着郑子云的一切,像在生物实验室里,观察那些服过什么药物,或注射过什么针剂的小白鼠。暗中注意收集、记录着郑子云的信件、电话、谈话内容以及经常来往的人等,说不定将来就有用得着的时候。

也许不应该苛刻地责难纪恒全什么,他和某些人没什么两样,不过是某种生活的副产品。他所缺少的,并不很多,只是一般人都有的那点正义感。他其实是个非常能干,有充分能力适应各种领导胃口的秘书。但是,给郑子云这样的人做秘书,他显得过于复杂了。

作为一个副部长,竟然这样处理事情,纪恒全觉得郑子云不通世事简直到了愚蠢的地步。你就是不想追随什么潮头,这样让人下不来台,总会让人心里感到不痛快吧? 人和人之间的关系,有时相当微妙。转眼之间就把人给得罪了。

纪恒全决定照着汪方亮的意见去办。就是郑子云火头过后,知道他没照他的意见办,也不会为这种事情责怪他。郑子云总该明白这样做实际上是维护他。真正让人感到不可忽视的是汪方亮,虽然他整天嘻嘻哈哈,什么事都不大在乎的样子,却是真厉害的人。这种人,只有到了关键的时候才会动真的。就连田部长也怕他几分。

电话里,夏竹筠也穷追不舍:

"为什么不回家吃饭?"

"和谁一起吃饭?"

"谁? 我怎么不认识这个人?"那一张画,在客厅的墙壁上,至少挂了一个月。三十多天,她天天面对着它,竟连作画人的签名也没看过一眼。再说,为什么都得是她认识的呢?

好像有一则外国幽默:

要是哥伦布有个老婆,他会发现美洲吗?

"你到哪儿去?"

"同谁一块儿去?"

"去干什么?"

“什么时候回来?”

结果是哥伦布什么也发现不了。

然后,她大发雷霆:“年三十你也不回家,啊!这个家我看你干脆别要了。”——那倒真会宰了他——“方方和培文、小外孙子都回家吃饭,你倒和个什么画画的下馆子去了。”她说到画画的那种口气,活像说到一盘烧坏了的牛肉,或是一段不称心的衣料。

“我在哪儿吃饭的自由还是有吧。”郑子云懒懒地应着,根本不听电话那边还在喷射着的岩浆或是炮弹,“咔嗒”一声把话筒放到叉簧上。

听见大女婿回家,他更不要回家了,他讨厌那位“门当户对”的亲家。那是夏竹筠的乘龙快婿,浑身上下也自有一种暴发户的味道。让郑子云想起进城以前,他在农村常见的、身上冒着小磨香油味儿的小商贩。

让他们那一伙冒着小磨香油味儿的人一起热闹去吧,只是苦了圆圆。郑子云后悔没把圆圆招呼出来,可他懒得再打电话,再听那火山爆发的声音。只有圆圆才是牵系他和那个家的唯一纽带。

那窄小的死胡同,就连极精巧的“丰田”车也没有转身的余地,司机老杨是把车倒着开进去的。

那小小的四合院,原来也许是个独门独户。长着北京人爱种的枣树、柿树、茉莉、月季……曾经是温馨、宁静的。但不知从什么年月起,搬进了许多人家。家家的小厨房,像雨后林子里突然长出来的蘑菇,又像河堤上伸向河床的护堤基石,往小院当中延伸着。院子里什么味道全有:醋熘白菜,葱花烙饼,油煎带鱼……什么声音也全有:两口子吵架,婴儿啼哭,收音机放到最大音量,河北梆子，慷慨激昂。从这音量可以猜出，开收音机的人，准是个耳朵挺背又在剁肉馅的老奶奶。她们大清早一睁开眼就会把收音机拧开，从早到晚，就这么哇啦哇啦地响着。别管是播送《天鹅湖》，还是《资本论》浅释，或是《说岳全传》……其实她们一个字，一个音符也没听进去。

画家的画室，竟在一九七六年地震时搭下的防震棚里。矮小、阴冷。夏天恐怕还会酷热难当，墙上还会潮得把糊的那层报纸洇湿。身材高大的画家不得不拱背站立着。可是，只要往案子上那画了半截的，以及墙上挂着的那些画瞧上一眼，人就会忘记这小屋、小院里的气味和嘈杂。郑子云不由得想，中国的知识分子，大概是顶"物美价廉"的了。他痴痴地站在那小屋里，想起自己部里的那些技术人员，还有工厂里的那些工人群众，又很快地修订了自己的想法，不，中国的老百姓，可以说是顶"物美价廉"的了。

在汽车上，画家忽然冒出一句："解放这三十年来，从来没有一个部长——"

郑子云打断他："副部长。"

"就连个副局长，也没到我家里来过。不过您可别以为我是那种受宠若惊的小人，我看重的并不是您的官衔，而是您对我的事业的理解，您那种待人处世的精神。"画家说得很快，而且还带着一种气汹汹的样子握着车门上的手柄，好像时刻准备着，只要郑子云有一点误解，他便会立刻打开车门，跳出汽车。

郑子云并不说什么，只是无言地拍了拍画家放在车座上的手背。

郑子云感慨。两个完全陌生的人，有时却是那么容易沟通，而朝夕相处了多少年的人，却是那么的隔膜。这大概只能从气质是否相通去找原因。郑子云又想起了圆圆、夏竹筠、田守诚……突然,叶知秋那张其丑无比的面庞在眼前闪现。

在周围一片觥筹交错、猜拳行令声中,他们显得太斯文了。一小口、一小口地吮着杯中的茅台,静静地、慢慢地嚼着。老了,牙齿不那么好,胃口也不那么好了。烟吸得倒不少,话说得也很多。

右边的一桌,几个年轻人喝得红头涨脸,一个劲儿地嚷着:

"七个巧呀!"

"六六顺呀!"

"五魁首呀!"

"八匹马呀!"

"全!"

"宝!"

…………

不管不顾,闹得整个餐厅里的人都不安生。服务员不得不过去对他们进行干预。

画家皱着眉头:"中国人总是把吃饭的气氛搞得很热闹。"

郑子云环顾四周:"这个餐厅里,就数咱们两个人年纪大了,全是年轻人。也难怪,好像下饭馆、喝酒,是他们业余时间里唯一的消遣。不然干什么呢?他们正是精力过剩的时候。跳舞?不行。好笑,五十年代跳舞盛行的时候,也没跳出多少流氓来嘛。文化生活又不够丰富。旅游?又没那个经济条件……我倒是同情他们,可是爱莫能助。关键在于我们要创造一个可以发挥他们精力的正常渠道。"

画家感喟:"是这样。"

“为什么我们一些人对年轻人的某些希望、要求,那样大惊小怪,那样痛恨?好像因为他们想的和我们不一样,就都成了叛逆者。其实,我们所想、所干的,不是也同我们的父辈不一样吗?而那不一样的程度,也许比现在的青年人和我们的距离更大一些。我们既然是辩证唯物主义者,为什么我们不承认他们也有权力变革我们所承认、所认可的东西呢?我不是指那些违反党纪国法的事情,那是另一个范畴。我们只承认祖先传下来的东西和我们以及我们的上一辈所习惯的东西:比方学院派的音乐喽,十九世纪的芭蕾舞喽……仅仅因为我们年轻的时候接受的就是这些,比这再发展一些,我们就本能地抗拒它,不知不觉地成了卫道士。生活的节奏已经无可挽回地加快了,为什么我们不同意青年人喜爱节奏更快的音乐,节奏更快的舞蹈,以及其他节奏更快的艺术形式呢?如果他们喜爱变化,喜爱更新鲜的事物,那是非常自然的,是一种自然规律。最好我们不要去干涉他们。四月影展不是终于在公园展出了吗,不论评论界怎样用假装的冷漠对待他们,他们不是明显地比某些影展拥有更多的观众吗?我们认为应该奉为永恒的东西,终有一天要消失,就是他们现在喜爱的东西,几年之后,也会成为过去……”郑子云的嘴角上浮起一丝恍惚的笑意,“在古典音乐里,三度、四度、五度、八度、六度音程被认为是谐和的;二度、七度被认为是不谐和的;增四度以前简直就叫它魔鬼,可是现在,一切都可以叫作谐和,什么和什么都可以放在一起,不足为怪了。不要要求和希望年轻人会同我们的思想感情完全一样,那是不可能的。也不要要求年轻党员和党的关系同我们年轻时和党的关系一样,那是同旧社会搏斗的生死年代。现在的年轻一辈,要求自己有更多的思考机会,更多决定自己生活的机会,他们比我们年轻的时候有更多的生活经验，经历了更深刻的历史变动。一个老太太对我说，我们那个时候对党多么尊重，同志间的关系多么亲密，一边说，一边啧啧地叹气。她看不见生活的变化。这些青年人在‘文化大革命’前，思想不是也十分单纯吗，事实教育了他们，我们不能像九斤老太太那样对待世界，共产党员不应该丧失前进的势头。如果你累了，你可以去休息，但是不要妨碍别人前进的步伐。”

郑子云很兴奋，其实他并没有喝醉，而是喝得恰到好处。喝酒这件事很怪，恰到好处的时候，总会使人振奋，开阔。

杨小东顺着圆桌的座位，挨着个儿瞅着那十三张脸。十三张嘴虽然说着和这顿欢宴、和这次奖金毫不相干的话，但杨小东知道，此时此刻，他们每个人的心里正激动不已。因为对他们这群被苛求的偏见排斥于信任之外，却又在努力挣脱自我的荒蛮、并要求上升的人来说，今天的聚会，太不寻常了。这无疑是一种光亮，给他们自信，照彻他们自己，也照彻前面道路。这光亮并不来自别人的恩赐，而来自他们自身的不屈。

他们之中没有一个人愿意用一种随便的口气说到自己心里的感受，泄露自己的激动。他们都是硬朗朗的哥们儿。硬朗朗的哥们儿是不夸张自己感情的。

只有麦芽色的啤酒，在瓶子里嗞嗞地冒着乳白色的泡沫，泡沫顺着瓶颈溢了出来，催促着他们赶快地斟满自己的酒杯。

杨小东拿起酒瓶，把每个人的酒杯斟满，然后举起自己的酒杯，说道：“今天咱们能聚到一块儿，是大家奋战的结果。来，我敬大家一杯。”他本来还想说点什么，但他觉得自己的心竟然跳得快了起来，而且声音里还有一种颤颤的东西，他有点不好意思，便停住不再说了。

大家全都举着酒杯站了起来。吴宾却说:“慢点,咱们应该把这个镜头拍下来。”说着,从草绿色的背包里拿出了相机。

葛新发大加赞美:“你小子想得还真周到。”

吴宾指挥着:“往一块儿靠靠,往一块儿靠靠。”

吕志民说:“你呢?还是找个人给咱们按一下吧。”

吴宾一回头,正好和邻桌郑子云的目光相遇。便说:“师傅,请您帮我们照张相好吗?只要把这个小方框对准我们,别漏掉一个,按一下这个小钮子就行,这相机是自动的。”

郑子云欣然同意。不过也有点好奇,吃吃饭,怎么想起拍张照片呢?是他们之中谁办喜事?不像。清一色的秃小子。还是欢庆天南地北的朋友们相聚?随即问了一句:“有什么喜事吗?”

吴宾答道:“哥们儿心里痛快。这顿饭,体面!是我们小组挣的奖金。”

说罢,十四个人把酒杯碰得乒乒乓乓地响。酒从杯子里溅了出来,仿佛他们心里翻腾着的那股激情,也随着溅了出来,使他们想笑,想开怀大笑。

杨小东把很多想说的话,变成了顶跟劲的一句:“希望明年咱们再来这么一次。”

郑子云早已退到自己的座位上去,可是那一桌子人吸引着他的注意力。他已经不大专心去听画家的讲话,不断地朝杨小东他们那张桌子望去。

吴宾用筷子敲了敲小碟,让大家安静下来。他也端了一杯酒站了起来,一改平时那种吊儿郎当的神态,说道:“我说咱们得敬小东一杯。咱们小组,从让人挤兑,变成个先进班组,是因为组长领导有方。来,干了!”

杨小东连连摆手,不肯从座位上站起来。

听了吴宾的话,郑子云兴趣更大了。他不断地向画家递着得意的眼色,像那些自视极高、不屑于高声叫卖的,老字号店铺里的店主。而这伙年轻人,是跑遍全城也找不到的,唯独他柜台上才有的顶呱呱的货色。

吴宾说:“瞧瞧,大家全端着酒杯站着,就等你一个人。你要是不喝,可就是看不起大伙。我们就一直站着。”

杨小东只好站起来和大家一一碰杯。“这是说的哪儿的话,谁有本事一个人包打天下。”

郑子云问吴宾:“你们是哪个厂的?”

吴宾说:“曙光汽车制造厂的。”

啊,有意思,陈咏明那个厂的。郑子云心里想,他倒要仔细听听。“是先进集体,怎么还有人挤兑呢?”他问。

吕志民说:“先进集体是群众评议的,要按车间主任的意思,我们全是刺儿头、杠头。选先进?没门儿!一边呆着去。就这,还净找岔子呢。”

吴宾插嘴:“还提他干什么,反正咱们也没偷奸耍滑,从一个工人来说,咱们的力气全卖到这儿了。要是他家的买卖,我才不干呢。可工厂不是他家的,工资也好,奖金也好,是国家给的。”

画家带着善意的讥讽对郑子云说:“看来,人们不大喜欢当官的,哪怕是个挺小的小官。不知你怎么样?”

郑子云想了想,笑了:“恐怕也有人背地里骂娘。”他举起酒杯,呷了一口,接着说:“挨骂是免不了的,皇上老子也有人骂呢,自古皆然。就看谁骂了。”他又侧过身去,问他椅子后的吕志民:“怎么对车间主任那么大意见呢?”

吕志民说:“别管我们干得多卖劲,他老跟人家说,我们组没好小伙子。就拿小宋来说——”他抬起下巴,往一个蔫蔫腾腾、心事重重的小伙子那边扬了扬,压低了声音说:“就干了一件顶漂亮的事。他原来给他哥介绍了个对象,开始挺顺利,后来发现他哥不对劲。人家女方约他哥‘十一’去吃饭,全家从上午十一点等到下午三点也不见人。女方去找他哥,连找三次不在家,有意地躲人家,就那么不冷不热地拖着。小宋就给他哥做工作,说:‘你觉着不行,就好好跟人家说,行呢,就办,缺钱的话,我可以给你三百二百的。’

“他哥呢,也不说和人家吹,也不说不吹。后来女方只好提出拉倒。为这事,小宋觉得挺对不起她,就主动提出,自己要和她好。那女的也挺不错,觉着自己比小宋大四岁,不合适。我们大伙也觉着不合适。可小宋决心挺大,到底把女方给说服了。前些日子,小宋找小东谈了——就是那个留小平头的,他是我们组长——

“小东说:‘你这是征求我的意见,还是把你的决定通知我?要是你已经决定,我支持你。要是征求我的意见,我十五个不赞成。’

“小宋说:‘一开始,我有过做点牺牲的想法,可我知道这不会持久,对将来的生活也没好处。现在我们确实有了感情,父母也都挺喜欢她——我和哥哥也决裂了。’

“小东一听,觉得蛮好。找我们哥们儿挨个谈话,介绍了情况。嘱咐我们,外组有议论小宋挖他哥墙角的,也有议论小宋娶媳妇还是娶妈的,一定要多做宣传解释工作。现在,车间里的人都挺佩服小宋,说他这事儿做得漂亮,有道德。您说是不是?”

郑子云说:“是倒是,可他怎么不开心呢?”

“没房子呀。”吕志民朝杨小东嚷着,“小东,小宋的房子真还是个事儿。”

杨小东朝大伙望了望，想要说点什么，注意力却被吴宾吸引过去了。那一边，吴宾和小徐大声地开玩笑："你看过莎士比亚的戏没有？一个权力至高无上的国王，求婚的时候，还下跪呢，你就不能主动点儿。"

那位叫小徐的急得结结巴巴："我怎么不主动了，我不知道说什么。"

杨小东埋怨着："哎呀，不是教你好儿遍了吗？到时候你得送人回家；分手的时候要留地址、电话；要主动约人家下次见面。见面的时间、地点、借口——主要是借口，你得先想好。"

看来，小徐的确有困难，眼前还没有个姑娘，他已经急得脸红了。

杨小东说："我看你先在车间里练练，平时没事和咱们车间的女同志多聊聊。慢慢习惯了，再和女朋友谈话就不紧张了。"

吴宾又说："你看看自然界，花有好看的花瓣，鹿有漂亮的角，公鸡有漂亮的尾巴，你也得练几招儿，怎么才能抓住人家的心。"

郑子云感慨，甚至还有点善意的妒忌。像那些老态龙钟，已经不能跑也不能跳的爷爷，看见儿孙们那肌肉坚实、富有弹性的长腿，跑上十几个小时也不觉得累时的滋味儿一样。

到底不一样了。他们知道应该恋爱，而且一点也不感到羞涩地大谈恋爱经。虽然他们的爱情比起莎士比亚在戏剧里所描绘的，要少些文学色彩。而他呢，根本就没有过这档子事儿。他记得他打算和夏竹筠结婚的时候，简单得就像开了个生活会：

"你同意和我结婚吗？"

"如果你有这个需要，我想还是可以的吧。"

需要？！什么需要？生理上的，还是精神上的？从以后的结果来看，似乎都不是。

而夏竹筠怎么想的呢？从那个婚约缔结以后，他们再也没有谈过这个题目。那时他们属于一个非常的时代。在那个时代里，一切都在不停地翻腾，没有一个沉淀的、让人看个仔细的机会。

想到哪儿去了？

他对画家说："你看，这儿还传授恋爱经验。"

"那有什么，我们年轻的时候，也是这么干的。"

郑子云不语。他忘了，他们是艺术家。仿佛艺术家才有情感生活。是社会这么划分的，还是他自己出了毛病？一部分人过着丰富的精神生活，一部分人却是另外一副样子……

说话间，杨小东已经把小宋结婚用房的考虑告诉了大家：把小宋家那间大点的房子隔一下，先对付着，等厂里房子盖好之后，再给他奔房子。放假后第一天上班，每班就抽出两个人拣砖头，他们两人的活由大家分包。全桌人一致拍手通过。

小宋舒心了。那心，原先还像没有挂起来的帆一样，皱皱巴巴，这会儿，却升上桅杆，被缓缓的风所涨满。不仅仅因为杨小东想出了这个权宜之计，还因为他觉得伙伴们了解他，支持他。不像吴国栋那样，把他想邪了。

有种人，好像得了一种病，得这种病的人，会践踏、侮辱、捉弄一切纯洁、美妙的东西，眼瞅着它们在自己的眼前凋零、枯萎、褪色、黯淡……他会得到一种生理上的满足。

自从小宋为了结婚，向吴国栋申请房子以来，他觉得受到了极大的侮辱。也许，认真地说，吴国栋并没有说出什么令人难堪的话。但是，中国的语言，真是一门永远研究不完的艺术。有位名演员就说过，说好台词，是话剧演出中影响观众、感染观众、有决定意义的一项艺术手段。

同样一句话，哪怕是发声方法的不同，腔调的长短、高低，节奏的快慢，乃至于话语后面所包含的潜台词和说话人的思维活动，完全会造成截然不同的效果。吴国栋和他谈话的腔调和语气，就使人想到了顶顶暧昧的事情。

“出了什么问题？”

小宋连想也没想过。

契诃夫说过：“他们开始议论，说 N 和 Z 同居了；渐渐地，一种气氛造成了，在这种气氛里，N 和 Z 想不通奸都不成了。”

有多少所谓的错误，是人为地酿成的啊。

为什么要在人人的面前放一张哈哈镜呢？作为开心解闷的玩具是可以的。要是认为这镜子里的形象，便真是那个人的模样，可就大错特错了。可是，哪一个个人有能力抵挡像吴国栋的这种伤害呢？吴国栋本人并不是不好的人，甚至可以说是个挺不错的人，他也不是什么了不起的大人物，这种伤害也可以说是无意识的。但这是一种意志的化身，代表着一股不小的社会势力。在这种意志面前，天真烂漫的心显得渺小、无能、孤单。像一片偶然落进漩涡里的树叶，随时都有被吞没的可能。

郑子云又问：“你们那个车间主任抓生产怎么样？”吕志民说：“您这么拧着脖子说话多难受，您二位要是乐意，咱们干脆合一块儿吃怎么样？”

郑子云问画家：“怎么样？”然后又小声说：“挺有意思的一伙人，跟他们聊聊？”

画家盯着郑子云直乐：“行啊，客随主便。”

“你笑什么?”郑子云不明白。

“回头告诉你,先听他们的。”

吴宾插话了:“要说抓生产,车间主任挺在行,没说的。”

郑子云好像有意和他们抬杠:“能抓生产,还是不错嘛。”

吴宾注意看了看他,断定郑子云是他视为极其无能的、典型的老书呆子,对工厂的事看来一窍不通,不免指指点点:“光会抓生产就行了? 还管不管人的死活,我们又不是牲口,不是机器。牲口还得喂点料豆,机器还得上油呢。”

“说得对,小伙子。”画家慷慨激昂了。也许是酒喝得差不多了,他像小孩子一样在椅子上扭来扭去。

“那敢情。”葛新发当仁不让。

“你们小组还挺行啊。”郑子云由衷地喜欢这伙年轻人,特别喜欢那个留小平头的杨小东,觉得他很有一些办法的样子。反应快,但也不是使人顿生戒心的油滑。如果让他白白浪费自己和他们这伙子人的感情和力气,他是不会干的。他身上带着曲折的生活道路留在他们这一代人身上的明显痕迹:不以为然,冷静,有头脑,实际,能干。

杨小东接茬儿:“没什么大不了的,靠的就是心齐。”

“小东知道心疼人。他心疼大伙,大伙就心疼他。”

画家问:“他多大年纪?”

“三十一啦。”

“行,能干。”

吴宾说:“不含糊。您别看是个小组长,工厂这地方,得来真格的。不像有的部长,局长,只会划圈就行。谁都能当,只要摆在那个位子上。”

画家更乐了,直拿腿碰郑子云的腿:“听见了没有?”

郑子云不动声色,说:“对,我女儿也是这么个看法。”

杨小东不耐烦地挥挥手:“没那么玄乎,不过就是让大家心里痛快点儿。生活里,本来就有好些事情让人不顺心,如果在工作环境里再不顺心,可就没活头了。一个人,一辈子要有三分之一的时间在工作集体里度过,凭什么不让他们在这三分之一的时间里感到愉快和温暖呢?”

杨小东平时从不说这些“官话”。可不知怎么回事,今天这顿饭让人生出许多美好的念头,虽然这些念头和酒,和香酥鸡,和油烹大虾……简直是搭不上茬儿的,可是他们人人都觉得自己和往常到底有点不一样了。变得愿意相信点什么,愿意说点他们平时说起来,听起来,都有点害臊的、动感情的话。

吕志民慢腾腾地接过话茬儿:“不怕大家笑话,师傅,”他转向郑子云和画家,“咱们是头一回见面。说实在的,在组里,我这个人头顶次了。他们谁也没少剋我、说我,可我还就是愿意在这个组里呆着,舍不得离开它。别管在外头遇见多少不痛快的事……”

葛新发插嘴说:“那可不,就拿上班挤车这件事来说,别提多让人憋气了。今天早上,汽车忽然来了个急刹车,我往前一冲,正好踩了一个女的脚后跟,她扭过头来使劲儿瞪了我一眼,张嘴就来了一句:‘德行!’然后把眼皮儿使劲一抹搭,恨不得用那两片肉眼皮儿把我拦腰夹断。我没理她,好男不跟女斗。心里别提多气了,觉着她自己多美,谁多爱睬她。”

吕志民接着说:“对了,谁不愿意自己乘辆小汽车,省得受这份洋罪,就算没汽车,有辆摩托也行。可咱这点工资买得起吗?就算买得起,工厂能生产出来那么多吗?现在买什么不排队?就连买大白菜也得排队。再说住房问题,我们一家三代六口人,十平方米的房子住了二十年啦……”吕志民忽然想起,不该在这个餐桌上,在今天这样一种气氛和心情下发牢骚。他觉得这番话好像亵渎了他们心里刚刚生长起来的那些美好的东西。于是转了话头:“这些不痛快的事,说起来没完,不说也罢,我是想说,虽然有那么多让人烦心的事情,也还有让人痛快的地方,比方咱们的小组。”吕志民的眼睛亮了,甚至还不自觉地透出一种和他平时说话之间就能拍桌子、摔板凳的派头极不相称的,动感情的样子:“要说小组里给大家解决了多少困难,是解决了房子问题,还是解决了工资问题、交通问题?都没有,它没有这个权。可是,它关心人,真格的,不是挂在嘴头子上,尽它能做的,全不惜力地做到了。人就是这样,活的是一口气,心里痛快,干什么都行。哪怕我住不上房,哪怕我提不上工资,哪怕你葛新发明天上班挤车,招惹一肚子气,只要一进车间,看见大家伙这十三张脸,那些不痛快的事,就全忘到脑袋后头去了。”

听了这番话,刚才还是闹闹哄哄的一桌子人,一时全都静了下来,想着心事的样子。

杨小东赶紧发话:“咱们这是会餐,开成评功摆好会可就没劲了。”然后,他又装出诡秘的样子,压低了嗓子说:“别学咱们的田部长,净让咱们过什么革命化的春节,革命化的国庆节,革命化的元旦……咱们还是来点实惠的。你们不吃,我可要吃啦。”他转向郑子云:“您来点什么?”他抄起筷子,照准红烧鱼脊背上那块厚肉夹去,弄了一大块,放在郑子云面前的盘子里,“吃,吃,别客气!”然后又招呼大家:“不吃白不吃,快点吧,菜都凉了。”

葛新发表示不同意见："你别说，他再来个革命化的春节，咱们的加班费合起来又够开一顿了。"

"那可就不是这么个意思了。平白无故混来的，没劲！"吴宾咕咚咕咚又是一杯下肚了。他把空酒杯往桌子上一蹾，鄙夷不屑地说："忘了？一九七六年的春节，本来活就不满，设备又是刚擦洗完，他偏要到厂里来和工人群众过革命化的春节。吴国栋那会儿可求着咱们了，央告咱们说，'各位弟兄帮帮忙，捧捧场，千万都到，就一会儿时间，保证长不了。部长劳动嘛，长不了，长不了，千万别让领导为难。回头一人还能落两瓶二锅头。'大年初一一早，就把咱们折腾到车间。好，等到十点，他来了，还带着个女的——哎，那女的是干什么的？"

杨小东答："部办公厅主任。"

吴宾接着说："什么主任？！捧哏儿的。两个跟演双簧似的，跟咱们吹了一个小时的反击右倾翻案风，然后，嘀——嘀——屁股后头一冒烟，走人了。他敢情好，回到家里，有保姆做现成的伺候着。不像咱们，还指望着过节放几天假休息休息，看看朋友。女同志还想趁这几天洗洗涮涮，缝缝补补。这么一来，加上路上往往返返，一天的时间全泡汤了。他倒好，在厂子里混了一个小时，还落个部长下厂过革命化的春节，登报扬名，便宜全让他占了。这种花里胡哨的人，还一节节地往高里升，真他妈的邪门儿。中国还有希望没有？怎么打倒了'四人帮'，还有这种事儿。"

葛新发又给他斟上一杯："喝吧，喝吧，你操什么心，他当他的官儿，你干你的活，跟你有什么关系，工资一个也不少你的，不就得了。"

吴宾不肯罢休："正经关系不小呢？这种人当权，能一心扑在

‘四化’上？能把老百姓放在心里？工资一个不少，可也不见长啊。要是当官儿的都这么个当法，咱们还有没有盼头了？”

画家又在桌子底下踢踢郑子云的腿。

郑子云的神色，不像刚坐到这张桌子上的时候那么神采奕奕了。他忽然显得疲倦、苍老、冷漠、拒人千里。他抓起那瓶没有喝完的茅台，给每个人都斟上一杯，急于收场地说：“各位小同志，我敬你们大家一杯，怎么样？”

吕志民握起酒杯：“总得有个说法吧。”

“说什么呢？”郑子云转向画家。画家依然用那双儿童一般充盈着笑意的眼睛看着他。郑子云多么希望自己也能这样地笑啊。“这样吧，今天能和你们一块喝一杯，心里挺高兴，希望咱们在各自不同的岗位上，做出好成绩。咱们后会有期，干！”

众人一口饮下。

吴宾咂巴着嘴唇：“好酒。”

吕志民在跟郑子云握手言别的时候问道：“说了归齐，您二位又是干什么的呢？”

郑子云一面扣着绿色棉布军大衣的纽扣，一面答道：“他是画家，我嘛，干点行政工作。”

“啊，管吃、喝、拉、撒、睡的。”

郑子云笑笑：“差不多吧。我说你们这顿饭吃得真值。”

“车间主任的鼻子都气歪了。”

“再气一下，兴许就正过来了。”

出了饭馆，冷风扑面。在饭馆里变得有点沉闷的人，像一个猛子扎进了大海，让冷飕飕的感觉刺激一下，重又兴奋起来。

郑子云问:“你刚才笑什么?你说一会儿告诉我。”

“我忘了。因为我好像一直在笑。”

郑子云陪着画家慢慢地向电车站走去。他的眼睛,在街灯的映照下闪烁着,像有许多飘忽不定的念头,一个个地在那里面闪过。他忽然打破沉默:“今天吃饭,收获不小。那个杨小东帮我解决了思想上的一个大问题。怎么才能调动人的积极性?不能光靠空头的说教,也不是什么先生产、后生活。靠的是关心人,相信人,鼓舞人。古时候还有一句话,叫做士为知己者死呢。你知道我当初是怎么向往革命的?既不是因为看了《共产党宣言》,也不是因为看了《资本论》,而恰恰是因为看了一本意大利作家亚米契斯写的《爱的教育》。它使我相信并去追求真、善、美。杨小东是个了不起的心理学家。你说是不是?不过,有点对不起你,说是请你吃饭,结果让你陪我听了一晚上你毫无兴趣的谈话……”

“谁说我没兴趣,他们说的,不正是大家心里想着的吗?况且,我也有很大的收获。”

“噢?!”郑子云有点惊奇,他停住,定睛看着画家。

“我一直在琢磨你,观察你。将来我想替你画张像。不过要画你是相当困难的。你的思绪、神情变化得异常迅速。每一个瞬息的变化,都从不同角度显示着你的气质,丢掉一个都是可惜的。可事实上不得不在丢掉,它太难以捕捉。”

郑子云异常严肃地说:“这是绝对不可以的。”

画家那像随人摆布的儿童一样的眼睛,也变得严肃起来,像郑子云一样的执拗,绝不退让地说:“也许你有你的理由,但可以想见的是,你的任何理由,都是狭隘的。每一个正直的勤奋工作的人,他,和他的工作,都不只属于自己。”

八

像时钟一样的准确，差十五分八点，田守诚迈着不慌不忙，从从容容，四平八稳的步子，走进了办公室。边走还边和迎头碰上的、小字辈的工作人员，开两句无伤大雅的玩笑。

天天如此。他不像其他部长，常常在八点以后，汽车才驶进部机关的大院。

田守诚习惯地往他那张大得足以容下一个人在上面睡觉的写字台瞥了一眼，上面，一大摞文件、报告之类的东西在等着他。这是每天要办的第一件事。

田守诚脱下大衣，往衣架上挂去，不行，那个衣钩松动了，他又换了一个。转过身来，双手习惯地捋了捋一丝不乱的头发，又泡了一杯花茶，然后在写字台前坐下，开始翻动桌上那一大摞东西：密码电报、中央文件、值班室的电话记录、等着他签发的各司局的请示报告、人民来信……等等，等等，全按文件制定单位的等级、问题的轻重缓急，顺序排列着。

肖宜，是田守诚颇费踌躇，而后又颇为得意地选定的一个秘书。因为肖宜在“文化大革命”期间，是全部造反派的一个头头。

田守诚明知肖宜把他这个决定的动机看得底儿透，但田守诚并不把肖宜的感觉放在心上。他只须估量这个决定，对“文化大革命”中的两派群众，能否造成他所期望的印象就够了。和一个小人物是不必花费心思去较量的，田守诚只把精力花费在对付等量级水平的对手身上。何况至关重要的事情，还有林绍同秘书去办。

田守诚顺水行舟般地一路看下去，该画圈的，画了；该签发的，签了；该批示的，批了。

在一份部办公厅请示该不该给本部招待所的服务人员分发奖金的报告上，田守诚那支洋洋洒洒的大笔停住了。

发奖金？给招待所的服务员？这两天报纸上的社论，又在强调思想教育，政治挂帅。要求个人所得奖金不得超过本单位两个月的平均工资。似乎有刹住奖金风的趋势。工厂都在压缩奖金开支额，服务人员就更不好说了。何况这是部里办的招待所，又不是国务院事务管理局办的，也不是市服务局办的。人家那里，对于这个问题，也许有一套办法、条例。不过那套办法，当然是根据他们的情况制定的，不好照搬，万一出了问题不好办。田守诚不打算由他来开这个口。于是，他在报告上批道："按上面指示精神办。"

对自己这条批示，田守诚觉得很得体。上面？哪个上面？让经办人揣摩去，就这么含含糊糊的才好。而且，根据田守诚的回忆，关于各部自己办的招待所该不该发奖金，似乎上面从没有过具体的指示。

下面，厚厚的一份报告让田守诚发怵。难道写这报告的人，不懂得那个不成文的规矩吗？给上级机关打报告，越往上去，字应该越大，字数也应该越少。

田守诚信手翻去。原来是上面转来的一封人民来信。

肖宜怎么搞的，这样的信也要转给他吗？继而又想，肖宜不会错，肯定需要他亲自处理，才会送给他的。

什么问题呢？他潦潦草草地看去，竟然是批评经中央领导同志同意过的，到二〇〇〇年建成多少钢铁基地、煤炭基地、十来个大庆的规划，是左倾思想在经济建设上的反映，是沿袭五八年"大跃进”、不严格按照客观规律办事的错误。信上列举了一九七九年的国家基本建设计划中,有哪些不够基本建设条件的项目,硬是列入了计划,拉长了基本建设战线,浪费了多少有限的基本建设投资……看得田守诚眼皮直跳。他沉下心来,端起茶杯,呷了一口。

写信的,准是重工业部的人,所以这封信才会转给他。谁呢?田守诚翻到最后一页。哦,贺家彬。“天安门事件”的时候,这个贺家彬折腾得挺热闹,又是送花圈又是写诗,要不是他那个局长方文煊顶着、包着的话,差点没给送去坐班房。不过也幸亏有人顶着、包着,不然,真的送了进去,现在又是田守诚的一笔账。田守诚不由得笑了一下。什么年月了,还吃这碗饭,太不识时务了。

照转贺家彬所在的司局吗?不,这件事比较棘手。对中央领导同志同意过的方案提出指责,上面不会不挂号的。部里不表示个态度就这么转下去,万一将来上面有人想起来,问上一句,怎么答复呢?

田守诚把有关部门在信上的批字又看了一遍,似乎看不出什么倾向性的意见。只写道:“转去人民来信一封。”

这该如何处理?田守诚不停地、机械地转动着手里的铅笔,很长时间,不知怎么下笔。最后,他终于在那份人民来信上批了一句:“请郑子云副部长阅处。”这么处理还是说得过去。郑子云现在正热衷于抓什么体制改革、企业管理、思想政治工作。实质上在和“学大庆”唱对台戏。不是吗?前些日子在曙光汽车厂搞了个民意测验,真是笑话。

什么“你喜欢什么?”他们喜欢什么?喜欢邪门歪道!

“你关心什么?”关心他们自己!

“你痛恨什么?”痛恨干活!

“需要什么?”他们需要钱,就知道向钱看!

“业余时间干什么?”吃喝玩乐,不信上馆子里看看!

“实现四个现代化有希望吗?”问他们?!

“‘四化’最大的障碍是什么?”现在谁能听谁的?

“你愿意在这个厂工作吗?”他愿意上美国,你送他去吗?

搞的什么名堂!思想政治工作这么搞还不乱了套?民意测验,那是资产阶级的玩意儿。

拿郑子云和田守诚相比,一个好比是打守球的,软磨硬泡;一个好比是打攻球的,一个劲儿地猛抽。

田守诚会时不时地给郑子云吊上几个小球,然后冷眼地瞧着郑子云毫不吝惜地消耗着自己的精力。他并不把郑子云当作太了不起的对手,犯不着跟他费那么大的劲。郑子云的对手早就有了,那便是这个社会里,虽说是残存的、却万万不可等闲视之的旧意识。

鸡蛋碰石头啊。

去年田守诚出国考察,开中央工作会议时,由第二把手郑子云参加。那时,所谓六十一个叛徒问题还没有个说法,庐山会议也没有平反,刘少奇的问题还没提到日程上来。你郑子云听就是了嘛,发什么言!说什么:“干部免不了要犯错误的,以后谁犯了什么错误,就是什么错误。是什么性质错误,就是什么性质的错误。不要一犯错误,就是叛徒、特务。刘少奇那个专案的材料,什么问题都不说,光说是叛徒、内奸、工贼,我认为这是苏联秘密警察的办法。还有彭德怀、杨尚昆同志的问题,也说他们里通外国,抓一些莫须有的事,不能说服人。今后处理干部,要实事求是。”

这样的话,是冲着谁呢?太危险了。当然喽,现在刘少奇同志的冤案平反了,六十一个叛徒的问题、一九五九年庐山会议的问题,都平反了。但终究是冒险的。而冒险总会有所失误,说不定哪一次一个筋斗就栽了下去。"反击右倾翻案风"那次,田守诚那么一个谨慎的人,等了又等,看了又看,结果还是失算了。那个教训,足够田守诚窝心一辈子。

会上有人提出,实践是检验真理的唯一标准的讨论,不是会议的议题,可以把这个问题作为理论问题从容讨论。郑子云却说:"这个问题讨论得好,下一阶段的会才能讨论得好。这次会议要讨论许多重大的方针政策,讨论了就要干的。这许多方针政策是以指导思想为基础的,党的高级领导机关必须有一个统一的意见。如果有的理论刊物不同意,再有中央哪位负责同志也不同意,再加上有人说现在是让他们'放',如果现在是'放',以后是不是又要'收'?我们具体执行的同志就不放心,没法放手去干。理论家可以从容讨论,我们回去就要根据会议的精神干,我们不可能坐而论道。"

人家讲人家的意见嘛,你郑子云愿意论就论,不愿意论就不论,得罪人有什么好处,特别是舆论阵地,搞不好什么时候找岔子在报刊上给你来一家伙,那影响可怎么收得回来。

还说什么"宣传毛泽东思想,要全面准确,要打破'四人帮'搞的'一句顶一万句'的枷锁。"

还好,在对"凡是派"的问题上,他的表态还是明确及时的。这才是顶重要的一件事。什么叫政治,政治就是看准了风向,该表态的及时表态。其他全是瞎扯淡。

田守诚从里间走了出来,把准备在厅局长会议上用的讲话稿还给了肖宜，说道：“肖宜同志，这篇东西我看过了，具体的我也提不出太多的意见，只觉得说得还不透，你是不是再和调研室的同志们研究研究，结构再调整一下，语言再凝练一些，内容再充实一些。文字不能太严肃，可也不要太活泼；要站得高一点，但也不要太空。请你再辛苦一下。好不好？”

田守诚总是这样，自己从不动手，也不把自己真正的意图、观点，清楚、明确地告诉经办的同志。刚开始给田守诚当秘书的时候，肖宜真是吃了不少苦头。一个讲话，总是左改右改。根本搞不清楚为什么改，以及应该改些什么。田守诚作一个报告，肖宜总要累掉几斤肉。渐渐地，他也摸出了一点规律，想出了一点办法。

现在，肖宜毕恭毕敬地听着，认真地翻着手里的文稿，不断地点着头。等田守诚说完，立刻说：“是，一定按您的意见改好。”其实，他心里正在琢磨如何剪剪贴贴、勾勾划划，把第一页变成第三页，第九页变成第七页，拖上几天，什么都不用改，等到作报告的头天晚上十点钟送到田守诚家里，再说句：“我们按您的意见改了。”也就行了。每每田守诚讲完之后，还会对他说：“这次改得不错，比以前的好多了。”

“还有，这几份文件我看过了，请你转给有关同志吧。”

这时，林绍同走了进来。默默地看了田守诚一眼，田守诚立即会意地走进里屋，林绍同随后跟了进去，并且随手把里屋的门关上了。

真可笑！好像谁会对他们这种见不得人的活动感兴趣。肖宜早就感到，田守诚和林绍同的关系亲昵得不正常。他立刻以送文件为由走了出去。肖宜正巴不得离这种不正常、没原则的东西越远越好。

纪恒全把贺家彬那份人民来信送给郑子云:“田部长那里转来的。”

郑子云匆匆地翻了翻,然后,朝站在一旁的纪恒全斜睨了一眼,便把那篇东西往写字台里一塞:“好吧,就这样吧。”

“就这样吧。”是郑子云表示谈话或办事到此为止的意思。

看着纪恒全走出房间,郑子云又从写字台里拿出贺家彬写的那份东西,认真地再看一遍。他一面看一面微微地点头。

渐渐地,他感到被一种说不清楚的东西紧紧地攫住。那东西用它看不见的肢爪扼他的脖子,挠他的心。

那是什么呢? 他非弄清楚不可。郑子云不喜欢不明不白的东西。他潜下心来审度自己。

近了,近了,好像看清楚了。那东西竟有些令人难堪。他犹豫了一下,它立刻滑了过去。

“你没有勇气正视它吗?”他尖刻地反问自己。静静地想了一会儿,然后像斗牛那样扎下自己的脑袋,硬着头皮,猛地一下扑了上去。

他终于明白。他绝不可能写这么一篇报告,去明明白白地阐述自己真正的看法。

当然,按照他的身份,不必这样去办事。但只是身份吗? 他能无愧地说,那难能可贵的,使一个人懂得如何生、如何死的信念、良知,一如当初那样未被世俗利禄的尘埃所遮蔽吗?

从干校回来之后,很久没见过贺家彬了。当郑子云还被作为“走资派”审查的时候,他们曾在一个班里劳动过。那时,贺家彬很有些和别人不一样的地方:众目睽睽之下,竟敢分担他力不胜任的担子;甚至和他讨论恩格斯的《自然辩证法》;谈论蓝眼睛的白猫为什么是聋子,应该验证一下,但他们谁也没见过蓝眼睛的白猫;告诉他学习小组长的外号叫“发了疯的钢琴”,连长的外号是“拱形的线”。因为他给大家分菜的时候,先是舀上满满的一勺。你以为他是那么慷慨吗? 不,接着他就把菜勺抖了又抖,直抖到剩了半勺,好像就要因此而破产,一咬牙、一跺脚地扣在你饭盆里。要是他发现领菜的队伍里有值得拍马屁的人,情况就不一样了。他会从那人的前三位起,逐渐增加分量,至那人时,达最大量,然后又逐渐下降至半勺。当然,也有人叫他“张半勺”,不过贺家彬说,那个外号就不能说明连长的特异性了,等等、等等。和贺家彬在一起的时候,郑子云有一种变得年轻的感觉。贺家彬有一种特殊的、摆脱不愉快的心境的办法——不停地说着刻薄的玩笑话。

回到部里,人人各就各位之后,那种亲密感好像消失了。有次去部里看电影,在公共汽车上,郑子云遇见了他。他竟不无讥讽地对郑子云说:“您体验生活来啦。”

工作、工作,忙、忙。把郑子云的什么都挤掉了。应该和贺家彬聊聊,即使不谈这封人民来信,谈谈“拱形的线”和“发了疯的钢琴”也好。听叶知秋说,她准备和贺家彬合作,写一篇报告文学,宣传一下像陈咏明那样有魄力、有胆识、一门心思干“四化”的厂长。不知道他们写得怎么样了。叶知秋那个人似乎有点神经质,忽而要研究经济体制的改革,忽而又要写报告文学。文人嘛! 心血来潮。也许这就是灵感吧。郑子云拿起电话筒,本想拨个电话给贺家彬,约他聊聊。已经拨了三个号码,又把话筒放下了。他觉得不妥。已经不是在干校的情况了……郑子云和部内任何一位同志的交往,始终保持一种不近不远的工作关系。他觉得,过分亲昵的关系,会给他那一贯坚持原则的形象造成一定的错觉,招致非议。

这封人民来信如何处理呢？田守诚显然是把难题推给了他。目前情况仍然十分复杂，力主改革和力主按老规矩办事的两大派别之间，斗争相当激烈。那些吹牛家们，靠空喊政治口号吃饭发家的人，成帮成伙地纠结着，从上面到下面。贺家彬的话说得很对。

经济上不顾客观的可能，不顾人民的负担，向国家大量要钱。宝钢二百个亿，武钢几十个亿。搞什么高指标，一九八五年六千万吨钢，二亿五千万吨油，说梦话吧?！再搞高指标，长战线，重蹈“大跃进”的覆辙，这点家当就要完了。

到现在，仍然对改革持抵制态度。对实践是检验客观真理的唯一标准，还是不懂。听说有个单位搞政治测验，什么是检验客观真理的唯一标准？百分之三十的人回答是实践，百分之七十的人回答是权力。真是让人啼笑皆非。难怪有人紧紧地抓住权力不放。改革之所以困难，相当大的原因是在这里。

对生产目的性的讨论冷嘲热讽。这样一个在共产党的纲领里开宗明义便明确了的问题，现在却不得不重新拿出来讨论。有人偏偏不愿意懂。这个问题不解决，工业生产的方针就不可能正确，工业发展的速度就快不了。到处都在办工厂，老百姓却没有房子住，可是工厂呢？倒空着，长期不能投产。

社会主义生产的目的到底是什么？不外乎两个：一叫国强，二叫民富。国强民富总有一个本末、先后的问题。只讲国强，不讲民富，国也强不起来，民也富不起来。这和很多具体问题有关。比如计划，能不能反映客观实际的需要？虽然毛主席多次提出农、轻、重的比例，实际上却是重、轻、农。赞成高指标，计划本身就是不平衡的，有缺口的。而直到今天还有人认为，计划可以有缺口，可以不平衡，财政可以有赤字，通货可以膨胀，这才能促进人的主观努力,产生积极效果。有人甚至说:“世界上的货币史,就是一部通货膨胀史,因此我们应该多发票子,历史上历来如此。”不知马克思对此公的宏论会作何感想。

一定要把人民的生活搞上去,多还点账。生活上去了,积累多了,重工业自然而然就上去了。只有民富才能国强。要考虑计划的平衡,考虑市场,不能有赤字,不能有通货膨胀,不能影响人民的生活。

在基本建设计划的制定上,不考虑项目的可能性,不作详细的、科学的技术分析,不进行几种方案的比较,不尊重科学家得出的结论,一拍脑袋就是多少、多少,上这个、上那个,谁都可以随便批东西、批项目,这个人也能决定问题,那个人也能决定问题。这完全是封建的办法。即使你这个人有十分的天才,也不是全能的。

对企业的管理,还沿袭着家长式的、行会式的管理办法,没有科学的组织、科学的方法和科学的计算,不看经济效益,不抓经济核算,下死命令,限期完成,用大嗡大轰的群众运动、简单的口号,代替科学的均衡生产,代替科学的管理……自以为这是有魄力,有办法,管理就是个“严”字喽,结果是一塌糊涂。

说假话,说大话,说空话成风。什么十个大庆,大庆下面还有个大庆,大庆周围还有个大庆。没过多久,又说松辽平原没有大油田了,只有分散的小油田。而后,在国务院会议上说,十个大庆是中央决定的,把责任又推到中央去了。这是什么作风。

…………

矛盾是错综复杂的。困难哪。困难在于,这场斗争,不像战争时期那样敌我分明。有些说法表面看来好像还是对的,实际后果却是严重的。它造成千百万人的贫困和因之而来的大量的社会问题。比如，对生活的失望、悲观、因为你提我不提的几块钱工资冷酷相待……谁也不知道为什么没有了资本家、没有了地主生活还是那么贫困，这像是没有尽头的贫困根源到底在哪里？生活的目标是什么……人的灵魂将在这旷日持久、为每日的食物而竭尽全力的挣扎中遭到腐蚀。它引起激愤、忧虑、人的尊严的丧失以及对自身生存价值的怀疑……

不，一定得让老百姓像个人那样活着……

如果说过去有许多事情曾让郑子云感到忧虑，那么现在，在三中全会以后，他恢复了信心。

郑子云认为，三中全会，是党在历史上非常重要的一次会议。如果说它的重要性相当于长征时期的遵义会议，一点都不过分。三中全会只开了几天，许多重大事情都是在三中全会前期的中央工作会议上决定的。他参加了那次工作会议，对会议的全过程是清楚的。当时，“凡是派”的一些人还在台上，首先是“实践是检验客观真理的唯一标准”的提出，和对“两个凡是”的否定。这是极其重大的事情，在思想意识上解放了全党和全国人民被捆着的手脚。以后一系列的改革、平反之所以能够进行，都建立在三中全会这一思想路线的基础上。如果没有这条思想路线，就是抓住了“四人帮”，人们还是在过去的道路上摸索，不可能有什么真正的改革。

农村的放宽政策，休养生息，是同穷干、大干、苦干、以粮为纲相对立的。允许多种经济成分的存在，以计划调整为主，开展市场调节，保护竞争。缩短基本建设战线，反对高指标，反对浮夸风，反对过高的积累，改善人民生活。特别提高粮价，稳定农民这一头。

为“天安门事件”和一切冤假错案平反，包括为错划的右派平反。纠正对知识分子的错误政策，以调动千百万人的积极性。这一切思想路线和政治路线的重大决定，都是在三中全会的基础上展开的。三中全会的历史影响是深远的，它是中国社会主义建设的一个大转折。对此必须给予充分的估计和肯定。

在这样一个思想、政治路线的指引下，有什么是非不能分清呢？有什么障碍是不可越过的呢？他之所以能在工作中打开一些局面，指导思想不正是从三中全会那儿来的吗？想到这里，他心里踏实了、熨帖了。

他把贺家彬写的那份东西，锁进写字台最底层的抽屉。若有人问起来，像一九七六年对待揭发方文煊反王洪文那份材料一样，用“找不到了”交账吧。这种处理人民来信的办法能不能改一改呢？往来信者的原单位一转了事。对反映问题的人缺乏应有的保护，对应当承担的社会责任是一种推卸。

“文革”后期，他“解放”出来主持专案工作。许多干部的历史专案明明清清楚楚，可是专案组就是揪住不放。你硬去做结论的话，用不了多久，造反派就会闹起来说你右倾、包庇，到处贴大字报，到“四人帮”那里去告状。三下五除二，就可以把你这个管专案的职撤了，还闹个右倾复辟。撤了就撤了，倒也没什么。要是换上个“左倾”的老爷呢，那些干部又不知要拖到何年何月才能解放，还不如自己留在这个岗位上。他呢，采取软磨硬泡的办法，就是不做那些不实事求是的结论。他总能找出些理由拖时间，这里再查查吧，那里再外调一下吧。查来查去，讨论来讨论去，无穷无尽。最后把那些人磨烦了，水到渠成也就解决了。同专案组的关系也没闹僵，下一个专案咱们还是在一块好好研究。就这样穷磨，把他经手的专案全都解决了。中国人自有中国人的办法。

他常常苦笑着想：一个老奸巨猾的老官僚。要是没有这个官僚呢？可能还要坏些，官僚也有官僚的用处。反正我们已经有四千六百年的文字历史了，拖就拖吧，慢就慢一点吧，总比弄得稀巴烂强。

但是这种无穷无尽的虚功、会议、争论，耗去人们多少精力啊。

"有什么事情吗?"田守诚问林绍同。

自然有事情，凡是林绍同找他，一定是发生了什么需要他特别注意的事情。

"早上碰到小纪，说昨天上午郑副部长和汪副部长上 B 大学去访问戴教授了。"

"噢?!"田守诚愣了好久。

越闹越离谱了。两个共产党的部长，怎么心血来潮，去拜访一个资产阶级的教授呢。那人是全国鼎鼎有名的大右派，刚刚改正不久。"他们——"田守诚拖着长长的话音沉吟着，难怪部里最近私下有人议论，重工业部有两个司令部。笑话，谁是资产阶级司令部，谁又是无产阶级司令部。又来了，这一套在"文化大革命"期间听得反胃的话。

"谈什么事情呢?"田守诚问。

"不清楚，是他们两个人去的，没带秘书。我估计总是和将要召开的思想政治工作座谈会有关吧。"

这么说，郑子云和汪方亮决心干了。

"听调研室筹备会议的同志说，他们正在考虑思想政治工作如何吸收社会学、心理学的一些研究成果。"

田守诚哑然。

花样真多。这两个人，一天到晚和什么教授、文人、新闻记者拉拉扯扯。到处座谈、讲话、写文章，放着好端端的部长不干，弄这些个沽名钓誉的事。文人，就像化学家阿累尼乌斯所定义的活化分子一样，是顶能惹是生非的一种人。

“据他们说，思想政治工作科学化，是加强企业管理的一个重要方面。从社会学和心理学的角度入手，也是研究如何调动人的积极性的一个途径。”林绍同继续解释着。

心理学？早已批判过的资产阶级学科嘛。现在提倡干部知识化，但也不能胡来，变成赶时髦的一场闹剧。当然，调动人的积极性，提法还是对头的，只是路子不大对头。体制改革、加强企业管理，这是全党全民关心的、势在必行的工作。现在各个工业部门，各个省、市都在搞试点，闯门路，能够抓出些成绩，自然是众望所归的一件事。作为重工业部的第一把手，他应该做出些决策，提出些办法。但是，经济理论界有一帮人头脑发热，跟着他们胡闹会捅娄子，出问题。他需要等一等，看一看。等什么，看什么？田守诚也说不清楚。反正，根据他的经验，那些让人拿不准，或是僵持不下的事情，往往就在等一等、看一看中拖了过去。就像北京冬天刮的风，一上来就是七八级，飞沙走石的。它不能老那么刮吧，刮上一两天，就会转成五六级，三四级，最后变成一二级。眼下他只须找些人搭个班子，做些姿态。对郑子云和汪方亮的那套搞法，还能起点钳制作用。

他说：“是的，我们应该抓好企业管理、体制改革工作。我也有个想法，还没考虑成熟，是不是把企业管理司和调研室合并，成立一个咨询委员会，研究开展这方面的工作？”

林绍同一愣。这么一来，不是把调研室从汪方亮的管辖下挖出来，另立一套人马，和汪方亮唱对台戏吗？汪方亮是什么人物？

论魄力，论智谋，论根子，哪一方面都是硬邦邦的，不是关键时刻，不应轻易交锋。

“恐怕还需要再斟酌、斟酌。”

田守诚看了看林绍同。林绍同也木无表情地看着田守诚。但两个人立即心照不宣地互相明白了。

“好吧，那就再等等，看看也好。”田守诚垂下双目。

田守诚待人处事，大多留有余地。就拿汪方亮“文化大革命”中被开除党籍这件事来说，田守诚当时是举手同意的。私下里，却很会送人情。前些日子，田守诚还对汪方亮说：“那时候，开除你党籍的决定显然是错误的，但我也不好反对，因为我和你私人关系过密。”

汪方亮并不买账，立时拉下脸来说：“胡扯！首先是原则。应该说的，就要说。什么私人关系不私人关系，我不承认和你有什么私人关系。”

“文化大革命”后期，田守诚和郑子云先后恢复了工作。逢年过节，田守诚总是偷偷去看看汪方亮。那时候，汪方亮还因为“恶攻”的罪名未恢复工作，更没有恢复党籍。想想，那是什么罪名，又是什么时候啊。有几个人能这么干呢？能做到这一点，实在是不容易。郑子云却从来没去看望过汪方亮。但在讨论处理他的问题时，却坚持实事求是。如果田守诚和郑子云在部党组会议上发生意见分歧，形成不了决议的时候，汪方亮几乎总是郑子云的支持者。其实，他们两人的私人关系并不十分密切。据田守诚多年的观察，郑子云不交什么朋友。只能这样理解，那是两个互相需要的帮手，而并非推心置腹的朋友。

纪恒全告诉郑子云:“报社叶知秋同志来电话——”

郑子云觉得叶知秋太过地不拘小节。动不动就打个电话,而且在电话里直呼老郑,为什么不称郑子云同志呢?部长的电话,参加听的人少说有一打,还不算她那一头的。是一种炫耀吗?不像,她当然不是那种世俗的女人。而且,时不时地还要写个语气相当随便的条子或短笺给他,又没有什么大不了的事情,无非是对社会上一些问题的看法,或是对他们曾经交谈、辩论过的一些事情,再作一些说明和补充。文笔诙谐而潇洒。但,在中国这块封建意识还到处寻隙侵蚀的土地上,女人,是顶顶让人敏感的问题啊,稍不注意,就会使人身败名裂。郑子云对待女人的问题,是十分谨慎的。

郑子云每天要收到若干封信,不论什么“亲启”“内详”,甚至写“大人亲收”,一样按公文程序办理,由秘书纪恒全首先过目,进行一些必要的处理之后,再转给他。电话也是照此办理。像叶知秋这样太过随便地打电话、写信,会平白地增加许多不必要的误会和麻烦。想想看,纪恒全告诉他叶知秋电话时的神情。真是岂有此理!

最近,还搞了个“邮票事件”。有封注有“叶知秋缄”的来信,纪恒全不知为什么不拆了,却拿着那封被人撕去纪念邮票的信,到处诉苦:“谁把邮票撕了?我怎么向郑部长交代?”弄得人人都知道叶知秋给他写信,又好像他和叶知秋真有什么见不得人的事,生怕人知道,连秘书也避着。

鬼知道。没准那邮票就是纪恒全撕的,有意搞个“国会纵火案”呢。

是不是应该告诉叶知秋以后有事可以写信到家里?不好。好像他真和她有什么事情。何况，他看出叶知秋对夏竹筠印象不佳。郑子云不希望叶知秋有更多的机会去加深这个印象。不管怎么样，夏竹筠毕竟是他的妻子，凡是与她有关的一切，必然会波及到他。他们是“模范夫妻”，郑子云的一生，应当是无懈可击的一生。

郑子云拿起电话筒，语气里带着过分渲染的距离感：“你好，我是郑子云。”

对郑子云的努力，叶知秋竟全然不予理会，她开门见山地说：“告诉您一个也许使您不快的消息，您那篇关于思想政治工作的文章，后天不能见报了。”

“什么原因？编辑同志亲自对我说后天发稿。”郑子云有点光火。他毕竟不是一个以写稿为职业的随随便便的小人物。何况这篇文章，又是报社派人上门请他写的。

“说是总编的意见，希望您对文章里的一些提法，再斟酌一下。”

“哪些地方呢？你是不是谈得具体一些。”

“比方说，‘团体意识’这样的概念，我们这里一般是用‘集体主义’——”叶知秋不知为什么笑了笑，“其实，用意相同，用‘团体意识’接受的人可能更多一些，也就是说，多些统战意味，如同用‘人情’比‘无产阶级感情’接受的人更多一些。调动人的积极性，自然是调动一切人的积极性，而不仅仅是学雷锋的先进分子。我以为是不必改的。我们的一些同志，到现在还认为，运用心理学、社会学、社会心理学和人类学等理论研究人类行为的规律，是资产阶级学科。实际上人总是有行为的。资产阶级社会的人有行为，无产阶级社会的人也有行为。人总不能躺着不动吧，实际上躺着不动也是一种行为。问题是你用什么立场、观点去研究它。您看过《参考消息》上报道的日本丰田汽车厂吧？我以为他们很会做人的工作。谁家死了人，会送上一笔丧葬费；谁过生日，会收到礼物……这就是心理学。当然，他们的目的是为了资本家赚钱，我们为什么不可以把它用于社会主义的目的呢？”

倒好像那篇文章是叶知秋写的，她在说服他相信她的论点。也或许她敏感到了郑子云的犹豫。

郑子云没有更多的“野心”——如果要用“野心”这个词儿的话。他已经六十五岁，年轻时的许多抱负，到如今只剩下这一点：他希望在社会主义新历史到来的时期，根据他多年在经济部门工作的成功和失败的实践，在企业管理问题上，提出他认为切实可行的办法。它也许不完全正确，但哪怕有一部分可行，也会使他感到欣慰。他开始把自己的想法、体会形诸笔墨。如何使思想政治工作更加适应新的历史时期的要求，便是其中一篇。这第一篇出世，就是如此的不顺利。他要不要考虑这意见呢？是不是他走得太快了？如果不修改呢？可能全篇都不能发表。人总得有小的、局部的妥协，不然就要失去全盘。那就连一部分也不可能为人们所了解，所接受了。

郑子云没有回答。改或不改都还在斟酌之中。他不便同叶知秋说那么许多。

叶知秋的嗓音低落下来，似乎对郑子云的反应迟钝有些失望。“还有一个情况，我得提醒您注意：报社里常常会来这一手，实在和作者意见僵持不下的时候，也会答应您可以不改。等到见报时却面目全非，他们会推说值班编辑不了解情况，在付印时做了临时处理。您必须把这一点先和他们挑明。再一个，实在发不了，是不是可以直送中央一份。我以为这篇文章是很有创见的——”

“谢谢,再说吧。”郑子云匆匆地放下电话,心里有些不快。这个部里上上下下没有一个人可以这样随便地和他说话,太没有界限了。

窗外,斜射的太阳晃得郑子云睁不开眼。他闭上眼睛,向椅背上靠去。

这一天,并没有什么特别吃力的事情,没有那种争执不下的扯皮会,也没有说很多的话。但郑子云仍觉得疲倦。这疲倦不是体力上的,而是来自内心。

每每他从某一个侧面,或某一个细节看到自己仍然必须在利弊的权衡里挣扎一番的时候,他都会产生这种沮丧的情绪。这沮丧他绝不会对任何人说,也不愿为任何人所知晓,包括夏竹筠在内。

好吧,还是妥协吧,退让吧。

这也许是他匆匆地扔下电话筒的另一个原因,好像要躲开叶知秋的责难:为什么不把正确的意见坚持到底?不,她当然不会说出这样的话,然而,在她的内心深处呢?

九

陈咏明疲劳已极。耳朵里像塞了两个棉花球,铿锵的锣鼓声、人们的喧哗声、爆竹的嘭嘭声,仿佛都离得很远,很远。

分到房子的各家各户,都要请陈咏明吃饺子,不吃谁的都不行。这怎么吃呢?陈咏明就是有二十个肚子也不行。不知谁出了个主意,每户出一个饺子,派一个代表,在基建队那口大锅里煮好,请上陈咏明,大家一块吃。现在,基建队那口大锅前头,热气蒸腾,煮饺子的人正你推我搡……陈咏明不喜欢这样的场面，但他不能根据自己的好恶来干涉别人表示自己欢乐的方式。他必须站在那里，那也许会使大家的笑声，得到几秒钟的延长。他应该为一切人的快乐，尽力去做。哪怕这努力发出的温热，像炉灶里爆出来的火星那样的微小。

几天几夜几乎没有合过眼。仿佛这样，他就可以给那与死神搏斗的吕志民增加一份力量。

最后在给排雨水管子上漆的时候，吕志民从脚手架上跌了下来。

谁这样说的？“这孩子太大意了。”

不，陈咏明自己就是一个严正的法官。问题在他这里。他应该预计到人们在接近成功时往往会出现的麻痹。一切出其不意、完全可以避免的不幸，往往发生在最后松一口气的时候。他是什么人，难道是和吕志民一样的毛头小伙子不成？为什么他没有做一次讲话，强调一下人们应该警惕和注意的问题？

在医院手术室外的长椅上度过的几小时，如同几年那样长。每一个从手术室出来的穿白大褂的人，都会使他心惊肉跳。神经已变得那么脆弱，每每郁丽文走过来，静静地在他身旁坐下，他都拧过身子，不去望她，头也不回地问她：“你告诉我，情况怎么样？”

“很严重，肝破裂……”

“有希望吗？”

“在努力……”

“好吧，干你的去吧。”

只是在确知吕志民的危险期已经过去之后，他才无言地把他的头，靠在郁丽文那柔弱的肩膀上。

旗帜,红色丝绸的旗帜,在风中猎猎作响。陈咏明的眼中,却泛起薄薄的一层泪水。原不应该有泪水的。那是为了什么呢?也许是为刚刚度过危险期的吕志民;也许是为得到这一点满足,便付出这许多快乐、感谢之情的慷慨的人们。

到底谁应该感谢谁呢?

一栋栋极其简陋的住房,便是他们安身立命的小巢。太寒碜了。就是这样一个小巢,他们也耐心地、梦寐以求地等待了许久。

陈咏明想起吕志民在病床上说过的谵语:"小宋,你先住,咱们哥们儿过得着。这房子既分给了我,我说了就能算……不,不,你别跟我推让。厂长说了,还要接着盖呢,早晚的事,早晚的事。"

我们有多少习惯于坐在窗明几净的高楼里,侈谈"阶级感情"的人,要是他们听了吕志民徘徊在地狱门前所发出的充满阶级情谊的谵语,看见人们如何因得了这简陋的小屋而欣喜若狂,他们会作何感想呢?

也许他们什么也不会想。

马克思在《雇佣劳动和资本》一文里说过:"……总之,简单劳动力的生产费用就是维持工人生存和延续工人后代的费用。这种维持生存和延续后代的费用的价格就是工资。这样决定的工资就叫作最低工资。"

是啊,那说的是资本主义社会。现在,工人阶级变成了社会和生产资料的主人,可为什么仍然处在这种只能维持和延续后代的经济地位上?他们所创造的财富,完全有可能把他们自己的物质生活改善得更好一些。有没有人能有勇气站出来回答,老百姓创造的那些财富,是不是正常地发挥着它们应有的积累和公共福利的消费作用?

如果马克思还活着，他将有责任对忠实信仰他的学说的人们，就整个国际共产主义运动和社会主义制度，重新做出回答和解释。原有的理论，已经不够用来解释和回答社会主义国家当前所共同面临的新问题了。

第一碗饺子盛了出来，李瑞林排开众人，紧紧地抓住了那只碗，说道：“这碗饺子，一定得由我递给老陈。”他那不顾一切的神色，使得人们不便与他相争。

李瑞林觉得，他有充分的权利，把这碗饺子端给陈咏明。

前些日子，陈咏明曾把负责挖鱼塘的任务交给了李瑞林，那是一个准备为全厂职工家属改善生活、谋福利的长远措施。挖塘以前，陈咏明叮嘱他，鱼塘的围堰，一定要用压路机压结实，铺上石头以后，再铺沙子。当时，李瑞林对陈咏明的那股怒气，还没有消掉。陈咏明的话，根本听不进去。

有一段围堰，李瑞林没有坚持按陈咏明交代的办法去办。放水、放鱼苗之后，一冻冰，果然从那段围堰上决口了，跑了鱼苗跑了水。李瑞林这才意识到问题的严重，怎么向全厂的职工交代？陈咏明那里倒好办，顶多挨一顿批，可全厂职工，对这些鸡场、鱼塘抱的希望多大啊。物价涨得那么快，鲜鱼的供应又那么短缺，职工们就盼着自己厂里的这点福利呢。李瑞林急得一进厂长办公室的门，便抱头痛哭。陈咏明沉默了半天，说：

“老李，别难过了，我和你一块从头干起吧。”

“你怪我吧？”

“我不想责备你了，老李。你的眼泪已经对你的失职，进行了遣责，同时也表明你还是有责任心的，它是宝贵的。”

人活的是什么？就是得人知己。李瑞林对陈咏明让他看大门时积下的怨气，豁然一下，随着那决了口的塘水流走了。李瑞林有了一种完全崭新的尺度、一种完全崭新的眼光，来衡量、回顾陈咏明所做的一切。

陈咏明只想呕吐，嘴里满是苦味儿，什么也不想吃，什么也吃不下去。他需要的是仰面朝天地大睡一场，睡上它三天三夜。可他又明明知道自己睡不着。刚才看过一个通知，部里最近准备召开一个思想政治工作座谈会，要求参加单位做好准备发言。那个通知，让陈咏明感到泄气。会议精神，写得含含混混，前言不搭后语。又是什么在工业学大庆的基础上，总结思想政治工作的经验喽，又是什么如何加强新时期的企业思想政治工作、探索思想政治工作科学化的途径喽。既然大庆是人人都得念的一本经，抱着念不就行了，还探索什么？从上到下，事无巨细，都体现了一种折中和调和。如果决策人都这样来制定方针政策：既要这样，又要那样；既不是这样，又不是那样；忽而这样，忽而那样，下边怎么办？我们的事情还能不能办好？

此外，郑子云副部长方才来电话，说是趁明天是星期天，部里人休息不上班，他要到厂里来看看。为了让自己的司机星期天得以休息，他让陈咏明开车去接他。郑子云选定这一天，大概不想惊动大家。如若不是星期天，如若通知秘书安排，他这一下厂，自然会跟上部里主管局的局长、有关处室的处长、工程师、技术员、秘书……一大队人马。究竟有什么事呢？陈咏明不可能不费心思去揣度郑子云到厂里来的目的……

人有时会分离成若干个自我，在接过李瑞林带着庄重的神色，递给他的那碗饺子的时候，陈咏明感到一个勃发的、新鲜的自我又在一片激情里诞生。对一个饱经忧患的人来说,这样的激动,是很难重现的,因此,陈咏明知道这激情的可贵。此时此刻,他多么希望他们之中有谁埋怨他一句,或是批评他一句。吕志民还在医院里躺着……但那些热切地望着他的眼睛,又明明在躲闪着,仿佛那些有教养的人,不看人家的秃头顶一样。陈咏明只有喃喃地说着:“谢谢,谢谢大家!”然后,他去夹饺子。手变得笨了,饺子总是从筷子里滑脱出去。夹了几次,才夹住一个。陈咏明抬头看看围着他的人群,爆竹声、锣鼓声、喧哗声全都停息了,人们也都无言地望着他。陈咏明觉得有一种厚而坚实的东西将他包裹。他好像变成一个包裹在种子里的胚胎,这种子将产生力量。在那许多眼睛里,他看到老吕头那双浑浊的老眼,眼睛下是老吕头那胡子拉碴、颤动着的下巴。陈咏明把夹着的饺子往老吕头的嘴边送去。他说:“老吕,对不起你。”

老吕头流着两行老泪,一口吃进陈咏明夹给他的饺子:“老陈,千万不能说这种话啊。”

一片唏嘘之声,轻轻地散开去。

陈咏明忙高声叫道:“敲啊! 鼓呢? 敲啊!”

隆隆的,催得人心慌的鼓声响起来了。

大概因为陈咏明是郑子云推荐的,所以宋克才会写这封信给他。当初选定陈咏明任曙光汽车厂厂长的时候,就曾有人在郑子云面前说长道短。一百个看他不上。

有人说,他有什么本事? 不就是盖房子,抓床子吗?

陈咏明过去是机床厂的厂长,当然要抓床子,不抓床子还叫什么机床厂。

不盖房子行吗？让工人睡到露天地去？厂里不要扩大再生产？

还有人说，陈咏明到哪儿，哪儿不听招呼，老当违法户。中央下的文件，他老有他的看法，和部里拧不到一块儿。

和中央保持一致，是指大方向的一致。在一些具体问题上，有些不同的看法，也是正常的。有位中央领导同志说过嘛，“不唯上，不唯书，要唯是。”这个“是”，指的就是靠实践，靠实事求是。有些人一办起事情来，偏偏就忘记了这个原则。

对陈咏明这个人，究竟怎么看呢？好像郑子云也老和别人唱反调。

由于陈咏明是个敏锐、敢说、敢干、敢负责的人，这就免不了要当出头鸟，免不了要挨乱枪子儿。等到后来，事物的发展终于证明了他的正确，桃呢，早让那些能说会道、花言巧语的人摘跑了。

“文化大革命”后期，陈咏明一出来工作，就恢复了“文化大革命”中破掉的规章制度、组织机构。解放干部，让他们尽快地出来工作。又把靠造反上来的中层干部送回车间。有人说：“蹲了几年牛棚出来，还是这一套。”

造反派说：“复辟倒退。你一上来，造反派下去了，你那帮狐群狗党又上来了。这不是‘还乡团’吗？”

他说：“咱们这个革委会可是新成立的、革命的。你们造反，造谁的反？”

在对待知识分子的问题上，他很早就注意提拔技术人员，恢复技术职称。那时，这些问题，还没有个明确的说法嘛，还是团结、教育、改造嘛。

不依靠技术人员怎么行呢？刚进城的时候，帝国主义、国民党不是预言我们管不好城市吗？他们以为我们是从山沟里来的，没有文化，没有技术，没有自己的专家，但是我们可以依靠知识分子。有些同志，目光太狭隘，对知识分子，总是持着不信任的态度。

光信任你、重用你，你能解决那些技术问题吗？你不能干，也不让人家干，怎么行呢？光靠扛大活的办法，能把社会主义现代化扛上去么？我们的目标长着哪。

在工资形式上，陈咏明搞奖励制度、实行计件工资也比较早。那时，从全国范围来讲，还没有提扩大企业自主权嘛。厂里有一部分为数不多的活工资，每人平均五元左右。就是那一点活工资，真让他搞活了。陈咏明说："咱们不能干不干，五块半。"对完成生产定额、未完成生产定额以及超额完成生产定额的，都定了几条杠。一定程度上解决了平均主义，对调动工人的积极性是有利的，特别在破铁工段搞计件工资。原来破铁工段生产率很低，全靠拼体力，把大块的废铁破开、砍碎成炉料化铁。陈咏明搞的又是无限计件，完成一吨任务，该给多少钱就给多少钱。不封顶，不限制超额多少之后就不许超。这么一来，使那个工种的生产效率提高了三四倍。那个时候就这么干，不叫做"顶风上"吗？

搞战备工程的时候，让厂子里自筹资金，自筹材料，自筹施工力量。动员报告说得血糊哩啦："备战工程搞不好，老人家睡不着觉。"厂子里对这"三自"有意见。上头还说："不要踢皮球。我这里一样没有，有也不能给你们，还要支援第三世界的弱小民族呢。"

自筹？钱从哪里来？只有摊入成本。而挤占成本又成了陈咏明一条罪状。可是，让厂里掏腰包，掏得起吗？

材料哪儿来？国家分配给厂里的材料，有些品种规格根本就是零。有的品种规格只能满足百分之八十的需要。他找不出材料,只好拿产品去换。不以物易物,能完成你的任务吗?

反击右倾翻案风的时候,部里召集在京各厂表态,并且通知各厂停工停产,收听大会实况。陈咏明就没有执行。他一不表态,二不停产,说:“毛主席不是说了吗?业余时间闹革命。你要是业余时间开会,我就听,工作时间不行。我们有国家任务在身,不能停产。”

…………

他就是这么个人,你想抓他的小尾巴?没那么容易。我们这套办法,说严嘛,严得不得了。不许这样,不许那样。如若这样,党纪上如何如何,如要那样,国法上如何如何,吓人得很。说到疏漏嘛,又可以说处处有缝可钻。陈咏明算把我们这套办法琢磨透了。

这,不是现时当厂长的好材料吗?

那时候,宋克倒没说陈咏明不好。宋克急着回部里上班,陈咏明不到任,他就脱不了身。不管是陈咏明、何咏明还是朱咏明……只要来个人,赶快让他脱身就行。

陈咏明曾请求宋克晚走几天,哪怕晚走半个月,帮他熟悉熟悉情况。宋克连一天也没多留,把陈咏明仓促地推上了阵。好像晚回部里一天,那个局长、部党组成员的位子就会让谁抢了去。在部里当个局长自然比在基层当个厂长舒服多了,好干多了。一个厂长,要能文能武,能踢能踹,经打经摔。所以郑子云认为干部应该交流。当部长、局长的,应该到企业、到基层干几年,把上层工作和基层工作的经验结合起来,工作就自如多了。

现在呢,宋克看着陈咏明处处不顺眼儿了,甚至有意地挑刺儿。原因很清楚,因为陈咏明在汽车厂的工作很有成效,组织部门有意将他作为重工业部副部长候选人。这就胁迫到宋克的切身利益了。田守诚早已向宋克许过同样的愿,所以才把宋克从汽车厂弄回来,又安排个部党组的成员,这都是为宋克当副部长铺下的台阶。

难道宋克已经按捺不住,非要自己出面写这么一封不聪明的信吗?唉,利令智昏噢……

郑子云准备回他一封信,为了这封回信,他必须亲自到厂里看看。究竟宋克反映的情况有几分是真实的呢?他的话说得那么肯定——

子云同志:

你好。前天我收到了曙光汽车制造厂两名中层干部的来信,信中提到一些问题,要求我有机会一定向田部长反映。他们反映的问题是听说最近部里和某报纸准备写文章表扬曙光汽车制造厂的领导,对此他们很有意见。他们说汽车厂有点进步,但问题很多。生产一直上不去,贷款已达××元,流动资金已达××元,职工总数已达××人,另外尚有大集体职工××人,家属工××人。厂里利用福利笼络人心,只抓生活,不抓生产。通过非法手段搞到基建材料,大兴土木,组织本厂职工自盖工人住房,发生了严重的伤亡事件。并违反财经纪律,将此项用款摊入成本。生产上品种质量问题很多,管理问题也很多,有些,甚至是方向性、路线性的错误,如撤消政工组、大庆办。中层干部中大多数不安心在曙光汽车厂工作。干部不安心,工人有意见,在这种情况下表扬厂领导,只能起反作用,引起广大职工的不满。信中还提到某报过去表扬××同志,引起了一场风波的问题。为此他们建议要慎重对待,否则将会引起群众更多的意见。

因为我不了解情况，提不出具体意见，他们要求我一定把他们的意见报告田部长，我只好如实地反映一下，请他参考。为此，有机会的话，请你向田部长报告一下。

敬礼！

宋　克

根据这么一些不知是真是假的反映，就说不能表扬陈咏明。笑话，管得太宽了吧。作者愿意写，刊物又愿意发，重工业部有什么权力压制人家。信里反映的情况，是不是属实？随便写封信，既不调查，也不研究，就把一个人否定了，对同志未免太不负责任了吧？那是一个人，又不是一只小狗、小猫。

现在的事情就是这么难办，既不能批评谁，也不能表扬谁，全都摽着劲儿。把这些劲儿用到正经地方去，能干多少事。

到曙光汽车厂，该看哪些地方，郑子云心中有数。他多次到过这个厂，熟悉这里的情况，有些情况不用人介绍，自己就能有个比较。

郑子云首先去的是食堂。他清楚，这地方如同人家的后院，在这里，可以看到在富丽堂皇的前厅里看不到的东西。水泥地板冲洗得干干净净；搁板上，以及盛满调料的瓶瓶罐罐上没有渍着黏手的油泥；水池里或案板上也没有堆着用过未洗的碗盏。炊事员们是精细的，就连洋白菜根，也用酱油和味精腌过，做成可口的小菜。大师傅的精细，说明他们安心这个工作，不像有些食堂，煮猪食一样，用盐水熬一大锅白菜帮子了事。

托儿所已经整修一新。院子里的垃圾也已清除。滑梯、转椅、压板上新刷的浅蓝色油漆,在冬去春来的缓慢交替中,更显得赏心悦目。每张小床的床头,贴着拟人化的动物画片:带着粉红色围裙的熊妈妈在烤饼;穿着浅蓝色背心的小白兔抱着一个大红萝卜;还有偷吃葡萄的红毛狐狸……每一个动物都使郑子云想起童年时代读过的童话。孩子们躺在这样的小床上睡觉,会做可爱的梦。那些小床、小椅子多可爱啊。再躺进那小床里是不可能了,小椅子呢?还是可以坐一坐吧?郑子云笑嘻嘻地在那椅子上坐下,两个膝盖高高地耸起,老胳膊老腿立刻觉得不自在起来。不行,人是不会缩小或还原的,不论形体或心灵。而水分子分解之后,还可以变为氧原子和氢原子。郑子云摇头。

陈咏明立刻睁大一双布满红丝的眼睛,以为郑子云看到了什么不满意的地方。郑子云拍着陈咏明的背:"没什么,没什么。你太累了,休息得不够,精神就显得紧张。"

陈咏明紧紧地咬了咬牙根,腮帮子上立刻鼓起两道肉棱。

然后,他们又转到新盖的宿舍楼前。真快,仿佛楼里的人已经在这里定居了一百年。小小的阳台上,晾着破破烂烂的、五颜六色的被单、衣物,堆放着早就可以扔掉的旧烟囱,以及从地震棚上拆下来的破竹竿、破木头、破木板、半截子砖头……

郑子云立刻转身。他匆匆地瞥了陈咏明一眼,又赶紧地把眼光移开,觉得不自在起来。仿佛这破破烂烂的一切,全都跟他有关。无论如何,总比两三家住一套房子,一脚丫子伸别人被窝里强多了。郑子云只有这样安慰自己。就是这样,恐怕陈咏明把浑身的解数都使出来了。郑子云深知这里面的艰辛。

郑子云跑过许多工厂,他常感到,了解一个工厂,有时像了解一个人一样,只听别人的介绍是不行的。到车间里走一走,立刻就可以摸到整个工厂的脉搏。郑子云注意到在说到产值啦，利润啦，计划完成情况啦这些数字的时候，陈咏明根本不看笔记本。这些随时都在变化的数字，全装在他的肚子里。说实在的，这样的厂长不多。

车间里有一种让人兴奋的、一环紧扣一环的节奏感。看不见聊天的、看报的、溜达的、躲在工具箱后面睡觉的。郑子云看见一位车工和一位铣工正在交接活，两人对照着一张什么纸单子，认真地和加工件查对着。他走过去，见是一张油印的"工序转移单"，随即问陈咏明："这单子都能认真填吗？"

"这和均衡生产、计划生产有关。不但全厂有生产计划，车间、班组、个人都有。每个月上旬、中旬、下旬，甚至每日各生产多少，都有严格计划。计划就是命令，谁不完成也不行。上道工序交来一百个活，下道工序必须承认，互相签字画押，如果到了第三道工序只剩下九十九个活，就得查一查，那一个哪儿去了？这样，从原材料进车间，第一道工序到最后一道工序，谁也捣不了鬼去。成品是多少，废品是多少，成品率是多少，都很准确。这不但加强了每个人的责任感，而且每个人都知道自己每天是否完成了任务。"

郑子云点头。又问："你们这里，对奖金问题怎么处理呢？"

"我们的体会是，搞好奖励，根本问题在于管理。自从一九七八年七月上级批准可以发放奖金以后，大家很高兴。因为过去中层干部一点权也没有，光靠政治动员行不通。随之而来，又出现了新问题，奖金得评，怎么才能评得合理呢？那时候，管理还没跟上，谁完成了多少生产任务？质量如何？没有标准，没有数字出来讲话，只能靠印象。因而一评奖就吵架，闹得不团结，人人心里不服气。'你一等，我二等，我比你差在哪儿？咱们得说道说道。'班组长月月为评奖伤脑筋。所以奖励办法一执行，也逼着我们搞管理，班组长必须说得出来，谁比谁好，好在哪儿。我们搞了一个奖励标准，月底把各项数字一公布，自己能算出来该不该得奖，用数字说话。这么一来，奖也不用评了，会也不用开了，架也不用吵了。”

郑子云问：“对不愿意拿奖的人怎么办呢？”

“有些家庭经济情况好的，一开始不愿意拿奖金，他们觉得何必为五元钱累死累活呢。针对这种情况，我们修改奖励办法，同时也进行教育：作为一个工人，完成任务是义不容辞的责任，奖金是分配的再分配。你拿工资就应该完成任务，你完不成任务，不但不能得奖，连工资也不应该全拿。我们规定，确实无故，比如不是床子坏，料也有，没有病……完不成任务的，扣工资百分之五，由于个人完不成任务影响班组的，扣百分之十，影响车间的扣百分之十五。”

“没有人提抗议？”

“有过。说：‘罚我不行，有这规定吗？’我问：‘我规定你可以不完成任务吗？’”

“工厂怎么敢批准这个办法？”郑子云着实为陈咏明的大胆而惊讶了。

“因为我们有一套办法跟上来，确实可以证明他是无故完不成任务。比如床子不好，设备维修组应在‘设备维修报告单’上签字，证明床子确实有问题。病了？有大夫的病假条。刀不好？有刀具组签字：‘他要的那个刀，我没供给他，停车多少小时。’都是板上钉钉，死的。扣他一分钱、一角钱也叫扣。他是没完成任务的，不光彩的。到现在，还没有找党委吵闹的，因为他说不出话来，他自己还得在一切必要的报告单上签字。这是不留情面的。当然，也有一些补救的办法。比如,我们规定,废品率超过指标两倍要扣工资。每个工种的废品率不一样,如果规定是百分之一,那么到百分之三就要扣工资。而废品率是按工时计算的,虽然达到百分之三,要是想办法加班加点多干,相应的,废品率就又会降下来。损失就又挽回了。"

"对后方班组,比如电工、刀具、维修、科室管理人员怎么办呢?"

陈咏明感到郑子云问得很在行,而且看出他很有兴趣,便耐心地说个仔细:"过去,工人床子坏了不着急。有些人还说:'停床子才好呢。停两天,我溜达两天。'这套奖惩办法订出来之后,一停床子,他急了,影响他完成任务。虽然扣不了工资,可拿不上奖了。现在,他积极找设备维修组修床子了。由于我们过去对设备维修组没有考核办法,修床子可去可不去,床子一停两天过去了,人们得'三请三邀',大家叫他们'设备大爷'。刀具组也是这样,人家没刀了,他们也不想法子。于是,我们搞了一个'每月全车间所有设备平均停台不超过两小时'和'每月单机停台不超过十二小时'的规定,超过两小时和十二小时,扣设备维修组全组的奖金。一个月没出现设备停台,每人给加两元钱。刀具组如果没出现因刀停台,也给每人加两元钱。这样,维修组每人每月可得奖金十八九元,国家和个人利益结合起来了。过去他们没事就溜溜达达,现在马上就修,为了把维修时间缩短,他们把设备分配到人,哪几台由哪个人负责,出了事,停台时间长就找他。他们还抓紧时间对易损件搞配件制造,利用休息时间搞二级保养,搞预防工作,不让床子出问题。当然,对工人来说,很重要的一点是集体荣誉感,不愿意因为自己而影响大家。有的人不愿意拿奖金,班组长还帮助他拿,拽着他拿。”

“没遇到什么阻力吗?”

“哪儿能没阻力? 刚开始执行的时候,一个维修组长找我们吵了七次架。他说:‘你去访问访问全国、全市的工厂,有没有对维修、刀具、后勤组下工作量的。要是有,你罚我,我认头。要是没有,你罚不着我。’我说:‘你们是愿意干不干都一个样、每人每月五元钱基本奖呢,还是愿意多劳多得? 你能代表全组的工人说,就是愿意干不干都一个样吗?’他没词儿了。”

…………

这一切,都和陈咏明上任之前大不一样了。郑子云还记得陈咏明上任前,他和陈咏明那次交底的谈话。郑子云笑眯眯地想:还好,陈咏明没让他吓倒。

郑子云还想问些什么,但他看出,陈咏明很累、很累,干燥的嘴唇上,还爆裂着一层干皮。

“嘭”地,一个篮球从球场上飞了过来,直捣郑子云的脚后跟,差点绊了他一跤。只听见篮球场上发出几声带着歉意的“哎哟”声。这些年,“对不起”这样的字眼,在人们的词汇里已经很难找到。也有哧哧笑的,自然是笑他的笨拙。郑子云回头,正好和跑来捡球的吴宾打了个照面。吴宾站住了,感到意外和突然地咧着嘴巴。他打量了一下陈咏明和郑子云的神态,立刻猜到了郑子云大致的身份。

郑子云笑着伸过手去:“你好,还认识吗?”

吴宾用那只沾着泥土、被汗水濡湿了的大手和郑子云紧紧相握:“当然认识。”并且回过头去,朝球场上吹了一声口哨,那伙人立刻跑了过来。原来都是在“新风饭店”吃饭时见过的。

陈咏明奇怪:“你们认识?”

郑子云简单地说了个大概。然后对杨小东说:“正好,我要找你。”

“找我?”杨小东根本不明白他和郑子云之间有什么联系的必要。

“对,找你。过些日子,部里准备开一个思想政治工作座谈会,我想请你参加,谈谈你做思想政治工作的体会。”

陈咏明大笑:“你真找对人了。”

杨小东诚惶诚恐:“您别开玩笑了。我连党员都不是,还谈什么做思想政治工作。您还是找我们的车间主任吴国栋去吧。”

“就是你们背地里骂的那个车间主任?”

吴宾说:“对,开会就得找那号主儿。部里召开第一批工业学大庆先进单位大会的时候,他就参加了。还在首都体育馆作过报告,讲过学习体会。四菜一汤吃了,高级宾馆住了,中央领导同志也接见了,厂里给他吹了个够。他一张嘴就是现成的,还保险不会给您捅娄子。”

郑子云对陈咏明说:“你听听,这是批评你呢。”

陈咏明也不相让:“不也是批评部里吗?”

杨小东说:“再说,我都不知道说些什么。”

郑子云说:“就把你们那天在饭桌上说的事,再说一遍就行。吴国栋同志嘛,也请他参加。”他转向陈咏明,“采各家之长嘛。”

郑子云说罢,便朝停着一排新汽车的停车场走去。杨小东一伙人不由得跟着他向前走。郑子云对他们已不陌生,在“新风饭店”的邂逅,彼此留下的好感,超越了地位、等级的界限。

郑子云随手拉开第一辆汽车的车门,用手指头抹了一下司机的座位,车座上立刻现出一条清晰的指痕。“密封性还不大好啊。耗油量多大?”他问陈咏明。

“一百公里耗油十五到十六公升。”

“日本同样型号的车一百公里耗油量是十二到十三公升。”郑子云不是提出批评,他只是信口比较一下。他知道,这不一定是陈咏明厂里的问题。一辆汽车,许多部件的配套产品是由协作厂供应的,并非所有的部件都由本厂生产。现在各厂的情况是长短不一,协作厂不一定都能按你的质量要求提供配件。

郑子云这句话,引得陈咏明又一次升起那个欲望——成立一个联合汽车公司,把所有的协作厂组织起来,大家在管理上取长补短,统一管理、组织生产,使散兵游勇式的生产具有更强大的生命力、竞争力。也许,我们会超过日本。为什么不能有这样的雄心壮志呢?

郑子云坐进驾驶室,问道:“谁要不怕死,就上来跟我兜一圈。”

陈咏明并不阻拦郑子云。他听说过,郑子云会开汽车,有时在偏远的山区,交通警查得不太严的地方,还和司机轮换开车。

吴宾跳了上去。他喜欢郑子云,觉得他通情达理、实实在在,大概不只坐在办公室里划圈。吴宾心里,还有一丝自谴:他过去对部长们下的定义未免绝对了一点。同时他想,万一老头不行,可以帮他一把。

吴宾斜眼瞟着,郑子云那只穿着棕色袜子,千层底布鞋的脚,沉着地踏下去了。启动了。“行!老头子还真有两下。”吴宾看着郑子云转动方向盘,倒车,拐弯,驶出停车场,沿着工厂里的柏油马路兜圈子。

“那个姓吕的小伙子怎么没见着?”郑子云问吴宾。

“盖房子的时候摔伤了,现在还在医院里住着呢。”

郑子云显然受了震动,把车子停在路边。侧过头来,严肃地盯着吴宾的眼睛。气氛显得紧张起来。

“情况怎么样？危险吗?”

“肝破裂。危险期已经过去了。”

“会留下残疾吗?”

“医生说不会。”

郑子云缓缓地转过头去,看着前方。“为什么？安全措施不够,还是安全教育不够?”

“工程快完了,大概心里有点急。”

郑子云说:“这种事总是有征候的。八成事先应该看出来,工程快完的时候,每班班前讲话要特别强调安全,加强检查。”

“厂长一直盯在医院里,到小吕脱离危险期才走开。”

“这件事,群众有什么反应吗?”郑子云这才把车子重新启动起来。

吴宾警觉地看了郑子云一眼,有一会儿工夫没说话。郑子云立刻感到一种疏远的气氛从吴宾那儿冒出来,并且在他们之中漫开来。他微笑了,他感到吴宾很爱护他们的厂长。即使吴宾不说什么,郑子云也明白了群众对这件事的态度。

“不一样。有幸灾乐祸的,这多半是几个带点官衔的人。一般群众都能谅解。”吴宾还是照实说了。

“这车,加速过程还是太长。”郑子云转了话题。

直到亮起灯盏的时分,陈咏明才送郑子云回城。两个人都累了，谁也不再说什么，车子里，气氛显得很沉闷。陈咏明随手打开了放在右手座位上的录音机，音乐响起来了。

郑子云随口说出："肖邦的《f小调第二钢琴协奏曲》。"

陈咏明也不回头，眼睛盯着黑黝黝的前方，悠悠地说："念中学的时候，我拉提琴拉得废寝忘食。我爱音乐，它是艺术王冠上的宝石，我也曾想过当物理学博士……可是我却当了厂长。"接着，他轻轻地笑了笑，那种有点苦涩的回味的笑。

郑子云默然。

他的一生，也像闪电一般在记忆里迅速地闪过……不知怎么，想起了精卫填海的故事。

陈咏明忽然把车子打到马路边停下，打开车门。空气里，弥漫着一种大地复苏的气息，让人想到，树枝上，芽苞正在拱出表皮；青草正在冒出地面；小虫子从冬眠的洞穴里伸出自己的触须……很快就会有雷声和雨点。

陈咏明和郑子云走出汽车，两人一言不发地看着远方的天空。没有月亮，夜是漆黑的。

陈咏明说："冬天，星星好像离我们远一些，而夏天，星星就显得近得多，也亮得多。有月亮的时候，就看不见星星，有星星的时候，就看不见月亮。"

"你喜欢星星还是月亮呢?"

"月光下，即使穷凶极恶的东西也显得温柔了，而且还有一种朦胧的神秘感，而星空却给人一种孤独感。你会生出一种奇异的感觉，你和那无垠的苍穹是相通的。"

郑子云体味得到，人所害怕的不是受到伤害，而是受伤之后的荒凉孤寂之感。他自己呢，有多少次也是这样仰望过寒冷而寂寞的星空啊。

陈咏明的语气里，带着冷峻的固执："有人要查我的账，说我胆子太大了，一定是扣了应该上交的利润给工人盖房子、盖养鸡场、挖鱼塘。我没底儿的话，胆子大得起来吗？汽车厂过去的账乱透了，几任厂长，没有一个查过账。我一本本地查了，三项基金根本就没有动用过。这个底儿，没有一任领导知道，连财务也不知道。现在，国家不是允许三项基金捆起来用吗？退一步说，就算我用二百万元钱给大家盖房子，算得了什么？有些项目上下马一浪费就是几个亿，谁也不负经济责任。要打官司就打吧，我不相信我打不过。就算我摊入了成本又怎么样，现在哪个厂不这么干？要查大家都查。如果不让这么办，国家就拿出个解决的办法来。我给国家上交的利润一个不少，还超额了呢，能犯多大的法？在现行体制下，采取一些'变通'办法，解决厂里的主要矛盾，有什么不可以呢？"

郑子云并不答腔。他知道，像陈咏明这样的人，需要的不是同情和怜悯，而是理解和支持。为这样的人担心是多余的，对他能不能坚持下去，不应该怀疑。

"您还记得我进厂之前，您和我的那次谈话吗？"

"记得，当然记得。"

"当时厂子里的情况，您比我清楚。刚来头一个月，我收到几百封群众来信。其中百分之七十是呼吁厂领导给职工解决生活问题，百分之二十是其他问题。有关生产方面的只有百分之十……这不能怪群众，生活问题不解决，他能有多少心思用在生产上？谁能一扑心思跟你走，你算老几？你再有能耐生产也上不去。生产上不去，工人生活安排不好，企业管理不好，我这个厂长要负责任的呀!”

“群众来信你都看吗?”郑子云插问。

“当然看。因为你可以从这些信里看出群众在想什么。一个厂长,不知道自己的工人想什么,怎么能管好工人,又怎么能管好自己的工厂呢?”

郑子云微微地怔了一下。这样认真对待群众来信的领导有多少呢?虽然郑子云并不一定赞成每位领导同志都这么做。领导嘛,就是领而导之。太具体的事,可由经办同志去解决。但他又觉得陈咏明这样做,极其难能可贵。一个好厂长,那是没有白天黑夜、没有上下班之说的。到班上,就像上了战场,除了生产上的种种问题需要及时处理,几千名职工以及他们家属的吃、喝、拉、撒、睡全得管。哪有时间读这些信呢?除非不睡。这不要累坏人吗?

“工人的要求并不高,咱们国家的工人是有觉悟的。我头一次召开职工代表大会的时候,在会上宣布了三个目标:一是生产要上去;二是企业整顿要高标准地达到验收水平;三是生活上要为职工办十件好事,低标准地还上‘四人帮’时欠下的账……职工们很高兴,又担心困难太大,完成不了。他们对我说,‘只要把房子这一件事办成,其他九件也算办成了。这可不是吹糖葫芦,房子的事,顶难了。’您听听,我们的工人多好,我能不受感动吗?我能不从这里头受到教育吗?”

郑子云觉得喉头发紧。有些人,干社会主义的本事不大,整人的本事可是大得很。他要是养着、歇着也好。不,他不干,也不让别人干。他们心里,还有没有共产主义理想了呢?

陈咏明接着自管自地说下去:“说我笼络人心,叫我福利厂长,我觉得很光荣。说这种话的人真是蠢到了极点。谁要想把生产搞上去,不抓生活是做梦。我做的这一切,还不都是为了生产。部里批评我只抓生活不抓生产。为什么我月月、季季超产?就是因为抓了生活,调动了职工的积极性。你说我抓生活不好,可是别的厂还来学习。说明厂长们已经注意到了生产和生活的辩证关系。

"说我撤消大庆办、政工组,是路线性错误。全国三十六万个企业,各行各业千差万别,都按大庆一个模子去搞,然后按大庆那六条验收,那么我的厂子生产上不去,工人没饭吃谁管?!"陈咏明把手里的半截香烟狠狠地向脚下丢去,烟头上的火星,在漆黑的夜色里飞溅开去。他一收方才那种愤然的情绪,对郑子云说:"净听我在这儿发牢骚了,你一定饿了吧,上我家吃晚饭去,我好像还有一点泸州大曲。"

"发吧,人有时是需要发发牢骚的,不然我们也太委屈自己了。不过老陈,我一定尽力支持你,虽然我的力量微乎其微。其实我也有碰得头破血流的时候,也有不少的牢骚要发。这个你知道就行了。"

一开单元门,就听见煎锅在吱吱地叫。不是在烙馅饼,就是在烙锅贴。

郑子云随在陈咏明那高大身躯后面,走了进去。他听见一个女人的声音,温柔地抱怨:"又是这么晚。"然后,他看见一条穿着豆绿色薄毛衣的胳膊,绕住了陈咏明微微向下伏着的脖子。他赶紧在走廊里站定。随后,他听见一声亲吻落在谁的腮帮子上。郑子云暗笑,在中国,居然还有这带洋习惯的厂长。其实关了房门之后,洋人和中国人有什么两样?他们夫妇的感情一定很好吧?看来陈咏明并不回避这一点。而有些人即便谈到自己明媒正娶的老婆,也立刻现出一副正襟危坐的样子,好像那三个、五个孩子全不是他生出来的,更不要说承认自己家庭生活的幸福或不幸。

陈咏明闪开了身子,灯光落在郑子云身上。郁丽文立刻用沾着面粉的双手捂住了脸蛋。她害羞地叫道:“哎呀!”并且用那双和善的眼睛埋怨地瞟着陈咏明,怪他不告诉她有客人跟在后面。

为着不让郁丽文更加发窘,郑子云轻轻地碰了碰陈咏明的后背,暗示他不要说明自己的身份,自己抢先介绍着:“我是老郑。”

陈咏明那两个孪生儿子,在门缝外打量着郑子云,然后又朝他挤眼睛,一会儿闭上左眼,一会儿又闭上右眼。他们不认生,也不像有些孩子那么“人来疯”。陈咏明和郁丽文不像别的父母那样,动辄呵斥孩子,或在客人面前,炫耀孩子的小聪明。孩子们在这样的家庭气氛中,身心会健康地成长。郑子云也照他们的方式回了礼,两个小家伙认可地点点头,走开了。有趣。

下酒的菜是一盘油炸花生米,一盘松花。馅饼现烙现吃,又热又香,皮子煎得焦黄酥脆,咬一口直冒热气,烫得人吃不进嘴里去。小米粥熬得黏黏糊糊,郑子云有好久没吃过这小米粥了。一顿饭吃得他浑身暖烘烘的。也许因为整个单元只有两间房子,空间利用得过于紧凑,比起他自己那个冷冰冰、空荡荡的家,这里的一切都让人产生一种对居家过日子的依恋感。郁丽文那疏淡的眉,娴静的举止,似乎把一切尖硬的、刺激得令人烦躁的问题软化了。

回到家里,已经是八点多了。郑子云感到心区又在隐隐作痛,今天太累了。但他还是铺开信纸,给宋克写了一封回信:

宋克同志:

很高兴地收到了你的来信,也很高兴听到曙光汽车厂两位同志的意见。

陈咏明同志在我们重工业部的长期工作中，特别在“四人帮”猖狂的时期，敢于抓管理、抓整顿，同“四人帮”顶得很厉害，把企业办成重工业部企业整顿的标兵。同时，在到曙光汽车厂工作后，又敢于挑重担，不怕困难，坚决地抓下去。

至于曙光汽车厂现在存在贷款很多，职工过多，质量不好等许多问题，是“四人帮”猖狂时期积累下来的问题，不是陈咏明同志的责任。

现在各方面问题很多，我们面临的问题，是要求各级领导干部，善于团结广大干部和群众，顶着困难上。而不是做一天和尚撞一天钟，因循守旧，不求有功，但求无过。现在要表扬和扶持的是这样的干部。至于把问题都解决得很完善，则不是短时期的事。馒头不可能一口吃两个，重病病人也不可能刚退烧，赛跑就能跑第一。

天津蒋子龙同志写了一篇《乔厂长上任记》，各方面反映很不一致，确实作品中也有一些可以商榷的地方，但根据当前各级干部的思想情况，敢于抓工作，迎着困难上这一点，无论如何是值得提倡的。文艺界的多数同志仍然主张支持这篇作品，我想可能也是从这一点出发的。

我这个说明可能是不完善的，请予指正。并希望能把这封信转给曙光汽车厂的两位同志一看，如果他们有什么意见，希望给我写信，我们可以继续讨论这件事。

敬礼！

郑子云

又是一阵穿过后背的疼痛。心脏，它不肯合作了吗？郑子云需要的是体力，是健康。他愿意在人生的战场上再多跑几步，而给后来的人，多留一些时间，让他们准备得更充分一些。

但假如它一定不肯合作呢？还有许多事情要办啊……

在今年全国企业管理研究会的年会上，还没有一篇论文讲到企业整顿以后应该怎么办。郑子云设想过重工业部向前发展的远景共十二条。现在只有一个雏形，他想五月份拿出初稿，六月出去试讲，征求意见，然后修改。九十月份形成文字，到一九八〇年底每条形成一本书，作为对企业管理干部进行现代化企业管理的训练教材。

目前，国家企业的管理，还停留在手工业式的管理水平上，必须在发展中巩固，在发展中提高。三中全会以后，中央非常重视体制改革工作，多种试点工作正在进行。企业管理工作如何现代化呢？中央已再三指出要按经济规律办事，要讲经济效益，同时要加强思想政治工作。作为一个直接领导企业的部门，应该对企业管理工作，提出哪些要求呢？

而许多企业的领导，还习惯于老办法。在经济问题上、技术发展问题上、干部使用问题上，还有很多跟不上形势的地方。这两年调整期间，重工业部各厂计划任务不足，工厂看到光躺在国家计划上不行了，必须同时自己找活干。对市场、服务、竞争多少有些理解了。但对经济体制改革的根本意义还有许多人认识不足，这些必然要反映到企业管理上。因此，不从理论到实践提出一个企业管理现代化的目标，现有的成绩也巩固不了。

企业的思想政治工作，光靠老办法也不够了。一定要使思想政治工作渗透到各项生产业务工作中去，大家都来做思想政治工作。在即将召开的思想政治工作座谈会上，要请经济理论工作者、心理学研究工作者、社会学研究工作者、企业的政工干部和部里搞政策研究的同志们参加。而那文章，正如叶知秋所说，却是通不过的。齐天大圣孙悟空还让头上那个箍弄得毫无办法，何况他郑子云呢。

压在枕头底下的手表，走得那么响，咔、咔、咔、咔，简直像个火车轮子在头底下转着，郑子云伸手从枕头底下摸出手表，往脚底下扔去。

十

已经是初夏天气。中午休息的时间，也相应地延长了。对莫征来说，一个上午的活儿算不了什么，吃顿饭，稍稍地休息一下也就可以了。他希望午间休息的时间短一点，晚上早一点下班，然后回到他的小屋里去。那小屋里有他许多的朋友：音乐、书籍。他的琴弹得不好，他并不想当演奏家，只是琴键上响起和声的时候，他便觉得包裹在心上的那层硬壳溶化了。罗曼·罗兰在《约翰·克利斯朵夫》里说过这样的话："音乐，你曾抚慰我痛苦的灵魂，你曾使我的心恢复宁静……"准确极了。作家，那是无所不知的人。世界上有作家这种人，该有多好啊。有了这种人，莫征才觉得他在世界上，不再是孤单的。莫征奇怪，为什么书里的人物、书里的生活他是那样地熟悉，而在现实生活里，人和人之间却是那样陌生。

他们的苏队长丢了个钱包。那是在哪儿丢的，他自己究竟搞清楚了没有？为什么队里的人，全用含义暧昧的眼光看着他，嘁嘁喳喳地、很神秘地不知在说些什么,等到他一走近,那嘁嘁喳喳的声音便戛然停止。他转身走开,那嘁嘁喳喳的声音便又响了起来。有人绘声绘色地讲着耸人听闻的盗窃案,并且带着恶狠狠的口气说,不论作案人如何狡猾,到了准会破案。说完之后,还要威胁似的瞥上莫征一眼,那意思分明在说:我们知道,钱包就是你偷的,你等着吧,我们很快就会拿出证据。

好,莫征忍着。只要他们当中有谁敢当面指名道姓地侮辱他,他就用他这双手,揍他个稀里哗啦。用贝多芬和雨果对付他们是不行的。

今天,那钱包又在苏队长自己家里找到了。人们不过哈哈大笑一场,说几句苏队长“马大哈”就算了事。谁也没想到用一句友善的话,甚至用一道友好的目光,对他表示一点歉疚。现在,莫征倒巴不得他们当中有谁指着他的鼻子开骂,因为他的拳头正痒得难熬。

是的,他偷过。可是他们明明知道他是为了什么缘故,又是在一种什么情况之下偷的。而且他早已不偷了。

莫征举起自己那双大手,仔细地看着。那双手,吃午饭以前刚刚洗过,很干净的样子。在阳光的照耀下,像许多人的手一样,泛着健康的红色。那是一双平常的手,你甚至可以说它是一双诚实的手。但是莫征仍然翻来覆去地看个不停。

要是这时有人经过,并且看到莫征这时的神态,一定以为他得了魔怔。

莫征坐在草地上,把玩着那把修剪树枝的大剪刀,想着人们对一棵树倾注了那样多的汗水和关注:修剪影响它生长成材的枝杈、给它松土、给它灌水、给它施肥、给它除虫……却没有人照料他,关注他，一个活人。从某种意义上来说，人也许是比植物更脆弱的东西。叶知秋是关心他的。可是，哪怕她的肩膀像石头那么坚硬，也支撑不了社会偏见对莫征心灵上的压迫。既是如此，他这棵歪扭了的树，又有什么资格来纠正另一棵树的错误呢？

郑圆圆那里，还有一把可以修剪他的剪刀。他的精神上所承受的全部社会压力，却靠两个女人的保护来平衡。生活竟把他推进这样一个狭窄的天地，这样一种等待施舍的地位。他还算什么男人。男人应该是强者啊。

莫征叹了一口气，丢开那把剪刀，脱掉工作服的上衣，把它铺在树阴下的青草地上，然后仰面朝天地躺下去。

树阴已经很浓了。身下的泥土，腾发着湿润的、清凉的、沁人心脾的气息。他把脸侧向一旁，细嫩的草叶，像温存的手指，抚摸着他那粗糙的、被太阳晒得黝黑的脸庞和他干燥的嘴唇。

温存！只有这青草、这阳光是慷慨的，它们对他应许了和别人一样多的芳香、温存和温暖。

白云悠悠地从蓝得那么温柔的天空上飘过。一只鹞子在辽远、辽远的天边，自由自在地飞旋着。有时就那么一动不动地平展着一对翅膀，像海滩上那些晒太阳的人，惬意地伸展着自己的四肢。

风儿轻轻地拂着，莫征的神思似乎已经随着轻风、随着白云飘去了。他觉得自己好像变成了天边那只鹞子，或是一朵优哉游哉的白云，渐渐地睡着了。

好长一段时间以来，他睡得太少。每天临睡以前，他必得读一段原文版的《悲惨世界》。为的是给郑圆圆讲完冉阿让的后半生和珂赛特长大以后的故事。

开始,这不过是叶知秋强加给他的一个任务,虽说是为了满足郑圆圆的愿望,同时也是强制他把法文重新捡起来的一个办法。

他不干。“干吗?我又不打算考大学。”

叶知秋说:“不考大学就可以昏吃闷睡啦?”

“不昏吃闷睡又能怎么样呢?”

“你应该努力地把自己从愚昧里解脱出来。要是你的精神生活更丰富一点,现实生活就不显得那么咄咄逼人了。”

的确,叶知秋在现实生活中碰了壁,便逃到精神世界里去喘息。

这些话,莫征听起来非常幼稚,如同给一个大腿骨折的人抹红药水。他才不接受这种天真的理论呢。

要是他没有在无意之中听见郑圆圆的讲话,他才不答应这件差事呢。

那天他下班回来,突然听到了一个陌生的嗓音。这声音在他和叶知秋那单调得如兵营一般的生活里,显得太不平常了,以致他愣愣地站在那里,好一阵不敢动作,生怕自己一不小心会莽撞地弄出什么声响,吓跑了那个可爱的声音。

他听见那声音在说:“……为什么唯心主义的主教米里哀,都不凭一张黄纸来估断冉阿让,而在一些号称唯物主义信徒的头脑中,却有那许多偏见呢?不,或许这不是偏见,压根儿就是唯心主义、形而上学。可惜我没有找到它全部的译本,我真想知道以后的故事。”

他像从旮旯里翻出来一把多年不见的钥匙。然而这钥匙,究竟是开哪一把锁的呢?他怎么也想不起来了。但是,他把它握在掌心里,它到底是把钥匙,对不对?

莫征听见叶知秋说:“可以让莫征试试,他有一套原文版的《悲惨世界》,不过他也只能囫囵吞枣地说给你听。他现在懒散得很,我跟他说过多少次,让他把法文再捡起来,他全把我的话当成了耳旁风。什么也不想干,也不知道他一天到晚在他那小屋里干些什么来消磨时间。”

干什么? 莫征常常躺在床上,数天花板上固定电线用的小小的白瓷绝缘子。一、二、三……一共是十八个。

“莫征是谁? 您的孩子吗?”

莫征觉得叶知秋的声音顿时变得沙哑:“不,我没有孩子。他是我的一个小朋友。”说话的两个人,似乎都干在那儿了。叶知秋好像这才想起:“他是不是回来了,我好像听见有声音。”然后,叶知秋叫道:“莫征!”

他慌了。他不知道这样一颗体恤人的心,属于一个什么样的人;他又不知道见了这个人,他该说些什么,做些什么。

不,她并没有那种使人震惊的美貌,她只是像一道泉水一样,慢慢地向岩石的深处渗透。他没有那种被雷电击中的感觉,但他立刻感到重心的倾斜和并不亚于被雷电击中的一种深深的忧伤。那是人们在可望而不可即的事物面前所感到的绝望。

她伸出她的手:“我叫郑圆圆。你看这名字多不好,可我也想不出什么更好的名字。”

她会不会猜想,刚才他在隔壁偷听过她们的谈话? 莫征往郑圆圆的眼睛里瞥了一眼。好黑! 像一间没有点灯的屋子,什么也看不清楚。

她的手是那么小,他几乎不敢握它,生怕自己一不经心会弄痛了它,捏碎了它。

郑圆圆在那张坏凳子上坐下。凳子立刻向后倾斜,郑圆圆惊叫一声,往地下跌去,莫征一个大步跨上去,用大手托住了她。

叶知秋责怪他:“让你扔了你不扔,瞧瞧,差点摔了人。”

郑圆圆一面用手轻轻地拍着胸口一面问:“你排球打得不错吧?”

莫征拿着那个散了架的凳子,呆呆地站在那里。他没有说话的心情。

“你愿意为我讲完那冉阿让的故事吗?”她仰起头,用那双任性的眼睛看定他。

最使男人无法对付的,大半就是一个令人喜爱的女人的任性。莫征无奈地说:“恐怕我会让你失望。”

“每天晚上七点半我到你这里来。”郑圆圆自己也搞不清楚为什么会对这第一次见面的人发号施令。她有些意识到自己是在任性、撒娇。天哪,为什么?她从来不对任何男孩子任性和撒娇。这件事有一点特别,是不是?这等于她给了莫征一种权力,一种与众不同的权力。凭了什么?他那男性的自尊和矜持吗?她的腰肢上仍然感到刚才跌下去的时候,那只托住她的大手的力量。糟糕,糟糕透了。她是不是太轻浮了?她立刻板起面孔,嗓音也变得冷冰冰的,转过身子不再看着莫征,对叶知秋说:“叶阿姨,我走了。”

她走了。似乎把屋子里的温暖也带走了。莫征把她坐过的那张凳子带回自己的房间,对着那张破凳子坐下。他久久地看着那张破凳子,怀疑着真有那么一个可爱的小人儿在那上面坐过。她真是个小人儿,只够到他的肩膀。

那一晚,莫征久久地在他的屋子里走来走去,以致叶知秋在隔壁房间里说道:“莫征,你是不是该睡觉了?你就是不睡,至少也得把你那双大皮靴脱掉，不然你那咚、咚、咚的脚步声，简直像辆坦克朝我的头上轧过来了。”

有多久了？他从没有这样认真地做过一件事，更不要说这样认真地去翻阅字典和文法。为了让那一双任性的眼睛专注地、期待地看着他，他巴不得自己是个文学家或是翻译家。

要是他没有在无意之中留下这套书呢？莫征也不明白，为什么在父母亲的问题得到澄清之后，在归还的那些凌乱的遗物里，他单单地选中了这套《悲惨世界》。也许因为母亲念这故事的时候，在他幼年的记忆里，留下了特别深刻的印象。他多么爱冉阿让那颗虽然满是伤痕，却依然仁爱而博大的心啊，最后他甚至爱上了警官沙威。也或许他在冉阿让的身上，找到了自己的影子？

每当他顺着一行行的文字读下去和讲下去的时候，他十分注意着郑圆圆的反应，她是不是像他一样爱着冉阿让，或仅仅是一种同情？不过，她爱不爱冉阿让与他又有什么关系呢？他为什么固执地想要知道个究竟？她知道不知道自己的过去？叶知秋当然不会对她说。如果她知道了，她会怎样对待他呢？冉阿让毕竟是小说里的人物，文学和现实生活是截然分开着的。他过去的经历，足以使任何一个在传统观念里长大的姑娘害怕和戒备。

莫征甚至开始嫉妒维克多·雨果。这个离开他们已经一百多年的老头子，却能使那对可爱的眼睛里流下珍珠一般的泪滴。有没有那样一种办法，可以把她的泪珠留住，串起来，像一条项链一样挂在自己的胸前呢？真是胡思乱想。男人是不戴项链的，但山顶洞人似乎男人也戴项链。莫征忽然为自己的想法所惊吓：他正在向一个一望无底的深渊里陷落。对他这样一个被人把什么都拿得一干二净的人来说，如果再栽这样一个筋斗，那真会要了他的命。

这一切都没有逃过叶知秋那双犀利的眼睛，她没有做过母亲，但女人本能的母性，使她不能不为莫征忧虑。她失悔于这事情由她开端，意识到可能出现的悲惨后果。像郑圆圆那样的一个门第，那样一个世俗的母亲，还有这样的一个父亲——怎么说好呢？郑子云在他那个阶层里，虽然可以说是顶少陈腐观念，顶多新鲜思想，但由于环境、地位、经历所限，难免不按某种规矩、方圆行事。就算郑圆圆本人不顾一切，非嫁莫征不可，她有足够的力量和她周围的东西抗衡吗？为了莫征，这可怜的孩子，她必须阻止事态的发展。她对郑圆圆说："圆圆，你知道莫征像谁？"

"像谁？"这女孩真聪明，叶知秋想。她并不回答。回答等于暴露自己的好恶。

"冉阿让。我不是从文学形象上说。"

"哦！"郑圆圆应着。就这么一个字，也不知道是惊讶，是不以为然，还是后悔。

"你知道这意味着什么？"

"意味着什么？"又是一个不正面的回答。

"意味着他一辈子不该做关于爱情的梦。"叶知秋如卸重负。

"是吗？"郑圆圆头也不抬，继续哗啦哗啦地翻着手里的画报。气恼和羞涩使她不能停住不动，不然，泪水就会夺眶而出。叶知秋话里的意思很清楚，好像她在死皮赖脸地纠缠莫征。这对她来说，实在太难堪了。追求她的人几乎可以论打数。

出了叶知秋的家门，郑圆圆才恢复了正常的思考。冉阿让、不该做的梦……不但不该做关于爱情的梦，也大概失去了一切的梦。

这可怜的莫征。郑圆圆的心变得酸疼。泪水重又涌上眼眶,但已不复是为了气恼和羞涩。她抹去眼角上的泪。这泪珠,是为了什么呢?仿佛一张画布,原先只是模糊一片的色彩,高明的画家添上几笔便出现了景物。爱他吗?不知道。只是愿意支使他,愿意看见他的服从。这只是一种占有的欲望。但也许占有便是爱吧。莫征有什么地方值得爱呢?他永远不会去考某个大学的法语系,他永远不会有钱,也许他永远也不会入党。他从不会说动人的话,但楼上王奶奶脑溢血住院时,是他去陪住的,直到王奶奶的儿子从新疆赶回来。医院的医生、护士还以为莫征是王奶奶的亲孙子。他放走过一只美丽的、因为迷失而飞进他房间里的鸟儿……别的还有什么呢?没有了。对别人这也许都没有什么,尤其是那只鸟儿。但对圆圆,这却极其重要。唉,谁能说清楚,爱情是为了什么?

她是个傻姑娘。

方方的丈夫,倒是个经济系的研究生。圆圆看过他写的论文,通篇都是马克思怎么说,恩格斯怎么说,列宁、斯大林、毛泽东怎么说,至于他自己该说些什么,对不起,不知道了。随便拿出一本"马恩全集",随便翻到哪一页,又随便挑出其中的哪一句,方方的丈夫都可以接着背下去。爸爸说过:"跟我们小时候背四书五经一样。"可圆圆要是问他,你想过没有,既然列宁说帝国主义是资本主义发展的最高阶段,是腐朽的,没落的,是无产阶级社会革命的前夜,那么,目前有哪些资本主义国家,已经发展到了它的最高阶段?在那些国家里,无产阶级的社会革命将会在什么时候、以什么方式发生呢?他就会风马牛不相及地给圆圆背上一段什么是"考茨基主义"。看着方方半张着嘴巴,崇拜得五体投地地听着丈夫像录音机一样地背诵那些条文,圆圆只觉得滑稽。他在经济学上的成就,只表现在揩别人油的、无孔不入的机灵上。就连一个塑料袋子也不会放过,就连精明的妈妈也算计不过他,这大概因为妈妈没有读过经济学的缘故……好笑。难道圆圆会找这样一个丈夫吗？恶心。

爸爸、妈妈倒是有钱的,可是他们幸福吗？爸爸和妈妈什么时候心对心地说过话呢？他们什么时候肩并肩地站在窗前,看过雨中的落叶,看过树枝上的积雪？什么时候,为了一对偎依在一起、咕咕叫着的鸽子而会心地相对微笑呢？他们即使在家里,说的也是那些钩心斗角的臭事儿。他们作为人的那一面生活哪里去了呢？

至于党员,郑圆圆倒不像他们这一代的某些人那样偏激。一提起入党,他们会带着轻蔑和惊诧的口气说:“入那个干吗?!”她不过认为,尽管很多人都会入党,但这并不是判断一个人好或坏的唯一标志。

只是,她到底是怜悯莫征,还是爱他呢？要是怜悯呢？爱情可不是慈善事业,那是谁离了谁便无法活下去的一种感觉。她必须弄清,究竟是她需要他,还是怜悯他。叶知秋说得对,让他做那不能实现的爱的梦,简直是杀了他。

一天,五天,十天,郑圆圆在熬煎着自己。

叶知秋看出,莫征瘦了,话更少了,书也不读了,琴也不弹了,但她认定自己为莫征做了一件好事。叶知秋一辈子没有谈过恋爱,未免把这一切看得过于简单,总觉得他慢慢地会好起来。可她同时又对郑圆圆产生了一种失望的情绪,如同郑子云有时让她感到失望一样。比如那篇文章,竟然把那些精辟的、科学的、足以把经济界那些假、大、空的行家们气得七窍生烟的见解,全部删掉了。怕什么呢？

叶知秋错了,那已经是无可救药的病了。

每每吃过晚饭,莫征便躲进自己的房间,竖着耳朵听楼道上的脚步声:近了,又远了,继续往更高一层楼上走去了。一颗心,在期待、失望里挣扎、沉浮。眼睁睁地挨过一分一秒。直到晚上十点,知道她不会来了,于是又开始盼着第二天的黄昏,一分、一秒地盼着。绝望的感觉他已体验过多次,可这一次、这一种为什么竟是这样的可怕和难以支撑。

莫征不能去找她。他只有等待。各种因素在他们之间造成的差异,使他只有被动地等待。假如他不是处在冉阿让的地位,他会为了她和人拼命、决斗。他有的是力量、勇气,他会使她爱他。而现在,他只能猜测。难道她是因为猎奇,要着他玩儿的吗?不像,她不是那种轻薄的女孩子。

好几次,她都对莫征说:"我又撒谎了。"

"撒谎?!"莫征老是跟不上郑圆圆的思绪。女孩子们自有一种变幻莫测的思路,任凭多么聪明的男孩子也无从捕捉。

"撒谎。"她认真地点头,"妈妈问我:'你天天晚上都跑到哪儿鬼混去了?'"她把"鬼混"那两个字说得特别重,还做出一种十分严肃的样子。莫征的面容变得愁苦。"鬼混"二字使他生出许多忧郁的联想。

"我说:'学法文去了。'你还真得教我两句,回家以后,我好对付他们。"然后,她带着浓重的鼻音和小舌音说了一句不伦不类的法文。

这是一种默契吗?爱情的默契。

她懂,她一定什么都懂。在他们的关系中,他是无权争取的,只有等待,等待她的给予。也许她自己都没意识到这一点。正是因为不觉,莫征看出,那是一种天性的流露。她的心,是用什么做成的呢?小的时候,莫征常听见母亲向圣母玛利亚祈祷。并没有什么圣母。只有郑圆圆。

但,她是什么都懂吗?连他是个冉阿让在内?

绝望……

莫征甚至没有听见敲门声。

郑圆圆的脸上蒙着一层憔悴的暗影,好像外面正落着忧郁的尘埃。叶知秋看着郑圆圆的脸,心里一阵骚动。她想,不该有的,在这样的年龄。可什么是应该有,什么是不应该有呢,聪慧过人的叶知秋在这方面大概永远说不清楚。但她知道应该躲进自己的房间,怀着一种又是高兴又是担心的复杂心情,盼望着什么事情的发生。

除了眼睛说出的话,什么大不了的事情也没有发生。

郑圆圆只是生气地背过身去。长在她后颈上的那些茸茸的短发是那样的可爱,而离莫征的嘴唇又是那样的贴近。不,他应该告诉她。"我要告诉你……"

"不,"郑圆圆转过身来,打断他,"你什么也不必告诉我。"她发脾气了,"你真自私,你只想到你自己。"

就只这一句话。那话里,有着一种只有对属于自己的男性才有的、可爱的、甜蜜的专横。

然而郑圆圆的确是在生气。不论她如何为莫征着想,毕竟还有作为一个女孩子,去俯就一个男孩子而感到的委屈。

这正是因为她把莫征视为一个绝对平等的恋人,才会有的苛求。

他什么地方表现了自私？莫征还是不懂，但只要郑圆圆这样说，那便一定是这样。他惶惑。“你要我，要我……”他并没说出后面的话，那话毫无疑问可以这样接着说下去：你要我跪下吗？你要我为你而死吗……这古老的话，世界上不知有多少人早已说过，或不知同时有多少人在说着，在相爱的人那里，它永远像第一次那样令人动情。

莫征终于没有说出那话，因为这一切对他来说，是太过珍贵了。

郑圆圆在沙发上坐下，悄声地说：“我要吃东西，我饿了，也渴了。”她无须说这是多少天来，她刚刚恢复了饥饿的感觉。

错了，完全地错了节奏。装蛋糕的盒子在哪儿？他的眼睛明明从那铁盒子上掠过，却看不见也找不着。

“真笨。”郑圆圆跺着脚跟，“在那儿嘛，书橱的上头。”

冲咖啡的时候，开水壶直往手背上浇，郑圆圆立刻抓起他的左手。“疼吗？”天，有谁这样疼惜过这双手！这双手！

莫征的眼睛立刻像蒙上了一层雾。隔着雾，郑圆圆脸上的每一根线条都更加柔和了。莫征觉得自己正在溶化，一种使心脏稍稍感到痛楚的溶化，像他每每溶化在音乐里一样。

“疼的，”望着她的眼睛，他轻声说，“这里。”他把她的手移向自己的心口。

“啊，”她叹息，“怪我。”她垂下眼睛。

“不，谢谢你。”

郑圆圆感觉到莫征急促地呼在她头发上的热气。她不敢抬头，只是望着他上衣的第一粒纽扣。黑色纽扣的扣眼上，交叉地钉着蓝色的粗线。那蓝色的粗线，仿佛向她诉说着他缺少温情的生活。她慢慢地从莫征的大手里抽出自己的手，用食指抚摸着那粒黑色的纽扣，怀着莫名的、微微的期待和恐惧在猜想：他在望着她吗？他在等她说句什么话吗？他会做什么呢……

莫征什么也没做，只是重又抓住郑圆圆的手，移向自己的嘴唇，匆匆地吻了一下便丢开了。他端起那杯滚烫的咖啡，用小勺搅着，用嘴轻轻地吹着，然后递给郑圆圆："当心，还挺烫的。"

郑圆圆感到了些许的失望。接过咖啡的时候，她不由得在他那对黑色的眸子里找寻。那里，总是潜藏着的，随时准备对捉弄、侮慢以牙还牙的警戒，哪里去了呢？那对什么都不肯屈服的野性，哪里去了呢？她看见，那对黑色的瞳仁里，已经住进了新的主人。郑圆圆的心顿时被柔情所涨满。她还不太懂得他的爱和那爱的重量。

莫征知道这是梦。他常做这种不愉快的梦。应该尽快地从这梦中醒来。他拼命想要睁开自己的眼睛。可是不行。他梦见他直挺挺地躺在马路当间儿，马路上的汽车、自行车全包围着他，一个劲儿地朝他恶狠狠地按着铃铛和喇叭，那些铃铛和喇叭好像在说："你再不起来，我们就要从你身上碾过去。"

警察厉声地对他吆喝着："起来，你这个无赖、醉鬼，我要把你送到派出所去。"

他想站起来申辩："我不是无赖，我根本没醉，我也不知道我怎么会在这儿躺着。"可他就是站不起来，也说不出话来。然后，人们开始啐他，骂他。心里憋闷得好疼啊，他终于大叫一声醒了过来。

果真有一辆摩托的马达在身旁响着，他朝那声音侧过脸去，隔着矮矮的松墙，他看见郑圆圆咧开的嘴巴，浅褐色的风镜后面，那双任性的眼睛多了许多的妩媚。

女孩子，骑摩托。有几个女孩子骑摩托呢。不过她就是骑头毛驴上街，莫征也不会觉得意外。他一个鲤鱼打挺，从草地上跃了起来。头发上沾着几茎小草，敞开的领口露着他褐色的、结实的胸膛，在阳光下眯着惺忪的睡眼。活像神话里，突然从青草地里冒出来的一个人儿。新鲜，像那地上的青草一样的新鲜。

"在做什么梦？"——她希望他常梦见她。

"忘了。"他再不愿提起。

"你什么都会忘记。"——竟不在梦她！

"我只记得阳光下，那个骑红色摩托，带浅褐色风镜的姑娘。"好像在说一个远在天边的人。

"那姑娘怎么样？"她顺着往下接。

"脾气坏透了。"他一副愁眉苦脸的样子。

"那可不好，你应该丢了她。"

"是啊，看来只好这么办了。"

"你敢。"她忽然正色，然后噘起嘴巴，使劲地蹬着摩托的脚踏板，开始发动。

莫征跳过松墙，一把捏住闸把。"圆圆。"

郑圆圆把头扭开，不看他，微风掀动着她后脑勺上的短发，闹得莫征心绪撩乱。"圆圆。"他恳求着。唉，刚才还是风和日丽的，一会儿就变天了。

"嗯？"郑圆圆心软了。

"上哪儿去？"

"看爸爸。他主持部里召开的一个思想政治工作座谈会去了。"

"他不是在家养病吗？"

“这次座谈会本来由田伯伯主持,听说前些日子有谁又提出了什么口号,田伯伯便提出这次座谈会往后推,看看形势再说。部党组里大多数人坚持会议按期召开,不同意往后拖。田伯伯不知道为什么没有参加。这样,爸爸只好仓促上阵。今天下午是会议开始,爸爸要讲话的,他连讲稿也没有就去了。我担心他太累,心脏病会发作。另外,他自己也鼓动我去听听,老说我知识面太窄,应该趁年轻,记忆力好的时候,多了解一些社会。”

郑圆圆对他说过,全家人里她最爱的只有爸爸。莫征想起自己的父亲,那软弱的、经常处在惊悸不安状态下的书生。就连摇头、叹息这样的事,也要躲到书架子后面,才敢稍稍地放肆一下,而且还要轻轻地、轻轻地。

会议室不大。郑子云看见女儿从旁门溜了进来,在叶知秋的身旁坐下。他觉得眼前像是亮了许多。圆圆是他的月亮。她总在惦记他:身体、情绪、工作。那么一个小人儿,能为他想到这些,真是不错。可她早晚有一天会出嫁,会离开他。那么,他那个家真没有什么让他留恋的地方了。她会嫁个什么样的人呢?在这个问题上,他觉得她随时会朝他和夏竹筠甩过来一枚炸弹。近来她的行踪有点诡秘,是不是在恋爱?如果她自己不说,郑子云决不主动问她。即使对自己的女儿,他也给予平等的尊重。他从不私拆女儿的信件,也不趁她不在,偷偷溜进她的房间,看她的日记或是想要寻出点秘密。夏竹筠这么干的时候,他总是想法制止。她呢,一面理直气壮地拆圆圆的信,一面挖苦他:“她小的时候,我还给她把屎把尿呢,现在信倒不能看了,真是怪事。少贩卖你那套资产阶级的教养。我看哪,是不是你自己有什么怕我拆的信?”闹得他只好对圆圆说:“你的抽屉上是不是安把锁?”

汪方亮正在讲话:“……有人提到过,政治是统帅,是生命线,怎样提,可以继续研究。小平同志说过,四化是最大的政治。因此,四化就是最大的统帅,如果我们的思想政治工作把人的思想、精力、干劲都转移到四化上来,思想政治工作就是名副其实的灵魂、生命线。否则,叫什么也是扯淡。”

郑子云挨着个儿巡视着每个人的面孔,希望看出人们的反应。他的眼睛和杨小东的眼睛相遇。也不知杨小东怎么想的,脸上什么表情也没有。郑子云稍稍地挤了挤自己左边的眼睛,算是打个招呼,杨小东向他规规矩矩地点了点头。不好,怎么一进会议室,在饭馆里那么招郑子云喜欢的、生龙活虎的劲头就没有了?

“……由于十年动乱,外来和内在的社会影响,在思想上产生了某种程度的混乱,有些青年职工思想空虚,从‘四人帮’的‘精神万能’,走向另一个极端的‘物质现实主义’,实际上是个人利己主义……”

郑子云看见杨小东皱了皱眉头。是表示赞同,还是表示反对?

“在这种精神状态下,如何实现四化?我们工业企业的各级领导必须不失时机地、及时地注意这个问题,严肃认真地加强这方面的工作。现在和战争时代不同了,那时的主要对象是军队。今天是搞社会主义建设,搞四个现代化,对象是广大职工,问题更复杂了。军队至少没有房子问题、拖儿带女问题、上山下乡问题、工作环境问题等等。我们面临许多新的问题。要在总结我们固有经验的基础上,加以发展。

“有人说,我们只能学习西方的生产技术,自然科学,不能学管理,因为那是上层建筑。我认为不一定对。没有好的管理,再好的技术设备,也不能发挥作用。我们不能学清末的洋务派,见物不见人。一切要从实际出发,千万不能再搞那些形而上学的东西了。有些东西可能现在用不上,但将来可能有用。现在不学,将来就晚了。我认为许多学科都有助于我们从社会的各种角度研究人,做好人的工作,发挥人在四化中的作用。因为人的思想是客观社会的反映,要做好人的思想工作,不能不研究一个人生活的环境,比如历史、文化、国家体制、社会制度、劳动环境、家庭状况以及个人的习惯和修养。所以不要再空谈什么生命线和灵魂了好不好?"

讲得不错,老伙计。郑子云很满意,用右手的中指,轻轻地,有节奏地叩击着桌面,好像在给汪方亮的讲话做伴奏。

郑子云和汪方亮共事多年了,但仍觉得汪方亮是个举措无定、不大好捉摸的人。

为了到底开不开这次会议,大家闹得很不痛快。田守诚好像从来就没同意过召开这个座谈会。今天,他索性不到会场来了,连个照面也不肯打。也好,原本不希望他来念那套经。他是第一把手,不请他讲话说不过去。位次,这几乎是铁定的一套礼仪。虽没有什么明文规定,可比神圣的法律条文更加威严,绝对不能乱套。要是请他讲,他准会念紧箍咒。郑子云不想把这次会议开成一个布置工作的会议,把那套已经跟不上形势发展需要的办法往下一灌,然后与会干部回去照样一搬。他想在这次会议上,和处在实践第一线的以及搞理论工作的同志一同研究些问题,商议些问题。

田守诚反对这次会议,自然有他的考虑。郑子云在会上,即使不和上面唱反调,至少也得闹出点新花样。郑子云曾激烈反对"兴无灭资"的口号:"什么叫'资',什么叫'无'?搞清楚了没有?概念还没搞清楚嘛。这么一来,又得像‘文化大革命’那样,打得乱七八糟。说不定那些喊‘兴无灭资’喊得最起劲儿的人,恰恰在搞‘灭无兴资’,把封建主义的糟粕,当作无产阶级的意识形态去兜售。”这一席话,听得田守诚直摇头,但他按捺下他的反感,一言不发。反正他已经表示过他的意见,党组会议的记录本上写得一清二楚:会议暂缓召开。将来出了什么事,万无一失,有据可查。至于别人,爱怎么折腾就怎么折腾,就是下地狱,跟他有什么关系?

汪方亮没说同意会议延期,也没说同意按期召开,只是大讲了一通传统教育。党组会后,在研究会议具体日程时,因郑子云还在养病期间,汪方亮同意由他主持会议。可是临近会期,他突然声称拉肚子,几天不来上班。会务组的同志急坏了,一个部长也不到会,这个会还怎么开?田守诚早已有言在先,不能再去找他。郑子云在病中,给他增加负担于心不忍,何况他根本没有准备。要不是郑子云打电话询问会议准备情况,自己决定:“好吧,我去主持。”真不知如何是好。

郑子云到了会场,才见到汪方亮的汽车也停在院子里。而且讲话还讲得这么精彩,简直有点像是玩把戏、捉弄人、吊人胃口。

这过程,叶知秋是知道的。因此,当郑子云向她和她身旁的郑圆圆微微点头的时候,她也高兴地对他微笑。

郑子云忍不住插话:“三中全会以来,我们解放思想,开动机器,通过实践是检验真理标准的讨论,社会主义经济建设从理论到实践都有很大突破,经济调整和改革工作正在进行,按经济规律和科学规律管理经济的工作,开始逐步实现。但同时也出现了不少新问题:在一些同志中有这样的思想,好像已经按劳付酬了,只要‘钱’书记动员就可以了,思想政治工作可有可无了。其实,现在群众中需要解决的思想问题很多,党内需要解决的思想问题也很多。我们必须把思想政治工作放在非常重要的地位,切实认真做好。据我了解,在实际工作中有些同志已经注意到了这方面的问题。比如,曙光汽车厂二车间的班组长杨小东同志。可以肯定,一定还有不少企业的不少班组、车间已经注意到这方面的工作,因为这是社会生产发展的必然结果……"他把大手往杨小东坐的方向一摆,"这位年轻的同志,就是杨小东,三十一岁。"

杨小东在椅子上忸怩起来,低下了头。同时,他暗暗佩服郑子云的记忆力,记得名字也许算不了什么,竟记得他的岁数,他不由得又抬头迅速地瞟了郑子云一眼。只见郑子云那双像鹰一样锐利的眼睛正盯着他。这次,杨小东没有低头,郑子云的目光,激起了他那男子汉的争胜好强之心。

郑子云满意地想:好,小伙子,要的就是你的这个劲头。然后对汪方亮说:"对不起,我喧宾夺主了。"

汪方亮接着说:"这个工作,要先试点,总结经验,然后再逐步推广,最终要制定出一套办法。要做好企业里人的工作,一定要有个制度,什么该做,什么不该做,是有轨电车,不能是无轨电车。制度要人人遵守,不能有人遵守,有人不遵守。曹操的马踩了青苗割胡子的事情,京剧里的辕门斩子,虽然是故事,但说明即使在封建社会,一些头脑清醒的人,也要采取一些笼络人心的办法……

"对人的工作究竟怎么做,希望我们把这个问题研究得更好一些。郑副部长对这方面的问题,做了不少的调查研究,刚才,他只讲了一个开头,看样子,大家很希望他再介绍一些情况,我这个分析对不对?"

会议室里响起一片掌声。汪方亮对郑子云说:"你看,大家多么欢迎,你就再讲讲?"

郑子云也不谦让,他想讲,他很想讲。刚才,他已经从众人的眼睛里看到了理解和兴趣,他意识到,他所致力的事情可以得到呼应。思想政治工作一定会被人重视、发展起来,会在社会主义的四化建设中发挥巨大的作用。

心脏又开始隐隐作痛了,一种麻木感直通向左边的肩膀,沿着手臂通向手掌。老头子,你沉不住气了,兴奋了。是啊,是啊。郑子云想,哪怕他一生最后干完这一件事就进八宝山也是值得的。郑子云的眼睛掠过一张张面孔,奇怪,叶知秋那张丑脸好像被什么东西照亮了,这一霎间,不能说她变得漂亮,但至少是不那么丑了。圆圆,那永远用揶揄的玩笑来掩盖对爸爸挚爱的任性的女孩,像一件艺术品,终于揭掉盖在它上面的那块粗帆布,把它真实的、精美的面目显露出来。此刻,她一点也不苛刻,一点不像平时那么桀骜不驯,她是多么可爱啊。然而郑子云的眼睛却在陈咏明那张因为聚精会神而变得几乎是严厉的脸上停留下来。难道他也像某种动物一样,天生地具有一种可以导向的触角,单单地选中了陈咏明吗?

"我没有做过更系统、更深入的调查研究,我只想把我了解到的一些情况,介绍给大家,并且我希望大家不要以为我是以行政领导的身份来讲话,可以把我的讲话当作一个企业管理协会的会员,在学术讨论会上的一次发言……我们的思想政治工作有很好的传统的经验。首先是从红军、解放军那里传下来的,在革命战争中起过伟大作用,是我们的传家宝,我们必须继承发扬。

"解放以后,在军队政治工作经验的基础上,许多企业也积累了大量的思想政治工作经验。但是,由于长期左倾路线的影响,对党的政治工作的优良传统，许多同志模糊起来，不少新党员、新干部不了解什么是我们的传统，正如耀邦同志所说，当前确有一种危险，'就是我们的好传统要失传了'。所以正确地总结历史经验，调动人的积极性是一个重要的问题。

"这个问题之所以必要，是由于随着现代化技术的发展，管理的现代化，生产的高速度发展，在企业中对群体组合的科学化、高效化，对人们迅速地交流、接受、分析信息，对迅速而正确地决策，对加强个人和群体的创造性、主动性，都提出了更高的要求……

"大家已经注意到，这次会议，我们邀请了研究心理学、社会学的同志参加。这是因为，思想政治工作的对象是人，是属于社会的人。

"马克思主义者认为，人刚生下来的时候，只有自然属性，而社会属性，只是一张白纸，不是生来具有的，也不是固定不变的。从这个基本观点出发，我们要注意改造影响人们思想的社会环境。比如，人有各种各样的需要，这些需要，导致了人的各种动机和行为。这些动机，可能是合理的，也可能是不合理的。可以导致正确的行为，也可以导致不正确的行为。但是，人的需要和动机，是可以往正确的方向引导的，使之产生积极的效果。这种引导，就是思想政治工作的一个部分。我们要关怀人，信任人，尊重人，这是我们做人的工作的根本出发点。

"就连资本主义的企业管理，二次大战以后，也有了新的发展。他们的注意力，已经转向了人的管理，日本丰田生产方式中心，就是千方百计做人的工作，这是日本人管理工作中的最大特点。当然，这是资本家掩盖剥削、缓和阶级矛盾的一种手段……但是，我们要不要批判地吸收他们的管理方法，为我们的四化建设服务呢？

比方说，将心理学、社会学中的科学部分，用马克思主义的观点加以分析，加以改造，为我所用。丰富我们已有的经验，创造我们自己的、具有社会主义特色、民族特色的思想政治工作新经验。

“谈到把心理学和社会学应用到我们的企业管理和思想政治工作中来，有些同志总担心会出毛病，认为这些是唯心主义、资本主义的东西，是‘洋玩意儿’，我们中国共产党人使不得。其实，这是一种偏见。马克思主义的心理学和社会学是无产阶级社会科学的组成部分，列宁把心理学作为构成唯物辩证法的认识论的基础科学之一……”

郑子云在讲些什么呀？那些个名词、概念全是吴国栋没有听到过的。

吴国栋对凡是自己弄不懂的东西，都有一种反感。这些让他反感的话，出自郑子云的口中，更让他感到一种压力。虽然郑子云说他不是以行政领导的身份讲话，谁要真这么认为，谁就是个傻瓜。这话，不过说说而已，不管怎么说，他是个部长，谁能拿他的话不当话呢？这么一来，吴国栋没准就得重新调整那些多少年也没出过娄子，磨得溜光水滑，几乎靠着惯性就可以运转下去的观念和做法。郑子云说的那套，谁知道它灵不灵啊?！而且郑子云在讲话中所流露出来的热情，在吴国栋看来，是超越身份和地位的，是有损部长的威严和分量的。一个部长，有这样讲话的吗？两眼闪闪发光，还瞪得那么大，两颊泛红，声音激昂，一句连一句，前面一句话简直就像让后面一句话顶出来的。整个给吴国栋一种“王婆卖瓜，自卖自夸”的印象，这就使吴国栋对郑子云的讲话内容，越发地怀疑，越发地觉得不可信。他不由得环顾四周，带着一种说不清的意念去寻找，寻找什么？平时在厂子里传达文件和政治学习时司空见惯的扎着脑袋打瞌睡、闷着头织毛活、嘁嘁喳喳开小会、两眼朝天想心事、鬼鬼祟祟在别人后背上划小王八、大明大摆看报纸的情景全都没有了。好像郑子云把人人心里那个型号规格不同的发动机,全都发动起来了。别管是赞同的、反对的,全都支着耳朵在听。难道郑子云讲的话里,真有点镇人的东西不成?

每每说到人的问题,郑子云总免不了有一些激动。

从参加革命的那一天起,他经历过很多运动。他时常惋惜地想起,在历次政治运动中,那些无辜的、被伤害了的同志。他们其中,有些已经不在人世。比如在延安时,曾和他住过一个窑洞,就是灰土布军装穿在身上,也显得潇洒、整洁的那位同志,一九五九年庐山会议后,戴上了一顶右倾机会主义的帽子,“文化大革命”初期,因为不堪忍受那许多人格上的侮辱:什么假党员、什么叛徒……自杀了。听说他在遗书上写过这样的话:“……我不能忍受对我的信仰的侮辱,然而现在,除此我没有别的办法来维护我的信仰的尊严……”

一个非常有才干的同志,虽然有些孤傲。

然而孤傲一点又有什么不可以呢?人都有自己的脾性,只要无妨大局。难道一定要当个没皮没脸的下三烂,才叫改造好了的知识分子吗?

偏见比无知离真理更远。这是谁说的?他忘了。他的记忆力已经坏到这种地步。以前,凡是他看过的书,他认为重要的段落,几乎能大段、大段地背诵下来。

是啊,我们有很多的人,有不论水淹或是火烧都不可以毁灭的信仰,然而人在富足的时候,却容易挥霍。

难道他是个守财奴?! 要知道,人,这是创造财富的财富,可是并非人人都能在实际工作中认识这一点。侮辱别人,也常被别人所侮辱;不尊重别人,也常被别人所不尊重。难道马克思曾将这行径,列入过过渡到共产主义所必不可少的条件吗? 唉,经不错,全让歪嘴的和尚给念坏了。

他自己就像处在这样一个两极之中的钟摆。郑子云觉得在很大程度上,他早已变得粗俗,还有些官僚。否认吗? 不行,存在决定意识。哼哼哈哈,觉得自己即使不是全部人的,至少也是一部分人的上帝;对那些不是在抗战时期或解放战争时期参加过革命工作的同志,情感上总有一段距离;听到某人不是共产党员的时候,立刻有一种不自觉的戒备……逢到下级没按自己意愿办事的时候,他照样吹胡子、瞪眼睛、拍桌子、打板凳……反过来,他也照样挨上一级的训,俯首帖耳,不敢说半个不字,别看他是个副部长。他心里明白,他可以在一天之内什么都不是,如同别人,如同那些什么都不是的人一样。

当然,现在他还是个副部长,他得抓紧时机,把他想做的工作,尽可能地做好。

郑子云想起田守诚,想起部里的一些人,和那些离心离德、钩心斗角的事情。然而他并没有因为这一个角落而失去信心,失去希望。希望是黄金。不是还有杨小东那些人吗?

新陈代谢,总是这样的。

好像到了深秋,树叶的绿色会变暗、发黄,最后还会脱落。但是到了来年春天,又会长出鲜绿、鲜绿的嫩叶,在同一棵树上,却不是在同一个树节上、枝丫上。

汪方亮微微地笑着。郑子云的话,在他看来是书呆子的呓语,咬文嚼字、天方夜谭、理想主义。他最好去科学院当个什么院士，当部长是不合适的。

改革是势在必行的一件事，但像郑子云这样的一个“洋务派”是行不通的。在中国，办洋务一向以失败而告终。汪方亮觉得郑子云对中国的国民性，缺乏深刻的了解。从郑子云讲到的内容来看，大概是下了不少功夫。为什么不拿出些时间来研究一下中国的历史呢？要干大事情，不研究中国的历史是不行的。中国人从汉代开始，干的就是“重农抑商、舍本求末”的买卖。哼！螺旋式的上升。否定的否定。渗透在整个民族遗传基因里的小农意识。

在部里，人人都说汪方亮是“拥郑派”。按照他的能力，他的才情，他能甘居谁人之下呢？汪方亮不过是拥护改革而已，只是在这个前提下，他和郑子云，走到一块来了。

郑圆圆从来没见过父亲工作的时候是个什么样子。也不知道他的工作在社会生活中究竟有多少现实意义。照她的想象，无非是开会——那些常常是只有决议，没有结果的会议；作报告——根据××号文件和××号文件的精神；划圈——可以不置可否；传达文件；诸如此类，而已而已。她只能从家里了解爸爸，而在家里，她觉得郑子云像好些个上了年纪、又有点社会地位的小老头一样，肝火挺旺，急急躁躁，谁的账都不买。前天晚上已经十点多了，全家人都上了床，他却忽然从自己的房间里跑出来，咚咚咚地跑下楼去，说是听见有个女人在叫喊，是不是遇见了小流氓？手里什么家什也没拿，就那么跑了出去。就凭他睡裤底下露出来的小细腿脖子，是小流氓他又能把人家怎么样？好像那些小流氓全是纸糊的，只要他伸出一个手指头就能把他们捅个大窟窿。不一会儿，自己颠儿颠儿地回来了，其实什么事也没有，想必是他自己听岔了。

夏竹筠不过随意地开了句玩笑:“没准是哪个女人在楼下叫你去赴约会吧,那么积极!”

郑子云大发雷霆:“我怎么不知道你从什么时候起,已经变成了个大老娘们儿了?”然后“砰”的一声摔上了自己的房门,震得墙上的石灰、水泥簌簌地往下掉渣子。

夏竹筠在他门外又是吵骂又是擂他的门,闹得全家一夜没得安生。

“文化大革命”期间,家里的阿姨让“造反派”给轰走了,妈妈在机关里“全托”,郑子云在机关里“日托”。有次过什么节,方方买回来一只活鸡。圆圆是不敢杀的,方方既然是当时家里最年长的妇女,只有硬着头皮去干那理应是主妇该干的事。她拿着那把锈迹斑斑,早已没了锋刃的菜刀,往鸡脖子上匆匆地瞄了一眼,闭着眼睛抹了一刀,便赶紧把手里的鸡往院子里一丢。那鸡非但没死,还歪着个脑袋在院子里乱飞乱扑,吓得方方和圆圆躲进屋里,关好房门,担心那鸡会不会从意想不到的地方钻进屋来。郑子云拿了一片刮胡子的刀片,很在行的样子说:“用不着那菜刀,这个刀片就行。”他倒是挺从容,一把抓住了那只发了狂的母鸡,把鸡翅膀往后一拧,鸡脖子往手心里一窝,拿起刀片就往鸡脖子上抹,抹了几下也没见血。他脸上那种大包大揽的神气,渐渐地被恼怒所代替,立刻从厨房的门后找来一把斧子,“吭”的一声,把整个鸡头剁了下来。他为这微不足道的小事,而生出来的认真的恼怒,真是好笑极了。可是郑圆圆不敢笑,他那种死不服输的劲头,简直到了连开玩笑都不懂的地步。

也是在那段没有女人当家的日子里,郑子云常常指着厨房里的那些作料瓶子对圆圆说:“瞧见吗?这个瓶子里装的是肥皂粉,可别当成盐放进菜里去!”他心血来潮,难得地炒了一次菜,油都冒烟了,葱花还没切;炝了锅,又发现菠菜还没洗,最精彩的是他偏偏把那瓶肥皂粉当成了盐。当肥皂粉在锅里泛起泡沫的时候,他就像在参观一台刚出厂的数控机床,背着手问道:“嗯,它起沫了,它为什么起沫?是不是加盐之后都要起沫?”

就是这样,他也没有把那个装肥皂粉的瓶子挪到别的地方去。而他自己不动,别人是不敢动的。

郑圆圆一阵遗憾:她作为他的女儿,她对他的了解是多么的肤浅啊,这里才是真正的他,热情、追求、执著。郑圆圆转过头去看叶知秋,镜片后面,叶知秋那双小而浮肿的眼睛,竟也闪动着一些光彩。

叶知秋感到了郑圆圆的注视,回过头来,对郑圆圆说:“你有个多么好的父亲,你应该很好地爱护他。”

她的语气里,有着深深的遗憾,好像她深知郑子云不论在家里或是在工作岗位上,都没有得到应有的照应、理解和支持。

这一不沾亲,二不带故的人,怎么会比郑圆圆自己,比她的母亲想得更周到呢?

看着郑圆圆那探究的目光,叶知秋加了一句:“像他这样的人,不仅仅属于他自己和他的家庭,他应该属于整个社会。”

爸爸在别人的心里,竟是这样重吗?

十几台录音机在收录。

陈咏明那黝黑结实的脖子,像鹅一样执拗地向前伸着。那头灰白的头发,并不使他显得老迈,反倒增添了男人成熟的美。看他那样子,不再大干上十五年,他是决不肯善罢甘休的。

杨小东歪着脑袋，像孩子似的半张着厚厚的嘴唇。上一代人，对他们这一代人有多少误解啊，以为打动他们的不过是吉他、喇叭裤……问题是社会能不能拿出来真正引动他们的东西。

那个头发修剪得整整齐齐，表情十分严肃，很有派头上了年纪的男人，大概是个大学教授吧，好像在听学生的论文答辩，时不时地皱皱眉头，是不是觉得郑子云有些提法还不够严密呢?

最触目的是吴国栋，好像一个吃斋念佛的清教徒，不知怎么一下从天上掉进了沸腾着人间一切淫邪欲念的地狱，恐怖得几乎精神失常。一双眼睛，张皇无定地溜来溜去，好像要找个豁口逃将出去，好笑极了。

叶知秋遗憾着莫征没有机会来这儿见见世面，那他就会知道，中国，还是有自己的脊梁骨。

郑子云的肩胛因为双肘撑在桌面上而高高地耸起，像一头耸起翅膀、准备腾然飞起的苍鹰。他成功过，失败过，摔得头破血流。现在，他又要飞了，并不考虑自己已经年迈，也许飞不了多久，就没有了力气，越不过一座高山或一片汪洋，便葬身在崇山峻岭或汪洋大海之中。然而，那不是一头雄鹰最宏伟的墓碑吗?

脸颊还在发热，脑袋是麻木的，舌头是麻木的，全身像散了架一样。只有心脏不肯麻木，像个让人娇纵坏了的女人，稍一伺候不到，就要给人点颜色看看。讲了四个小时，中间还没有休息。

郑子云想，什么时候对沉积在血管壁上的胆固醇，能够像对结垢的电站锅炉那样，来一次酸洗该多好。道理都是一样的嘛。梦想是容易的，思维在一瞬间可以建立起一座宏伟的宫殿，而爱因斯坦推广相对论的原理，却花了整整十年的时间。

郑子云闭上眼睛,往靠背上斜倚下去。在这辆汽车里,他觉着比在哪儿都自在,甚至比在家里。他不必应酬,不必勉强,不必不是他自己……

不必……

不必……

这里如同是他的蜗壳。人有时多么需要一个蜗壳。

司机老杨是体恤他的。老杨从不过分殷勤,讨好地有一搭没一搭地和他周旋,不用审度的目光搅扰他,也不同任何人议论他某天为什么车门关得那么重,某天又为什么中途而返……就连车都开得相当经心,加速或刹车过渡平稳。不久以前,刚刚吃过中饭,郑子云听见有人敲门。会是谁呢,正是中午休息的时间?原来是老杨。郑子云请他进屋,他不肯,站在门廊里对他说:“您再有什么事要车好不好?我家大小子说,好几次瞅见您骑着个自行车在街上转悠。人家谁上街、看电影不要车哇。”这大概是老杨对他说过的最长的一句话了。

这件小事,使郑子云感动。但他什么也没有说,只是拍着老杨敦实的肩膀,笑着、拍着。他觉得说什么也不合适。装腔作势地唱一段不要搞特殊化的高调?那会伤害老杨那颗纯朴的心;答应老杨,以后哪怕去吃涮羊肉也一定要车?郑子云又不是“入乡随俗”的人,那反而让他觉得像做戏一样的难受。

汽车减速了。大约前面不是红灯,便是路面上有坑洼。随后,郑子云觉得身子轻轻地颠了一下。他睁开眼睛,街上正是一天里行人、车辆流量最大的时辰。

右转弯,绕过一辆进站的公共汽车。上车的人你推我搡,在车门口挤成一团。两个挺胖的人同时卡在车门那里,谁也不肯让一步,谁也上不去,闹得后边的人挺着急。有个小伙子拿肩膀使劲儿地把那两个卡在车门上的胖子往车里顶。要是不这么乱挤,大家早上去了。

那辆公共汽车,不等人上完就启动了。其实车上人并不多,车下的人全能容得下。这么一来,它就把本应是自己的乘客甩给了下一辆公共汽车。而等车的人,又得白白地耗去许多时间。这是原本不存在的、硬给自己添上的麻烦。

真正使人疲惫不堪的并不是前面将要越过的高山和大川,却是这始于足下的琐事:你的鞋子夹脚。

马路两侧的街灯亮了。远远看去,像一条波光闪烁的长河。马路当中,一辆辆小汽车的红色尾灯流泻过去,像一艘艘小小的快艇。城市生活中到了顶的美妙景色。

郑子云摇开车窗,风吹了进来,抚弄着他的头发,他的衣领。他觉得自己也像驾了一叶扁舟,驶向永远到不了的地方。他想起自己刚刚作过的报告。这一生,他作过多少次大大小小的报告?回忆不起来了。记得的,只是那被热情燃烧着的感觉。

热极生风。旋风刮过之后,什么也不会留下。

他这次报告,也会像过去的报告一样,不了了之。如一片雪花之于沙漠。他感到沮丧。人在疲倦的时候思想容易变得灰暗。

领导人物的素养中有一条:能保持稳定的情绪,不沮丧,不失理性……他刚刚讲过。他的嘴角上浮起那在部里颇享盛名的“郑子云式的冷笑”:刻薄、冷酷。正是他自己,还不具备一个合格的领导干部的素养。

也许不必那么悲观。据他所知,北京、上海、哈尔滨……许多城市的工业管理部门，社会科学研究单位，大专院校，都已开展了这方面的组织、研究工作，有些企业业已开始试行。生活毕竟前进了，人的思维方法已经变得更加科学。人们一旦从迷信和愚昧中挣脱出来，就会爆发出无法估量的能量。

十一

当文学作为文学的时候，有人很可能会把它当成擦屁股纸，也有人一辈子不会读上一本文学作品。

当文学作为政治奉献给人们的羔羊时，却成为老幼咸宜的食品，人人都会争着咬上一口。男盗女娼、物价上涨、倒卖黄金、小孩尿床、火车误点、交通拥挤、住房困难、工资不长……无一不是文学的罪恶。文明古国中一种不可思议的怪诞。

介绍曙光汽车厂厂长陈咏明的报告文学终于问世之后，不仅它的作者叶知秋、贺家彬有幸加入了众矢之的的光荣行列，连郑子云也被卷了进去。因为他给诬陷陈咏明的宋克回过那样一封信；因为他对这篇文章表过那样的态："发！出了问题我负责。"

反对这篇文章的人，心里全都明白，说到底，这是小事一桩。根本问题在这里：郑子云几乎在每一个问题的处理上，都有一种让他们说不清、道不明的别扭劲儿。别扭劲儿这东西，既不违反宪法，也不触犯刑律，党员的十二条准则里，哪一条也挨不上边儿。然而，在人们的意识里有许多不成文的规则，它们虽不能制人以刑，却可以像球赛似的把人罚出场外。

按照规定，五次犯规，罚出场外。郑子云却只有三次或者四次。现在的问题是,要给郑子云制造继续犯规的机会。球场上有这么一套心照不宣的战术。

郑子云支持这篇文章的做法,虽然和田守诚的本意满拧,然而,出于这种心理状态,田守诚非但不动气,私下里反倒有几分高兴:郑子云分明又把自己放到风口浪尖上去了。

他希望事情闹大,希望郑子云陷得越深、搅和得越狼狈越好。文章发表的当天,半夜三更,田守诚就给陈咏明打了个电话:“这件事情,你知道不知道?”

陈咏明回答:“也可以说知道,也可以说不知道。因为当初我对作者说过,第一,不要宣传我个人;第二,汽车厂之所以做了些工作,和三中全会以后的政治形势有关;第三,我那个领导班子,是个好班子。”

“你对这件事持什么态度呢?”

“不介入的态度。”陈咏明立刻反问田守诚:“您对这件事又是什么态度呢?”

田守诚没料到陈咏明会这样单刀直入地迫使他表态,好厉害。“我嘛……哈哈,当然是赞成的喽,表扬我们部里的好人好事嘛。”

见他的鬼去。

不久田守诚就在宋克的撺掇下派了干部司的司长,带了二十多个人到厂里来,名义上是考察干部,实际上是来了解文章“出笼”的经过,前前后后在厂里搞了一百多人次的调查。

一开始陈咏明就对叶知秋和贺家彬说过:“千万别写,断送了我一个人倒没什么,可别断送了汽车厂这点形势。”

他们说什么?“文责自负嘛。当然,我们会考虑你的意见。”

谁知道他们怎么又写了。也不知是谁,不知深浅利害地给他们提供了那么多情况。贺家彬在厂里有同学、也有熟人,汽车厂是部里的直属厂嘛。

结果怎么样?不幸而言中。“文责自负”!头脑里缺政治哟。

当冯效先和宋克找上门让田守诚表态,这篇文章的发表是否意在对他们进行指责的时候,他闪烁其词地说:“这个情况我不了解,文章的发表没有经过部党组的同意。”

使冯效先和宋克怒不可遏的是,文章里写到曙光汽车厂历任厂长中,个别人对“四人帮”时期存在的困难,不是激流勇进,而是激流勇退。其中一位还是部里主管局的局长,在曙光汽车厂工作没有做好,回到部里反倒成了部党组成员。了解内情的人一看便知,这说的是宋克。

一派书呆子的胡言乱语!什么时候胳膊拧得过大腿?那个时期,连政治局都让“四人帮”搅得不能过正常的政治生活,一个小小的厂长就能解放全人类?

表扬陈咏明,就说陈咏明好了,何必说那么多呢?这个贺家彬,还在重工业部领工资,还在冯效先手底下混饭吃,也不考虑一下后果,太天真了。知识分子真是一种让人不能理解的怪物。不过文学作品嘛,又不是中央文件,哪能那么周全。即便是中央文件,也不一定每一句话都像数学公式那么严密。对贺家彬,田守诚的态度比较宽容。一个小人物,能掀多大的浪?也许事情不是发生在自己头上,人们也就比较想得开。但对冯效先和宋克来说,绝不是抹抹稀泥就可以了结的。批评和自我批评固然是党的优良传统,曾几何时,随着职位的不断提高,人的屁股也像老虎屁股一样摸不得了。

林绍同告诉田守诚:“听说宋克局长已经派人查过贺家彬的档案了。”林绍同把那个“人”字说得很重。这等于提醒田守诚,宋克的老婆是干部司里一位专管干部的处长。

田守诚不赞同地说:“老宋这事办得太露骨了,传出去又是麻烦。现在人们对查档案的这一套做法很反感,贺家彬不过是个做具体工作的同志嘛。”

林绍同又说:“听说有人看见郑副部长和那个女记者在景山公园外面的街上溜达。”

田守诚立刻垂下眼睛,好像听到什么不愿意听的事情:“这算什么,又不是看见他们睡在床上。”凭他和郑子云共事多年的了解,他知道郑子云不会做这样的事,可他巴不得郑子云做出这样的事才好。田守诚知道,再没有比这种事更能毁人的了。有时他觉得孔老二比中国历史上的任何人物都伟大,那得以跨越二千多年时空的封建意识,之所以一代又一代地传递下来,直至现在还主宰着很多人的头脑,靠的就是孔老二这个染色体。不过田守诚是讲求实际的人,他从不把精神耗费在还没有发生的事情上。他对林绍同说:“我看,既然宋克同志他们有这样的意见,你不妨在部里搜集一下对这篇文章的反应,适当的时候在党组会上议一议。”他没有说要搜集什么反应,那是无须说的,林绍同自然清楚。如同一个精明的管家,来了什么品位的客人,席间该上几个冷盘、几道热菜,心里早就有谱。

郑子云在思想政治工作座谈会上的讲话,和风行一时的“兴无灭资”口号大唱反调,上面不但没有微词,反而在报刊上、内部通讯上,左一篇报道,右一篇转载。

前不久国务院某领导人准备召集重工业部有关同志研究工

作，在田守诚提出的有关人员的名单后面，亲笔加上了郑子云的名字。当田守诚按照惯例在前排——通常是各部第一把手的座位——某个座位上落座时，那位国务院领导人高声地招呼着："郑子云，郑子云来了没有？"

郑子云简单地答道："来了。"——听起来却踌躇满志。

打倒"四人帮"以后，他似乎一帆风顺。

这一切都不是没有意义的。自然啦，"四人帮"那个时期，郑子云又不是第一把手，部里的事情也用不着他出来亮相、表态，那些个亮相、表态真他妈的坑人，一次又一次地让人自己往自己脸上抹黑。批邓的时候，郑子云又住了几个月的医院，谁知道他真病还是假病。真是吉星高照，生病也生得是时候。"生病"真是天才们的伟大发现。那位国务院领导人就曾经笑眯眯地问过他："守诚同志，那个时候人们都生病住院，你倒好好的，啊？"

那笑很有点古怪。

那位国务院领导人还招呼着郑子云："来，来，坐到前面来，坐到前面来。"之后又加了一句"最近你们部的工作很有开展嘛。"

这一切都不是没有意义的。田守诚非常熟悉高级政治生活，每一句话、每一个姿态都是一个信号。这信号表明，郑子云的地位可能有所升迁。但把他撤下来，把郑子云换到他的位置上这个可能目前还不存在。他知道，只要上面赏识他的人不垮台，他就不会垮台。像洋人那样，今天可以是部长，明天可以去饭馆刷盘子那样的事，在中国绝对不会发生。倒不是这个社会对他特别恩典，而是这么一来，便会动摇整个干部制度，危及每一个既得利益者的利益。田守诚是太了解这一点了。只要他政治上不出大问题——他想大致不会了，他已更加谨慎——他这个部长的级别就会一直保持到终年。

再说郑子云也决计不会同意这么干。

但郑子云很可能会另有高就，自然出不了与工业有关的圈子，对他仍然是一股潜在的威慑力量。郑子云虽然不会从个人好恶上对他做什么手脚，何况他们之间并没有什么私怨，但是郑子云太了解重工业部的内情，指不定什么时候心血来潮，就会抖搂出来……还有他那套关于改革的梦想，鬼知道会不会有人赏识，一旦有人赏识，可就乱了套。

至于这篇文章在部里引起的骚乱，并不是一次真正的较量，一切迹象表明，还不到当真的时候，他得稳住神。田守诚自信对中国政局的了解，远比郑子云透彻，目前这种自由化的倾向，早晚会有人出来说话，对郑子云的所作所为，他不必花什么力气认真对待，总会有一个时机，让他坐收渔人之利。

部党组会议结束的时候，田守诚看了看表，差半个小时十二点。可以把那篇报告文学引起的争议提一提，这个时间不长不短正合适。说太多也没必要，点点题就行。

他说："还有点时间。有件事，需要说一下。"看着大家没太在意，他停了停，等着静场。人们被不同话题分隔成若干小块的注意力，重又聚合到一起。只有汪方亮一个人在"咔嗒、咔嗒"地折腾着别人刚从国外带回来的一个打火机。

田守诚接着说："这两年文艺界很活跃，不少作家提出要干预生活。我们部里也出了个文学家，写了一篇关于曙光汽车厂陈咏明同志的报告文学，也算是干预一下我们重工业部的生活吧。啊——看来我们这个部里，还是有人才的嘛，哈哈。"

他笑,可他明明意识到,哪个单位里要是出了个写小说的,可真是一种灾难。谁知道自己的一言一行会不会被他当成素材写进小说里去?就是被写的人自己不对号入座,了解内情的人也会在背后指指点点:这件事写的就是他。小说还会在全国的新华书店里发行;也许有人会推荐给哪位副总理或中组部、中纪委的某位领导人……

郑子云点上一支香烟,并不吸,只是歪着头,眯着眼睛,看香烟头慢慢地燃。

田守诚说:“我是个大老粗,不懂得文学。但早年在延安还是聆听过毛主席他老人家的教导,文艺要为工农兵服务、为无产阶级政治服务嘛,啊——”

汪方亮插嘴说:“你最近看报纸了没有?哈哈——”然后得意地环顾左右。

田守诚知道汪方亮喜欢戳人家的蹩脚。部党组成员里,他能看得起谁?最近他的一份关于改革出口本部产品外贸体制的建议,很得一位中央领导同志的赏识,得意之情更是溢于言表。

不过汪方亮这话是什么意思呢?难道他说错了什么?田守诚在其他人的脸上,看不出丝毫的异常。有人出于礼貌,有人早已练就了安徒生在《皇帝的新装》里描述过的那种本领。汪方亮这么一哈哈,田守诚感到不那么踏实了,决定不再绕弯子,单刀直入地说下去:

“文章发表以后,在部里引起了很大的争议。把同志们的反映集中一下,有这么几点:一、作品是不尊重历史事实的;二、陈咏明打击别人,抬高自己;三、把别人的功劳归于自己;四、政治品质有问题。总之,这篇文章从社会效果看,是影响安定团结的。”

宋克急不可待地接着说:“不打倒‘四人帮’,他也搞不上去,现在让我去我也行。我按党性原则办事,所以没搞上去。他拿一百块钱办三百块钱的事,没有鬼办得到吗?”

合情合理!人的一切行为都可以找到合理的依据。

好几颗花白的头颅,深有所感地摇动起来。

孔祥副部长说:“说到底,我们还是集体领导嘛,有了成绩和功劳,应该记在党委的账上嘛,突出个人是不对的。”

孔祥有着四川人特有的嘹亮嗓门,这嗓门儿使他的发言有一种气势汹汹的派头。一双圆睁的眼睛,在眼镜片后面闪着冷冷的、莫测的光。眼下好些事都让他反感。文化人也来干预政治,他们懂得个“鸟”!顶好再来个反右运动,给他们全戴上一顶右派帽子,弄去劳动改造才好。再不老老实实就枪毙他两个。江山是他打下来的,身上两个枪眼还在嘛,现在倒让这帮子文化人来指指点点,笑话!咋咋呼呼!子弹推上膛,全吓得他们屁滚尿流。

自从郑子云在思想政治工作座谈会上作过那个报告之后,郑子云平时那些让他看不顺眼的习惯,更加刺眼了:那总是漂白的硬领;每每坐下来之前总要提提裤缝;给女同志让路;成天挂在嘴上的“谢谢”和“对不起”……郑子云除了知识分子出身这一点之外,再没有什么可抓挠的了。出于一种职业习惯,孔祥希望在每个人身上都能抓到些什么,那让他从心眼儿里感到生活的充实。

郑子云的报告一直梗在他的心里,他说不准那报告究竟有什么地方不对头,弄懂它是相当吃力的。凭着直觉,他感到那是一种威胁。虽说实现它还是一个遥远的未来,到那时,不论他,不论郑子云早已化作白灰。可孔祥希望,就是化了白灰,也应该让人毕恭毕敬地供着。

正面反对郑子云不行,因为郑子云的位置排在他的前面。就连“文化大革命”期间,那套已经嚼烂的套话,他也说不周全。更不要说准备一套系统的理论和郑子云较量一番。

妙！这句话说到点子上了。田守诚觉得这甚至是开向郑子云的一枪。比宋克那句话高明多了,不在具体问题上纠缠,又可以堂堂正正地放到桌面上来。但是没有人接上来。这些年人们变得谨慎多了,私下里说话要多解放有多解放,到了面对面的时候,不是打哈欠,就是顾左右而言他,谁也不愿意得罪那个人。

偌大个会议室,只听见一片“啪、啪、啪”一收一放把玩折扇的声音,和电风扇嗡嗡作响的声音。

蒙在沙发上的灰布套子;久已没有粉刷的、泛黄的墙壁;造型和工艺都极为粗糙的烟灰缸子;十几张或困倦、或木然、或老谋深算、或不以为然、或激愤、或咄咄逼人的面孔,全让人感到沉闷。

不知谁把电风扇的风量开到了最大限度,呛得坐在跟前的郑子云透不过气来。

他站起身,挪到靠近门边的一张软椅上去。对面,是整整一排窗,白杨树的浓阴遮住了视线。透过树叶的缝隙,夏日里,颜色变得深邃的蓝天被切割成不规则的小块。但他知道,越过这片树阴,仍是广阔的蓝天。蓝天！他的心,顿时豁亮了。

人不可不依恋自然,也许这也是一种生态平衡。

应该找一个星期天出去走走。不过好像时令不对,去香山应该在十月底,去樱桃沟应该在春天,颐和园人又太多。可以去潭柘寺,“文化大革命”以前,郑子云带圆圆去那里打过猎。猎枪在“文化大革命”中被抄家的人抄走了,新近又被人送了回来。已经锈迹斑斑，像他一样，老了，生锈了。有个法国电影叫《老枪》，挺不错的片子。《老枪》，这名字听起来有一种老辣、悲怆而壮烈的韵味。是啊，老也并不意味着报废，只要是条真正的"老枪"。

郑子云那不为所动的漠然神情让宋克看了生气。热极了，纺绸小褂的腋窝全被汗水打湿，宋克解开胸前的纽扣，滚圆的、绷在圆领衫里的肚子，示威一样突现出来。他不满意这个会。其实，这个会和往常并没有什么两样，遇到扯皮的事情，总是这么含混和暧昧地沉默着。他不便再说什么，因为他算是当事人，说多了不好，难免不让人感到他带着个人情绪。

他嫉妒陈咏明。正是因为陈咏明，他才从副部长候选人的名单上刷了下来。唉，他是从哪儿蹦出来的？都怪郑子云。要是他不推荐陈咏明呢？推荐倒也罢了，偏偏又把他推荐到曙光汽车厂，这不是要他的好看吗？

他渴望着陈咏明和郑子云的失败，哪怕他们吃饭的时候硌了牙呢！他处处和他们作对，哪怕在和他的切身利益毫无干系的事情上。他挨个打量着与会者的面孔，估量着谁会发言，谁会说什么样的话。可是，有什么用呢？

所以郑子云才会显出一副无动于衷的样子。宋克把长长一截香烟捻在烟灰缸里，那截香烟仍在冒烟儿，他顺手把茶水"忽"的一下倒进烟灰缸，飘着烟丝、火柴梗、烟灰的黑水立刻溢了出来，玷污了浅蓝色的桌布。

孔祥又说："听说和贺家彬合写文章的那个女记者离过两次婚呢。"说罢，从眼镜片后头，迅速地向郑子云射来两道警告意味的光。他说到"离婚"那两个字时的口气，就跟说到妓院、说到花柳病一样。

会议室里像加了兴奋剂，就连空气的流速，也似乎加大了许多，所有的脑袋全向孔祥扭过去。

郑子云暗暗苦笑：要是叶知秋能够结两次婚，也算没有白白地当过一次女人。既然婚姻法上，明明白白地写着感情破裂可以离婚，为什么离婚在孔祥的眼里，却成为一条应该受到指控的罪过呢？他自己可以胡来，别人却不可以离婚。

真岂有此理，什么样的乌七八糟，什么样的糊涂！汪方亮从软椅的靠背上直起身子，提高嗓门说："我们这是在开党组会。"他还想说，这里又不是茶楼酒肆，说话严肃一些。可是他忍了下去，孔祥是主管政工工作的副部长，他手下那些人一向和他不对付。汪方亮并不怕他们，只是让他们时不时地找点岔子，他还得分散精力去对付，多一事不如少一事吧。眼前就有这样的实例：汪方亮准备帮一位老战友把女儿从工厂调到部里工作，孔祥不但卡了他一个多月不给办手续，还告到部纪律检查组。为这点事，纪律检查组郑重其事地找汪方亮谈过一次话。扯他妈的淡！什么东西！装模作样，好像他们一个个都是佛门里六根清净的弟子。他当场就骂了孔祥一顿。当着他手下的那帮子人，列举了孔祥某年某月走过什么后门；小姨子安排在哪儿；二舅子安排在哪儿；某年某月孔祥和某某女士在某某饭店……从那以后，两人很久都不过话。

汪方亮说："我向作者了解过，在这篇文章发表以前，陈咏明根本没有看过，怎么能说他品质有问题呢？

"我告诉他，部里反应很强烈，问他：'你有什么看法？'

"他说：'我认为在中国只能写死人，不能写活人。'

"我很同意他的高见。中国真是人口太多，人浮于事。一部影片可不可以上演，有时也要拿到政治局去通过；一篇文章闹得重工业部人仰马翻，还要我们这些党组成员在这里讨论。我们就那么不值钱？女人可以不可以烫头发，据说某个市委讨论了三次……难怪我们大事抓不好，力气全消耗在拔鸭子毛这样的事情上了。”

田守诚赶紧把撒出去的网往回收：“看来是作品本身不够实事求是，不是陈咏明同志的责任。”

孔祥和宋克的脸色立时显得更加阴沉了。

当第一把手真不容易啊。

郑子云说话了：“什么责任？这篇作品到底有什么应该追究的责任？还是不要忙着下结论。我们可以一项项地、把那些所谓不符合事实的地方做一次核实。我会派人去，然后我们再做结论。至于有人散布说，文章发表没有经过部党组的同意，这个情况，有必要澄清一下。”郑子云两道凌厉的目光，直向田守诚射去。没有两下子的人在这种目光的注视下，会感到张皇失措。然而田守诚却超脱地微笑着，仿佛郑子云说到的事，与他毫不相干。田守诚的涵养可谓功夫到家，即使听了使他顶难堪的话，也还是显得那么谦和。人家不是说吗，会逮耗子的猫不叫。不论和谁有了矛盾，就冲这谦和，道理一准在他这边。有些人就是这么去评判是非的。“据我所知，那天部党组会除我之外，还有别的一些同志也没有参加。这是一。第二，在讨论该不该发这篇文章的时候，党组内有好几位同志还没有机会看到这篇作品，他们是在文章发表之后才看到的。第三，当时表示不同意发表的只是个别的同志，其他同志没有表示可否，更没有形成什么决议。”他停了停，吹了吹香烟头上的白灰，好像不打算再说什么了，沉默了一会儿，又轻笑起来，说：“我们好像成了文学评论家了，要是我干的不是现在这个买卖，我真准备写小说去。现在我打算为这篇文章写篇评论，表示支持。田守诚同志刚才说到社会效果问题,我很同意这个提法。要注意社会效果,但是有一点应该明确,社会效果好坏的标准,由谁说了算?是领导说了算,还是广大读者说了算?是只看近期效果,还是也要看远期效果?

“我看这篇文章的社会效果就不错。我认识他们厂子里的几个青年工人,有位同志到家里去闲聊,还随身带着登着这篇文章的杂志。我看了看那本杂志的标价:一元二角钱。我问他:‘你干吗花工资的百分之三点五买这本书?’他是二级工。

“他说:‘过瘾。’

“我问他:‘怎么过瘾?’

“他反问我:‘您看过吗?’

“我逗他:‘没看过。’

“他说:‘您怎么不看?这第一篇写的就是我们厂长。您看看就知道怎么过瘾了。’

“我说:‘文学作品都是夸大的。’

“他说:‘不,这里件件写的都是真事。’

“我跟他开玩笑:‘厂长是你亲戚吧?’

“他正色地说:‘瞧您说的,不信您去厂里问问。’

“你们知道我当时的感觉是什么?我羡慕陈咏明,要是我的部下对我也有这么深的感情,我就太知足了。

“当然,也不是没人有意见。因为他撤消了大庆办、政治部和车间的专职书记……

“我们绝不能挫伤这样的干部。挫伤了他,就等于挫伤了几千名工人群众。这样的干部不多,我们应该保护他。这个人也有毛病,过于严格、不通人情、方法生硬、使人下不来台、民主作风差,别人有不同意见，他不能耐心地说服。但金无足赤，人无完人，对一个人不能求全责备，对这篇作品也应如此。虽然结构上、语言上、技巧上还有些缺点，没有很准确地表现陈咏明这个人，但作者有勇气去表现社会主义新人，这一点就应该肯定。”

田守诚决计不再在这个问题上纠缠下去。这就跟下围棋一样，眼瞅这块活不了，就别再往里头填子儿。于是，匆匆宣布散会。

一觉醒来，身上是绵软的，嘴里也发苦。郑子云翻身起床，冲了一杯热茶，然后在临街的窗前站下。

马路上，几个游泳回来的年轻人，把五颜六色的游泳衣挂在车把上，小旗子似的随风飘扬。一辆自行车的后座上坐着一个女孩子很像圆圆。短短的头发、两手满不在乎地抱在胸前，交叉着两条晒得黝黑的长腿，也不怕从车上闪落下来。

圆圆又和夏竹筠吵架了。就这么几口人，日子过得并不安宁。大至一个社会，小至一个家庭。安定团结！要是人的愿望能像萝卜、白菜那样可以栽培就简单多了。想让它长什么就种什么。她说话越来越随便，太过地刻薄，也许像他。就连对夏竹筠也不够尊重：“您又想把我拉到骡马市去?！您应该当个配种站的站长。”

天哪，女孩子。

最近她对婚姻问题很敏感，而且明白地拒绝和家里人交谈。还振振有词地说：“每个人都有自己的秘密，您也有您的秘密。”

他有吗？他要有也许就好了。遗憾！生活里原该有许多的支撑点，一个不行，其他备用的还可以投入运行。

街上有树，有行人。但在炎热的阳光下，全像晒蔫了似的，显出没精打采的样子。只有马路对面的树阴下，那个卖冰棍的老太太，不屈不挠地吆喝着："冰棍——巧克力冰棍——"郑子云常看见她，和他差不多的年纪，筋骨蛮好的样子。矮小、干瘪，棕黑色的面孔，像一具风干的面具，带着劳顿生活的痕迹。但她那还是很有弹性的吆喝声里，还有一种可以和生活挣扎一番的力气。他呢，却已经在生命和死亡的边缘地带摇晃了。秘书、保姆、办公室、汽车……已经使他软化。物质生活愈是发展，人体对自然的适应能力可能就越差，而精神的触角却越发地敏感。

他分明烦躁。为了什么？上次的党组会并没有给他留下什么大不了的烦恼，他经历过的多了。一九四二年整风，五二年打老虎，五七年反右，五九年反右倾，一九六六年"文化大革命"……这算得了什么！

他渴望人和人之间的相通、谅解、支持。圆圆却说："傻瓜才说这种话呢，都什么时候了，您还翻那本皇历。"

现在该翻哪本皇历呢？她的话不对。现代青年人的偏激。

寂寞，寂寞极了。让烈日晒得冒烟的那条马路，让人联想起阿拉伯的沙漠。

郑子云开始盼望有谁敲门，或有谁打来电话。哪怕跟谁聊聊常宝华的相声也好。

隔壁的电话铃果真响了。郑子云微笑，巧！

铃声响了很久，夏竹筠才去接它。她的语气干干巴巴，不怀好意。

只听见她一连串地发问：

"喂，哪里？"

"你要哪里？"

"找谁？"

“你是谁?”

“找他有什么事?”

对方大概连个喘息的机会也没有。心里有鬼或是反应慢的人,让她像扫机枪似的这么猛一通扫射,准得丢盔卸甲地落荒而去,往他家打电话的人,应该先穿上尼龙避弹衣,或戴上防毒面具。

夏竹筠在隔壁叫了:“老郑——你的电话。真讨厌,又是那个姓叶的女记者。”

声音那么大,叶知秋在话筒里一定听到了。

“是,我是郑子云。”

叶知秋的声音里,有种神经质的兴奋:“我收到编辑部转来的一封匿名信。”

“什么意思?”郑子云看见夏竹筠伸长了耳朵停住了手里正在摇动的绢扇。

“说我是个道德败坏的女人,除了和合作者睡觉,还和被写到的主人公以及某副部长——也就是阁下,勾勾搭搭,编辑部不该发我那篇文章,诸如此类。”

“我很抱歉。”郑子云打心眼里感到歉然,好像是他侮辱了她一般。

“你觉得奇怪吗?其实并不新鲜。连大名鼎鼎的某记者,写了一篇为好人申冤的报告文学,不也让人糟踏得一塌糊涂吗。”

“我能为你做点什么吗?”

夏竹筠“啪”的一声把小折扇摔在茶几上。郑子云下意识地用手护住电话机,好像夏竹筠会过来砸它。

“不,不必,谢谢。告诉您的意思,不过是希望您当心暗箭,我估计这匿名信是田守诚手下那些人干的。再见!”

"再见。"

太过分了。

有过很多不愉快的事,郑子云可以不去计较,但不计较不等于不存在。

郑子云在思想政治工作座谈会上的讲话,似乎引起了理论界和实际工作部门的重视,各个方面到部里索取讲话稿和听取重工业部研究、开展这方面工作的情况的人络绎不绝。接待来访者的工作,一直由部调查研究室的同志负责,因为在开展这项工作中,他们是起实际作用的人,是了解情况的人。他们读过不少书,做过不少研究,还到几个工厂去蹲过点,郑子云在讲话中提到的不少情况,都是他们总结、提供的。

田守诚事前对这次会议持否定态度,会后又对会上未能贯彻大庆的政治工作经验和"兴无灭资"的讲话精神很有意见,后来不知又从哪里听到了什么风声,突然通知部值班室,凡是到重工业部了解这一工作开展情况的单位,一律由林绍同组织接待。

用意很清楚。郑子云不愿把这件事的动机想得太庸俗。但到底,那是同志们日日夜夜辛劳的结晶。

现在,又去糟踏一个无权、无势,没有反抗和保护自己能力的弱女人。这些人对付恶,是那样的懦弱、胆怯,对付一个女人,却是那样的强大、勇敢。何等的可悲啊。

夏竹筠连珠炮似的发问:"你抱歉?为了什么?你要替她做什么?"天哪,她想到哪儿去了。

郑子云定睛看她。

闪着珠贝一样色泽的拖鞋里,是一双如普希金在诗文中多次热情描绘过的、迷人的小脚。那双脚，裹在进口尼龙丝袜里。白色丝绸的睡衣上，绣着两只暗红色的凤凰。茜色的、洒满银色小花的绢扇，斜躺在丰腴的腿上。

精致，淡雅。现代物质文明的精华。包括那头用乌发乳染黑、用阿莫尼亚水弄鬈曲了的头发。

只是她座下的沙发套子，相形之下，太过寒碜。

在这简单的，凑凑合合、得过且过的客厅里，她像天外来客一样显得不真实，让郑子云想起"七仙女""画中人"那一类的故事。

他们结婚四十年了。每每郑子云越是细细地打量她，便越是感到陌生。

"你是不是应该到医院去看看？"他说。

夏竹筠恨透了郑子云这种居高临下的绅士派头。一个喜欢胡搅蛮缠的人，老是激不起对手的反应，比有个可以打平的对手更让她感到恼火。夏竹筠和许多浅薄的女人一样，并不知道夫妻间最理想的关系，莫过于恩爱和谐，互敬互重。她喜欢炫耀自己对丈夫的支配权以及自己在家庭里的统治地位，尤其喜欢当着外人，一展夫人的威风。而郑子云这种该死的绅士派头，明明地透着一种彻骨的轻蔑，像一道铁门，把她拦在一定的距离之外，使她超越不得。

"你不要用这种口气和我讲话。"夏竹筠恨得用扇子骨敲着沙发的扶手。

"我觉得你好像得了一种猜忌狂。你防范这个女人，防范那个女人，恰恰不防范你自己。为什么把你自己看得这么轻，又为什么这样死乞白赖呢？我对有些女人感到不理解。她们年年过三八节，天天高喊妇女的解放，回到家里却和依附于丈夫的旧式妇女没有什么两样。我以为仅仅把妇女解放运动理解为争取政治、经济地位上的平等是不够的，妇女解放还应该靠自己的自强，而不是靠——”他停下来，看着夏竹筠的头发、服饰。“她应该不断地进取，让她的丈夫崇拜她的人格、精神、事业，而不是把她当作一朵花来观赏……”

他还想说，借婚姻的锁链，把自己挂在男人脖子上的办法，是消极的办法，是妇女无能和无志气的表现。只靠法律和社会压力把丈夫和自己压合在一起，反映了妇女人格上的不独立。事实上，在任何社会中，如果没有事业和理想上的一致，爱情也不可能存在或维持。恩格斯说：“婚姻不仅决定一个人的肉体生活，也决定一个人的精神生活。”在这方面，知识水平、共同的志趣，往往是爱情的基础。

但是他打住没说，他知道，她不但听不懂，而且还会导致极大的误会：以为他有了外遇，要和她离婚。

何况活到六十多岁，又忽然心血来潮地研究起什么是爱情的基础，岂不滑稽！说到底，这东西影响他吃了，还是影响他喝了，还是影响他当部长了？

契诃夫说过：“爱，或者，它是一种正在退化的东西，一种本来是伟大的东西的残余；或者，它是一种将要成为伟大的东西的因子；可是现在，它却使人不满意，它所给的，比人所希望的少得多。”

既然如此，顶好的办法是不要希望它。

也许他自己才应该上医院，他的神经准是出了什么毛病，鬼知道。

他现在希望的是，思想政治工作科学化的倡议，将会被更多的人理解和接受。也许五十年以后，人们将会从理论到实践建立起一整套完整而科学的体系。为什么那么悲观，干吗是五十年而不是二十年?

他希望生活将更加正直;陈咏明那样的人更多;再也不会有人花那么多的力气、用那样不公正的手段去砍杀一篇振奋人心的报告文学和它的作者。

…………

郑子云有那么多小小的、却又比爱情那东西更切合实际的希望。

各自有各自的岗位。爱情,那题目属于社会学家和未来。

夏竹筠的怒气、妒意,渐渐为一种恐惧所代替。郑子云在干什么?仿佛在对一个陌生的女人,传授如何保持对丈夫的魅力的秘诀。

一个女人,等到要她的丈夫冷静地告诉她,如何去吸引他,那意味着什么呢?

夏竹筠知道,她其实早已从感情上、精神上失去了郑子云,如今,或是多年来,她占有的不过是一个躯壳。不,连躯壳也没有占有,所占有的不过是视觉上的一个影子。那么,她牢牢想要守住,战战兢兢生怕失去的是什么呢?是那许多女人都逃不脱的虚荣的诱惑。

她开始嘤嘤地哭泣。

女人的眼泪是无坚不摧的武器,它是超越千百条道理之上的,有理没理都可以取得最后胜利。

郑子云立刻缄默。走开是不合适的,人在流泪的时候,就把自己摆在了一个弱者的地位,何况她还是个女人,男人是不能这样对待女人的。

有人敲门。三点半。是小纪每日送文件、报纸、信件的时间，郑子云如释重负，立刻走去开门。夏竹筠停住啜泣走回自己的卧室，郑子云心里浮起对夏竹筠的一些感激，在公众场合她还算通情达理，给他留面子的。

纪恒全有侦察员的天才，立刻感觉到气氛不够正常。他的眼睛迅速地掠过房间的每一个角落，茶几上并没有客人喝过的剩茶，自然是没有人来过；样样东西井然有序地停在原来的位置上，显然也没有人因为激动，顺手挪动过什么……但还是不对头。征候在于郑子云似乎在翻阅文件，其实他什么都没有看见，那不过是一种下意识的动作，是通常缓解激动情绪的办法。

郑子云丢开手里的文件，问小纪："到曙光汽车厂验收企业整顿工作的工作组部里定下来了没有？"

"定了。"纪恒全在郑子云面前从不多说，他愿意看着郑子云瞎摸。就像那些乖僻的、心理畸形的孩子，在一旁看别的孩子捉迷藏，明明看见那个被蒙着眼睛的孩子再迈一步就会踩上一堆牛屎，或是落进池塘，他也不会哼一声去提醒。

人对人的恶感有时真是莫名其妙。

"谁带队？"

"主管局的朱一平处长。"

连一个局长都不去！显然是要给陈咏明一个白眼。像这样一个大厂，至少派一个局长，甚至会派一个副部长带队，历来如此嘛，宋克真做得出来。

"企业管理司有没有人去？"

"没有。"

显然是在回避矛盾。那篇文章的风波还没有过去吗？这样的事情，也值得记一辈子？过去验收哪个厂企业管理司不去人？他们干的就是这个工作嘛，抓的就是企业整顿嘛。

田守诚不知道吗？知道了也会装聋作哑。

“还有什么事要办吗？”纪恒全决不愿意和郑子云在工作之外还有什么交流，也用不着着意讨好，郑子云不吃这一套。和郑子云相处，最好像写那些用不着任何定语的报告一样，干巴巴、硬邦邦的一、二、三条。

“没什么了。谢谢。”

人在施舍善的时候，怎么那么悭吝啊。盛怒之下，郑子云真想自己带队去曙光汽车厂验收。但他必须冷静，不能随心所欲。在这个把一切简单的事都要复杂化的环境里，他怎么能不设防呢。这叫什么？滑头？还是善于斗争？

陈咏明，陈咏明，那高高大大的汉子，将会又一次感到孤独。郑子云想起春天的那个夜晚，他们在郊外的田野上，曾仰望那使人感到孤寂的星空。

还有杨小东的那一些“哥们儿”呢？

厂子里的群众会怎么想？好像他们是后娘养的。好大的一盆冷水啊。几千名工人群众的心哪。这样对待他们于心何忍？无非一篇文章里的一句话，既没有点名，也没有影响谁的既得利益。

郑子云，郑子云，你这个副部长又能奈何呢。他觉得他像陈咏明一样，处在同一种可怜巴巴的境地上。他们是渺小的，无力的。

窗外，马路对面的树阴下，卖冰棍的老太太又在吆喝了：“冰棍——巧克力冰棍——”也许应该像那老太太一样，围上一条白围裙，戴上一顶白帽子去卖冰棍。

郑子云叹息，摇头。在桌前坐下，拿过一摞信纸，坐在那里反复地忖度着。现在他能办到的，只是下面这几行什么问题都不能解决的字。要是王羲之的字倒也罢了，还能拿去卖几个钱。可惜是他的，卖都卖不出去。

陈咏明同志：

曙光汽车厂一年来企业管理整顿，在广大职工的共同努力下，取得了很大成绩。我因病不能前往参加验收，非常遗憾。望验收顺利，并将验收的各项分数及时告我。

致

礼！

郑子云

是啊，生病。这些年，人们早已学会用生病来搪塞一切难以应付的局面。

郑子云猜对了。就在他给陈咏明写信的同时，田守诚也给陈咏明打了电话："善于听取不同意见，以利改进工作。"

陈咏明将田守诚的电话记录和郑子云的来函全都公布在布告栏上。他也不作任何说明。他又能说些什么?！让群众去揣摸里头的意思吧。

葛新发傻乎乎地说："嘿，部里对咱们厂真重视啊，一个验收，正、副部长又是来信，又是打电话。"

吴宾拍了一下葛新发的后脑勺："傻蛋！你没看出来吗？信和电话的意思满拧。一个是真支持，一个是打棍子。"

杨小东说："你开会没带耳朵？没听见陈头在验收大会上说的话？'我们取得这点成绩不容易，我们是在克服来自上、下、左、右的阻力中前进的。'上、下、左、右是什么意思？好好寻思寻思。"

十二

叶知秋的手有点颤抖。两个两分钱一枚的钢镚儿，硬是塞了几次才塞进那个收电话费的小铁盒里。看电话的女人，一直盯着她，怕她不交钱吗？或是她有什么地方值得特别注意？也许因为她对郑子云说的那些话。唉，偌大一个电报大楼，用个公用电话，连隔音间也没有。真正的"公用"电话。没有什么不可以公用。公用的秘密；公用的喜、怒、哀、乐；谁都可以干涉谁一下。诸如你为什么天天洗澡，或是你为什么喜欢吃甜而不喜欢吃辣这样的琐事。

"你何必在电话里讲那么多？"贺家彬责怪她。

"那怎么办？我怎么好在这种时候到部里去，那又会给他添乱子，给那些谣言家们制造口实。去他家里，那位太太更是盛气凌人。"

"我是说，这些事没有必要告诉他。"

"这些情况他应该了解。难道他不应该提防那些人吗？"

"女人的逻辑。"

他们从电报大楼里走出来，只见马路上到处都是人，人，人，而且又都是那么清闲自在地溜溜达达。好像在度假一般。

只有声音是不休息的。

每一辆汽车的喇叭，都威风凛凛地响着。

铃木50的发动机，自鸣得意地"嘣嘣"着，它是近年刚流行起来的时髦货。

有个小女孩，一面跳着脚、扭着身子，一面哇啦、哇啦地哭叫着："我要吃冰棍！我要吃冰棍！"她的爸爸，像拎小鸡子一样拎着她圆鼓鼓的胳膊，一面拖着她往前走，一面吓唬她："再哭，再哭我就揍你，你都吃了八根儿了，再吃肚子里要长虫子啦。"

临时就业的青年，起哄似的推销着自己的货色："哎，买吧，买吧，新鲜的奶油面包。"

"看报，看报，文艺小报，李谷一带病上台演出，苏小明唱《乡间的小路》。"

十字路口的岗亭里，交通民警对着麦克风大声地申斥着一辆抢行的越野吉普："喂，那辆武汉吉普，你怎么拐的弯？唵？说的就是你，31-04889！还开，还开，听见了没有？你给我站住！"

那辆吉普，像一头犯了罪的小毛驴，懂事地耷拉着耳朵。它忸忸怩怩、羞羞答答、诚惶诚恐地停下了，偏偏又停在不该停的地方，司机大概是慌了神。

警察又叫起来："你看看，唵，停在哪儿了？"

电器商店里，各式音箱互不相让地播送着"阿波罗音乐之神"的电子音乐，别管大街上发生了什么骚乱，"阿波罗音乐之神"依然不屈不挠地，铿锵、铿锵地响着自己的节奏。

贺家彬甚至非常高兴地说："知秋，不管我们愿意不愿意，我们早晚都要死去，代替我们的，将是另外一些人。我们耿耿于怀的苦恼、忧虑，在他们那里会简单得多。"

叶知秋几乎是讨饶地说："家彬，这份热闹劲儿我真受不了，这么一会儿，我的鞋后跟就让人踩掉两次了。"

贺家彬的话也好，五光十色的街道风光也好，今天好像成心作对，全带着一种不管不顾、横冲直撞的劲头越过了她。谁也不看她一眼，问她一声，好像她是夏令时节摆在商店橱窗里的一顶冬天才用得着的毛皮帽子。

她忽然感到委屈。

就算她是一个顶干瘪、顶枯燥的职业妇女，她也有需要诉一诉委屈、听一听宽慰话的时候啊。

但是人们早已习惯于把她看成是一个没有性别，没有感情的机器人，大概连贺家彬也这样认为。

她摇头。也有例外的时候，比方那封匿名信。人们大概在中伤、造谣的时候，才想起她还是个女人，她的性别在这时才有意义。

从她胸膛的深处，发出沉沉的一声叹息。

贺家彬这才注意到，她与往日显得有些异样。

他尽力在她那厚玻璃瓶底儿一样的镜片后面搜索。

都说眼睛是心灵的窗。

遮在她眼睛上的那两块厚玻璃片儿，像安在窗上的两块磨砂玻璃。于是，玻璃后面的一切，全都显得影影绰绰，让人看不真切。

但他终于找到了一丝烦恼的影子，她那一向平稳的心境受到了骚扰。唉，总起来说，女人的神经比男人的脆弱，敏感。然而这样的流言蜚语，落在这样一个丑人儿的身上，分外让人感到残酷和痛楚。这永不会开花，也永不会结果的生命。

贺家彬伸出手来，挽着她的手臂，折回身子，沿着长安街向东走去。

一片不该在这仲夏的日子里飘落的绿叶，落在了叶知秋那方方楞楞的肩膀上。仁慈的、动人的绿叶。贺家彬没有给她拂去，就让它静静地留在那里，人是需要一点安慰的。

前面林阴路上，一个怀孕的妇女，蹒跚地走着。宽宽的后背像一块面板，穿着一件宽松的男人衬衣，嚼着一根雪糕。贺家彬不由得加快了脚步，越过那个妇女。叶知秋却深深地叹息，心里想：不知给自己心爱的男人生个儿子是什么滋味？

不过她是不会哭的，眼泪是漂亮的、有人疼爱的女人才有的奢侈品。

“后悔了？”

“不，伤心罢了。”

“往开想，算得了什么呢？干什么不需要付出代价？这，也算是我们一点微不足道的贡献吧。有人曾付出过生命……”

“只是这代价未免太大了一点，这么一点点小事情，唉。”

“你把名誉这东西看得那么重吗？”

“难道你不看重自己的名誉吗？”

“不，我是说有人偏偏要糟踏你，你怎么办？你因此就不活了吗？可别做它的奴隶，你要是做了它的奴隶，你也就会被谣言所杀了。依我看，这也如同财产一样，全是身外之物。”

“那你为什么还要争取入党？”叶知秋笑了，觉得她一定将住了他。

“我入党，可不是为了党员那块牌子，而是因为信仰马克思主义。我要研究它，实践它，还要用它来改善党内的状况。改善我们这个在相当程度上它的一些成员仍然被小农意识控制，而不是被科学的马克思主义武装的党。”

叶知秋立刻环顾左右。简直是个疯子，要不是从学生时代他们就在一起，她准以为他神经不健全。她赶紧叮嘱他：“小声点，小声点，天哪！让谁听了只言片语，给你来个断章取义，你受得了吗？”

“我说什么了？‘小声点！小声点！’瞧你吓得那个样子。”贺家彬的声音反而更高了。“应当把马克思主义当作一门科学来研究、实践，而不是当作经文祭起来，它似乎也可以像自然科学那样分为基础科学和应用科学两个部分，我觉得它的基础理论部分相当科学，比如说认识论。当然，整个来说，除了坚持不渝，它也面临发展、充实、完善的问题。”

叶知秋连连摇头摆手，忧心忡忡地制止他：“哎呀呀，越来越离辙了，你可别到处去贩卖这套东西，不然你要倒霉的。”她白了他一眼。“我真奇怪，你们支部怎么会通过你。”她一边说一边使劲儿地抖搂着手里的提包，好像贺家彬那些招灾惹祸的话全掉进了她的提包，她非把这惹是生非的东西抖搂干净不可。

唉，他原想给她消忧解愁的，没想到反倒给她添了烦。

从学校到现在，二十多年过去了，事无巨细，他们永远可以找到吵个没完的分歧。也不知他们之中到底谁没有长进，或是他们都没有长进，长进的只是社会。

贺家彬每每只好迁就。他站在叶知秋的面前，叉开腿，摊开手，说：“你看看我怎么不够共产党员的条件？我的社会责任感比冯效先和何婷那样的人差多少？好吧，好吧，我以后注意就是。”那口气，就好像他在赏她的脸。

叶知秋自愧地微笑：“我在教你耍滑头。”

“没有办法，你是实际的。要不是方文煊局长做工作，差点通不过。要按何婷的本意，她才不会同意我呢。造的舆论真不少，左刁难、右刁难，把一个共产党，当成她们家开的小饭铺了。她想什么时候开门就什么时候开门，她想什么时候关门就什么时候关门，她看谁不顺眼就不接待谁……要抓我的小辫子，自然有的是，都是我平时随口说出来的废话。”

“哪些方面呢?”叶知秋问。

“首先是意识有问题。说我赞成资产阶级社会的家庭淡化。为什么家庭不应该淡化?随着私有制的最后消灭,家庭这个细胞非破坏不可。到了那个时代,人们组合生活,将不再依赖法律的制约……因此,他们又说我提倡性混乱。简直无知到了极点。解放这许多年,我们只注意介绍马克思主义的斗争学说,却很少介绍马克思主义的美学、伦理学……”

叶知秋觉得好笑:“你那是若干世纪以后的事,太远了,现时就是不懂,又有什么大不了的?你得考虑大多数人现有的精神水准。”

贺家彬说:“不对,不研究这些,就很难使我们的精神文明达到应有的、与社会主义这个称号相称的高度。”又要吵起来了,贺家彬不愿。他接着说下去,“第二,指责我立场有问题。我对何婷说:‘请你说具体一点,别扣大帽子。’

“她说:‘你是不是说过,每人涨五级工资也不算多,国家欠了人民的账。你这是站在什么立场说话?’

“我说:‘每个人应该涨五级工资的话我不记得说过没有,但我以为每个人都应该涨工资,不涨,国家是欠了账的。’

“她说:‘国家现在有困难呀,你知道不知道?’

“我说:‘这和困难不困难有什么关系?我指的是有人在调整工资的工作中起消极作用,比方说你。’

“‘我?’她本来是想给我扣帽子的,没想到我又给她甩了回去。她根本不明白我的话,一双眉毛挑得老高。说:‘我能怎么办,我又不是国家总理?’

"'很简单,你可以把涨工资这件事搞得更合理一些。根据提工资的条件,罗海涛不应该涨,群众明明没提他。小温应该涨,群众一致同意,可是你把小温的名字抹了下来,硬把罗海涛提了上去。同志们有意见,你还说大家串通好了给组织出难题。你不承认你把事情搅和得乱上加乱了吗?'

"她急眼了。使劲儿地拍桌子,说:'现在我们要考虑你的党员资格问题。'

"我说:'你别拿这个问题威胁人,这个账你得记上,你今天给我拍了桌子。你凭什么给我拍桌子?我是国家机关的干部,不是你家的小听差,你给我耍态度是不对的。'

"她又给我告到冯效先那里。冯效先批评我:'你和处长记账可不好,你不应该和何婷同志吵架、顶嘴。即使她不对,她也是领导,这里面有个对组织的态度问题。'

"你看,除了立场问题,又来了个对组织的态度问题。咱们什么时候才能不把领导个人和组织等同起来呢?

"最后,又说我生活作风有问题,无非因为我常去照顾一下万群的生活。难道我们都不去管她,让她独自一人孤儿寡母地去挣扎……"

"唉,她应该结婚。"叶知秋把别人的婚姻问题都看得非常简单。

"结婚?跟谁?她爱的人却不能要她。"

"你是说方文煊?"

方文煊,这个既使贺家彬尊重,又使他觉得软弱的人。

也许不该那么苛求,各有各的难处。方文煊的难处究竟在哪里?贺家彬实在想不通。就用顶陈腐的道德观念来解释也显得牵强附会。“文化大革命”方文煊靠边站，被开除了党籍。是他老婆提出要离婚，并且交出方文煊的几大本日记，以示划清界限。要不是那几本日记，可能方文煊还不至于被整得那么久，那么惨，更不至于被打断一条肋骨。老婆席卷了家里的一切财物，走了，多少年音信全无。

一九七〇年在干校，方文煊才恢复组织生活。万群的丈夫自杀的时候，方文煊已经当了他们那个连的连长。不论怎么说，贺家彬都不能原谅那个自私的丈夫，丢下万群和一个没有满月的儿子，自己寻找解脱去了。

什么样的压力啊。

不知有意安排，还是无意的巧合，干校设在一个劳改农场里，劳改犯人不知迁到什么地方去了。当然喽，那个年月，臭老九和劳改犯是差不多的角色。就连休假日，也是沿用的劳改农场的办法，十天休息一次。天经地义，理应如此。《旧约全书》中《创世纪》的第一章很可能漏去一笔，耶和华上帝在六个工作日内把天地万物都创造齐了之后，一定又加了三天班，再造了点什么。亚当和夏娃吃了禁果之后，所受到的惩罚也不只是怀胎、生产的苦楚，丈夫的管辖，必须汗流满面终身劳苦于长满荆棘和蒺藜的土地上才能糊口。

分给万群的那间小屋，是劳改农场职工家属的一间厨房。也许南方人普遍长得矮小，房子显然比北方盖得低矮，像贺家彬那样的个头，挺直了腰板，脑袋几乎可以顶上房椽。

那间房子又暗又潮，房角里、床板下，凡是鞋底儿蹭不到的地方，全可以看到一层白毛。那地方做豆腐乳和豆豉一定很合适，在那样的房间里，除了人不发霉，什么都可以发霉。冬天，阴冷、阴冷。取暖的木炭,是五七战士在山窝窝里烧的,然后每人自己上山背下来。入冬以后,一天也不间歇的雨,一气可以下上七七四十九天。山路又陡又滑,就是男人,就是肩上没有一副木炭挑子,浑身上下也会滚得像个泥猴。

那一天早上,天还黑着,集合的哨子就响了,人们吵吵嚷嚷地互相招呼着,提醒着不要忘记该带的东西。万群靠在床上,有一种置身世外的感觉,屋外的一切声音都和她是无关的,好像世界上根本就没有她这个人,她听着上山背炭的人走远了,然后一切归于沉寂。

万群知道,她应该上山去背炭。然而浑身上下,没有一点力气,她曾努力迫使自己爬起来,却是真真的身不由己。能够自己行动的,只剩下了思绪。

她探身摸摸小儿子身旁的暖水袋,已经凉了,应该换上热水;悬在头上的尿布,和刚晾上去的一样,依然湿漉漉的,但愿儿子别再尿湿,再没有可换的干尿布了;她又多么想吃一碗热乎乎的、煮得软软的挂面,哪怕没有虾仁、鸡蛋……在北京的时候,她却顶讨厌吃挂面。

应该有一盆炭火,烤干尿布,烧点热水,煮一碗挂面。但上哪里去找火呢?她原是不肯求人的,现在就更加不能。"反革命家属"!这是丈夫留给她和儿子唯一的遗产。哭吗?她才不哭。并非所有的人,在夜路上遇见打劫的强盗都要哭的,人适应灾难的能力,远远比想象的强。

感慨、追悔,全都无济于事的。孱弱的她,只能像一头母狼那样顽强地把身边的小儿子养大。

为什么要把他生下来呢,他原不是爱情的产物,而是"文化大革命”中，像万群这种“逍遥派”闲得无聊的产物。

万群在自己心上与其说是找到了母爱，还不如说是找到更多的责任。也许她是例外，很多人以为女人的爱像蓄水池里的水，随便什么时候一开闸门，就会哗啦、哗啦地流泻出来。

丈夫那“金玉其外，败絮其中”的人品，婚后勉强维持的虚假的和睦，人们的白眼，阴冷潮湿的小屋，她不得不挣扎着自己照顾自己月子的苦处，万群全当成她对生活的轻信所应该付出的代价。她没有更多的希求，只求时光快快地流逝，到那时，一切当时觉得惨痛难熬的东西，都会成为回忆。

当发湿的木炭，在每一间阴冷的小屋里哔哔剥剥地爆出小火花的时候，人们高兴得像过年一样。围着红泥小火炉，一面喝着白酒驱寒，一面嘻嘻哈哈地穷寻开心。就在这时，万群那被人遗忘的小门开了，方文煊和贺家彬背着两麻袋木炭走了进来。两人浑身湿透，像刚从水里捞出来的一样，在雨里整整地淋了一天啊。他们的样子要多难看有多难看，再也分辨不出他们之中谁曾是局长，谁曾是某个名牌大学的高才生。他们只是两个背木炭的人，两个被寒冷、饥渴、劳顿困扰，同时又对一个孤立无援的女人充满了同情的人。

方文煊那一头并不浓密的花白头发，湿漉漉地贴在脑袋上，显出方方正正的额角。厚厚的嘴唇冷得发青，眼角、额头的皱纹里，亮晶晶地蓄着不知是汗水还是雨水。右脚上的雨靴被山上的毛竹划破了，身上那件对襟的老蓝布棉袄太瘦……浑身上下，透着一种挣扎过的狼狈和无奈。

这样的两个人，这样的场景，不知怎么竟会使她联想到圣诞之夜和圣诞老人；想起大学时代，年年除夕的化装舞会；想起年年“三八节”早晨，宿舍窗台上放着男同学送给女同学的节日礼物……然而，那一切不过是快乐的游戏，这里却是良知对艰难、复杂、严峻的生活做出的回答。

好像没有干校、没有万群丈夫的自杀、没有反革命家属、没有雨、没有陡滑的山路、没有木炭……好像一分钟以前，方文煊刚刚在北京谁的家里品完茶、聊完天，恰巧在王府井大街上遇见了万群，打个招呼似的问道：“火炉在哪儿？”

贺家彬从堆满破东烂西的床底下找出了火炉。

方文煊又问：“有引火柴吗？”

贺家彬又在床底下乱翻。“没有。”

方文煊出去了。过一会儿拿来一小段杉木和一把砍刀。贺家彬动手劈柴生火。

方文煊环顾着让柴火熏黑的棚顶、从门脚下不断渗进来的雨水、墙角里空了的水桶、木箱子上没有洗过的碗筷和几个空空的玻璃瓶，哦，还有一只瓶里，装着一点盐。

这本是一个缺东少西的穷乡僻壤，这本是没有自来水管道的山沟，这本是一个阴雨连绵的季节，万群本是活该……这一切本没有半点奇特和不寻常。然而，共产党人的良知却在方文煊的心里高呼：这不人道！他谴责自己，在他心底的某一个角落，不那么光明。为什么他不如贺家彬，为什么他没在她失去丈夫的当天，她最需要帮助的时候来看她？他怕！怕重新失去刚刚“解放”得到的自由。自由，这字眼决不意味着行尸走肉，否则这字眼儿又有什么意义？如今连他自己也在亵渎这曾经写在辉煌的战旗上的字眼儿。

离开那小屋时，他说：“有什么困难，还是要说，这并不是乞求而是权利，每一个人所应该有的权利。为了将来，你还要尽的义务。”

有一盆火该多好啊！那屋子立刻像一个休克病人重新恢复了知觉。

贺家彬打水，洗碗，收拾木箱子上的瓶瓶罐罐。

他时不时地瞟瞟坐在床上瞪着眼睛发呆的万群，注意放轻了自己的手脚。

他把从伙房打来的米饭放进钢精锅里，加上盐和水，放在火炉上咕嘟、咕嘟地煮起来，然后把一把荠菜放了进去。只对一小罐猪油加以解释：“老方刚才让伙房配给的。”

万群这才意识到自己怎么一动不动地净让他们忙碌，甚至连一声“谢谢”也没有说。和贺家彬是不必客气的，而方文煊呢？

她接过贺家彬递给她的一碗烫饭，舀了一勺刚要往嘴里送去，听见贺家彬说：“我顶爱吃荠菜烫饭。”万群的饭勺在半空停住了。他们都在小心翼翼地躲避着她的伤疤，眼泪一下涌了上来。哦，这么容易，原来是这么容易。

那扇小门，便是在那个阴雨天里打开的。

伙房杀猪的时候，有猪脚和猪肝配给；司机去省城里的时候，有奶粉捎来；小屋的门上开始听见叩门的声音……只要有人肯迈出第一步，后边会跟着一群。

贺家彬注意到万群是怎样舍不得烧方文煊背下来的那一麻袋木炭，留到最后不得不烧的时候，万群是怎样小心翼翼地捡起掉在地上的碎炭渣，好像每片碎渣都是一个脆弱的生命。等到木炭燃起来的时候，万群会呆呆地守在炉边，生怕离开一会儿会放过它（或他？）的一些温暖。

方文煊的同情感和责任感，无意之中在万群的心里点燃了什么啊，糟糕透了，她还是没有长大。

贺家彬有一种直觉，认定万群的感情是不会有结果的。

她傻。她不懂方文煊几十年来是在什么环境里生活，那个环境的意志便是他的意志，那个环境的感情便是他的感情。即便他爱她，比起那个环境，她是微不足道的，最终他会服从那个环境而不是她。到那时，她便会再一次沉落。然而贺家彬没有能力阻拦，谁有能力从一个溺水人的手里，夺下他随手抓住的一根稻草呢。谁有可能让神志不清的人相信，他眼前出现的不过是幻影，而不是现实呢？

但是万群和方文煊在一起的时候，是一副让人多么感动的画面。贺家彬不能不注意到，方文煊那双永远像是遮在太阳镜后面的眼睛，才会显露出真实的情感，而万群重又变成一只咕咕的鸽子，虽然已不复是当年的那一只，多少还是老成了一点。

有一阵子，贺家彬甚至动摇了，觉得他的忧心纯属多余，他甚至忘记了万群头上的那顶帽子，觉得他们也许会结婚，万群没有丈夫，方文煊没有老婆，虽然没有正式办离婚手续，将来补办一个就是。

但这幻景太短暂，在万群的一生中，也许真如昙花一现。从干校回北京之后，方文煊官复原职，老婆又回到他的身边，一切旧话都不能再提了。

失去感情的痛苦，可以不必去说，方文煊原不应该有这样的感情。那造就千千万万像他这种身份的模子，设计的时候就没有这一部分。谁让他忘记了这个界限，如今受什么折磨也是理所当然。就像安徒生在《海的女儿》里描叙过的那个小人鱼，为了得到人间的爱，为了得到不灭的灵魂，为把鱼的尾巴变成人类的腿，她献出自己的声音，忍受过刀劈似的痛苦，然而她什么也没有得到，最后变成了海上无生命的泡沫，等待她的，只是一个没有思想和梦境的永恒的夜。

使方文煊的良心一刻也不得安宁的，是他对万群未了的责任。有一个声音，日日夜夜在他的心里响着："你欠了她！你欠了她！"

方文煊不能逃避这声音的责难，也挣脱不了那模子的禁锢。他只觉得他这一生一定是一个不可挽回的大错，可这错究竟在哪儿，他也说不清楚。他变得更加阴沉，更加内向，更加不近人情，甚至反复无常。不了解他内心痛苦的人，还以为他一旦重新坐进那辆伏尔加牌的小汽车，便重新戴上了局长的脸谱。

局里上上下下的人都知道他和万群有过的那段曾经是合理合法，而今又变得不合理、不合法的感情。他和万群哪怕是在办公楼的走廊上打了个照面，立刻有人就会在背后窃窃私语。当然，大多数是惋惜、同情、好奇，等着看以后的戏。按照中国人的习性，你就是在街上吐口唾沫，然后蹲在那儿瞧吧，不一会儿准会围上一大帮人跟着你瞧这口唾沫。又何况是这样一件男男女女的事呢？但是冯效先却好像攥着方文煊的什么把柄，只要工作上有了什么意见分歧，动不动就会跑到孔祥副部长那里点染一番。自然喽，不会有人和方文煊正面接触这个问题，何况他和万群并没有什么见不得人的事情，所谓"捉贼捉赃，捉奸捉双"吧。这种问题，只有在他全面垮台的时候才会一块儿抖搂出来。那个时候，即使没有真凭实据，也不允许他有申辩的自由了。方文煊有时觉得真冤。简直像《红楼梦》里的晴雯，徒然落下个风流的虚名。光为这口气，他有时真想不管不顾，哪怕和自己心爱的女人接一次吻，也不为过。可他想得更多的是离开这里，远走高飞。没办法，离不开。他决不可能根据自己的意愿想上哪儿就上哪儿，只能是让他上哪儿，他才能上哪儿。他像被熔铸在一块钢锭里了，喊也喊不出，动也动不了。

贺家彬和叶知秋溜达到南池子的时候，贺家彬看看表，已经是下午四点多了。“我送你回家吧，好吗？”

“不，我还要到报社去。C省有一桩冤案，报社准备派我和其他几个同志去调查一下，走前我们还得再议议那个调查提纲。”打电话时的那份烦恼，似乎已经无影无踪，叶知秋重又变成一架职业机器。贺家彬甚至在想象中已经听见它那轻微的、有节奏的咔、咔、咔运转声，这架机器的良好性能还表现在耗电少、出力大。

“又是招人恨的事。”贺家彬提醒她。

“有失也有得吧。”

那好，贺家彬放心了。叶知秋已经回到她原有的轨道上去。

“我想，你这么A、B、C、D省地走下去，二十九个省市走完之后，你会无处可去了吧？”想到连叶知秋这样一个性格可爱、做人做到无可挑剔的地步的人，早晚有一天会成为不受欢迎、使人戒备、老是有人恨得牙根痒痒的人，真是一件哭笑不得的事。

“然后再有人接着走下去便是。”她越是轻描淡写，贺家彬越感到不是滋味儿。见贺家彬不说话，叶知秋问：“怎么，你以为不会？”

“不，当然会，总的来说，人类社会是不断前进的。”

他净喜欢说书本子上的话。不过这些书本子上的话，贺家彬说起来却并不显得枯燥。他会在一切事物上，浓浓地染上他自己的色彩，触目地吸引着各色人等。

“那么你呢，回机关去？”

“我才不回机关呢。今年基本建设项目一调整,我们那儿就没事儿干了,白白地养了三百人。与其在办公室里聊大天,说长道短,还不如出来走走。”他还想说,如果管理体制得以改革,建立起生产企业联合公司,甚至是生产、基建联合托拉斯,直接承包起基本建设项目的基建和设备,让产销直接见面,他们这个组织供应的中间环节就可以取消。再拿五十年代的一些做法,来组织现在的生产和建设是不够的,这就如同社会已经进入自由恋爱的时代,还硬要塞个媒婆夹在当间儿。据他了解,目前国内的生产能力已经发展到了可以对某些基本建设项目进行承包的水平。但是,由于他对整个国民经济状况缺乏系统、全面的了解,对中央以及经济理论界关于经济体制改革的一些设想、提法缺乏更多的学习和研究,他这些想法也许是幼稚可笑的,便忍住没说。

一听这话,叶知秋又站住了。“不可以找点事情干干吗?”

“干什么？我找了点事情干,写了写陈咏明,很快就招来不少麻烦。”

“你怎么没告诉我?”

“有什么了不起,冯效先顶多不批准我的党籍就是了,何况支部在通过时本来就有分歧。”

“太可惜了。”

“爱批不批。他就是不批,我也是党外的布尔什维克。”

“阿Q。”

“才不。那么,再见。”

公共汽车的铁门“砰”的一声关上了,叶知秋再一次向贺家彬挥挥手掌,他只是点头回报而已。从汽车的后窗里,看得见他高大而瘦削的身子,一摇一晃地朝已经西斜的太阳走去。他要上哪儿去呢？叶知秋知道，贺家彬和她一样，总是不停地在为别人的事情奔波。在这奔波里，像这太阳一样，他们已经开始西斜。他们并不惋惜耗去的时间和精力，如果不是这样，他们自身的意义又在哪里呢？也许这奔波不过是为了一瓶原也不该难买的药，一个平白无故受到委屈的人，一张什么证明——天，我们有那么多的精力要消耗在那许多无穷无尽、名目繁多的证明上——只要有人需要，那就值得他们去做。

贺家彬走进一家食品店，他和那售货员研究："给患痢疾的病人买点什么好？"

万群的儿子患中毒性痢疾刚刚过了危险期，今天出院了。

泥塑菩萨样的女售货员没见嘴皮儿动，就能冒出三个字："痢特灵。"能耐不能耐？

贺家彬把她那张描着黑眉，汗毛上浮着一层白粉的脸盯了很久，好像在研究她究竟是属于哪一个地质时期的兽。他十分有礼貌地，如一个绅士对一头踢了他一脚的牲畜那样礼貌地说道："谢谢。"

然后，他买了一块浇有美丽图案的奶油大蛋糕，一瓶橘汁，一包多维葡萄糖，雄赳赳、气昂昂地离开了那家食品店。

还不到下班时间，车就挤起来了。

贺家彬前头那个敦敦实实的女人，像个跑单帮的。两个装得鼓鼓囊囊的大旅行袋，一前一后地搭在肩膀头上，左手拎着一个大网兜，里面塞着一个暖水瓶，几个点心盒子、皮鞋盒子，右手还拎着一个大纸箱。

简直不是女人，而是一部载重汽车。

车上的售票员一个劲儿地催促:“快上,快上。”还哧哧地按着关门的按钮,车门眼看就要关上了。

售票员又嚷嚷了:“上不来了,等下一辆吧。”

那女人越是着急,越是迈不上车门上的台阶。贺家彬只好上去托了托她的肩肘,帮她挤上了汽车。好家伙,这部载重汽车的自重量就够意思。

那女人卸下肩上的旅行袋,“咣”的一声撞在贺家彬身上,把他手里的那瓶橘子汁打落。还好,瓶子没碎。

那女人转过一张汗涔涔的、关东大汉样的红紫脸膛,痴呆地咧着厚厚的嘴唇。莫非她不会说话?

司机踩了一下油门儿,汽车像发泄不满似的哼了一声,终于启动了。

突然,一个小青年,带着浓重的鼻音嚷嚷起来:“你他妈不老老实实地站着,拱什么拱?”

“你踢了我的暖瓶啦。”原来那女人会说话,一嘴的东北口音。

“你不会说话?拿屁股拱人干什么?”

“你往那边站站不行吗?”

“我乐意站这儿。瞧你那德行,怎么长的。”

“你怎么长的!”

“我怎么长的问你妈!你别狂,还想来两句听听怎么着?再说几句可叫你晚上睡不着。”

车里有人像喝彩似的哄笑起来。

“流氓!”

“谁流氓?你不流氓拿屁股往人身上蹭?老不要脸的。”

贺家彬只觉得一股怒气往头顶上冲,他实在忍不住了:“喂,小伙子，说话文明点，别欺侮人家外地人好不好?”

包在两个大鬓角里的那张未老先衰的脸，向贺家彬逼近过来：“一边儿呆着去，没你的事，咋呼什么。”

“你不觉得害臊吗，亏了你还是个男子汉，这样对待妇女。”

对方开始捋袖子了：“你想怎么着?”大拇哥朝车下一指，“走，咱们下去练练。”

贺家彬说：“那不太抬举你了吗。”

车上有人开始不满地议论起来。

“太不讲理了。”

“真给首都的人丢脸。”

“问问他是哪个单位的。”

那小青年一躬腰，拉出拳击手的架势，龇出一嘴像海豹一样的牙齿：“干什么? 都想试巴试巴是不是?”

其实他那像是在大烟灯旁边耗干了精气神儿的坯子，就连贺家彬这样的儒生，也能掐住他的脖子。

有人出来调解了，“算了、算了，都少说两句得了。”拽着那小子的胳膊往车厢的另一头走去，他也就聪明地就坡下驴了。

这时，那女人倒又来了劲：“让大伙瞧瞧，啊，这就是北京人哪，北京人有什么了不起……”每说一句，还“叭叭”地拍两下巴掌。

人人都开始厌烦地咂着嘴。

贺家彬觉得也许自己管得多余。现在人们变得那么容易动肝火，好像人人肚子里都憋着一股气，没准让他们痛痛快快吵上一架反而更好?

几乎是同一个场景的重复。屋子里，有儿子刚刚呕吐过的酸腐味道，地板上排列着水盆、便盆，东一只西一只的鞋子，甚至还有饭锅。桌子看得出许久没擦了，上面凌乱地放着装药的纸包和瓶子，还有大大小小，花色、式样不一的杯子，像万群的生活一样，永远配不成套。方文煊认出，挂在窗上的花布窗帘，是万群年轻时穿过的一条花裙改制的，那花布已经褪了颜色，就像眼前的她：疲惫、憔悴。她的生活依然过得杂乱无章。她应该有人疼、有人照顾。可她一直没有结婚，难道她心里还藏着他？有个小小的火花在方文煊的心里跳了一下。哦，如果是这样……但愿……不，不应该这样。应该彻底地忘掉。他自私吗？

喏，床上，儿子，睁着一双眼睛，漠然地望着窗外的一片蓝天。那是万群的眼睛，太过的俏丽，好像不该长在一个男孩子的脸上。孩子是不会装病的，他的体力一定消耗太多，不然不会像个老和尚一样，没有一点欲念地躺在床上，不论他们说什么，他都充耳不闻。当他包在二尺多长的布包里的时候，方文煊抱过他。到现在，方文煊的胸口好像还能感到第一次抱他时，那种软软的、温暖的、像抱着一只小猫或小狗的感觉。而他从来没有拥抱过万群。

万群坐在靠近床边的木椅上，那张椅子吱吱嘎嘎、摇摇晃晃。她的双手无力地放在膝头上。那双手，甚至比在干校时还瘦，一条条青筋突现在手背上。方文煊从她那木然的、疲惫的脸上，猜不出她对他的到来作何感想。

真的，他为什么要来看她呢？当然，儿子病了，她在困难之中。可这里面有没有借口的成分呢？刚才他心头闪过什么？但愿如此，或不该如此？

“接他出院的时候，怎么不打个电话给我，我那里有车。”

不，早已没有当年在那阴冷、潮湿的小厨房里的感动和崇敬了,那感觉已被怜悯和冷漠所代替。眼前的方文煊不再使万群觉得强大,相反,他比她软弱。就算她给他打电话,他敢用自己的汽车,接她的儿子出医院吗?不怕司机到处去说吗?但心里为什么还有一股永远无法了结的怨恨呢?欺骗自己并不容易。没有爱也就没有恨。再没有比情感更难理清的东西了。因不知掉入陷阱是倒霉,看见陷阱还往前走是不幸。万群知道她应该不带任何感情地和方文煊讲话,但,她由得了自己吗?生硬和冰冷后面,是浓烈的怨艾。然而万群说出的,则是完全不同的话:"用不着,有出租汽车。"

"你抱不动他。"难得他说出这样痛惜人的话。

"那出租汽车的司机很好,他帮我。"

人不可以貌相,万群想起那出租汽车上的小司机。当她背上背着儿子,左手拎着暖水瓶,右肩挎着一个鼓鼓囊囊、装着乱七八糟日用杂物的帆布书包从住院处出来的时候,他正坐在小车里,用一把小刀剔着手指甲缝里的黑泥,悠闲地哼着邓丽君唱的流行歌曲:

你的一封情书叫我看了脸红心又跳,
你的坦白热情叫我不知应该怎么好,
你的柔情蜜意好像烟云在我耳旁绕,
你已经叫我为你朝思夜又想……

偶然一抬头,看见了万群,他立刻从驾驶室跑出来接她,大背头一甩一甩的。他说:"哟,师傅,我不知道就您自个儿,您该招呼我一声。"

满嘴地道的北京土话,好像嘴里长的不是一根长长的舌头,而是个滴溜溜转的圆球。

天很热，小司机还是给他们母子把车窗摇上，在一般人的观念里，别管什么病人，一律是不该着风的。

万群搂着儿子坐在后座上，只能看见小司机油光可鉴的后脑勺和衬衣上挺挺的硬领。

比起小司机的那套行头，万群的一切都显得寒酸。帆布书包的背带已经脱线，边角也已磨损。铁壳暖水瓶还是在干校的时候买的，铁壳上不但锈迹斑斑，有些地方早已在那间阴冷潮湿的小屋里锈蚀成空洞。万群自己则是披头散发，身上不但没有眼下一般女孩子的香水味儿，还散发着一股汗酸味儿。儿子呢，一件棉织的海魂衫裹着他瘦骨嶙峋的小身子，一副发育不全、营养不良的样子。这是他降生到这个世界以来，第二次坐小汽车。但前一次他因为处在昏迷状态，什么也不知道，这次他目不暇接地向车外张望，摸摸车门上的各个手柄，抠抠安在前排座位背后的烟灰盒……情不自禁地用衰弱的声音小声地念起小时念过的儿歌："小汽车，嘀嘀嘀，里面坐着毛主席。"

果然响起了两下喇叭："嘀嘀——"然后小司机头也不回地说："我绕个远道吧，不多算您的钱，啊？"

万群一时没有转过弯来，后来才明白："好啊，好啊，不过钱我一定照付。"

小司机从鼻子里嗤出一声老气横秋的笑。心里想："傻帽儿。"

儿子问："咱们的车怎么这么矮啊？"

小司机说："因为你太沉了，把车轱辘压进车肚子里去啦。"

儿子想了想："不对，您骗我。"

"这就对了，不能听人家瞎掰什么就是什么。"

万群从小司机那没话找话的饶舌里，感到了他想为他们母子二人做些什么的好意。

到了家,小司机把大拇哥往胸前一摆,说:“师傅,您瞧我的,气儿都不带喘的。”一口气把儿子背上三楼。

等万群把儿子在床上安顿好,下来付车费的时候,他又在唱了:

你的一封情书叫我看了脸红心又跳,
你的坦白热情叫我不知应该怎么好,
你的柔情蜜意好像烟云在我耳旁绕,
你已经叫我为你朝思夜又想……

万群感激他:“司机同志,谢谢你。”

他不大情愿地直起身子:“嗨,您说哪儿去了。下次您用车再找我,我叫高占和。”

万群一直站在楼门口看他倒车。他呢,刚才的事竟像全没发生过,“呼”的一下远去了。

也许不应该拿小司机和方文煊相比。小司机是普通人,是把自己的一切欲念,一切光明和庸俗的角落都掀给人看的普通人。他离万群更近。

方文煊看到,万群那耸着的肩膀低落下来,有一口气悠悠地从嘴里叹出,眯着的眼睛睁开了。她问儿子:“想吃点什么,晚上妈妈给你做。”

儿子转过眼睛,盯着万群看了很久。万群知道,如果方文煊不在,他会搂着她的脖子,在她的脸颊上亲一下。男孩子一到了略知人事的年龄,便觉得自己成了顶天立地的男子汉,而男子汉是不可以当着别人亲自己妈妈的。他只小声地说:“酱瓜。”

万群觉得鼻子发酸。

万群几乎恳求:“还可以有别的。”她巴不得他能够提出一个可以使她倾家荡产的要求。

方文煊走过来,终于抓到一个可以尽点心意的机会:“要什么,我去买。”

儿子几乎是气恼也许还有点自尊地说:“就是稀饭和酱瓜。”

儿童常有一种小动物般的直觉,他们会本能地区别危险或安全,真实或虚伪,朋友或路人。

他隐约地觉得妈妈比平日烦恼和不安,她在他眼里,忽然变成一个需要他保护的小女孩。

他想,那男人为什么不走呢?他使妈妈不快活。于是他说:“妈妈,您煮粥吧,我现在就想吃。”

“哦,好的。”万群忙从门后拉出米口袋,又从地上拿起钢精锅。打开锅盖一看,里面还有剩面条。看样子那面条就好吃不了,什么颜色也没有,好像连酱油都没放。现在又不是买不到东西嘛。方文煊想,要是他和她在一起生活,他会替她好好安排一下。一时他竟呆在那里,想象着在那种生活里,万群会是什么样子,他们的家会是什么样子……他需要一个人,而不是那个朝夕监视着他的、像出卖过耶稣的犹大一样的妻子。然而他抗争得过这个社会的习俗吗?人们会大惊小怪:离婚干什么?有个女人不就得了,何况,从实质内容来说,这个女人和那个女人,没有什么不同。人们还会打出调解的牌子劝阻他;拿出组织纪律、党纪国法警告他;拿身败名裂的后果吓唬他;拿“你到底是要政治还是要爱情”的问题逼他回答。说穿了,那句话无非是这个意思:“你到底是要当官儿,还是要爱情?”好像爱情这东西,是和无产阶级的革命目标水火不相容的、资产阶级或是托洛茨基的纲领,即或不是资产阶级或托洛茨基的纲领,至少也是政府官员绝对不应有的、一种和吸大麻叶差不多的恶习。最后,所有的同志、朋友还会抛弃他……

以方文煊的头脑他应该清楚,这一切冠冕堂皇的道理,不过是为维护封建道德而涂上的一层共产主义道德的油漆。马克思主义已经发展到了这样一个辉煌的境地,连它要消灭的东西,都企图拿它来保护自己。

而方文煊恰恰不清楚这一点。就像贺家彬对万群常说的那样:“别看那些局长,坐着汽车,出出进进,好像忙得不亦乐乎,其实他们清楚的时候不多,糊涂的时候不少。”

因此,方文煊时时陷落在不能自拔的痛苦里。他常常羡慕那些喝两盅烧酒便可以蒙头大睡,或是甩两把扑克便能忘形地钻桌子、刮鼻子的人。到什么时候,他做人才能做得那么轻松和那么随便呢?

万群嗅了嗅锅里的剩面条,立刻皱起了眉:“馊了。”她趿着鞋,吧嗒、吧嗒地走到厕所里倒掉了。

好像屋子里没有方文煊这个人。他难道已经多余到了这种地步?如果这便是一种惩罚,方文煊原也应该接受。祥林嫂捐门槛任千人踩、万人踏以求来生,方文煊愿意献出淌血的心,以求赎罪。

他跟着万群走进厨房。

看着万群拧开水龙头,哗啦、哗啦地冲洗锅子,又看着她在锅里淘米。这一切声音和动作,都给他一种过量的感觉。

“万群,请你原谅我。”

“原谅什么?!”万群停住了手,然后双手又不停地在淘米水里搅了起来。“我们并没有过什么山盟海誓,你也没有应允过什么,有什么需要原谅的呢。”

她并不回头，仍旧背对着他。他看见，两块肩胛骨，高高地隆起在薄薄的衬衣下。

“或者——谅解我。”

哦，自然要谅解。人们对软弱的人，总是谅解的。

万群忽然觉得有什么东西正从心底飞走，飞走！鸟儿一样。

如对那远飞的鸟，她说：“你走吧。”

方文煊开始忙乱地摸着口袋，嗫嚅了许久，才困难地说出：“我想，我应该留些钱在这里，你也许会用得着。”

“你知道我是不会要的。”

当然！

方文煊的手，尴尬地停在衣袋边上。

“你走吧。”

他走。

他的手，抚摸着那棕色油漆剥落的门框。有一种感觉，这一去，他是不可能再来了。这门框、门框里零乱的屋子，这屋子里的人将如同隔世，往事将如同发生在另一个星球上的故事……

隔着厨房的窗子，万群看见方文煊向公共汽车站走去，他没有坐自己的小车。连他最后留下的这个影子，也不曾多着些颜色。

回到房间里，儿子问她：“妈妈，您哭了？”

“没有。”她收着桌上零乱的杂物，拿块抹布抹桌上的灰尘。

儿子伸出棱棱角角的小拳头：“等我长大，谁欺侮您，我就揍他，揍得他脑袋开花。”

万群颓然地想：谢谢你的好心，儿子，等你长大，你便会知道，并不是任什么东西,都可以用拳头补偿和填满的。

她仰起头,闭着眼睛,张着嘴巴,似有无声的长啸,从她的胸中吐出。

贺家彬满头是汗地走了进来,他埋怨:“我敲门,怎么没人应声?对不起,我自己进来了。”他放下手中的东西,抬头问万群:“怎么样,他全好了吗?”

看见万群仍然双目紧闭地站在那里,他立刻降低了自己的声调,悄声问:“你怎么了?”

万群举起无力的双手,像受了委屈的孩子一样,扑向他的怀抱,把头靠在他的胸前,呜咽着说:“哦,家彬,家彬,为什么一切都是那么地别扭啊。”

他拍着她的背:“因为这是一个既非资本主义又非共产主义的时代啊!所谓非驴非马,不伦不类,乍暖还寒,别别扭扭,上不上、下不下,当不当、正不正,既是这样、又不是这样,可以这样理解、又可以不这样理解……等等、等等,一切都在两可之间,全都说不清楚、道不明白,又何必把自己的苦痛看得比整个社会的痛苦还重呢。”他扶起她的脑袋,替她抹去脸颊上纵横的泪:“这不是某一个人的过错或是某几个人的过错,这是蝉蜕时期的痛苦。”

儿子吓住了:“妈妈!”

万群忙用手背抹去最后的泪,脸上堆起歉然的,还有点羞惭的微笑,说:“看看,叔叔给你带了那么多好吃的。”

他推开万群递给他的,那个装蛋糕的大盒子。不,他需要的不是这个,他需要的是长大,快快地长大,长得像家彬叔叔一样。他像一个最棒的守门员。

十三

如果参加运筹学的考试，刘玉英很可能得博士学位。

早上一起床，拧开收音机的开关，在灯丝预热的十秒到十五秒钟时间里，可以叠一床被子，然后拨到北京台，收听六点钟北京台的简明新闻。去厨房拿扫帚的时候，顺便把昨天晚上换下来的脏衣服，放在铁皮大洗衣盆里。点上煤气炉子、馏上馒头，回头扫完地、擦完桌子，馒头也就馏好了。然后调好豆腐粉，洗脸刷牙的时候，豆浆熬得了。

等小强帮小壮穿好衣服、洗完脸，不多不少整整六点半。

这是星期一早晨，比平时显得紧张些，因为要送小壮上托儿所。如果平时，只有小强在家，他们可以在六点二十五分起床。

比原先好多了。

自从吴国栋又住进医院之后，陈咏明了解到她一个人拉扯两个孩子生活上有困难，催着人事部门再找服务局联系，帮她换了一个离家近的理发店。不用坐车，步行二十分钟就到了，省了三元五角钱的月票，还帮小壮换了个近一点的托儿所。

刘玉英是个老实人，除了“谢谢”什么也不会说。

陈咏明说：“你还谢我？你可太好说话了，你该埋怨我才对，拖了这么久才办妥。你看看，非得等到老吴这会儿住了医院才认真去办。再说，我不过动了动嘴皮子，工作是人事部门做的。”

除了吴国栋的肝脏有硬化趋势之外，样样事情都顺心。刘玉英常常觉得，吴国栋不在跟前儿的时候，事情反倒显得更简单一些。这种感觉,有点像她念小学的时候,顶爱上的、没有教师看着的自习课。她的智力便像睡醒了觉,应用题里的加、减、乘、除一目了然,背起课文也不磕磕巴巴地让人着急、难受,倒像春天刚从冰块下溶出的小河,那个欢畅,那个好听……

煤气罐子是昨天杨小东和吴宾送吴国栋工资的时候帮她换的。杨小东真有劲,一个人扛着煤气罐,噔噔噔、噔噔噔上了五层楼,连歇都不歇。

大米、棒子面、白面是杨小东和吴宾两个人上粮店买回来的。

杨小东说:"有什么事儿,您言语一声。我们都是粗粗拉拉的人,常有想不到的地方,您别客气。瞧见没有,"他拿拳头夯了夯吴宾的胸脯,都十月天了,吴宾还只穿件尼龙衫,胸脯上的肌肉,像一块块面疙瘩似的突现在尼龙衫的下面。"卖块儿的主有的是。"

吴宾说:"小点劲儿行不行,这儿是胸脯,不是钳工台子。"

刘玉英想起吴国栋平时老爱叨叨的那些个话:"我们车间的那些刺儿头,干什么也没个正形,老是那么嬉皮笑脸的。"

这两个生龙活虎的人,有哪点不好呢?

连杨小东也觉着稀罕,吴宾哪儿来的耐心烦儿。他给两个孩子变戏法,拿大顶,一脚丫子差点没踢碎了电灯泡。他两手捧着小壮的脑袋,像提溜麻袋一样,提溜着小壮在地当间儿转圈。杨小东看出来,刘玉英提心吊胆,直怕弄伤了孩子,可她太腼腆,不好说什么,一边和杨小东应付着,一边不放心地拿眼睛瞟着吴宾。

两个孩子,笑得像撒了疯一样,他们从来没这么笑过。

和吴国栋在一起的时候,总让人有一种笑也不能痛快笑,说也不能大声豪气、随随便便说的感觉。要是他在家,两个孩子玩都玩不痛快,总要拿小眼睛时不时地溜他一眼,要是他脸子不好看,他们就懂事地、早早地钻了被窝。刘玉英和他结婚这么多年了，有时还觉得拘拘束束。就是他们当年搞对象的时候，有一次在北海公园的长椅上，吴国栋还拿出党章跟她一起学习了两个小时，要是让现在的青年人看见准会觉得奇怪。可那时候，他们都是这么生活的呀！两人见面，先各自谈谈最近思想上、学习上、政治上有哪些收获，克服了哪些缺点，互相提些意见……然后才是遛弯儿呀，看看金鱼呀，划划船呀。那也不像现在的一些青年人，膀子摽着膀子，别管有人看见、看不见，马路边儿上就敢亲嘴……

吴国栋既不抽烟、也不喝酒，每月发了工资，一个子儿也不留，全部交给刘玉英。在家里，他不像别人家的大老爷们儿，吃完饭，点上一支烟往床上一仰，让老婆一人丢下簸箕、拿起扫帚、忙得四脚朝天也不动窝。也不像有些男人，别管家里困难到什么地步，每顿饭都得二两烧酒、一盘炒鸡子儿，一个人自自在在，啧儿、咂儿地喝着，让吃窝头、啃咸菜疙瘩的老婆、孩子一边看着。如今的男人，有几个能做到这个份儿上？刘玉英够满意啦。可是，跟吴国栋一起过日子，怎么那么累得慌？就像她捧着一碗又烫又满的面汤往前走，本来走得好好的，吴国栋呢，老是在一旁叨叨个没完："留神脚底下，别让那个板凳绊了。"或是："端好端好，别洒了……"闹得她准得绊上一跤，摔了碗、洒了汤算拉倒了事。

刘玉英撸胳膊挽袖子准备和面，想要留他们吃顿饺子。两人嘻嘻哈哈地推托着。杨小东说："嗯！听老吴说过，您包的饺子，这个，"他挺了挺大拇哥。"可是今天还有要紧事儿，耽误不得。"

刘玉英说："快！三十分钟准让你们吃上，不耽误。"

吴宾一本正经，好像真有那么回事儿的样子说："这事儿真耽误不得。”

刘玉英真信了:“什么事儿?”

杨小东故作神秘地在她耳旁说:“帮他相对象去。”

说完,两人匆匆地去了。

后来,刘玉英才寻思过来,他们其实什么事儿也没有,无非怕她花钱就是了。

他们走后,她愣在那里想了好半天,怎么也不能明白,都是挺好的人,吴国栋为什么容不得呢?到底是吴国栋错了,还是他们错了?她对吴国栋的话,产生了模模糊糊的怀疑。她像突然抻住了乱线团里的一个线头,耐着性儿地理呀理,终于,她觉着是吴国栋有哪些地方不对劲儿。想到这里,她吓了一跳,觉着自己这个想法有点对不起吴国栋,不管怎么说,他在生病,她怎么在这种时候挑他的不是呢?

刘玉英抱着小被子、小褥子在前头走,入秋了,天凉了,要给住托儿所的小儿子添上一些被褥。她看看表,再不快走就要迟到了。她头也不回地叫着:“小壮,快走啊。”

听听没有动静,回头一看,小壮正撅着屁股系鞋带呢。

“快点啊,别摔了。”

她听见儿子在后头吧嗒、吧嗒地跟了上来,一看,鞋带还是没有系好。让另一只脚一踩,还不摔跟头。

“你倒是把鞋带系上啊。”

小壮是听话的好孩子,他又弯下腰去系鞋带,两只小手七绕八绕,总是系不上。刘玉英叹了口气,只好走回来,把手里的包袱放在地上,给小壮把鞋带系好,她真想埋怨一句。可埋怨谁呢,孩子那么小,一大早还没睡够就把他抻起来了,又没哭,又没闹,还要他怎么着?

正好莫征骑着车子从后头过来,他捏住车闸,两条长腿一伸,着了地。“刘阿姨,您把包袱给我,我给您送到托儿所去,您带小壮坐车去吧。”

刘玉英有点意外,又有点过意不去。平时吴国栋在家的时候,莫征很少和他们搭茬儿。刘玉英觉得,吴国栋老有一种防范莫征的劲头,好像他们那个穷家,藏着十块金砖怕莫征去偷。按吴国栋的说法莫征是“茅坑里的石头,又臭又硬”。叶知秋呢,也让吴国栋觉着邪门儿,一个没结过婚的老闺女,收个小偷当儿子,这叫哪门子事儿!

瞧瞧,就是这块“又臭又硬”的石头来照顾她了。

“不耽误你上班啊。”

“一会儿我紧蹬两下就行了。”

“小心汽车啊。”

“没事儿。”莫征把刘玉英的包袱往后车座上一夹,紧蹬着车子走远了。

吴国栋大叫一声,从梦中惊醒。病房里睡晌午觉的人也都被他惊醒了。

有人关切地从床上探起身子:“老吴,怎么了?怎么了?”

吴国栋抱歉地解释:“没什么,没什么,魇着了。”

于是,人们嘟囔两句:“吓了我这一跳。”翻个身又睡了。

只有隔壁床上那个小伙子,好奇地想要问个究竟:“吴师傅,你梦见什么了?”

梦见什么,能跟他说吗?

这个修理雨伞的小伙子,不好好想想工作,整天惦记着写哪门子小说。他挣那些工资,想必还不够买纸的,一大摞、一大摞地写。光吴国栋住院这一个来月,就足足写了一块砖那么厚。成天拿个小本子,谁说句逗乐子的话,或是谁说到什么稀罕的事,他就记到本子上去,还专爱记那些牢骚和不满。

趁他上厕所的工夫,吴国栋翻过他床头柜上的那些书。什么普列汉诺夫写的《论艺术》,普列汉诺夫?在党校学习的时候,吴国栋就听说过,那家伙反对列宁,是个修正主义分子。为什么看他写的书,这小子是什么思想?

还有一本什么"雕塑艺术",上面印的男男女女,全都光着身子,看得吴国栋的脸蛋儿上像烧起了两片火。他赶紧丢开手,贼似的拿眼睛溜了溜全病房的人,还好,他们都各自干着各自的事,没有人注意他。

还有他那个小平头,跟杨小东的一模一样,方方楞楞的,在单位里一定也是个刺儿头。

吴国栋伸手抻下搭在床头柜小横杆上的毛巾,擦了擦汗涔涔的脸,翻过身去。他不愿意对着修理雨伞那小子略带嘲讽的、并且老在打量人的笑眼,那双眼睛,瞧着就"贼",不是一盏省油的灯。

一股凉风从脚底下钻进被筒。汗落下去了,可是胸口上还像压了个秤砣,沉甸甸的,让吴国栋觉着憋闷得慌。

那个梦,实在有点荒诞不经。

吴国栋先是梦见杨小东那帮刺儿头,一个个站在天车顶上往下拉屎撒尿;后来又梦见车间好像成了个大溜冰场,杨小东他们一个个全都穿着溜冰鞋,一边儿开床子,一边儿在车间里溜来溜去。那些个床子也好,毛坯也好,加工出来的零部件也好,全不是过去的模样了。尤其是那些刚加工出来的零部件,刚一加工好,就像长了腿,自己一蹦一跳地从床子上蹦下来,站到工位器具上去,跟刚生下来就会走的羊崽儿一样。车间里没有一样东西不在动、不在跳,闹得吴国栋眼直花,头直晕。不知谁又开了有线广播的大喇叭,有人在预报节目:“现在,由葛新发同志表演口技。”

于是,喇叭里先有狗叫:“汪、汪、汪——”

后又有猫叫:“喵呜、喵呜、喵呜。”

然后是狗和猫咬架:“汪汪——汪汪——”

“呜——啊呜——啊呜。”

吴国栋好像看见一条闷着脑袋、龇着牙的狗,和一只浑身乍着毛、弓着背的猫在咬架,咬得难分难解。

吴国栋使劲儿嚷嚷:“停车,给我停车。”

可是谁也不听他的,谁也不理他,还成心跟他斗气,一个个冲着他伸舌头,做鬼脸。

吕志民使劲儿蹬了两下冰鞋,溜到他面前说:“你那套不灵啦,现在得瞧我们的。”

吴国栋只好自己跑去拉闸,可又找不到闸门在哪儿。

吴宾一甩大拇哥:“闸门全在我们身上呢,这是新技术,您先学两天儿,啊。”

气得吴国栋使劲儿一跺脚,脚下“吱溜”一滑,摔了个仰八叉。他大叫一声:“反了你们啦!”便从梦中醒了过来。

这梦,怎么跟人说呢?

吴国栋烦心地叹了一口气,眼睛落在窗户下面,那张漆着白漆的小椅子上。上午杨小东来看望他的时候,在这张椅子上坐过。

杨小东现在是车间主任了。升得倒快。哪点像啊！坐还没个坐样呢，两条腿一劈，跨在椅子上，把椅背儿往墙上一靠，椅子的两条前腿就抬了起来。

吴国栋一边和他聊天，一边儿盯着椅子，直担心椅子的两条后腿“咔嚓”一声给掰下来。后来他实在憋不住了：“小东，你坐坐好，这么坐椅子可容易坏。”

杨小东倒是挺接受意见，二话没说，把椅子拧了个个儿，椅背朝前，两条腿一分，骑在椅子上了。唉，那是椅子，可不是驴。吴国栋愤愤地想，还车间主任哪。

他当车间主任，思想工作谁做呢？陈咏明竟然说：“让杨小东先做着。”

一个非党群众！做别人的思想工作，还指不定要谁做他的工作呢。

“厂子里最近有些什么事儿？”

吴国栋躺在病床上，想得最多的并不是刘玉英，也不是孩子。家里的事，样样不用他操心，那是女人的事情，何况刘玉英还是个贤妻良母。孩子们没病没灾，吃得饱，穿得暖也就行了。

他想得最多的是他的车间，那么些人，各有各的脾性，那么些事，哪样照应不到都不行。

“‘十一’厂子里开了个舞会。”杨小东好像专拣让吴国栋受刺激的事情说。

“舞会？谁组织的？”吴国栋的头，立刻从枕头上抬了起来。

“团委。”杨小东用大拇指来回地扒拉着自己的下巴，用眼睛斜睨着吴国栋，那眼睛里分明流露出这样的意思：“大惊小怪的干吗。”

“厂党委同意了吗？”吴国栋打心眼里不能接受。

“陈厂长亲自提议的。”

杨小东像是得了尚方宝剑。

这还了得，看着他们还不够热闹哇？蛤蟆镜、喇叭裤、录音机，再加上跳舞，全啦！唉，越来越乱乎了。吴国栋不信，难道厂里上上下下就没一个人反对？

“群众里头有什么反应？”

“什么反应？热闹极了，连厂长还跳了呢。那些技术员什么的，跳得真叫棒，不像我们，一蹦一蹿的。人家那个，斯斯文文，真像那么回事儿。特别是厂长跟他爱人，快三步转得满场飞。厂长还说啦，打扮打扮，愿意洒香水的洒点香水，小伙子请姑娘跳舞得先给人家行个礼，说声‘请’。还跟我们说，这可是个搞对象的好机会，看准了就追。我看也是这么回事，总比让人当间儿介绍来得自在。”

说到舞会，杨小东显然很得意，两道又粗又浓的眉毛竟还一上一下地跳了几下。

病房里的人全听得出了神，有嘻嘻笑的，有咂巴嘴的。

那个在大学里教书的病人说：“跳舞其实是一种文明的社交活动，不知为什么有人把它看成是滋生流氓的酵母。这其实是一种偏见，小流氓之所以产生，恰恰是因为愚昧，因为缺乏能够陶冶他们心灵的高度精神文明……”

他的话不能算数，知识分子自然赞赏这种资产阶级情调。就看他平时打开收音机，净挑些什么东西听吧，又是什么“往日的爱情，已经永远消逝……”再不就是一个女人，为了参加舞会，借了人家的首饰，就像陈咏明说的，打扮打扮。好，丢了，赔吧，辛辛苦苦干了一辈子才还清了债。为了什么？跳舞！祸害不祸害？

修理雨伞的小伙子说:“是的,是这么回事儿。”

没有他不愿意凑的热闹。

那位副食店里卖肉的师傅说了:“什么精神文明,我不信那个邪,可我信这个:人三天不吃肉就得难受。”他笑了,浑身的肉直颤,连铁架子的病床也一块跟着颤,发出嘎吱嘎吱的声音。

吴国栋想,指不定他每天买到多少内部的“处理”肉,价钱又便宜、部位又好。别是医生诊断错了,他得的怎么不是脂肪肝?

还有一个小老头,不知在哪个机关里当文书,他又不是近视眼,可是别管看报纸,还是看护士拿给他的药,总是把眼睛贴得很近很近,倒不像拿眼睛看,而是拿鼻子嗅。就连听别人讲话,你也会觉得他不是拿耳朵听,而是拿鼻子嗅。他吸着鼻子说:“你们这位厂长,真敢干哪。没看报纸吗?今年和去年可不大一样,有好几次是以读者来信的形式,批评了舞会。听说有的单位开舞会,也是偷偷摸摸地干了。没看出来吗?快有一股什么风刮来了。”

小老头说得对是对,就是有那么点见风使舵的味儿。

这种人,只要报纸上一提倡,他昨天还是跳着脚儿骂,今儿个就会举双手赞成。瞧他那样就像个旧社会的留用人员,油了去啦。

吴国栋真为陈咏明忧心起来。像他这么干,什么事都不管不顾,指不定就在哪件不起眼的小事上栽跟头,那就可惜透了。说到底,陈咏明是个扑下心来干工作的人,有让吴国栋心服的地方。不能因为他干了些不合自己心意的事,就把他的好处也一笔抹了。

“车间里怎么样?”

“没什么大事,只是把开铣床的小魏和小秦两个人倒开了,让他们各自找了自己满意的倒班对象,重新组了小组。”

“为什么?他俩技术水平差不多嘛!倒一台床子有什么不

行?”一听让小魏和小秦自由组合倒班对象,吴国栋又起急了。

“您在的时候,他们就干不到一块嘛,小魏说小秦干得差,小秦说小魏不出活,一直别别扭扭的嘛。这回让他们自愿组合倒班对象以后,心情挺舒畅,干得都挺好。”杨小东看出吴国栋又不满意了,真不知道他什么时候,在什么事情上有满意的时候。杨小东对吴国栋甚至产生了一种怜悯:这种人难怪要得肝炎,挺好的日子,过得多么别扭,多么不痛快啊。自己不痛快倒也罢了,还让别人跟着他一块别别扭扭的不痛快,这是何苦呢。

没错儿,杨小东这一套理论,准是从陈咏明“自由组阁”那儿贩来的。

修理雨伞的小伙子,一下就从床上蹦下来,对杨小东说:“是这么回事,有的人在这个单位不行,换一个单位,怎么就行了呢?树挪死,人挪活嘛。当领导的别净埋怨群众不好领导,倒要想想为什么自己没有能耐把大家的劲儿都鼓起来。这是一门学问,一门活的学问,跟万花筒一样,变化无穷。中国老百姓对物质生活要求并不苛刻,差一点就差一点,就好像去百货大楼买衣服,就那么几个号,长一点、短一点,差不离就得,好将就。人的思想,人的心,这玩意儿可是伤害不得。人世间最值得珍惜的就是心,那地方是生出希望、信仰、理想、道德……总之是一切好东西、好思想的母亲,可不能漫不经心地对待它。没有谁的心,一生下来就是冷透了的,恶狠狠的,只有不公平的待遇才会把它磨得坑坑洼洼。照我看,能珍惜群众的心,这是当好领导的一大窍门,有什么难?”

有他什么事儿?

卖肉的师傅不买这个账:“嘿——你倒当个车间主任看看。”

修理雨伞的小伙子挺认真:“你当我不会当是怎么的?”

吴国栋白了他一眼,又一想,是啊,早晚会是这些人接班,不管老一辈愿意不愿意把班交给他们。谁又能活过他们呢?

自由组合这股风越闹越大了,都闹到他的班组里来了。要是十亿人口,谁想怎么自由就怎么自由,谁想上哪就上哪,谁想干什么就干什么,那可怎么办?

着急也没办法,现在车间里是杨小东的天下。只要他病一好,再回到车间去,不当车间主任便罢,只要再当车间主任,一切还得按过去的老规矩办。现在他只好见怪不怪地说:"你说好,就算好。你想过没有,要是大家都到美国去自由组合怎么办?"

"你干吗把事情想得那么绝? 要是人人在这儿活得都挺顺心,谁往美国跑什么?"

修理雨伞的小伙子"噗哧"一声笑了。"要是您能办到,您非得把每个人的肉体、思想,全锁进一个铁皮保险柜里不可。"

当文书的小老头,带着饱经沧桑的感慨说:"小伙子,你还是没吃过苦头哟。要是吃过苦头,你就知道铁皮保险柜的好处喽——"

吴国栋的脑袋里嗡嗡起来。杨小东走后,吃过午饭,他很快地睡着了,然后便做了那些个乱七八糟的梦。全是杨小东惹的。他来干什么? 添乱!

打完电话郁丽文还在想,不知道自己是给刘玉英添了麻烦,还是替她办了一件该办的事。上午查房的时候,听吴国栋说胃口不好,吃得很少。不知怎么灵机一动,给刘玉英打了一个电话,请她再来探视的时候,带点吴国栋平时爱吃的小菜。

电话里,她对刘玉英说:"我问老吴想吃些什么,他又不肯说。我倒是可以烧两样菜给他,可我又想,就是一样的菜,你做的和我做的，他吃起来却大不一样。”

郁丽文从来不是一个喜欢打哈哈的人，她说的是实心实意的话，人在生病的时候，尤其需要自己亲人的体贴和关怀。

刘玉英谢了又谢，说难为她想得那么周到，晚上她就会送来。

这时，电话铃又响了起来。

“喂，你找谁呀？”

“你是丽文吧，晚上等我来接你。”陈咏明在电话里大声嚷嚷着。他大概用的是个公用电话，里面乱七八糟，什么声音都有。

“接我？”郁丽文奇怪了。自从结婚以后，他再没有过这样的闲情逸致，今天他是怎么了？

“你现在在哪儿？”

“在城里。”

“干什么来了？”郁丽文有点怨他，昨天晚上加了一个通宵的班，也不好好休息，有什么事不能等到过两天再办呢。

“没办法，没办法的事。回头再详细告诉你，现在不好说。下了班等我，好吧？”

没有什么好吧不好吧，他从来就是指挥一切的。在他那一个人说了就算的果断里，并没有对妻子的不尊重或大男人的浑不讲理。有的，只是对他们的相爱、对一个人的意愿便是两个人的意愿的自信。

下班以后，郁丽文匆匆忙忙地把几本医学杂志塞进手提包，又对着门上的玻璃瞧了瞧自己的影子，掠了掠散乱的头发，急急地披上风衣，边往袖子里伸胳膊，边往楼下跑去。她在心里笑自己，怎么，又像当年去赴他的约会。这么多年了，他们好像仍然没有爱够。

没有,楼下并没有陈咏明平时开的那辆绿色 212 吉普在等着她。她拣了一张对着医院大门的长椅坐下,想着,不一会儿就会看见丈夫那张坚毅的、永远也看不够的脸。

清洁工在院子里扫荡着这个工作日里最后的痕迹。

郁丽文爱她的医院。

米黄色的大楼已经陈旧,楼角和楼顶的四周,被夹着灰尘的雨水,融化的雪水,浸渍出灰黑色的色带。远远看去,像一个浅色的、装得太满的盆子,深色的液体正不断地流溢出来。

然而,这栋楼似乎就是她的家。她的老家。她在这里长大,学会走路,在这里遇见陈咏明,在这里生下两个儿子。

这医院有点像一个荒僻的小车站。别说是特别快车,就是普通快车也不会停站。上上下下的乘客,绝没有披浅色毛料夹大衣,坐小汽车,身后跟着个秘书的大人物。也没有穿着三接头皮鞋,拎着颜色漂亮、底上有滑行轱辘旅行箱的时髦人物。有的,只是些平头老百姓。挑着箩筐,背着背篓,穿着缅裆裤,腰里缠着家织家染的蓝布巾,吸着种在自家房前屋后、呛得人嗓子眼里发辣的烟叶子。这小站上,也许只有一个站长,一个售票员,检票员也许就是他自己兼着的。一个调度员,也许还得扳道岔。一个号志员……可是他们全都兢兢业业、一丝不苟、忠于职守,并不觉得直到现在还用手扳道岔有什么寒碜……

社会,目前还是由这样一个多数组成的。

她便是这多数里的一个。她没有什么更大的才能,医学史上绝不会记载她的名字,学术交流会也不会请她去作报告。然而,她在数脉搏的时候,会实打实地数上足够的一分钟,绝不会数三十秒乘以二;不会在听诊时和别人聊天;不会在值夜班的时候睡大觉;

不会用病人听不懂的术语去打发、搪塞被疾病折磨得绝望的病人……医生的岗位不在医学史上,而是在救死扶伤的责任感上。

到了现在,郁丽文还保留着当女学生时的习惯,每当一天过去,她会反省自己,这一天过得好吗?有没有什么差池?

现在,在这美妙的黄昏里,一面等待着丈夫,一面体味着一个紧张工作日后的劳顿。自有一番怡然自得的乐趣。

七点一刻。陈咏明怎么还没来呢?郁丽文开始不安起来。陈咏明是个守时的人,几乎可以用"精确"两个字来形容他对时间的概念。在厂里开生产会、调度会或办公办时,他要求每个人的发言时间是十分钟。他说:"卡死时间有好处,这会锻炼出讲话简明扼要的优点,我们没有必要把时间消耗在讲废话的马拉松会议上。十分钟还少?如果有十个人开会,这就是一个小时零四十分,然后还要留出时间形成决议。"因此,一开会他就把手表放在面前的桌子上,谁发言超过十分钟,他立刻打断,再也不要听。一开始有些人很不习惯,要解决的问题还没有说完,会后陈咏明又另有新的工作安排,怎么办?只有等待下一次生产会,或调度会,或办公会,党委会。那就会影响工作、生产,会吃批评。这迫使讲话不得要领的人,不得不迅速地提高发言的水准。

郁丽文开始胡思乱想:是不是出了车祸?陈咏明开车开得太快。即使在市内的马路上,也会开到一小时四十到五十公里的速度。在城外的公路上,他会开到六十。要不是因为公路路面质量不高,或是怕汽车散了架,他还会开得更快。胆小的人坐他开的车,准得吓出心脏病来。

她一次又一次地走到医院门口,翘着脑袋往路口望去,她的心,随着每一辆绿色吉普车的经过,希望地升起来,又失望地沉下去。

有个自己会开汽车的丈夫可真倒霉。

她颓然地坐回木椅上去,几乎要哭了出来。

暮色更浓了,一辆“红旗”牌小轿车驶进医院。她看都没看它一眼,更没有心思去想,坐“红旗”车的人怎么会进这个小医院看病。

直到陈咏明站在她面前说:“等急了吧?”郁丽文才抬起因为焦急而显得迷乱的眼睛,一时竟不能反应过来,眼前这个人,就是令她等得那么心焦的人。他怎么会坐了这辆车?又怎么会来得这么晚?

她又是恨又是高兴,竟好像失而复得一般,噘嘴了:“我还以为你出了什么事。”狠狠地白了陈咏明一眼。

陈咏明的眼睛里,闪着得意的光:妻子爱他,想他,他是她的命根子。“我不是好好的吗。”

“怎么会坐这辆车?我还一直注意你那辆吉普呢。”

陈咏明的情绪立刻低落下来。眼睛里的情绪是复杂的。那里面有对自己尊严被伤害的义愤;有不得不违心之后的自我轻蔑;有死不回头的执拗;有准备应付一切变故的镇定……

陈咏明转身走向汽车,对司机说:“谢谢你,请回吧,我这里还有些事情要办。”

他在郁丽文身旁重重地坐下,顺手掏出香烟。打火机亮了,照着他一双愠怒的眼睛。“田部长的车……”

郁丽文等着,轻轻地向他更加靠近。陈咏明伸出手臂,搂着她的肩膀,她把头倚在他的肩上。然而香烟熏得她眯起了眼睛。陈咏明注意到了,侧过头去,把烟喷向一边。他默不作声地一口接一口地狠狠吸烟,又一口一口地喷烟。郁丽文知道,丈夫在生闷气。

最后,陈咏明把烟屁股一扔,好像决心丢掉盘桓在心头的不快,站了起来。“走吧,上去看看吴国栋。”

“啊,敢情你不是来接我的。”

“谁说不是?!”陈咏明已经恢复了常态,调皮地刮了刮她的鼻子。

郁丽文跟着他向住院部走去。

上楼梯的时候,陈咏明又说:“一反常态。上午田守诚打电话告诉我,让我到上级组织部门谈谈对整顿企业领导班子的意见,下午又亲自到厂里来接我。上次部里召开厂长会议,别说理我,看都不看我一眼。他挨着个去每个房间看望各厂的厂长,偏偏不去我的房间。你以为这是疏忽,是没有任何意义的吗?才不呢!在他那里,一招一式都是考虑了又考虑,谋划了又谋划的。”

“现在又为了什么呢?”

“哼!”陈咏明冷笑。“现在有个说法,要提我当副部长,田守诚乐得做出是他一手提拔,并且积极拥护的样子。暗地里却在散布我有野心,想当部长,打击别人,抬高自己。那篇报告文学就是给自己树碑立传,为往上爬而制造的舆论。”

“我不要你当部长。”

“为什么?”陈咏明站住脚,回头看着落在后面两个台阶上的郁丽文,她难得这样任性地讲话。

郁丽文把眼睛转向别处,不对着他那咄咄逼人的、审度的目光,喃喃地说:“你更没有时间爱我了。”

他大笑,知道她是怕他到了部里会闯更多的祸,招更多人的恨。现在还只是个别的部长对他不满,而做人、做事都已显出它的艰难。

她过虑了。陈咏明能那么没脑子吗？他已经和田守诚摊牌，所以才耽搁了来医院的时间。

分手的时候，田守诚故作亲密地对陈咏明说："你看我们是不是安排个时间谈一谈？"

"是该谈一谈了。你不找我，我也要找你。其实呢，没什么大不了的，用不着特意安排时间。

"我到汽车厂这么长时间，你知道我的日子是怎么过来的？

"我没有给你打过一次电话，没给你写过一封信，没有要求你给我解决过一个困难。为什么？我认为部里既然派我去，我就应该对部里负责。可是今天我要发发牢骚。

"我在机床行业干了二十多年，舍不得离开那个行业。虽然是隔行不隔理，但汽车行业我还得从头学起。我和你的年龄虽然不好比，终究也是五十多岁的人了，但是部党组既然定了，我就应该服从。

"我去汽车厂接手的时候，一、二、三把手全走了。上班头一天，一大堆文件就送了过来，让我批。我连厂里有哪些职能机构，各职能科室的门朝哪边开都不知道，我怎么批？我说过，'一个月之内我什么文件都不批，你们爱找谁批，就找谁批去。'

"当时，部里还有个工作组在厂里搞揭批查嘛，我希望他们多呆半个月再走，帮我撑撑腰，领我认认门儿，给我点时间，让我熟悉熟悉情况。这要求高吗？一看来了我这么个厂长，他们就说部里工作忙，走了。

"我那时觉都睡不成。半夜三更，人们还堵在我家里，让我解决住房问题、孩子就业问题、离婚问题、邻里打架问题……我困得实在不行，只好躲进车库，到汽车上睡一觉。

“有人还千方百计地刁难我、诽谤我，说这、说那。实在没什么可说的时候，又说我违反财经纪律，一个整顿，说我浪费了一千多万。这是造谣！我不过花了百多万。不花这些钱，汽车厂能有今天？

“说我的油漆刷得太多。我刷得还不够！刷漆是保护嘛！有的厂房顶棚已经腐蚀得只剩下一两个米毛，再不刷油，过两年还不塌了？职工宿舍的门窗，也有二十多年没刷漆了。有人口口声声说先维修，后制造。临到办起事来，完全不是那么回事。

“车间里总得给工人隔出间休息室，给他们创造个休息的条件吧，不然他们自己就弄些破木板、破油毡一围。挺现代化的大厂房里，套着几个或十几个这种东西，弄得像个贫民窟，不但影响生产也有碍观瞻。

“车间里的工作平台，是四根铁柱子绑两根横杆，再搭上几块板子，一摇三晃荡，连梯子也没有，工人得蹬着横杆往上爬，人家有安全感吗？现在做得稳稳当当像海上的采油平台，还安上了梯子，这难道不应该吗？

“前一段，我到几个省走了走。说实在话，两年整顿付诸东流，没有巩固住。有百分之七十至百分之八十的企业回生了，因为没有为巩固创造一定的物质条件。验收工作组来了，屎窝往尿窝里一挪，等验收的工作组一走，又完了。几天的事。

“搞整顿，没有一定的物质条件，怎么巩固整顿的后果呢？

“比方我搞了一个五千多平米的毛坯库。以前这些毛坯都是扔在车间里，或者露天码在绿化带和马路上。如果不建这个毛坯库,不把毛坯迁进去,怎么能使毛坯成方、成行,对号入座,张张相符,张张一致,符合整顿对毛坯的管理要求呢?

“又比方各种炉料,过去全扔在热加工车间的周围。场地又小,炉料一来全往那儿卸,这批刚卸下,那批又卸下来了。生铁上压着矿石,矿石上压着石英砂……这么一混,用的时候,可就费老事喽!怎么排得干净?一年能损失几万元钱。我又搞了个堆放场,把炉料分门别类,对号入座。不创造这个条件行吗?它牵涉到文明生产、产品质量、经济效益……现在再看,不是存放炉料的地方,你连一个螺丝钉也找不着。再把那些空出来的地皮种上花草,围上栏杆,谁还能乱堆乱放呢?就像你这间办公室,地上铺着这么高级的地毯,谁还能往上面吐痰、扔烟头呢?不是那种环境和条件了。所以你得给他创造一个环境和条件。整顿要求该上挂的上挂,你要有地方挂;该上架的上架,你要有架上,对不对?这都需要一定的物质条件。

“还有,为了一篇报告文学,部里有人搞了些什么名堂?都是党的高级干部啦。我真不能理解,为什么要这么干。难道一个副部长的位子就能使人忘记一切党性原则?我还不想当呢!你要我来,我也不会来。要想当官,我也不这么干了,我还不知道宋克在部里的实力以及你和他的关系吗?

“你曾问我对那篇报告文学持什么态度,我当时回答说,我不参与。现在这句话我要收回,今后我不但参与,还要动员他们再来一篇,叫作《陈咏明如何下台》。我还要和他们合作,署上我的名字。不是有人造谣吗?说那篇报告文学是我提供的材料。为这部里还派了一个工作组,干部司司长带队,查了我一个多月。明人不做暗事,现在我倒真要给他们提供些材料,因为他们揭露得远远不够。

“你还问过我，知道不知道写文章的事。我如实告诉过你，也知道，也不知道。退一万步说，就算我知道，又犯了什么法？它是不是事实？中央关于少宣传个人的指示，是指你们这种高级干部，我算什么？一个基层单位的打头人。我这么说，并不是要人宣传我，我是说为了一个副部长的位子，对一个闷头干活的一般同志造这种舆论，是个什么性质的问题，今天请你给我指示指示。”

田守诚一面听，一面点头，好像极为赞同陈咏明这一席慷慨激昂之言。等到陈咏明请他指示指示的时候，他又襟怀似海地说：“唉，你要承认，当前还存在着不正之风嘛，怎么不理解呢？你肚子里有气，就出出气，甚至骂我一顿，也是可以的喽。”

田守诚什么情况都能应付，让人人都能皆大欢喜。“文化大革命”时，部直属厂全下放给了省、市，“批林批孔”时，市里又想拿陈咏明开刀，在一次会议上，田守诚因为没有看见走在陈咏明身后的某市委书记，深表同情地对陈咏明说：“听说又准备搞一搞你？”

话音没落，一回眼，看见了紧跟在陈咏明身后的那位市委书记。田守诚面不改色，立刻握住那位市委书记的手说：“听说你们又保了陈咏明一下？”

这脑袋有多灵！反应有多快！换了谁，一时也会显得尴尬、语塞。

话说完了。能指望田守诚有什么改悔，或对某些人来个批评？那不等于批田守诚自己？他能承认这是不正之风，陈咏明的愤慨似乎也就云消雾散了，他的要求不高。

但郁丽文用这样婉转的方式，娇嗔地表示了她的忧虑，倒让陈咏明爱怜起来。他猛然弯下腰去，捧住她的脸，在她脸上落满急促的吻。但她站得太低,他双手伸向她的腋下,把她抱到自己站立的台阶上来。郁丽文一面笑着,一面想要从他有力的双臂里挣脱出来。“别闹了,当心人家看见。”

“怕什么,吻自己的老婆又不犯法。”

郁丽文用手理着自己被丈夫揉乱的头发,问道:“你去吗?”

“傻瓜,我才不去当那个部长呢!干些具体工作比在官场实在得多。”他无限憧憬地说:“我要把这个厂子办好,成立一个中国联合汽车公司,在国际市场上竞争过美国、日本。”说这些话的时候,他简直不像个干企业的厂长,而像一个热情洋溢的、充满幻想的诗人。

一头蓬乱的花白头发,在陈咏明的头上乱颤,黑黑的脸膛变得更加红润起来。再没有比他更可爱的男人了,郁丽文幸福地叹息。

病房里的人多半看不出刘玉英是吴国栋的老婆,要不是她已来探视过多次,谁也不能相信。真不像。

她来了,从一个灰里吧叽的人造革提包里掏出一个玻璃瓶,里面装着用花生米、豆腐干、辣椒、瘦肉丁、豆瓣酱炒的什锦菜。那提包的式样至少是十五年前的。

“见好吗?”

“好点儿。”吴国栋盘腿坐在床上,脸上木木的,像个打坐的和尚。“小强、小壮都挺好吧?”

“还行。”

两个人的遣词用字都极为简略,语气也极为淡漠,好像怕浪费了自己的元气,又好像因为他们竟然是两口子而感到害臊。

然后两个人就没词儿了。刘玉英规规矩矩地坐在椅子上,一副走又不是，不走又不是的模样。两个脚尖，像那些守纪律的小学生，摆得挺齐，还稍稍往里撇着。

卖肉的师傅想：这娘们儿真不够味儿，来看病人也不在男人耳朵旁边悄悄地说两句私房话，脸上没有一点喜兴样儿，气色也不好，准是肉吃得太少。

因此，当陈咏明和郁丽文两个人走进病房的时候，简直像飞进来了一对天鹅，让他们觉得眼前猛然一亮。

刘玉英立刻站起来，搬动椅子："陈厂长，您坐。"

陈咏明大手一摆："你坐。"然后把病房环视一周，从修理雨伞的那个小伙子的床头和大学老师的床头搬来两把椅子，一把给了郁丽文，一把自己坐下。对吴国栋说："好久没来看你，怎么样，有什么困难吗？"

吴国栋那木然的脸上，竟也现出一个公事公办的笑容，如同人们在接待室里常看到的那种。他坚决而迅速地说："没有，没什么困难。"生怕一犹豫，就会让谁钻了空子，从而拉他下水，去干违法乱纪的事。

"那好，有你就说，不要客气。"

这时刘玉英对郁丽文说："多亏陈厂长想得周到，给我换了个离家近的工作单位，又给小壮换了个离家近的托儿所，真是帮我们解决了大问题。"

修理雨伞的小伙子听了，赶快从枕头底下掏出了钢笔和笔记本。

提起刘玉英调换工作单位的事，吴国栋咂嘴摇头说："听说服务局趁势向厂里要了一辆卡车？"

"对，是卖给他们一辆。"

“这,不大符合政策吧?他们又没有分配指标,又不是国家的基本建设项目。”吴国栋不是假意,而是真的觉着不合适。

“有什么不合适?今年缩减基建投资,计划调整之后,很多基本建设项目停建、缓建,产品的订货合同一下子减少很多,有的订了货还退货呢。汽车卖不出去,我拿什么给工人发工资,老向国家贷款行吗?国家有困难,我们不自己找出路,难道都躺在国家身上吃闲饭?现在是谁有钱买,我就卖给谁。”他向病房里所有的人打量了一眼,好像他们每一个人都可能是个买主,他随时打算向他们推销自己的产品。“今年我还打算发展新品种,生产摩托车,这东西今后市场需要量很大。”

刘玉英急了,吴国栋真是不近人情,得了便宜还卖乖。她也顾不上是不是打断了陈咏明的话头,插嘴说:“国栋,人家是给咱办事,你怎么还这么说。”

陈咏明哈哈笑:“刘玉英同志,这点你就不如老吴。他这种精神让我佩服,并不因为自身利益就放弃他的原则。当然,这原则对不对,暂且不说。我也不能因为做了什么,就得他奉承我,何况这件事本来就是厂子里该做的工作,谈不上什么帮助不帮助。”

吴国栋点头称是。他觉得陈咏明在这一点上,和他是相通的,可以互相理解的。因此陈咏明的这番话,他听了心里很熨帖。

刘玉英仍是非常过意不去。

郁丽文轻声对她说:“别管他们吧,那是他们的事。”

吴国栋不放心地紧问:“拿计划内产品的材料,生产计划外的产品,部里同意吗?”

“向郑部长汇报过。”

“他怎么说?”

“他说：‘机械行业的企业，今年几乎都面临着一个吃不饱、发不出去工资的问题，这一方面是由于今年计划调整，基建投资减少，很多建设单位下马了，对机械部门的需要自然减少，生产任务自然要压缩。另一方面，大量进口也是一个问题。当然我们机械行业有我们的不足，可是这里面也有我们自己看不起自己的问题，很多机电设备明明我们自己可以做，却不愿意相信我们自己。难道我们都不行？三万吨水压机就是世界第一的水平嘛。当然我们不能怨天尤人，还得自己解放自己。根据三中全会的精神，要给企业更多的自主权，要保护竞争，要有一定的市场调节，并且要使职工的收入同生产实际结合起来，体现按劳付酬的原则。这都是非常重要的决定，只有这样才能把我们的经济搞活，逐步改变吃大锅饭和干多干少一个样的情况。既然这样，工厂任务不足就要八仙过海，各显神通，尽可能找任务。不但要找饭吃，还要设法打开出口的销路，竞争过外国产品。过去的情况是干的不一定有人要，要的不一定有人干，现在大家主动找活干，总比让工厂闲着由国家发工资强。而且这还能激发工厂搞好经营管理的热情和主动精神，促使工厂树立为用户服务的概念；以质量求生存，以品种求发展的概念；做好供应配件工作的概念；使工厂的领导人懂得企业管理不是只管大门内的事，还要讲究经营之道，学会做买卖。懂得除国家计划外，还有经济效益这一条。工厂拿了国家的基建费用，就有义务使机器天天转动，拿出好产品给国家积累资金。你们这个厂，大风大浪也见过，困难的日子也过过，经验也还有一点，办法也还有一点，就看你这个厂长，你们这个领导班子的本事了。也许坏事变好事，这种局面正是机械行业改组的一个好时机。当然不可能一下子改变整个体制，但是突破一点是一点吧。总之，厂长们再照过去的老办法管生产是不行了。三中全会要我们解放思想、开动机器，我们得把这个精神同我们的实际工作结合起来。’我觉得郑部长把话说得挺透，至于具体怎么做，那就靠我们自己了。”

吴国栋脑门儿上的抬头纹加深了，每一条皱纹都像一个平躺着的问号，表示着极大的疑惑。

老办法不行了。老办法有什么不好？生产计划不是年年完成吗？就说长春第一汽车厂生产的“解放牌”卡车吧，用的还是五十年代那套生产工艺，也没见谁嫌不好哇，就那，年年还不能满足需要呢。瞎改什么，另改一套，还指不定行不行呢，不行的话，连这套也没啦。

自己找饭吃？还讲不讲计划经济啦？吴国栋在党校的时候学习过，计划经济是社会主义的优越性之一，这么一来，还上哪儿去体会社会主义的优越性？

吴国栋没法说。部长说过了，厂长说过了，他还有什么可说的？

只有竞争过外国人这一点，吴国栋听了还算顺耳。不说别的，外国人身上的毛都比中国人多。在党校的时候学过，人是从猴子变来的，这说明外国人比中国人离猴子更近，就凭这一点，中国人也比外国人先进，为什么竞争不过老外？只要大伙心齐、玩儿命干，别今天你一个主意，明天他一个主意，有什么不行的。再拿出五八年“大跃进”的干劲，一天等于二十年，十五年就能赶上英国。当时有个歌怎么唱的？啊，“……踢开困难，排山倒海，赶上英国老王牌……”多好的日子！多让人留恋和向往的日子！每天都像踏着进军号在前进，就像过去“十一”或“五一”天安门前阅兵式的那股劲头，一个个胸脯挺得那么高；脚步跺得咔嚓咔嚓响；胳膊甩得刷、刷、刷的齐……那么些人就像一个人那样听使唤。后来为什么凉下来了？唉，还不是总有人干扰毛主席他老人家的革命路线。瞧瞧现在，社会上乱成了什么样儿？不知哪儿来的一股风，喊起“民主”来了，社会主义条件下谁感到不民主？只有地、富、反、坏、右才觉得不民主。啊，右，现在不算了，全都一风吹了。别说右不算了，连大寨也不行了，自由市场也出来了。老家里来人说，连算卦的也出来了，牛鬼蛇神又出笼了。毛主席他老人家要是在世，怎么能有这种事嘛。

他自己也闹不清从什么时候起，一切都让他看不顺眼儿的感觉，像看不见的小虫子一样，钻进了他的心里，在里面闹腾、作祟。一天天地、从早到晚，他都觉得日子过得不踏实，好像天要塌了。他好忧心啊。

陈咏明却饶有兴味地看着刘玉英给吴国栋带来的那瓶小菜，好像在研究菜里加了什么可口的东西，那兴味并不亚于研究一辆新引进的汽车。他对什么都有兴趣，对什么都全力以赴，所以他比实际的年龄显得苍老。而他的脸，也许正是因为两种极端的混合才显得如此动人：孩子般的真诚、执著，和饱经世事的沉稳。

陈咏明的谈话使病房里所有的人听入了迷，别管是修理雨伞的小伙子，当文书的小老头，卖肉的师傅，大学里的老师。他们对三中全会的精神，也许领会得还不够深刻，但不管是谁，只要他对生活还有那么一丁点热情，他就不可能不被这种谈话所吸引。

若干年来，他们读过不少中央全会的公报，听过不少次会议精神的传达，但那些经济政策和自己的生活到底有多大关系呢？总好像说不清楚。现在让陈咏明这么一说，好像清楚了许多，原来都是老百姓心里想着、盼着的大实话。

修理雨伞的小青年,收起了钢笔,用手支着下巴,眼睛里流露出恍然大悟的神情,原来中央的精神是这么回事,怎么在街道学习会上就变成了干干巴巴的东西呢?如果让这些部长、厂长们给讲讲该有多好。

就连当文书的小老头,也流露出真正受了感动的微笑,再不是一成不变的、阿谀奉承的假笑。

教书的先生说:"嗯!你们部长几句话就把中央的精神说清楚了,不简单。"

卖肉的师傅,自有他表示崇敬的独特方式。出于一种爱屋及乌的反应,他对郁丽文说:"郁大夫,往后您再买肉找我,您是要五花、里脊、肘子、猪肝、蹄子……只管说。"

郁丽文掩嘴而笑。

陈咏明没头没脑地搭了一句:"清醒的人是不痛快的。"然后看了看手表,吃了一惊似的对郁丽文说:"八点多了,你饿坏了吧。"

郁丽文没有回答,只微微皱了一下眉,表示他不该在这里说这句话。

刘玉英果真忙乱起来:"哎,这,这是怎么说的,您二位到现在连饭还没吃。"她依次拉开吴国栋床头柜上的抽屉和柜门,想要找些点心给他们。里面空空如也,什么也没有。

教书先生从自己的小柜上,拿过一个饼干桶,递给陈咏明:"这儿有饼干,先吃点吧。"

陈咏明真不客气,想吃几片。他刚刚伸出手去,并且问郁丽文:"怎么样?来几片吧?"

郁丽文忙拦住了他:"你和老吴还有没有事?要是没事,就回家吧。儿子们也许等急了,他们知道我今天不值夜班。"

陈咏明好像这才记起,他还有两个儿子。“哦,没什么了,我不过是来看看老吴。”他又转向老吴,“你还有什么事要办的吗?”

吴国栋忙说:“没有,没有,您也挺忙,别老往这儿跑了。”说着就起身,准备送陈咏明的样子。

病房里的人也都全站了起来,好像陈咏明是他们大家的客人。

走到门口,修理雨伞的小伙子情不自禁地说:“您没事儿常来?”

陈咏明咂了一下嘴:“唉,说不准。我倒是应该常来,可是明天早上一睁眼,就不知道会卷进什么意想不到的事情里去,一拖就是很久,不能脱身。好吧,大家留步,别再送啦,再见,再见。”

十四

勇往直前。所向披靡。

现在,何婷正准备打第八个电话。

所有的渠道都已打通,只欠孔祥副部长一个批示,二女儿就可以留在北京工作了。

何婷看着办公桌上的电话机,胸有成竹地一笑。这一局也是胜利在握。

可惜现在军队里不委任女人做将领,不然,何婷照样可以当一个不亚于任何男人的常胜将军。

其实女人在征服什么、占有什么、得到什么的欲望上,比男人有韧性得多。

在别人看来,何婷的一生够顺利了。四五年参加革命的一个满洲国的“电台之花”,很快地入了党。她是一个有头脑的、进攻型的女人,断然不肯留在文工团里,早就看准了“政治”这碗饭。于是她沿着政工部门的阶梯:文书、干事、办事员、科员、科长……直至一九六二年孔祥把她提为处长。如果没有“文化大革命”她现在应该是局长。每每在电视上的国际新闻里,看到马科斯夫人或撒切尔夫人周旋于外交场合的时候,她的嘴角上总是撇着冷笑。如果不是机缘不对,谁能断定她不能成为马科斯夫人或撒切尔夫人那样显赫一时的人物呢?于是她便悻悻然地从电视机前走开,自怨自艾地坐在自己的房间里生闷气。从不气馁的她,这时便会感到黄金时代已经杳然而去,她这一生亏得厉害。什么都让她想发脾气:挂历上那个电影明星笑得太媚——她也同一般女人一样,特别容易发现别的女人的缺点;老太太的红烧肉烧得不烂;或是大女婿的吉他,拨楞、拨楞地响得她心烦;因为中风十几年不上班,也不能升官儿的老头子,口齿都不清了,还呜噜、呜噜地要求她上这儿、上那儿,给他买这种或那种吃食,到了这种份儿上,七情六欲哪样都不见减退。别看他走路磕磕绊绊净摔跤,只要她照顾得稍不周到,就会到部里去告她虐待他。

凭什么她得摊上这么一个丈夫?一吃东西,那些嚼碎了的食物便顺着嘴角往下流,让她看了恶心、想吐。随时往裤子上拉屎拉尿,一走近他,就有一股臭烘烘的味道。但她还是希望他活着,拉屎拉尿也好,流哈喇子也好,只要他还在喘气,每月一百几十块的工资就一个也不能少。

虐待?换个别人试试,谁能守这十几年的活寡?谁能这样一把屎一把尿地伺候他?他偏瘫的时候,何婷不过才四十多一点,因为生得白嫩,看上去还只有三十六七的样子。如今虽已到了五十多岁的年龄，竟还有一个甜得让人发腻，比十七八的姑娘还嫩的嗓子。她图的什么？荣华富贵？恩爱夫妻？同舟共济？到了如今，事事竟还要她亲自出头露面疏通关系。像她这种资格、这种条件的女人，谁不靠在自己老头子的身上享清福？中学时的同学夏竹筠不就是当着这样的官太太吗？

要是老头子不病呢？也该是个副部长了。谁能料得到今天？当初何婷嫁给他的时候，三十刚出头的处级干部，一米八〇的魁梧汉子，英俊、漂亮。要地位有地位，要貌有貌，要才有才。唉，嫁男人真有点像押宝。

可是，只要她一走出家门儿，她就会像一头觅食的母狮子，抖擞起全部的精气神儿。

这会儿她便如一头母狮那样，伏身地上，慢慢地朝她的捕攫目标爬去，准备纵身一扑……

却偏偏有人敲门。何婷不耐烦地招呼："进来。"

房门小心翼翼地打开了，又是那个申请二米五立车的、某个水电站设备科的技术员。进门之后，就站在门口，不敢再往前多走一步，天生一个让人坑蒙拐骗的角色，这种人跑设备，真不是材料。

上次他来的时候，何婷好像无意之中问了一句："你们那山沟沟里出木耳吧？"何婷最近对木耳极为关心，听说它具有减缓血小板凝结趋势的作用，因而可以减缓动脉血管的粥样硬化，抑制心脏病的发作，还可以延年益寿。

"木耳？"听他那口气，好像一辈子也没听见过这个词儿，更不要说见过木耳了。

真是没见过的死脑筋，六十年代以前毕业的大学生多半都是这种派头。现在是什么时候了，经过一个"文化大革命"，连这点做人的经验都没学会。像上次,给冯局长老家那个小电站解决配套的机电设备,人家县里就知道拉些土特产来。又不是不给钱。这个人要不又是冯局长介绍来的,何婷早给他回了,拿到哪儿去也是堂而皇之的理由,早在多年前建成投产的项目,谁还包你一辈子。

那人说:“何处长,申请二米五立车应该附上的加工工件最大尺寸、加工量和加工件图纸您看了之后,还有什么需要我们补充的情况吗?”

糟!忘了,忘了,她早忘了。而且那几个表格扔到哪儿去了,她也记不起来了,应该及时交给处里的人去办就好了。这一段时间,她全副精力都投入二女儿留京工作的事情上去了。

唉,真是老了,记性也不好了。要在过去,一天要办哪些事情,就是不用备忘录,她也一条条地记得清清楚楚。

怎么办呢?她沉吟了一会儿说:“你是不是再补两份,我们还要和物资部门、部机床局等单位进行交涉,一份是很不方便的。至于还需要补充什么情况嘛——看看那些单位还有什么要求,我们这里倒没什么意见了。”

那人连连点头:“那好,那好,明天我再送两份来。”一点也想不到这里头有什么蹊跷。

“你请坐。”何婷推过去一把弹簧软椅。

“哦,不,不,谢谢,我这就回去准备资料。”

“还有什么事你尽管说。”毕竟何婷觉得心里有些歉然。

“没什么啦,能解决二米五的立车已经够照顾我们啦。”那人点头躬腰,感谢不尽。

何婷送他到走廊。

“您请留步,请留步。”他一面点头,一面退着走远了。

在走廊里何婷迎头碰上了贺家彬,她想起分配给处里的那张电视机购买证,罗海涛多次表示想要,他是她那个核心的中坚。这个人情还不该送?! 别人不会说什么,贺家彬也许会说怪话,先摸摸他的态度,其他人那里好说。

"哎,老贺,处里分到一张日本'三洋'牌电视机的购货票,你买不买?"态度极其亲密,好像他们之间从来没有过什么口角,好像他们打认识那天起,就是步调一致,利益一致,观点一致的老战友。

"我才不花那个冤钱买电视机呢,就冲那些电视节目。哼!"

正中下怀。何婷知道他不会要。真蠢,不要也不说个冠冕堂皇的理由。

"那就给老罗,你看怎么样?"好像贺家彬是支部里的副书记,何婷没有一件事不尊重他的意见。

"凭什么? 因为他是党员,是支委,就该先给他是不是? 人家辛工程师快退休了,再不给他退休之后还上哪儿分票去?"

真不识抬举,不论她干什么事,贺家彬都要唱反调。

"这不是和你商量嘛。"

给辛工? 他对她有什么用? 一个就要退休的老书呆子。不行,她还得想个什么借口,把这票证给罗海涛。

何婷的脸上依旧堆着亲密无间的笑,心里却想:下午党委会就要讨论你的入党问题,等着瞧吧。

何婷安下心来,再去打她的电话。

"喂,谁呀?"

"曹秘书,我是何婷啊。"何婷笑着,笑声里透着无比的谦和。她和每个部长的秘书都很熟。秘书,可真是个关键性的人物,别看他们的官衔都比她低，顶多不过是个副处级，可和他们接触的时候，何婷反倒显得低声下气。要想在部里站住脚，或是通个天，往哪个部长的耳朵里吹点什么，或是探听点消息，这是关键的一环。花多少工夫，赔多少心力，都是上算的。

“啊，是何处长呀，有什么事吗？”曹秘书热情得很，没打一点官腔。

“我想跟孔副部长通个电话，也不知他这会儿忙不忙？你看现在请他接电话合适不合适，啊？”好像接不接电话的决定权在曹秘书那里，其实她很有把握，孔祥一定会接她的电话。

“你等等，我给你看看去。”

“那太感谢你了。”

“自己人，客气什么。”

何婷听见那边放下了听筒。接着她听见电话拨到另一个机子上去的声音。

“哪一位呀？”孔祥拖着长长的四川腔问道。

“哎呀，老首长，您连我的声音都听不出来啦，您早把我们这些兵给忘喽，您可真是官僚，我是何婷呀。”

这样的埋怨，谁听了也会觉得心里痒酥酥的，只会呵呵地乐。

“啊哈哈——小何呀，这张嘴还是那么厉害嘛，你好久也不来看我了嘛。”

“还小何哪，白头发一脑袋了。哪次去部里没去看您，”何婷说的是实话，这尊佛，能不拜到吗。“您是个大忙人，要么在开党组会，要么就外出了。我呀，主要是找您检讨去，您不知道，那个写报告文学的贺家彬，就在我这个处。给部里捅了那么大的娄子，都怪我平时思想政治工作没有抓好，情况掌握得也不及时，文章发表我才知道。孔部长,您就狠狠地批评我吧。”

嗬,那个痛心疾首。

“小何,不要有顾虑哟,这件事和你无关嘛,有人借着这件事给自己树碑立传嘛,这个背景你哪里晓得嘛,对贺家彬这种人以后注意加强教育就是喽。”

“啊呀呀,还有这样的事情,一篇文章,有这么大的背景。”好像她真不知道,其实心里比谁都清楚。

“还是不能忘记毛主席的话哟,不能忘记阶级斗争,路线斗争。现在有些人就是反对四个坚持嘛,打着三中全会的旗号,实际上搞的是资产阶级那一套,冲击党的领导、冲击党的路线嘛,对这些人,就是要实行无产阶级专政。”

一提起专政这个字眼儿,孔祥顿时觉得像是喝了一碗参汤,嗓门儿也洪亮起来,说话也流畅起来,气儿也粗了,腰也硬了。像一辆安了十个炮眼的新式坦克,嘎嘎嘎嘎,突突突突,管它前面有没有目标,先他妈的放上一通。那声音让他心里痛快,痛快得嗓子眼儿直痒痒,痒痒得直想让他大声喝彩。

他老觉得,凭他的条件,他该当个公安部长那才过瘾。

纵的,往上数,别说是查三代,就是查六代,他家也是祖传的老贫农。往下数,儿子、女儿全是共产党员,共青团员。横的,七大姑、八大姨,九大叔、五大舅全是老区里出来的。再说政治立场,哪次运动他不是左派?除了“文化大革命”中当了个走资派,不过那个不算,十一大上已经否定了。

一九五二年打“老虎”,经他的手就处决了几个不法资本家和贪污犯嘛,别看汪方亮、郑子云比他级别高,那时候他们都被关了几个月呢。

一九五七年整风“反右”，上头让他打十个右派，他能打上二十个，现在全他妈的一风吹啦，不算数啦。多会儿看见了那些摘了帽的右派，他多会儿心里不是滋味。那些人本该是对他点头哈腰的奴才，这会儿却跟他平起平坐了，他觉得他像是吃了败仗，这叫人以后还怎么工作。唵？

一九五八年“大跃进”，他恨不得把机关里的干部编成连队，搞成军队建制，那一套他熟得很。别看部党组那些成员，开起办公会，说起生产、业务，哇啦、哇啦地没完，他简直就插不上一句话，干这个他是行家。

一九七六年“反击右倾翻案风”，部里开了几十次批判会。后来地震，礼堂里开不成了，是他给田守诚出了个主意，把会场搬到部大院门口开去。他特意让办公厅行政处新买了标语布，太阳一照，耀眼的红，几个大白字“誓把反击右倾翻案风的斗争进行到底”显得格外醒目。沿着会场拉上了有线喇叭，那稀落的口号声也显得红火多了，路上的行人不知他们在闹腾什么，来来往往围观的不少。那几次批判会开得好不热闹，每次批判会，都由他亲自作总结发言，一口一个“老右派”，“老卖国贼”，“我早就知道×××不是个好东西”这句话一时成了部里广为流传的名言，因为大家恰好拿了这句话来回敬他。报社还来了个特派记者，他跟人家神吹一通：由于反击右倾翻案风，生产上取得了伟大成果，比一九七五年同期增长百分之十云云。是不是百分之十，他心里也没谱，不过按照过去的经验，凡事往好里说准出不了娄子，没人真会去查。

就是到了现在，孔祥心里也不服气：“反击右倾翻案风”哪一点错了？看吧，现在的政策，一桩桩，一件件，哪一条不偏右？晚上下班之后，他常去老战友家里转悠。围着一瓶子酒，几碟子小菜，一边儿吭吭地往桌子上蹾着酒杯,震得酒瓶子直晃荡,一边儿发着心里的牢骚:姓邓的,认准了,跑不了你。你就是右倾翻案风的风源,咱们走着瞧。

可是到了白天,一进办公室,他又泄了劲。老邓什么时候才能出点娄子?他到越干越自信了。这两年老百姓的日子好像过得风平浪静,不开批判会了,不游行了,不喊口号,不抓反革命了,那让他干什么?孔祥感到了闲散的难受。

去年好容易让他逮住一个茬儿,研究所里的一个技术员政治学习的时候说了一句:"党内民主生活,我觉得还不够健全,有的人上台也没经过选举,只凭一个人的一句话,这和封建社会的皇帝传位有什么两样?"

孔祥立即让政工部门把这个情况编入政工简报,火速上报,就差没在信封后面插上三根鸡毛。简报中还指出,这种言论是新形势下阶级斗争的新动向,那种认为阶级斗争不再是社会发展的唯一动力,不再渗透在社会生活的各个领域、各个角落的观点,是一种极右思潮的反映。云云。

他还几次三番地给公安局打电话,要求公安局把那个技术员作为现行反革命分子逮捕起来,那些天他可着实地忙了一阵。闹得政治部跟着他团团转,闹得公安局左右为难,到了最后人家一听是重工业部的电话都没人愿意接了,谁都怕和他沾包儿。电话里,又是帽子、又是威胁、上纲上线,听那意思,要是不按他的意志把那个技术员抓起来,他真敢告发公安局包庇现行反革命。

公安局的一位小伙子说:"我算服了这位部长了,比公安局还公安局,没准将来咱们这个公安局全得让他专了政。"

孔祥那一套话里卖的什么药何婷全清楚，她的嘴角撇得像个瓢。

反正不是传真电话，只能听，不能看。何婷没有工夫听他过这个瘾，也说不定一会儿就有什么要紧事把他扯走，那她这个电话就算白打了。

"孔部长，我个人还有一件事要请您照顾一下呀。"

照理这事不便在电话里说，去办公室找他也不合适，让秘书听了去，谁能担保他是拆台还是补台，有时一件事的成败全在一句话。别看这个老头，懵懵懂懂，糊糊涂涂，离了秘书话都说不清楚，"乌纱帽"的观念可是一清二楚。只要有一句话让他听起来不那么清楚，不那么顺当，琢磨三天也没琢磨透，他这里就得风吹草动，一推六二五。

何况这种事知道的人越少越好。后门可以走，但万万不可招摇，否则这叫什么后门。

何婷也不便到孔祥家里去。一九六二年那时候她还在干部司工作，正在孔副部长的麾下，常去探望一下也是人之常情。但她提处长的前前后后，去得勤了一些，最后一次几乎是让孔祥的夫人撵出来的，当时那个尴尬劲儿，直到今天仍是记忆犹新。

何婷和孔祥确实没有那一手，但何婷相信这一条：女人在男人那里，比男人在男人那里好办事。在不丧失原则的情况下，利用一下这个有利的因素又有什么不可。

她接着说："我那个小女儿，就是妞妞嘛，小时候还叫您干爹呢，大学快毕业了。咱们部里的研究所正好有个名额，现在研究所的人事部门已经同意要了，他们打了一个报告送到部里，只要您批个同意这事就算妥了。"

“研究所？好像有这么回事——”孔祥在回忆着。

“您已经看见呈文了?”何婷没想到这么快。

“不,不是。有人向我提过,说前不久研究所有个处长和他的老伴先后去世了,留下三个孩子。老二、老三还小,需要照顾,老大也是即将毕业的一个大学生,希望把他安排在研究所……”

是这样!

不管怎么说,孔祥不应该把这个情况当面捅给她,让她怎么往下说？又怎么表态才合适呢?

孔祥是不是有意拿捏她呢?

何婷那白白净净的脸上,一霎间飞起了一块块不均匀的红斑,像是得了荨麻疹,她真恨不得把手里的电话筒“叭”的一声砸下去才好。

然而她不能那么干。她只是用力地拉扯着拧成了麻花一样的电话软线,“哗啦”一下碰翻了茶杯,茶水浸湿了摊在桌子上的公文、保密手册和玻璃板下的那块绒垫,她一个巴掌把那些公文、保密手册全都胡噜到地上。

心里骂道:装什么假正经。

当初孔祥的女婿,那个只学了一门阶级斗争课的大学生,还不是靠着她的力量才安排到她这个单位来的吗。这些人都是过河拆桥、不讲良心。

一九七四年机关编制正逐渐恢复到“文化大革命”前的水平,有多少人趁这个机会把自己的七大姑、八大姨塞了进来,而干校里却有好些等分配、懂业务的同志盼着回来。那些人,哪个人的家里没有大大小小的困难需要照顾？到头来还不是被那些什么都不懂,可是有门子的人挤到外地去了？这年头,谁老实谁吃亏。

然而愤怒并未使她忘记对眼前这个局面进行冷静的计算和剖析。

虽然在入党申请书上,她填写的是为共产主义理想而奋斗终生,然而在身体力行上,她信奉的却是自己的私利。退坡是不予考虑的方案。没有那么容易。

那三个孩子将会活上几十年,有足够的时间去为自己奋争,而她的时间已经不多,不论她或她所能利用的关系,随时都可能失去,到那时还能不能有人为她办什么事呢?她不敢保证。人和人之间的关系,日益为物质形式所代替,真是世风日衰,每况愈下。

事在人为!孔祥这段话,算得了什么打击?她怎么能在一句话前头败下阵来。

别管他话里究竟包含的是什么意思,她现在只有装傻,相机还得巧妙地提醒他:别忘了自己是怎么回事儿。

"是啊,那三个孩子也真是应该照顾。现在安排个人,不像前两年那么困难。很多新的研究单位成立起来了,只要有真本事,还是有地方安排的。唉,要不是家里实有困难,我真张不开这个嘴,工作这么多年,我还从来没为自己的事情张罗过。越是自己的事,越不好办,不像给别人办事豁得出去,什么顾虑也没有。我的情况您也知道,家里那个病号,光带他上医院,背他上下楼就够难为人了,还不要说其他方面的困难。我又是个处长,现在正是大干'四化'的时候,哪一点做得比群众差都不好交代。背着这么个大包袱真影响我的工作,没个帮手怎么行呢?反正我也没有别的办法,又没学会走后门,只有依靠老领导了,不用我多说,您也了解我的困难。这样吧,您要不好办,也别为难,以后再有什么机会,想着您那干女儿就行了。"

那边的口气立刻变了，准是想起了没有还上的那份人情。“妞妞啊，把她这干爹也忘了，让她来耍嘛。”

行！

有门了。何婷的情绪渐渐地安定下来。

放下电话之后，她长长地吐了一口气。弯腰拾起刚才盛怒之下胡噜到地上的文件、笔记本，拿块抹布，揩干桌面和玻璃板。玻璃板下，几个孩子站在八达岭上对她开怀大笑，一个个高大，健壮，漂亮，像他们爸爸年轻的时候一样。什么时候，他们的羽毛才能丰满起来，不让她这个老娘劳心了呢？

排队买饭的时候，何婷正好排在石全清的后面，她挺神秘地对他说：“吃过午饭，到我的办公室来。”

什么事呢？

石全清心里翻腾起来，一餐午饭也没吃好，四两米饭匆匆地、勉强地扒拉到肚子里去。

是不是贺家彬在哪儿又逮了个茬儿，告了他一状？或是他在申请福利补助时，把已经工作的儿子算在了供养人口之内，群众有意见把给他的补助拉了下来？或是那日他在老钱家里吃醉了酒，大骂何婷提工资的时候心里只有罗海涛，而没给他长一级，老钱把话传给了她？

石全清不知等待他的是吉是凶。何婷这个人，待人处事反复无常，很难揣度。贺家彬的话倒挺中肯：“更年期的心理变态。”

好不容易挨到何婷大概吃完饭的时候，石全清走去敲门了。

一开门，就看见何婷拿着一杆秤在称白木耳。石全清好伤心啊，就像一条忠心巴巴的狗，无缘无故让主人踹了一脚那么伤心。

那白木耳是石全清托一个电站采购员给何婷买的，早上人家刚送来。

何婷头也不抬，两只眼睛盯着秤杆，把个秤砣前挪挪、后移移，打得老高老高的。说：“哼，刨去包木耳的报纸，每斤差不多少一两，一共差了二两。”

石全清真想说：“你秤砣不打那么高，没准就够了。”

少二两！少四两也合算。一斤白木耳才八元五角钱，上哪儿买去。说是内部价格，说不定那个电站知道是何婷买的，往里搭了钱吧。

难道她就是为了差这二两木耳，才把他找来吗？这女人，什么邪事都想得出来，没准她以为差的这二两木耳，是他匿下来了。真不该经手给她办这种事。

何婷从提包里拿出一个大塑料口袋，石全清赶紧走过去帮她把塑料口袋撑开，耐心地等着她把那两斤白木耳装进去。

她拍拍手，掸了掸掉在身上的碎渣和尘土，这才走过去把门缝关严，然后小声地对他说：“你知道老罗昨天上哪儿出差去了吗？”

“不知道。”

“青岛，为了你的外调。”

提起青岛，石全清顿时觉得魂飞魄散。

他父亲那一辈弟兄们，解放前在北平合伙开过布店，以他们家的股份最大。解放前夕他父亲把他们家的股份抽走了，以石全清的名义在青岛开了个纱厂。

不用说，谁都知道这意味着什么。资本家赖是赖不掉的，实行赎买政策的时候，他还吃过定息。

参加工作以后，他从未向组织上交代过这个问题，直到“文化大革命”前夕,他提出入党申请的时候才被组织发现,他的组织问题十几年没有得到解决,卡就卡在这个问题上。

何婷曾多次在支部大会上为他开脱:“我们不要唯成份论嘛。”

郭宏才丝毫不肯妥协,那个工农干部真是狭隘到家了。“这根本不是什么唯成份论,而是隐瞒自己的历史,对组织不忠诚老实,这是个原则问题。我认为他条件不够,不能马上发展。”

支部大多数同志都是这个意见,最后的决议是:“条件尚未成熟,不能马上发展。”

等到郭宏才出差的时候,何婷竟背着支部把那条决议改为“基本符合条件”。郭宏才出差回来后知道了这个情况,就去质问何婷:“改成‘基本符合条件’是什么时候形成的决议?上次支部会后我就出差了,是不是支部又重新讨论过?”

这个,何婷不能瞎扯。“没有。”

“没有,为什么这样改?”郭宏才立刻跑到党委大闹天宫,何婷栽了个大跟头。

这次罗海涛又是为了这个问题外调去了。派罗海涛,显然是何婷刻意的安排,现在的问题是,怎么才能把石全清的资本家成分含混过去。

“青岛的问题你得好好想想,应当怎么办。怎么不去问问你姑父,到底怎么回事?”

“唉,姑父有病,迷迷糊糊了。”

“问你妈呀。”何婷真是做到耐心启发了。

“我娘记不得了。”

“嗨,你帮她回忆回忆嘛。”

何婷提出的“权威发言人”,既和石全清有最密切的血缘和社会关系，却又不是直接参与剥削的石家兄弟。真高哇！石全清那么机灵的人怎么就没想到这点呢，他是当局者迷吗？不，不是，他没有往那儿想的胆子。他几乎被何婷那瞒天过海的本事吓住了，竟敢如此胡作非为。仅从这点来说，石全清觉得他比何婷还够个党员。

光凭何婷这几句话，刚才为白木耳所受的侮辱和委屈，也算值了。石全清脸上堆满了讨好的笑，心里却说："娘们儿，我知道你心里想的是什么，你可不是为了我，而是为了给自己再添一条狗腿。我现在是卧薪尝胆，等我入了党，转了正，这些年低声下气受过的屈辱，全得找回来，你等着吧。"

这个马拉松的会，已经整整开了三个小时，老头们全累了、腻味了。一个个斜躺在沙发上，就跟躺在床上差不离，上厕所、接电话的次数也多了起来。

难怪郑子云在部里作报告的时候总是站着讲，累得上气不接下气，也不肯坐下。有人递条子让他坐下，他总是说："咱们搞工业的应该有点朝气，我看见有些厂子里开会，简直是躺着开，这不好。谢谢大家，我还是站着讲好一些。"

何婷带着明显的倾向性，介绍了党小组和支部大会讨论贺家彬入党的情况，她想利用党委会的决议，推翻支部通过的决议。

何婷惯于耍弄小权术、政治上不大正派的毛病，方文煊早有所闻，可是从没有像今天这样面对面地领教过。尽管自始至终，她从未和冯效先交换只言片语，却可以感到他们之间的默契。

对面座位上，冯效先已经换过两次茶叶，提神的浓茶使他显得精神抖擞。

人人心里明白:冯效先在这儿等着哪。

他们又都装着不知内情的样子,陪着他在这儿没完没了地讨论贺家彬的入党条件。

冯效先最大的本事就是“泡”。开这个会,竟然换了两次茶叶,就是一种打持久战的架势。

他能白花一元二角钱买那本杂志?

脚上这双黑色马裤呢的千层底布鞋,一双才七元多钱。穿到现在还不褪色,新买的一样。鞋面依然墨黑、墨黑,鞋底儿依然漂白、漂白。那一摞纸就值一元二角钱?看完之后,当大便纸都不好使,又硬又滑,还不如报纸。

要不是儿子说得那么邪乎他才不买呢:“爹,这下你可全国出名了,有篇文章骂你‘急流勇退’,你还不赶快看看。”

到底是自己的儿子。

因为花了一元二角钱,他从杂志的第一个字,看到最后一个字。又是什么《爱的生活》,又是什么《恋》,说的全是那些堕落的女人、反共卖国的知识分子……这不是明目张胆地和党唱对台戏又是什么?贺家彬在局里、部里折腾得还嫌不够,竟然折腾到社会上去,和这些人纠缠到了一起。

宋克在部党组会上的发言,冯效先早已听说了,自己赤裸裸地跳出来,很不策略,这个账就是算,也不能算在明处。着什么急?机会总是有的,眼前不就是个时机吗?

何婷提出的异议对冯效先很有利,完全为他撇开了对那篇报告文学怀恨在心的嫌疑,别管人们心里怎么想,大面上谁也挑不了理去。而对方文煊却是一个火中取栗的难题。

刨去其他两条不算,算一条就行了:群众反映贺家彬作风不正派，多年来和万群关系不正常。

谈到前面的问题，老头们还能各抒己见，说到这里，全都低眉垂目装聋作哑起来。

现在，这出戏就看方文煊怎么唱了。

万群……

方文煊想起早上在机关门口看见她的时候，她连招呼都没向他打，只是狠狠地瞪了他一眼，他知道她正在办理调动工作的手续。

方文煊翻来覆去地想着这件事。这能怪他吗？他出差的时候，冯效先擅自决定把她调到郊区的一个工厂，借口是专业归队。办得这么快，一定早就谋划好了，方文煊出差回来才知道。就算他在局里，如果主管政工、人事的冯效先作出这个决定，他又有什么勇气表示反对呢？方文煊不敢细想下去。除非万群自己提出异议，而万群又是万万不肯求人的。唉，他真是害了她。

现在何婷提出的这个问题，分明是冯效先对他的再一次进攻。

这真是欺人太甚了。这个问题，还想拿捏他多少年？他究竟犯了什么法？做了什么见不得人的事？他是和万群睡觉了，还是接吻了？

他简直想拍案而起，把他多年来憋在心里的矛盾、痛苦、犹豫、自私、歉疚……一古脑地倒出来，放在光天化日之下，让大家看个明白。让人们知道，他应该受到谴责的地方不在这里，而在于他并不是一个彻底的唯物主义者。他没有勇气和旧世界彻底地决裂。而他们其实和他一样，应该受到同样的谴责。

方文煊脸色苍白，浑身战栗。他强迫自己镇定。他不是贺家彬而是方文煊,感情用事是政治上脆弱的表现。

他下了决心,非干到底不可,一定要把这个问题弄清楚。这样一想,他倒平静下来了。也许这是他能为万群做的最后一件事,为她说清这不白之冤。

为什么是最后?难道他们永远不再见面了吗?应该不再见面了。假如他没有权力给,也就没有权力拿。

“群众反映?哪些群众?讨论接受新党员是一件非常严肃的事情,每一条意见都要有根有据才能服人。何婷同志,你是不是可以谈得具体一点?”

何婷没有想到,方文煊竟没有设法回避这个问题,这有点反常,不像他平时的行为。她心里有些忐忑起来。“听郭宏才说过。”

“还有别人吗?”

“还有石全清同志。”

方文煊立刻走到电话机旁,拨了电话。“电力处吗?请郭宏才同志和石全清同志到党委会议室来一下。”

躺在沙发上的老头们好像来了精神,一个个全都欠起了身子。

气氛显得有些紧张。墙上那个电表的大红秒针,嗖、嗖、嗖、嗖转得飞快,仿佛在驱赶着不愿意往前走的时间。有谁喝了一口水,茶杯盖磕在茶杯上,竟像响了个雷那么惊人。

郭宏才一进门,脸上立刻浮起只有轻易不露声色的庄稼人才有的狡黠微笑。

石全清看到这种场面,立刻低下了头,慌乱的眼睛不知往哪里看才好,像个被提审的犯人。

方文煊还想给何婷留点面子。女同志嘛,等着她自己证实。

何婷愣是稳住劲儿,不吱声。

方文煊只有发问："郭宏才、石全清同志，何婷同志说，你们反映贺家彬同志生活作风不正派，和万群同志的关系不正常，现在请你们把具体情况谈一谈。"

郭宏才说："没有，我没有说过这样的话。我只说过，贺家彬同志不错，能够经常帮助万群同志，这样雪里送炭的同志现在不多。"

现在不多……现在不多……这几个字像回声似的，在方文煊的耳边缭绕，使他感到心头一阵酸楚。

方文煊没有回头去看冯效先和何婷。

每张沙发上都发出一阵窸窸窣窣的声音。

他把眼睛转向石全清。

石全清用尽全力，想把自己的一双眼睛固定在方文煊的脸上，然而不行，他只好越过方文煊的头顶，看他身后墙壁上一块淡褐色的渍痕，或墙角那个放茶具的柜橱，或那只红色的电话机。"有一次，我看见贺家彬同志很晚才从万群家里出来。"

"几点？"

"呃——十点多。"

"你确实看见他从万群同志家里出来？"

"是从他们那栋楼里。"

"那你怎么断定他是去万群家，而不是去别的同志家呢？那栋楼里，住着我们局里的好几位同志。我知道的，我去过。"方文煊这时转过脸来，磊落地看着冯效先。"冯效先同志，你还有什么不清楚的地方吗？可以再落实一下。"

"看看何婷同志还有什么意见？"

冯效先才不接这个球呢，谁抛出来的再抛给谁，他干吗给别人捡球去。可是，这个石全清是个多么不中用的家伙啊。

从郭宏才和石全清一进门,何婷就有了准备。现在,她既不说自己错了,也不说他们对了,只说:“有些事情不便在这里纠缠了,回头我再找机会和郭宏才和石全清同志交换意见吧。”

确实有种人,当面被人戳穿谎言也不会脸红。然而这发生在一个女人身上,未免令人毛骨悚然。

方文煊环顾四座:“这个问题看来清楚了吧?”他从那些点头的节奏里,看出一种要不是兴高采烈,便是如释重负的情绪。然后对郭宏才和石全清说:“那好吧,麻烦你们了,谢谢你们的帮助。”

郭宏才有点不舍地离去,他巴不得方文煊再问点什么,好把何婷的一切假面拆穿。

石全清夹着两条腿,好像屁股上有一条尾巴,生怕人走了尾巴还留在门里,身子很快一闪,走出了党委会议室。

“现在可以表决了吧?”方文煊的脸上,终于有了一些血色。他从烟盒里慢慢地抽出一支烟,点上火,深深地吸了一口。

“再研究、研究吧。”冯效先那拖长的声音,表示着不满和不甘。

“不是研究过了吗。”有位花白头发实在不耐烦了。

“思想不是还没有统一嘛。”冯效先又开始“泡”了。

“那还有个少数服从多数,个人服从集体嘛。”谁也不想再陪着冯效先“泡”下去。

方文煊这时才动了感情:“我们都是过来人了。想想当初我们加入共产党的时候是个什么心情?这是一个人的政治生命啊。难道因为一两个放不到桌面上的原因或一两个人的反对,就非得等到统一了思想、全数通过才算数?要是他永远也不打算统一怎么办?我们就拖下去,把一些好同志关在党外?有些事情,可能是长时期统一不了的。这不像是买脸盆,你想买花的,我想买白的,大家迁就一下问题就解决了……我提议,现在举手表决。”于是,方文煊庄严地举起自己的右手……

通过!

此时电话铃却响了起来,方文煊拿起听筒,他的脸立时变得惨白。“医院里来电话,万群同志车祸,恐怕已经无救了。”

冯效先一生也不会忘记,方文煊说这话时望着他的那两道目光,像两道铸住罪犯的枷锁。难道他是个杀人犯吗?为什么这样看着他。

天有不测风云,人有旦夕祸福嘛。

他毕竟不能再心安理得地躺在沙发上,他直起身子,而后又站了起来,憋住正要喷出的一口烟。刚刚琢磨出来的、那些准备套住方文煊的连环扣,顿时全从脑子里飞走了。哦,兴许他是错了,然而错在哪儿呢?好像把一个判十年徒刑的犯人,和一个判死刑的犯人押在一个房间,临到执刑的时候,却把那个不该枪毙的犯人枪毙了。唉,这该怎么说。

冯效先决不相信阴曹地府或因果报应之类的无稽之谈,但万群的影子就像贴在他的视网膜上,怎么也抹不下去。特别是那天,通知她调动工作时的样子:坐在他的对面,抱着两个胳膊肘,瘦得像个骷髅。脸上的皮紧紧地贴在骨头上,两只眼睛深深地凹下去,半阖着眼,似笑非笑地瞧着他,就像看一个走江湖的,玩杂耍的。那笑容挑起他更加对立的情绪。他记得他当时心里还这样想过:你笑,呆会儿有你哭的。

她没哭,只是不笑了。还是那么固执地看着他,眯着一只眼睛,像在看显微镜下的一个切片。好像他连走江湖的、玩杂耍的都不是了,而是能够引起疾病的一种病原体。

能这样地对待党的领导吗？能不对她进行一定的教育和挽救吗？这样下去她会犯错误，到那个时候，可不像调动工作这么便宜了。

无论如何有一种想法他摆脱不了：假如没有调动工作这回事，出事的那个时间，她会坐在办公室里，而不是骑着车子窜来窜去买搬家、捆行李的绳子，或是给孩子办转学手续……冯效先觉得心里发闷，好像谁往他的心脏上捶了两拳。

方文煊坐在汽车里，不明白自己是去哪里，又是去干什么。车子开得飞快，赶着去干什么似的，难道有谁在这快速的后头等着他？早已没有人等他、需要他，他也不再盼着什么。

曾经有过，那等待。在干校那低矮、潮湿的小屋里。“这地方适合种植蘑菇。”——这是谁说的？想起来了，是贺家彬。难道他和她的感情只能像蘑菇一样，长在那阴暗的、潮湿的、不见阳光的地方？

他觉得汽车窗外掠过的那些楼房，行人，汽车，都在向他这辆汽车倒过来，或是往他这辆汽车的轱辘底下钻。方文煊拍拍司机的肩：“小严，慢点。”

司机放慢了车速。心里想，出了车祸老头害怕了。

想起来让人心里发疼的人已经远去。几小时以前方文煊还在想，他们不应该再见了。对，这不是再见，而是告别，最后赶去看她一眼。迈进另一个世界的那一瞬间，她在想什么？恨他，还是原谅了他？总以为从生到死是一个长极了的过程，他不是走了几十年了吗。其实生和死的距离竟是那样的贴近，一秒钟不到便已成为隔世，叫也叫不应，听也听不见了。但他为什么不在她活着的时候来?

“……我们已经将司机拘留起来了。”那穿民警制服的人,在医院的门厅里对他说。他还说了些什么?说了出事的地点和经过。这一切都已无用,她已经没有了。上哪儿找去?也许那日光灯管,那天花板,那墙壁知道。然而它们沉默地严守着秘密,带着一种惩罚的决心,不肯让他知道。山、川、日、月,风、雨、雷、电,多少年之后,还会造就那么一个小女人吗?等到他们相遇,他还会认识她吗?只要她还唱那“哈瓦那的鸽子”;穿那条绿色的花裙;歪着头,睁着一双那么愿意相信人的眼睛,问着:“是吗?”

医生向他讲述抢救的经过——实际上送到医院之前就已经死亡——那么,谁来抢救他呢?难道那医生听不见,他的心正在撕成碎片并且发出哀痛欲绝的呼号吗?没有一个人安慰他,谁也不会知道,他失去了多么珍贵的一切。这事情真显得有些滑稽。到了这个份上,他都不能显得丧失神志,或是放声恸哭。这样的滑稽戏他不是第一个演出,也不是最后一个。要是他现在突然得了心肌梗死才好呢,那他就不必站着,不必点头,不必说话……天,有那么一大群人围着他。他们在这里干什么?好像在听福尔摩斯的侦探小说。

脚步在地下室的楼梯上空空地响着。清晰、冷漠、无情。医生领着他走向太平间。“太平间”,为什么会是这么一个古怪的名字?对了,到了这里,倒真是永久地太平了。对于死者是这样,那留下的该怎么办?未必只有他一个人落到这个境地,别人一定也经历过,他们是怎么熬过去的?

医生懂事地在门口停住。

谢谢。

假如医生不进去更好。

但医生并不知道万群对他意味着什么。

真冷！她不是在这里冬眠吧？

一块块长形的白布。每一块神秘的白布下，都是一个结束了的故事。惊涛骇浪后的歇憩。

25832。她已经变成了一个号码。这便是她最后的收入。不算少。这号码会跟着她火化吗？不，那里，火葬场，还会给她一个号码。他宁愿变成那个尾数。

清洗得很潦草。这是真正的血肉模糊。扁了的脑壳上，头发一绺绺地被凝了的血浆粘在一起，东一撮、西一撮地矗在那里。这头发，果真在春风里飘动过吗？他看见过，像飞动着的鸟的翅膀。

被血染污了的脑浆，储存过痛苦多于欢乐的记忆。他真想找到，哪一部分储藏过关于他的。是淌到耳梢的那一些吗？为什么它不会说话？方文煊不能相信，这一堆黏糊糊的、正在变成腐质的东西，产生过她的思维和情感，主宰过她的灵魂和肉体。虽然到头来人人都是一样，然而这毕竟不同，这是她。

那张脸，像被不耐心的孩子捏过的橡皮泥，不等捏出什么形状，便丢在一边了。再找不到眉毛那规整的线条。曾经那么富于表情的嘴唇，竟没有表现最后的痛苦，却像孩子一样任性而赌气地噘着。

这里为什么连一张椅子也没有？方文煊觉得站立不住。

大约从来没有人坐在她的病床旁边，悄声细语地陪伴过她，她过着多么寂寞的日子啊。这窄小的白布单子，白布单子下仿佛缩小了的身体，血肉模糊的头颅，歪扭了的五官，无一不在替从不说出半个苦字的她，倾诉着命运对她的不公正。现在，她去了，却把无言的谴责留给了他。

哦,医生,为什么你不谴责、你不轻蔑,却这样毕恭毕敬耐心地等待着?唉,人们经常看到的,只是那套虚假的面具。再没有什么可怕的了,医生,愿你记住这荒诞的故事。

方文煊真想在那肿胀起来的,带着血腥味的嘴唇上吻一下,最初的,也是最后的。但他没有那样做,他觉得,那嘴唇似乎愤怒地扭动了一下。不会吧?也许是他眼睛里饱含的泪水,把眼前的一切变得恍惚了。

十五

简直像里根在作总统竞选演说。

为什么开这个会,为什么说这套假话,骗别人可以,骗不了汪方亮。

上一个回合下来,是八百八十七比四百零六,郑子云当选为重工业部十二大代表。

听田守诚讲话真是腻味透了,还不如回办公室里去批文件,或是看小说。

可是田守诚刚刚开讲,汪方亮一时还不便开溜。

汪方亮开始一个个地研究台下那些人的脸,省得自己犯困。坐在犄角上那个胖乎乎的女同志打了一个哈欠。据说打哈欠这东西传染,真的,她旁边的人也打了。他赶紧捂上自己的嘴,不看他们,再往别人的脸上看去。

房管处那位会吹喇叭、抬轿子的处长,就坐在第一排的正当中。又是往小本上记,又是频频地点头,一脸的虔诚,像听皇上的圣谕,只差没跪下去领旨。汪方亮早就玩过这套把戏。凡是听到他不爱听的牛皮经,他也是这么装模作样地点着头,装模作样地往小本子上记。其实呢,他不过在推敲本子上他写的诗句。幸好那时还没人敢翻他的笔记本,若有人翻了,没准那时候就得蹲笆篱子,用不着等到“文化大革命”。比如他还记得这样的两首:

光阴一逝如流水,岁岁西楼。今又西楼,鼠啸虫吟几度秋。　　小窗遥望中天月,尽是闲愁。岂是闲愁,落叶西风正满头。

又如:

湖中峙一楼,四望景物收。山水淡墨染,蚱蜢镜中游。古塔浮云接,层峦星斗留。晚烟四处起,回步忆春秋。勾践亡吴后,归来不用谋。西施随范蠡,寂寞五湖舟。千古旧江山,奸枭同一筹。有诗题不得,挥笔画吴钩。

当年在延安的时候,每每中央领导作报告,江青不就是坐在第一排,一边频频地点头,一边往小本上记着吗?汪方亮和江青在延安党校学习的时候,竟有坐过一条凳子,共用过一张桌子的荣幸。那时候,拉她唱段小曲,她就得唱一段。“文化大革命”当中,为了几十年前听过的那几段小曲,汪方亮坐过十年的牢。这叫无毒不丈夫。

田守诚也爱讲这句话:无毒不丈夫。

这回又来了:无毒不丈夫。

田守诚十二大代表的资格,早已划归 G 省名额确定下来。这种办法科学吗？G省的党员认识他的有几个？就算他在那里出生，又在某市、某县工作过，接触过那里的一些党员，但那数量又占G省全体党员的几分之几？恐怕好些人连他是不是党员都未必知道。他却要代表G省的全体党员去参加党的第十二次代表大会，代表他们去履行自己的权利和义务。他知道G省党员心里想的是什么、盼的是什么？他们又知不知道他是个见风使舵的风派人物？他心里究竟有多大一块地盘，装的是人民群众，党的事业，国家的繁荣昌盛，马克思主义、毛泽东思想的科学发展……而不是个人的升迁之道。

现在田守诚正想尽一切办法，把郑子云十二大代表的资格弄下来。

这绝不仅仅是狭隘的个人之争，而是目前党内僵化保守和改革前进两种力量之间的一种较量。

上郑子云，无疑等于给改革派增加了一个亡命徒。

田守诚今天的讲话，一扫过去那种嗯嗯啊啊的官腔，甚至还显出一些结结巴巴的样子，活像一个循规蹈矩的模范儿童，因为赶着看一部新电影，没有给瞎眼的老爷爷带路所发出的忏悔一样的沉痛。

想不到田守诚还有这一手。

"……'文化大革命'以后，新党员发展了不少，其中有些是不够标准的。老党员中有些原来是够标准的，现在也不那么够标准了，我就是一个嘛。"

台下的人立刻嗡嗡起来。汪方亮看见，房管处的处长感动得几乎泪飞涕零，不断地向左右邻座，发出啧啧的叹赏，像旧戏园子里"玩票的"角儿，花钱雇来的捧场。

“我的工作没有做好，思想跟不上形势，生活上搞特殊化……群众意见很大。我已经向中央领导同志写了报告，向有关部门写了检查，现在，我向全体同志检查，我一定立即改正，付诸行动。”

说得痛心疾首，几乎声泪俱下。

房管处处长，竟带头鼓起掌来，跟着就是海潮般卷过全场的掌声，那掌声里，透着真诚的感动。

多么善良、多么宽容的群众啊，那么容易糊弄。

就在开会之前，田守诚还对林绍同愤愤地说：“让我搬家？没那么容易，房子不合适我还不搬呢。我也不能睡到马路上去。批评我？咱们挨着个儿往上数，谁的房子不比我大、不比我多，现在拿我开刀。”

田守诚越想越窝火。根据他多年的经验，事情的起端决不是房子，而是房子后头的什么。他感到一种巨大的威胁，正慢慢地向他包抄。这让他想起夏日里飘忽的云，眼看着它慢慢地遮住太阳，那欣欣向荣的景象便在它无声无息的影子下，变得暗淡起来，失去了生气。从小田守诚对云就有一种说不出来的恐惧，他曾多次在那云影的追逐下奔逃，总以为可以赛过它去，可是它慢悠悠地，毫不费力地就把他罩在阴影里了。

这种预感，决不是毫无缘由的神经过敏。三中全会以后，他感到头上像是张了一个口袋，而且那口袋慢慢地，日益地缩紧了。他对自己越来越没有信心，他的的确确感到时代变了，再照过去那套办法混日子难了。过去只要得到一个人的宠信，便可以冒天下之大不韪，现在靠耍弄权术，耍嘴皮子不行了，而要取信于党，取信于民，扑下身子真正地干。

他做过的那些事，真像别人说的，“不是不报，时候未到，时候一到，一切全报。”

真有点霸王别姬，四面楚歌的味道。

现在人们都不念旧情了，只讲“四人帮”时期的表现。

“四人帮”刚粉碎的时候，田守诚确实慌乱过一阵子。他的一个老战友和某副总理关系较熟，每次看到那位同志，田守诚都要对他说：“老板对我们重工业部有什么说法，请给通个消息。”

过了一阵，好像没有什么动静，于是他代表部党的核心领导小组，在全部职工大会上宣布：“我们重工业部，没有与‘四人帮’有牵连的人和事。”

不久以后，各方面对一位副部长议论很多，那是田守诚当初为了表示支持造反派越级提拔的，实际上那个人和“四人帮”没多少牵连，不过言论中随大流的时候多了一些。还有一些事，是田守诚有意把他推出去出头露面打头阵，因此在群众中造成一个印象，他是积极跟随“四人帮”的。

揪出这个人等于把田守诚也抖搂出来，虽然他心里清楚自己不能算是上了贼船，但眉来眼去，卖身投靠还是沾得上的。田守诚不能不保他，因为很多事都和自己有牵连，但不拿一个出来批，又好像自己对清查运动不积极。经反复斟酌，还是决定先给上上下下造成一个积极参加清查的印象。

批判会名义上开了五十多次，实际上是指定一两个人念念批判稿。田守诚还多次在批判会上说：“他是部长，和下面接触不多，处长以上揭发一下就可以了，因为职务关系，可能会涉及到一些国家机密，因此不要扩大，要保密。”

还说：“只要说清楚就行了，部长照样当。不是有些人省委书记照样当，中央委员也照样当嘛。”

那位副部长，竟一点不体谅田守诚的苦情。本来嘛，他很谨慎，事事都请示了田守诚。清查运动一开始，田守诚还同他秘密协商过，要他出面把一位主要的副部长抛出去，一来可以解决清查对象的问题，又可以搞掉自己的一个对手。后来田守诚看看上面的态度不是那么回事，又同这个人商议，暂时不要发动。

现在他不明白，怎么一下又弄到他的头上，田守诚反而什么事也没有了呢？因此，每每批判会结束时，他都要指着念批判稿的人，大骂一声："胡说八道！"

最滑稽的是清查小组的成员，还是那几个"三朝元老"。一九七六年初挂的是"批邓办公室"的牌子；"四人帮"揪出来以后，挂的是"揭批'四人帮'办公室"的牌子；清查运动一来，挂的是"清查小组"的牌子。有人做了句打油诗："老瓶装新酒，换汤不换药。"

还有人匿名送来一块木牌，正面写的是"批邓办公室"，背面写的是"清查小组"，他们想用哪一边，翻个个儿就行，便当得很。

田守诚故作镇定地说："谁不相信我们，可以向上写材料。"

前前后后，只用了五个多月的时间，田守诚就草草收兵了，还在全部职工大会上宣布："揭批'四人帮'的运动，重工业部和全国的形势一样，一片大好，不是小好，越来越好。现在运动已经基本结束，重工业部二十多个与'四人帮'有牵连的人和事，已经基本查清，基本解脱。"

遗憾的是这位副部长很快就揭发出，田守诚在一九七六年重工业部的展览会上，亲临现场指挥，把大厅的大幅横标"批邓反击右倾翻案风"改成"批邓反击右倾翻案风的伟大成果"。

又揭发出：一九七六年七月攻击国务院务虚会，是田守诚的主意。那人说："叫我怎么说呢，我在全国计划座谈会上的发言稿，抄的是田部长的稿子，抄了第一个问题，又抄了第二个问题，第三个问题以后我不抄了，干脆把田部长的稿子贴在后边了。”

…………

回想起来，后悔无穷。那一切全发生在一九七六年“四人帮”垮台之前的几个月。真是鬼迷心窍。

一九七六年周总理逝世以后，几乎所有的副总理都因病休息了，经常出来活动的只有张春桥。他以为大局真就那么定了，以为自己看准了方向……

从此，他像比人矮了一截。汪方亮也好，郑子云也好，还不是因为这些事，处处都想压他一头。想干什么？看准了他的位子吗？

真是虎落平阳被犬欺，龙在浅滩遭虾戏。

一切他都忍了。君子报仇，十年不晚。

然而十二大代表，说什么也不能让郑子云上去。第一回合还不算定数，事在人为。这也许是他最后的一搏了，不可能再有一次，机缘、年龄、局势，都对不上茬儿了。假如他注定要沉下去，他也得拽住郑子云一块下沉才算够本儿。说实话，他究竟比谁坏到哪儿去？郑子云又比他好到哪儿去？如今，想要卸磨杀驴呀?！他田守诚还是干过工作的嘛。

让他伸着脖子等刀落下来？笑话。也不看看他是谁。

小鸡子临死之前还蹬跶几下腿呢。

田守诚像演出成功的名角，矜持而得意地笑着。汪方亮真想把田守诚推到一边儿去，站起来说：“扯淡，根本不是那么回事儿。”

光天化日之下，有这么骗人的吗？

明明是田守诚和孔祥把上级机关批评田守诚的文件扣压了两个多月，对全体党组成员进行封锁。

孔祥给上头回话时还振振有词:“这件事关系到党组书记本人,别人不好说话。党组副书记、常务副部长郑子云同志又生病在家,最近无法讨论。”云云。

这是田守诚的主意,凭孔祥那个脑袋根本就想不出这些话。

后来在上级机关屡次查询处理结果的情况下,孔祥才不得不拿给郑子云看。

郑子云也太认真,当时就发起火来:“你们有什么权力扣压上级机关的文件?有什么权力对党组成员封锁隐瞒?我必须提醒你,这是严重的渎职行为。这个问题,我建议你们将来在党组会议上,对全体党组成员做个严肃的交代。现在请你立即把这个文件送党组同志传阅,并且召开党组会,按照文件要求提出处理意见,将结果上报。”

孔祥这才不得不拿给党组成员看。还让林绍同在一边儿眼也不眨地守着,生怕那个文件会化成一股烟儿飞了;又好像那是政治局常委的会议纪要,他们一个个全是窃国大盗,会把这东西传给自己的秘书、朋友、亲爱者,然后卖给外国间谍,赚上一笔大钱;又怕他们会摘记要点从而扩散开去,使怀恨田守诚的那些人,腰里又多别上一颗手榴弹……

接着,郑子云又给全体党组成员写了一封公开信,认为上级机关的文件是实事求是的,建议党组认真研究讨论,做出相应的决议。现在群众意见不少,如果党组在处理这一事件中态度鲜明,原则坚定,措施有力,对机关中更好地树立原则空气,纠正不正之风,振奋革命干劲,加强安定团结会起很大作用。如果党组不能正视群众意见,态度模糊,措施无力,只会使群众意见更大,使机关更加涣散。

结果怎么样？田守诚还不是拖到汪方亮和另一位副部长出国考察、在京党组成员不多的情况下，才开会讨论，不了了之。会上没有作出任何相应的、实质性的决议。那些违法乱纪、抗拒调查、欺骗中央、打假报告等等不正之风，根本没向上级机关如实报告也未进行任何处理，上级机关的文件更没向全体干部传达……盖子一直到现在还捂着。

要是汪方亮才不会这么干呢，等着上头再查嘛。要是上头真有决心，肯定会把这件事捅个底儿朝天，干净彻底地解决好。如若虚晃一枪，凭你郑子云能折腾出什么名堂？那边万一撤了火，郑子云不就晒在那儿了吗？何必弄得那么僵，以后还怎么共事呢？

在这点上，郑子云真不如田守诚有功夫。要不田守诚怎么能当第一把手呢？其实当第一把手，说容易也不容易，说难也不难。最大的诀窍就在于平衡好上、下、左、右的关系。有这才能的人不多，汪方亮自叹弗如，但比郑子云还是强一些。

"……由于'四人帮'的毒害，在思想上造成的混乱，以致在一些同志中间是非不分；好坏不分；香臭不分……比如，不上班的捣蛋，上班的反而成了混蛋……"

来了！进入了实质性的发言了。

这指的是郑子云。

汪方亮站起身来，把椅子弄得砰砰乱响，倒背着手，大摇大摆地从台上这一头走到那一头，他真要回办公室歇着去了。

汪方亮一点也不喜欢这栋办公楼，窗子很小、结构笨重，像一张大脸上生了一对小眼睛。结实得像一架重型轰炸机，七六年地震的时候纹丝没动。当初基建的时候，不知往地基里灌了多少吨水泥，反正重工业部有的是钱。

因为窗子小采光不好，即使在大白天，走廊里也要开着灯。长长的走廊，看上去像十三陵地下宫殿的甬道。

没去听报告的人不少。听得见打字机在咔嗒、咔嗒地响着，有谁在走廊的拐角那里谈笑，尽管压低了声音，还是可以隐约地听到："宋克这回惨了，听说党组提出的副部长候选人里没他。"

"该！他以为排挤陈咏明就能轮上他呢。哎，有没有陈咏明？"汪方亮停住脚步，有兴味地接着听下去。

"好像有。"

"看来部党组还过硬，田守诚那一伙人也不见得就玩得转。"

"没那么简单，这是个势均力敌的局面，这次你进了我退点，下次我进了你退点。"

"你这家伙老他妈阴阳怪气的。仔细想一想，三中全会以后，田守诚那一伙风派人物不是节节败退吗？再想搞鬼，不那么容易了。"

"你还是个'歌德'派啊。"哧、哧、哧，那人笑了。

"该歌德就得歌德。有希望，你信不信？"

"唉，是这么个情况，不过困难不少哇。这不，就拿咱们这个小小的部来说，田守诚不是又发动攻势了吗？"

…………

汪方亮暗笑，哪里来的两个"军师"。真成问题，现在党组开什么会，研究什么问题，下面很快就会知道。

像汪方亮这种经历过很多事情的人，什么冲动、激动、感动之类的情绪，已经像快要采尽的矿源，可是那两个人的谈话，竟让汪方亮心里发热了。他心里生出一种感谢之情,感谢什么呢?作为一个党的高级干部,他感谢人们对中央的信任,感谢人们对目前仍存在的许多困难,国家尚不能迅速解决的谅解……汪方亮原以为,这些感情,许多年来人们已经失去,而实际上,它正在恢复……缓慢,可是有希望。就为这个,也得再好好地干上几年,老百姓在盼着呀。

是啊,人人只说当官好,可是想过没有,自己的一言一行,实际上成天被群众拿着戥子在称呢?也许有一天,职务的升迁,不是以级别、工资、干部待遇为标志,而是以更多的责任和义务为标志,就像巴黎公社那样。那就会像沙里淘金一样,提炼出真正的人民公仆,淘汰掉那些昏聩的官迷。

怎么,他竟也发起郑子云那套书呆子的议论来了。

他掏出钥匙,打开办公室的房门,一回头看见肖宜抱了一小摞白纸走了过来。

肖宜向他点点头,也拿出钥匙去开田守诚办公室的门。

肖宜那条过短的、露着花袜套和一双猪皮鞋的裤脚——他的每条裤子都是那么短,是布票不够吗——以及他那副总像被钉在十字架上的表情,老是引起汪方亮的同情。

尤其最近,汪方亮知道肖宜心里更不舒畅。

田守诚又在搞平衡。肖宜不过是这里面的一个牺牲品。这就像有人下棋,有人就得当棋子儿,让下棋的人在棋盘子上摔得叭、叭直响,没准还要被摔成两半儿。

自从一九七七年底,那位在清查运动中被田守诚抛出来的副部长被撤职查办之后,“文化大革命”中支持过他的那一派群众,对田守诚怨声载道,都在骂他:“过河拆桥,忘了你怎么上的台,坏事干得一点不少，部长的乌纱帽戴得还挺牢。”

田守诚的的确确是靠着那一派的力量，在“文化大革命”后期被结合进领导班子的。

于是，往上告状的、寄揭发材料的不少。

田守诚不在乎人家骂。骂又怎么样，能把他的级别骂掉，还是能把他的乌纱帽骂掉，还是能把他的工资、房子骂掉？该忘本就得忘本，不然记着那么多东西，背着那么多的债，人还往不往前走？

只是那些揭发材料让他发怵，所谓知情者也。

怎么办？他想出这一手，给另一派头面人物在“文化大革命”中的表现作个政治结论，灭灭他们的威风，平息一下清查运动中受挫一派对他的愤怒。

肖宜从来没有感到过什么威风。当初只不过是一种献身的热情。他常恨自己生得晚，作为一个共产党员，没能在革命战争年代为党的事业冲锋陷阵，是一生的最大遗憾。终于赶上了一个“文化大革命”，可以为捍卫毛主席的革命路线抛头颅、洒鲜血……现在又要重翻老账，给他做政治结论了。他有错没错？有，他的错在于给人当枪使，干了好些让他后悔莫及的蠢事。

直到现在，见了曾是对立派的同志，肖宜还感到无限的悔恨和歉疚。他们为什么要像仇人一样地互相厮打，狂骂？好像一个失去了理智的人，用自己的右手砍断自己的左手……那时候，他们都是疯子。世界上有各种各样的疯子，希特勒是战争疯子。

汪方亮叫住他：“肖宜同志，许久没过问你的事了，你的结论最后是什么？”

肖宜似乎不大愿意谈及：“‘运动中犯有严重政治错误’，理由是我有反对某副总理的言论。”

汪方亮勃然。照这样下去，将来反对某副部长也会成为严重的政治错误。什么时候了，还搞这套极左的玩意儿。“你签字啦？”

肖宜冷然一笑：“没有。这道理说不过去，我不准备接受，现在正僵持不下。”

得帮肖宜想个办法，硬顶也不好。对付田守诚，汪方亮相当有办法，他摸透了田守诚的脾性：乌纱帽重于一切，自身利益高于一切。抓住这个特点，就能牵着他的鼻子走。

设计院有个副院长，因为给田守诚提过意见得罪了他，三年没给人家分配工作。那位副院长找汪方亮帮忙，汪方亮就对田守诚说：“听说那位副院长在‘文化大革命’中整过你？”

田守诚不知汪方亮葫芦里卖的什么药，很谨慎地说：“没听说呀。”

汪方亮一惊一乍地说：“哎呀呀，你这是背了黑锅了。很多人在下头议论，说他三年没分配工作，是因为他在‘文化大革命’中给你提过意见，你现在是报复人家。”第二天田守诚就过问了这件事。

汪方亮的另一位朋友，田守诚也是一直不给安排工作。

汪方亮做出老谋深算的样子对田守诚说：“老陈这个人你得安排工作。”

“为什么？”田守诚问。

“你现在不给他落实政策，将来组织部会落实。这个人情你不送，让组织部去送？他有点祖传的医道，对疑难症很有点办法，他那里四通八达，找他看病的人，什么品位的都有，”说到这里，汪方亮有意放低了声音，“而且听说他的嘴很不好。”

不出一星期，陈局长安排了工作。

汪方亮走过去，意味深长地对肖宜说："你拿着那个结论去问问田部长，反对某副总理是严重政治错误，反对邓小平副总理算什么性质的错误？不逮偷牛的，逮那拔橛的，有这个道理吗？"

这时一位勤杂工人走了过来，对汪方亮说："汪部长，您昨天下班的时候没有关窗，弄得满屋子都是灰，我们打扫卫生可麻烦啦。"

"是吗，啊哟，我忘记了，实在对不起。"

肖宜把从打字室拿回来的、那一叠刚刚打印好的文件，重重地往桌子上一摔，上面的几页，散乱地飞落在地板上。肖宜也不去捡，只是用脚连踢带捻地踢到墙角里去。

那份文件既无抬头，又无落款，文件上的每一个字，像一只只居心叵测的眼睛，嚣张地、阴险地看着他。

一，重工业部的十二大代表，已有部长一名在选，另外两个名额，不宜再安排部一级的干部。

二，代表年龄，不得超过六十五岁。

三，另外两名代表，应在业务干部中推选。

右角上，还印有"绝密"二字及发至各支部的字样。

既然厚颜无耻到这种地步，何不痛痛快快地写上：不准选郑子云。

真敢干！就在中央所在地的北京，就在国务院下面的一个直属部。

这还像个共产党人吗！肖宜想起马克·吐温的小说《竞选州长》，然而现在早已不是竞选州长的时代。

肖宜恨不得划根火柴，把这叠东西烧掉。他抱着双肘在办公室里来回踱步。自然，这是有计划、有步骤的，包括田守诚正在礼堂里作的动员报告。动员什么？动员大家不选郑子云。

他的心跳得快极了。他一再对自己说："冷静，冷静。这和你有什么关系，谁当选还不是一样？"然而，另一声音却在他心里顽强地呼喊，愤怒地指责："你还是个共产党员吗？你能对这样的事听之任之，无动于衷吗？"

可是，想到他在"文化大革命"中被践踏的赤诚，他又硬起了心肠。何必为别人卖命？

别人？谁？难道这代表的荣誉是某个人的私有物？选举自己信任的、符合标准的代表，不是每个党员的权利和义务吗？不选郑子云，难道让田守诚这样的利禄之徒，代表重工业部和G省的党员去履行自己的权利和义务，然后再爬上中央委员的地位，利用职权为非作歹？他拿起了桌上的电话……

哦，算了，算了，不就是这一个人吗？他又把话筒放下。

也许就在某个关键的时刻，比方说，某个关键的表决，就差这一票呢？

肖宜用拳头捶自己的脑袋。

电话铃响了。

是田守诚的夫人打来的。"老田呢？老田不在？告诉他，今天早点回家，D工业部的H部长晚上请我们吃饭。"

一句问好也没有，一句谢谢也没有，好像肖宜是个收录两用机。

肖宜知道那位H部长，就在五届人大会议上，竟还提出把谁谁英明、伟大写进宪法里去。

这一伙人，又在串联什么。大概他们要在十二大上做文章。

肖宜从那一叠文件上拿起一张，折好，放进上衣口袋，把其余的送到里间田守诚的写字台上，然后把办公室锁好，噔、噔、噔，三步并成两步地下了办公楼。在车棚里找到自己那辆破自行车，往郑子云家里，飞车而去。那样子，真像唐·吉诃德骑在那头小毛驴上，可他觉着自己像是骑了一匹高头骏马，耳边是马蹄嘚嘚，军号嗒嗒。

郑子云简直没法相信。他把那张被他揉成一团的纸，又重新摊开，抚平。一、二、三条，写得清清楚楚，哪一条也是目标明确地指向他。他把那纸丢在茶几上，身子更深地埋进沙发里去。暮色里，传来了呜呜的黑管声，让他联想起古代边塞上的号角。

他想起苏轼的《定风波》：

> 莫听穿林打叶声，何妨吟啸且徐行。竹杖芒鞋轻胜马，谁怕？一蓑烟雨任平生。　料峭春寒侵酒醒，微冷，山头斜照却相迎。回首向来萧索处，归去，也无风雨也无情。

他听见夏竹筠带着外孙子回来了，可能新买了一挺玩具机枪，整个单元里充满了那挺机枪的嘎嘎声和外孙子的叫喊声。郑子云赶紧站起来，把还留着一个缝儿的房门关严。

但依然不断听到夏竹筠的声音："别穿着鞋在沙发上踩。"

"别揪猫尾巴。"

"哎呀，你这坏孩子，怎么把肥皂扔暖瓶里啦。"

"别掐那盆花。"

"别……"

"别……"

日子过得挺热闹。要是她知道他最近又打了一次退休报告，准会又跟他大吵一架，一个男人要是有了一个女人就算完蛋了。

颠三倒四。天翻地覆。

“笃笃！笃笃！”准是那小胖子拿着机关枪在门上敲。

一开门,果然那小胖子在门口站着,叉着腿,头上那顶硬盖帽子太大,遮住了他的眼睛。一下把那挺机关枪杵在郑子云的肚皮上。“快举手投降,不然我就枪毙了你。”

天哪,赶快走开吧。

郑子云举起双手:“好,好,投降,一边儿玩去吧。”

那小子“嘎嘎嘎”又是一梭子,跺着两条胖腿,嚷着自编的战歌,凯旋而去。

投降！郑子云微微笑了笑,在他的字典里,没有这个字眼儿。

为了取得和田守诚斗争的自由,他打过六次退休报告。官儿可以不当,但是,十二大代表非当不可,这不是为了个人的什么,而是为了战斗。他感到三中全会以后,特别是最近一个时期,也就是国民经济调整时期以来,那些历次运动中永远正确的“左派”,那些“凡是派”,那些“四人帮”的残渣余孽,正聚积成一种社会力量,把城市人民生活改善得还不够快、住房问题、物价问题、那些多年的错误经济政策遗留下来的困难以及恰恰是由于没有解决极左思想路线的影响,所以在三中全会以前直到一九七八年,经济上仍然发生了高积累、高指标、大基本建设、不重视人民生活、浮夸风、引起人民群众不满等等,统统归结为三中全会的路线错误。明里不敢说,只好打着四个坚持的旗号,反对三中全会精神。其实四个坚持和三中全会的精神是完全一致的,没有四个坚持,哪里能有三中全会呢？然而现在就是有人要分裂它。

一想起这些,郑子云便感慨万千。

唉,我们这个党并非没有人材,并非没有人懂得客观经济规律,更不是没有把经济管理好的本事,也不是没有人看到危机和矛盾。问题是总有人在践踏民主,逼得人非说假话不说真话不可,所以才会出现田守诚那样的风派人物,他今天说拥护,明天就不拥护,口头上说拥护,心里很可能不拥护。

想到这里,郑子云也为田守诚感慨:难道他一开始就是这样的吗?

三十年来的经济建设的经验,说句官话,叫有成功有失败,说句真话,基本上是失败的教训。干了三十年,才敢于正视和承认这一点。

如何建设具有我国特色并符合自己国情的经济形式,直到三中全会以后,才真正总结出一条路子。

在党的历史上,这是非常重要的一次会议,如果说它的重要性相当于长征时期的遵义会议,一点也不为过。三中全会只开了几天,许多重大事情都是在三中全会前期的中央工作会议上决定的。他参加了那些工作会议,对全过程是清楚的。当时"凡是派"的一些人还在台上,首先是"实践是检验客观真理的唯一标准"的提出和对"两个凡是"的否定。在思想意识上解开了全国人民被捆绑的手脚,以后一系列的改革、调整、平反之所以能够进行,都是建立在三中全会这一思想路线基础上的。如果没有这条思想路线,就是抓住了"四人帮",人们还是在过去的老路上摸索,不可能有什么真正的变革。

但是几十年的习惯势力、行之多年的旧体制,改变起来真不容易。困难重重,阻力很大,慢一点跟不上形势,快一点又会出乱子。什么样的人没有啊,任你千条万条,我有一定之规;推一推,动一动;一看二慢三通过……就像当初人们都留头发,满清进关要大家剪一部分头发、梳辫子，当时很有些志士仁人抵抗了一阵子。身体发肤，受之父母，不能剪。后来闹了个留头不留发，才只好都拖着辫子。二百多年以后要剪辫子了，又是许多人不肯剪，好像自从开天辟地以来，人就是留辫子的，忘记了老祖宗原是没有辫子的。

加上个人得失，或调和、或平衡、或保守、或看起来下了台，但势力和影响还很大，随时准备伺机而动……局面相当复杂。

郑子云预感到，党的第十二次代表大会，将是继三中全会之后民主、科学、前进、法制又一次与调和、保守、封建、迷信甚至还有专制的大较量。他要参加这场战斗，为维护三中全会的精神，他要争取这个发言的机会。

至于他自己，快七十岁的人了，再不说真话还等什么时候？

哪怕这次就死在这个战场上，哪怕再给他戴上一顶右倾机会主义，或走资派的帽子——又不是没有戴过，但他相信早晚有一天会给他平反，即便在他死后。世界总是向前发展的。

想到这里，郑子云的心平静了。在他那强烈的，炽热的愿望里，没有不敢被人直视的东西。

他决定和田守诚面对面地谈谈这张见不得太阳的纸上写着的东西。

没想到郑子云坐在他的办公室里。

来者不善。

田守诚不动声色地问："身体好些了？怎么不在家多休息一些日子？"

郑子云捋着手里的一支香烟，也不点它，就那么来回地捋着，像一个老兵在枪声打响之前，沉着地擦着自己的枪栓。

他们沉默地对峙着，仿佛对垒的两军战士，在等待着战斗的信号。

“坐吧。”郑子云说，然后伸出两个手指头，夹起茶几上那张轻飘飘的、让田守诚费尽心机的纸片：“守诚同志，你能解释一下吗，这是什么意思？”

田守诚好像不懂中国字的外国人，把那张纸看了很久。“哪里弄来的，这东西？”

“哪里弄来的，是没有意义的问题。作为党组副书记，常务副部长，我有权请你回答刚才那个问题。”郑子云点上了烟，慢慢地吸着，也不抬头，也不看着田守诚。不着急，有的是时间。

一切声音全都隐去了，田守诚只听见自己的心跳。一声声的、像点将台上的鼓声，缓慢、沉重、有力，向很远很远的地方震荡开去。周围又像有无数对眼睛在逼视他，回避、不出战都是不可能的。他只有硬着头皮说：“这个嘛，无非是希望代表的面更广泛一些，尽可能把广大党员群众的心愿带到大会上去。代表大会，代表大会嘛。”

“这是党组会上通过的？”

田守诚也从烟盒里抽出一支烟。打火机不灵，咔嗒几下也没打着火，郑子云把自己的火柴盒扔了过去。田守诚仍然固执地咔嗒着打火机，终于打着了，田守诚点着香烟之后，又把火柴盒扔还郑子云。

他吸了一口烟说：“几个人议了议。”

“那么，给我看一看党组的会议记录。”郑子云伸出右手。田守诚那光滑的像腻子腻过的脸开始打皱了。“呃，这个……是几个同志私下议了议……”

“几个人？谁？”郑子云站起身来，走到田守诚的对面去。

“……”田守诚无言以对。

“几个人的私下议论就可以成文，代表党组发到各个支部去？是谁给你们的权力篡改中央关于党员代表的选举条件？怪不得群众反映，重工业部的事情，只有四个人说了算，部党组说了是不算的！”用不着田守诚回答，他也知道是哪几位。

“我们并未以党组的名义印发。”田守诚早已考虑周到，既无抬头、也无落款，谁也抓不着什么。“监守自盗”这种事情会落个什么下场，他心里相当清楚。

“那你们为什么没有勇气签上自己的名字？以你们个人的名义也并非不可嘛。问题很清楚，就是要在群众中造成一种错觉，这就是部党组的意见。借组织手段，强加于群众。我要求召开部党组会，把这件事向党组成员，向广大党员群众说说清楚。我以为这种非组织活动，是非常错误的。这种情况，在我们部里，已经发生过多次，在党的政治生活中，是极不正常的现象，是无视党的原则的表现。我们不能在大会上讲的是一套，心里想的、实际上干的又是另外一套，否则，我们怎么还能称做共产党人？”

田守诚心里冷笑。也不知道谁，嘴上一套，心里想的、实际干的又是另一套。

说得冠冕堂皇。不就是为了自己一个代表席位吗？那么重的病不好好休息，却累死累活地到处做报告，讲改革，讲调整，不是为自己捞取政治资本又是干什么？但他还是压住火，说：“有意见可以提，有问题慢慢解决，何必意气用事呢？何况你身体不好，有病，不适于激动。”

他要稳住郑子云。这么多年的官场生活，也没把他教训出来，老像个运动场上的新手，横冲直撞，不懂得规则，也不理会裁判员的哨子。对这种人要躲着一点，不然就会被他撞个筋斗，摔疼了犯不着。再说这件事，到底不那么正大光明。天底下顶高明的骗子也骗不了自己。

郑子云听出田守诚话里有话，他透彻地一笑。意气用事？在这种人心里，一切党性原则都已化为乌有，或在作报告的时候才会引证的条文，他再也不能理解什么是共产主义的理想了。

“不要把事情岔开去。这件事情必须立刻解决，或者你通知各个支部立即收回，或者我上报有关领导机关处理。”

真是茅坑里的石头，又臭又硬。谁曾经这样评价过郑子云？想起来了，是那位已经让人刨了骨灰的理论家。骨灰可以扔出八宝山革命烈士公墓，这句话可没有过时。一个人的话不能句句都错，这句话就千真万确。

“既然你这样坚持，我们就研究、研究吧。”

研究，研究。这两个字的妙处，真是只可意会不可言传。它在时空上给人回旋的跨度，在大字前头还可以加上个“最”。如果给所有的词汇也来一个评奖，它的实用价值应该名列前茅，也许有人会情不自禁地高呼，“‘研究、研究’万岁！”郑子云想，等他将来退休没有什么事情可干的时候，他就要研究、研究这些个“研究、研究”。也许他还要写一本书，写他当初怎样研究，后来又怎样研究，各种不同的人是怎样研究，应该怎样研究……

“好吧，我等你的消息。”这种场合总要给对方一个台阶。

田守诚的脸，重又像腻子腻过一样的光滑了。他永不会有尴尬那种感觉，郑子云也不会有，尴尬是小孩子们的事情。

临到他们分手的时候，那气氛如同他们刚刚在一起谈论的是在远隔太平洋的美国，下一任总统究竟是里根还是卡特？

送走郑子云之后，田守诚一把抓起茶几上那张像溃军手中的破旗一样的纸片，哗啦、哗啦地撕个粉碎，团成一团仍进纸篓。

他妈的，刚才这一仗真是刺刀见红，又让这家伙赢了一着。

田守诚懊恼地想到，最近一个时期他连连失误。这说明他着急了，没有耐心了，沉不住气了。不好，这很不好。这是一种走下坡路的迹象。好像他的机智、才能，如同落花，随着流水一同逝去了。难道他真是老了吗？他和郑子云差不多年纪。可是那个病秧子，过得倒蛮有劲。

田守诚呷了一口热茶。真苦，冲得太浓。然而心头觉得猛地一爽，他又赶紧喝了两口，慢慢地咽下喉咙，好像这杯浓茶，可以把肠胃里的晦气冲走。这两年他的茶越喝越浓，好像吸烟、饮酒，越来越上瘾。唉，生活里的味儿越淡，烟、酒、茶的味儿就会越浓。田守诚往茶几上瞥了一眼，果然，给郑子云沏的那杯茶，他一口也没喝。郑子云是不喝浓茶的。那个人生活过得似乎很有节制，好像在填写一张每个空栏都留得不大的表格，简明，紧凑，枯燥，乏味。看多了让人扫兴，败胃口。不知他老婆和他一块儿怎么过?！他竟会养出两个孩子，真是难为他了。这样的人应该出家当和尚。

一抬头，田守诚看见肖宜站在门口，他一定在那儿站了好久。干什么？窥测他的心理活动吗？幸亏人类在科学技术上的进步，还没有达到这个水平，否则岂不天下大乱。如果人人都像一本书，谁想打开就可以打开，谁都知道谁心里在想些什么，人和人其实都是一样的，吃着五谷杂粮，有着七情六欲……那还了得？那就不会再有神圣和卑微，权威和服从，也就没有了田守诚。

肖宜那副神气真怪，好像怀里揣着把攮子，正在犹豫着现在就给他一攮子,还是再呆一会儿?

“小肖啊,有什么事情吗?”

老站在那里,怪讨厌的。

“有点事。”肖宜的下巴哆嗦着。“您刚才和郑部长谈话,我不好插嘴。您不是问郑部长,那东西他是从哪里弄到的吗?”肖宜激动得很,话说得结结巴巴,直让田守诚起急。“那东西是我,我给他的。”

好家伙,这一攮子真厉害。

肖宜下了决心,准备说完这番话就卷着铺盖卷滚蛋。

走?没那么容易。田守诚早知道,从第一天当秘书起肖宜就不愿意,觉得在他这里不自在,不舒服。可是他走了,田守诚还上哪里去找一个比肖宜更富有代表性的人物呢?

哪怕发生了这件事,田守诚也不肯放他走,扩散出去就更加不利,相反,把肖宜留下舆论上才是有利的。再说田守诚能白让他攮这一下?不自在?不舒服?越是不自在、不舒服,就偏让他在这儿受着。

这一手田守诚真没料到。通过两三年的观察,他原以为肖宜已经变成世外之人,看来这个观察极不准确,以后要加倍提防他。

田守诚斟酌着字句:“肖宜同志,这样做会影响安定团结的,不过嘛事情已经过去了,以后注意就是喽。”

肖宜却不肯接受这赏赐。“影响安定团结的是这件事情的本身,而不是我。任何一个正直的共产党员,都应该反对这种错误的做法。而且我希望给我另外调换一个工作,这个工作我在能力上不能胜任。”

田守诚决计不和肖宜去论那事情的短长,和他有什么好扯的。

是又怎样,不是又怎样?肖宜又不是中央纪律检查委员会的委员。

田守诚随口念出一条经文:“这是工作需要嘛,有什么意见,我们以后再找个时间交换一下?啊?”

把肖宜打发走之后,田守诚觉得这个上午什么事也干不下去了,都来凑热闹,好像商量好了一样。

忍气吞声。逆来顺受。

他受了多少罪啊,这个官儿,好当吗?啊!?

工间操的铃声响了。十点整。大喇叭里,立刻响起了体操教练那威风凛凛,像在指挥千军万马的嗓门,比他这个部长耀武扬威多了。

“现在开始做广播体操,预备——一、二、三、四……”听声音就知道那人底气挺足,血气方刚,谁的气也不会受。要是有人敢揉搓他,他一拳头就会让人家脸上开花。

唉,人要是有所求,就得有所失。算来算去,还是收入大于支出,不然这个买卖还能干吗?

十六

吃完晚饭以后,郑子云和夏竹筠就坐在客厅里,已经两个多小时了。那架势、那气氛,好像他们一人拎了一根棒子,单等圆圆进门,就给她一闷棍。

夏竹筠每隔几分钟,就要看看手腕上的表,唉声叹气地揉着自己的胸口,然后朝茶几上那几张照片狠狠地瞪上一眼。她又去翻圆圆的抽屉了,真没法儿。

照片上，莫征正附在圆圆的耳边说着什么。圆圆呢，靠在莫征的肩头，眯着眼睛，仰着头。太阳很耀眼吗？

另一张是两个人牵着手的背影，在他们身后，是晚风中摇摆着的树枝和小草，远景是落向地平线的太阳，再没有别的了。

还有一张竟是圆圆拿着一根冰棍往莫征嘴里塞，莫征躲闪着，圆圆张着大嘴在笑……

这些照片肯定都是圆圆的杰作，摄影记者嘛。不错，有点味道……他却没在报纸或杂志上看到过她拍的新闻照，问她，她老说："抢不上好镜头。"

一个新闻照片，什么好镜头不好镜头，只要不是照了半个脸，或是少了一条胳膊，或是缺了半截腿就行。在这点上圆圆大概有点像郑子云，要么就干好，要么就拉倒。温吞水，或是中不溜的事她是不干的。

郑子云今天下班回来，刚一进门夏竹筠便迎面扑了过来，摇着这几张照片，冲着他嚷嚷："瞧瞧吧，你女儿干的好事。"

他的女儿？凡是圆圆干了什么夏竹筠认为是忤逆的事，那时圆圆便成了他的女儿。

夏竹筠的话，是真的还是假的呢？反正女人在这方面有种天生的本事。肯定她调查过了，不然她整天呆在家里干什么？！

"莫征当过小偷，进过局子，这就是你那个叶知秋的养子。"夏竹筠向他宣布着，好像她终于胜利了。

叶知秋也变成他的了。

他皱了皱眉。郑子云尽量避免和夏竹筠发生争吵，何况现在是这么一种情况。

照片上所显示的圆圆和莫征之间的亲昵关系，对郑子云来说，并不像夏竹筠那么突然。

以前圆圆似真非真地对他说过。

那天晚上郑子云很久没有睡着，在黑暗中大睁着眼睛，听跳动的脉搏清晰地叩击着自己的太阳穴。他在床上辗转反侧，像那些被无穷无尽的问题，折磨得精疲力竭的人，想要清静一会儿。他抱着脑袋，捂着耳朵，恨不得钻到哪个犄角旮旯里躲起来，但也无济于事。

他盼着有点别的什么声音，来代替这固执、单调，躲也躲不开的声音才好。

他支着耳朵寻找；

他开始数："一、二、三、四、五……"

他在床上做气功……

不行，全不行。

终于，他听见钥匙开门的声音，圆圆回来了。他跳下床，打开房门。他能想象出自己的样子：花白的头发在枕头上滚得蓬乱；睡衣在被窝里揉得皱皱巴巴；披着一件随手抓起来的外套，一副有求于人的可怜模样。

圆圆那张本来是毫无防范的脸，立刻变得像是听到了二级战备的命令，随时准备着抵挡来自郑子云的任何责难和盘问。

"吃过晚饭了吗？今天有卤鸭脚。"郑子云带着一种巴结的笑说道，他知道圆圆爱吃这东西。他生怕她会很快地回到自己的房间，钻进自己的被窝。

"真的？"圆圆扬着那对乌黑的眉毛。那对眉毛，活像从郑子云的脸上用复印机复印下来的。郑子云每每看着圆圆，就像看见青年时代的自己，心里便会生出对岁月一去不复返的怅惘，对生命之谜不解的好奇。

郑子云耐心地等着。圆圆把肩上那个足以装下二十斤大米的帆布背包挂到衣架上去。郑子云感到奇怪,那么大的背包天天都装得那么满,也不知道有什么可装的?

又看着她甩掉脚上的高跟鞋换上拖鞋。

跟着她到洗脸间,看她洗手,又跟着她进了厨房。圆圆拉开碗橱,探头在里面寻找,拿出装着卤鸭脚的那个大钵。“我倒是吃过晚饭了。”说着,用手抓了一只放在嘴里啃着。

圆圆用脚从桌子下面勾出一个矮凳,踢给郑子云,然后又勾出一个给自己。他们在矮凳上坐下。

“妈又骂我了吧?”她一面往外吐着骨头,一面含混不清地问着。

“没有。”

圆圆咧了咧嘴。那意思是说,不告诉她,她也能猜着。她不吃了,挨个吮着右手上五个油腻腻的手指头。

“爸,要是我爱上什么人,您能不能相信,那是一个应该爱的人呢?”

真是猝不及防。那天晚上他完全没有谈重大问题的思想准备。

郑子云常常不能回答圆圆那些刁钻古怪的问题。

这一代人显然聪明,然而也自有他们的缺憾。做人也好,办事也好,有时显得形式大于内容。

郑子云愿意相信圆圆,因为她不是那种生活态度不严肃的孩子,思想上成熟的也比较早,虽然她在外表上总给人一种“没有真格的”劲头。但是郑子云不愿意把话说得那么满,何况这是关系圆圆一生幸福的大问题。万一她是感情用事呢？爱情这种事情，谁能保证它永远都是冷静而合乎规范的呢？

“圆圆，这有点像猜谜语。你知道，我是不能凭想象下结论的。也许你觉得爸爸太没味儿。造就我们的时代和造就你们的时代不同。原来是地下工作，后来又是经济部门……因此太少幻想，太多现实。你总得让我知道那是怎样的一个人，不然我怎么能随便说，这个行或是那个不行呢？你是不是真有什么人了？”

圆圆朝他莞尔一笑：“现在还没有，不过早晚会有。”

“到时候，你会告诉我吗？”简直像在恳求。郑子云对这宝贝女儿毫无办法。

“当然。”说着，她起身在他脑门儿上亲了一下，带着一嘴卤鸭脚的味儿。“爸爸，你真好。你是我最知心的人。”

郑子云用手抹了一下脑门儿，手上是褐色的汁液和腻腻的鸭油。

当然个屁，这小阴谋家。

除了这几张照片，郑子云一无所知。

又是猝不及防。

郑子云再次拿起那几张照片端详着。

如果没有进过局子，那男孩子显然很可爱。叶知秋为什么要收养这么一个人呢？而圆圆又为什么会爱上这么一个人呢？他有什么地方值得人们这样对待他？难道叶知秋和圆圆都犯了糊涂，竟不如夏竹筠清醒吗？这让郑子云觉得不能理解。

郑子云从来没看见圆圆像照片上这样笑过。他轻轻地叹了一口气，想起自己也没有这样笑过，即使在他年轻的时候。也许因为那是出生入死的时代，他没有时间这样去笑。

这种笑，只属于一个人。一个不知等在什么地方的人。

既不属于生她的妈，也不属于养她的爸。对了，他们生了她，养了她，却让这个小毛头给抢走了。不费吹灰之力。

夏竹筠厉声地对他说："你得让她说说清楚。"好像要嫁莫征的是坐在她面前的郑子云。

说说清楚？谈何容易。

郑子云喟然。什么事情有那么简单？最近上头有人说话了，他和田守诚各打五十大板。

暂时是说不清楚的。圆圆的事情恐怕也是这样，郑子云信心不大。

"不要激动嘛，慢慢和她谈。搞僵了不好，这种事很容易搞僵。"

"你什么事都迁就她，溺爱她，所以才会搞成这个样子。"夏竹筠一转脸，才发现窗帘忘记拉上了，她真给气昏了头。她起身去拉窗帘，偏偏那滑轮给绳子上的小结卡住了，怎么也拉不上。她恨不得把那块窗帘扯下来，撕得粉碎才好。

郑子云走过去帮她。夏竹筠一把推开他的手，执拗地用力扯着那块窗帘布。"哗"的一声，撕了一个大口子，她还是不肯停手，直到把那块窗帘扯下来，踩在脚底下为止。

歇斯底里。

贾宝玉说过，女人一旦从少女变成妇人，那就可怕了。

郑子云一声不响，瘪着嘴巴坐在沙发上，这种生活让他厌恶。人们常在漫不经心中，轻易地把自己，把周围的一切毁坏了。他看着墙角下那块没有缘由就被撕破了的窗帘，活像吹爆了的气球，刚才挂在窗上的时候仿佛还看得过去,现在看来却是褪了颜色、落满尘土,不成样子的一堆破布。

风驰电掣。莫征把摩托开得飞快。圆圆缩下脑袋,闭上眼睛,把脸颊紧紧地靠在莫征宽阔的后背上。

她疲倦了。幸福地疲倦了。忘记了这是往哪儿去。管它往哪儿去呢?只要和莫征在一起。天涯海角。她又轻轻地笑,然后把围着莫征的右手松开,伸到莫征的嘴边。

莫征侧过脸颊,用嘴唇轻轻地挨着它。这就是圆圆的小手,却像男孩子一样的粗糙。它把圆圆带给他。这淘气的,惹得他揪心揪肺地思念的人。因为她,前面一排排的街灯才会变做宝石,摩托才会变做载他渡向彼岸的船。

莫征相信自己会渡过去。一定要渡过。为了靠在他背上这个将自己鲜花般的一生,毫不吝惜地交付给他的人。他意识到自己的责任。他也意识到圆圆给他的,不仅仅是一个女性的爱情。她已将他洗涤干净。

人可以一瞬之间飞跃几十年。莫征好像重又回到一生的起点,仿佛重又回到童年,变成那个穿着浅蓝色法兰绒衣服,两只手洗得干干净净的小男孩。

他将要重新起飞,载着这靠在他背上的可爱的小人儿。

圆圆好像知道他在想些什么,用围着他的右手,拍拍他的胸,然后在他耳旁说了些什么。他没听清楚,风把她的话从她的嘴边吹走了。莫征妒忌那风。但他知道,那定是一句甜蜜的话。

"你说什么?"他侧过头来问。

圆圆揪住他的耳朵,把他的头更近地拉向自己,嘴唇贴在他的耳朵上说："我要在这背上靠一辈子。"

莫征的耳朵感到她嘴唇里呼出来的热气，这温热一直从他的耳朵流到他的心里。

他笑了。

谢谢，谢谢你，善良的、慷慨的姑娘。

生的欲望是多么的强烈啊，只要抓住一件可信的东西，它就会慢慢地复苏。

莫征觉得他那颗心像被雷殛过的老树，从树桩旁边，又抽出了新的枝条。嫩绿的，悦人的，生意盎然的。它将会长大，长出大片的浓荫，或在晚风中哗哗地歌唱，或慷慨地，默默地，覆盖着饥渴疲惫的行人……他要更多地爱这世界，爱这世界上的人。也许他会再一次遭到雷殛，然而他已知道，根在地下，那儿有水，还有大地，这万物的母亲。多少年之后，又会抽出新的枝条。生生死死，永不息止。

啊，莫征为自己以前那许多的叹息、抱怨，和听任自己摊手摊脚的堕落，丝毫不曾制动自己而感到汗颜。

听天由命，丧失勇气和信心，是一种无能的表现。

人类不肖的后代。

他过于自艾自怜地舔着自己的伤口，带着夸张了的呻吟。而人类遭受的苦难要深重得多，巨大得多，可它照样前进。

长达几世纪的冰川期曾使恐龙绝种，而人类却经历了伟大的迁徙，从猎人时代进入农人时代；

维苏威火山曾将庞贝、赫库蓝尼姆、斯塔比奥城全部淹没，然而意大利仍是欧洲的学校；

希特勒吮吸和啖噬过千万人的鲜血和白骨，历史的车轮依然从他的身上碾过……

莫征摇头。

“你不要吗?”圆圆用小拳头捶着他的背。“你敢不要。”

再打一下吧,再打,这小暴君。

红灯!已经过了停车线。

糟糕,他的心全不在了。这个时候可不能犹豫,他只有加大油门冲过去,并且立刻拐进另一条街,下个十字路口准有警察在等着。

圆圆蹑手蹑脚地进了家。怪,客厅里亮着灯,妈妈今天没看电视吗?

她拿起桌上的小圆镜。她几乎认不出自己。什么地方变了呢?眉毛?眼睛?脸蛋?嘴唇?毕竟不一样了。那不一样究竟在哪里呢?别人是看不出的,只有她自己知道。

她努起嘴唇,像个绯红色的小喇叭。然后又笑了,两片绯红色的唇间,夹着一排整齐、洁白而细小的牙齿,晶明发亮。而这,是他的。

啊,她爱,她爱!想到这里,她咬紧了牙齿,使劲地摇着脑袋。有人说恨得咬牙切齿,其实爱也可以爱得咬牙切齿。

胡说八道吧?!

圆圆“噗哧”一声笑了,扑倒在床上把脸埋进松软的枕头。啊,啊!她答应了,她要嫁给他。

嫁人,这可怕的,又是在期待中注定要到来的事。书架上,那个一尺半高的洋娃娃在责备地瞪着她,那微微歪着的脑袋里仿佛装着这样的惋惜:“哎呀呀,你就这样轻易地告别了你的少女时代吗?”

圆圆从床上跳下,站在那个洋娃娃的面前,盯着它那双什么也看不见的、睫毛长长的眼睛,轻轻地说:“不,你永远不会懂得。”

对,它永远不会懂得,当两个生命变成一个生命的时候,那不是失去,而是得到,是创造。创造,他们要靠自己的四肢和头脑。

莫征说过,他绝不加入他们这个家庭,他也不肯丢开像母亲又像姐姐,又像朋友的叶知秋。当他有了圆圆以后,他更加体贴叶知秋孑然一身的孤苦。他对圆圆说过,他们一定要有一个小孩,那孩子将叫叶知秋“奶奶”。圆圆听了,只顾捂着脸笑。他说他要好好翻译一些东西,做一番事业,做一个真正的“一家之主”。圆圆把头摇得像货郎鼓。可是,真的,他已经翻译了两三篇短文,叶知秋说过,她要送给她的一个老同学看看,那个同学是某个外文杂志社的编辑。

圆圆和莫征商量过,假如那几篇东西可以用,他们将用第一笔稿费,买他们的第一床新被。那蓝绿色的,丝绸的。当圆圆既不嬉笑,也不发怒或不刻薄的时候,她的眼睛便沉静得像蓝绿色的湖,以后,这一辈子,他们还要买许多床、许多床新被……

“圆圆!”夏竹筠变了嗓音的喊叫,一下就把圆圆从那蓝绿色的湖里拽了出来。

“干吗?”凡是让人搅了好梦的人,都这么不耐烦地说话。

“你过来,我和你爸爸有事和你谈。”

听那声音就知道没好话。

圆圆用手捋了捋蓬乱的头发,又在小镜子里最后地瞥了自己一眼。好像没有什么可以使夏竹筠挑剔的地方了,然后老大不情愿地拧身到了客厅。

圆圆用眼睛飞快地扫了郑子云和夏竹筠一眼，真有一种不寻常的气氛。

郑子云看见，圆圆戒备地抿紧了嘴唇。这不是好兆头，还没开始接触问题，就有了一种对立情绪。

“坐吧。”夏竹筠拿出惯常在机关里和犯了错误，或捅了娄子的下级谈话时那种居高临下的姿态。“老郑，你谈谈吧。”

这个题目真是困难。他怎么能不伤圆圆的心，又能婉转地让她死了心呢？

人干吗要恋爱呢？真是复杂透了。那些眼泪啊，情书啊，约会啊，像林黛玉和贾宝玉那种爱情的试探啊，山盟海誓啊……要牵扯多少精力，耗费多少时间？唵？恋爱是小说里的事。他和夏竹筠就没恋过爱，不也生活了几十年吗。到了时候，一个男人有个女人，或一个女人有个男人就算了。

郑子云想缓和一下紧张的气氛。“最近你好像很忙啊，圆圆，也不回来和我们一起吃饭……”

他看见圆圆耸了耸肩。不好，这么说不好，好像在有意地挖苦她。算了，他没时间绕弯子。

“我和你妈妈很关心你的个人问题。当然喽，到了一定年纪，人人都要结婚。在考虑结婚对象这个问题上，我们首先应该着眼于他的政治立场，个人品质，事业上的进取精神……”他妈的，他自己也觉得简直像在作报告。不，就是他作过的报告，听上去也比这个段子精彩。郑子云觉得圆圆极力在抑制着一个讥讽的微笑。

圆圆想，这真有点像讨论一个人够不够入党条件。

夏竹筠已经不耐烦地拿眼睛频频地横着郑子云。

郑子云努力想要把他理想中的那个模范女婿说得更有人情味。“要选择一个非常忠实的,不自私的,对一切正确的东西都是热忱的,在水平上够格的——当然,也不要非常突出,那常常同其他的条件相矛盾——又能够互相理解和谅解的对象,这样,才可以幸福地生活和工作。”

圆圆终于忍不住地笑了。谈这种问题的时候她竟然还笑。

“爸,您跟在商店里买球鞋似的。这双白的,不行,爱脏,老得刷它,可是它漂亮;那双蓝的,不行,海绵太薄,走长路不舒服……”

“圆圆,你也太不像话了。老郑,我看你还是算了吧。”夏竹筠一下从自己的屁股后面拿出那几张照片。“我告诉你,以后咱们家里,不许出现这个人的照片,你得立刻给我断绝和这个人的一切来往!”

圆圆立刻扑了过来,夏竹筠一把收起那些照片,压到自己的屁股底下。

“妈,您可真是个克格勃!”圆圆刚才还是红扑扑的脸变得煞白。那句话,简直就是从咬着的牙根里挤出来的。“您凭什么翻我的东西?您这叫违反宪法,侵犯人权,您把照片还给我,还给我!”

女人一激动,个个都会变成女高音。

“有事情谈事情。把照片还给圆圆,这不合适。”

“还?!”夏竹筠嚓嚓嚓地把照片撕个粉碎,扔到痰盂里去。“哼,克格勃,侵犯人权,有脸说!还没结婚,就这么靠着膀子照相,不嫌害臊。”

“老夏!”郑子云受不了啦,这太下流了。

圆圆倒像落了气,身子往沙发背上一靠,还轻轻地颤着自己的腿。“你撕吧,撕完了我再照。膀子靠着膀子?我还要照一张跟他接吻的呢!我就是要嫁给他,你管得着吗?”

夏竹筠抡起胳膊,就是一巴掌。五个红红的手指头印,在圆圆的脸上渗开,然后变成血红的一片。“不要脸的东西!”天,夏竹筠忘记了自己年轻的时候做过的那件事了,而郑子云不但从来没有对她说过这样的话,甚至心里连想也没有这样想过。现在她却这样不公正地,理直气壮地对待圆圆。

“你会后悔的。”圆圆喊道。她觉得她从来没这样强烈地恨过一个人。

完了,郑子云知道,夏竹筠从此失去了这个女儿。他心爱的女儿,她竟打她的耳光,从小长这么大,他没动过她一个手指头。他一把把夏竹筠推向一边,生怕她再动手。“你怎么动手打人。算了,算了,今天不谈了。”郑子云推着圆圆往外走。

“啊,啊,你还推我,你差点儿没把我推倒。你们合起伙来对付我一个人是不是?不行,今天非把话说清楚不可。你吃我的,喝我的,我把你养大了,你就气我,不听我的话,啊?!”

“谁让你把我生下来了,你把我生下来你就得养活我,这是你应尽的义务,我还不领情呢。”

夏竹筠抓起一个凳子,冲了过来,郑子云怎么也挡不住,真像一头发了疯的母牛。

圆圆一把抢过她手里的凳子,扔到屋角里去。楼下立刻响起了敲暖气管子的警告声。

“你还想打人!你敢打我,你敢打我!”夏竹筠一面呼天抢地地叫着,一面把比圆圆重一倍的身子压了过去。

“小声点好不好,别吵啦,让人家听见成什么样子。”

圆圆使劲儿推开夏竹筠靠过来的身子,把夏竹筠推了个趔趄。“少来这套,谁打你了,别耍无赖。”

“你给我滚,我不要你这个女儿。”夏竹筠的嘴角,像螃蟹一样地吐着沫子,她真是气得要昏过去了。

郑子云闭上眼睛。这形象太丑恶了。

“圆圆,别往心里去,妈妈这是一时的气话。”他又往外推着圆圆。

“不要你说我也要走,我早就想离开这个让我憎恶的、虚伪的家了。你以为我稀罕你们的地位,你们的房子,你们的生活?呸!我不过可怜爸爸而已。可是爸爸您叫活该,您也是个伪君子。您明明知道妈的缺陷,您打心眼里看不起她,从我懂事起,除了睡觉您能不回家就不回家,整天整天地泡在办公室里。当然,您也确实忙。可我早看出来,不挨到上床睡觉的时候您才不回来呢,就是回到家里,一头就栽进自己的屋子。可是当着外人您不是给妈倒茶,搬椅子,穿大衣,就是给妈开门,好像你们多么恩爱,骗别人可以,骗不了我。我妈爱您吗?她只爱她自己。她既不爱您,也不爱我,也不爱方方。她什么时候为您的处境不好吃不下饭,睡不着觉?妈,你不过把我爸当个牌位供着,有这个牌位你可以要车,要房子,摆部长太太的谱,到哪儿别管有理没理,人家得让着你三分。不然换了别人,凭什么拿着工资几个月、几个月地不上班?你有假条吗?啊?你自己绫罗绸缎,左一套右一套,你看看爸爸穿的是什么?哪个部长像他。”圆圆走过来翻过郑子云的棉袄,棉袄里子便哗地翻了下来,露出了里面已经发黑的棉花。“你不给他买新的,至少也该给他补一补。你不补,有吴阿姨,你怎么连这个都想不到,啊?”圆圆又抻起郑子云的裤脚,毛裤的松紧口破得像张渔网。“这毛裤还是一九七一年买的,从没给他拆过,重新织过。”她又捏了捏郑子云的裤腿,“你自己摸摸,这条裤子有多薄了,它还暖和不暖和?爸爸的毛衣,还是我给他买的……说出去,有人相信吗?要不是我天天看着,连我都没法相信。你动不动就用香烟头烫爸爸的胳膊,扇爸爸的耳光,把杯里的烫茶往爸爸脸上泼,就跟黄世仁他妈虐待、折磨喜儿一样。你知道爸爸死要面子,绝不会把这些事往外讲,你就肆无忌惮地欺侮他。你是个虐待狂。”圆圆又转向郑子云:“妈是个什么样的人我清楚,我对她不抱任何幻想,可您呢,什么思想政治工作要科学化,什么企业心理学,什么要尊重人,关心人,相信人,什么 X 理论,Y 理论,Z 理论……就是不相信莫征是个好人。什么是偷?就是神不知鬼不觉地把不属于自己,不该自己所得的东西归为己有,从这个意义上说,妈的工资就是偷来的,她根本不上班……我可不过你们这种虚伪的生活。我和莫征要过真正的人的生活,我们相爱,我们互相尊重,我们奋斗,谁也不靠在谁身上吃喝,哪怕我们吃糠咽菜,可我们过的是实实在在的日子。妈,你放心,就是天塌地陷,上刀山下火海,我也不会回来求你的施舍,现在,话说完了,我要走了。”

郑子云坐在圆圆书桌旁那张小躺椅上,看着圆圆收拣东西,奇怪,他不知为什么竟说不出一句挽留的话。在他的潜意识里,他觉得圆圆这样做合情合理,如果不从他对圆圆的感情考虑,他甚至隐隐地为圆圆从某种丑恶的桎梏里解放出来感到痛快。

圆圆反倒平静起来,她觉得感情上不再欠这个家庭什么,要是没有这个大爆炸,她倒真有些犹豫,不好说走便走。她把那件浅蓝色的鸭绒登山服扔到一边去,从柜子里翻出来一件有着咖啡色和桃红色小花的旧棉袄,套在毛衣上面。袖子短了,腰身也显得窄了。她又从柜子里翻出一件比较肥大的灯芯绒外套罩在棉袄上。

郑子云明白,圆圆决不拿一件夏竹筠买的东西。他觉得难过,把孩子逼到这种地步。而且他了解圆圆是个犟牛,说出去的话决不会反悔,一旦决定什么,便会一条道走到黑。他走到自己房间,把他那件棉军大衣拿了过来,“这是爸爸的大衣,你穿吧。这么冷的天,你又老骑摩托,那小棉袄怎么能挡风呢?”

“不,我不冷。”圆圆紧咬着自己的嘴唇。

“这是爸爸的。”郑子云觉得自己的声音在颤抖。

圆圆一把抱过棉大衣,把脑袋埋在大衣里,“哇”的一声哭了起来,然而又立刻咬住大衣,堵住自己的呜咽,像小时候发了倔脾气一样,一边扭着身子,一边哭着,然后呜噜呜噜地说:“爸爸,请您原谅我,我实在受不了这个家……”

郑子云心里涌起一片歉疚。正是由于他,圆圆,这敏感而正直的孩子,才会生活在这个家里,从而才发生这种把高粱米移植到海南岛的误会,而他已经没有一点能力去改变这种不适应她生长的现状,刚才还一同参与了对圆圆的侮辱,虽然不是直接的。好像夏竹筠把一朵在枝头开得挺好的,挺美的花一把揪了下来,而他又在上面踩了一脚。

他把圆圆搂在怀里,抚摸着她那短短的鬈曲的头发。有多久了?他都没有这样抚摸过她的脑袋。是呀,她怎么就长大了呢,在不知不觉中。他呢,也就这么糊里糊涂地老掉了。“唉,唉,请求原谅的,应该是我。”

他不能像圆圆那样哇啦哇啦地哭。何况这一生,从记事起,他就没有哭过,别管心里多么悲痛,那眼泪悭吝得很,就是不肯落下来。此时,他只是觉得两腮上的肌肉一阵阵地酸痛。

摩托车那小小的红色尾灯早已看不见了。郑子云依旧站在冷风地里,痴痴地想着什么,又好像没想着什么。

是他在说话吗?这是他自己的声音吗?这样的苍老:"圆圆,别走,别丢下我一个人孤零零的。"

只有他自己知道,他其实和所有的人一样,也有着他的怯懦。为什么他刚才不敢说出这句话呢?他怕,怕圆圆问他:"您觉得这个家有呆下去的意思吗?"

那他可怎么回答哟。

对了,圆圆说对了,他虚伪。除了他自己,大概圆圆是唯一看得出这一点的人。刚才,圆圆把他用一生的努力,小心地掩盖在心灵深处的虚伪,揭示得一清二楚。

为了对舆论维持一个体面的家,他什么都忍了,迁就了。包括夏竹筠青年时代对他的不忠实,他明明知道方方不是他的女儿。她的暴戾,她的小市民气息,她在政治上的退化……这一切是为了什么?因为爱昏了头吗?不,她早已不是一个值得尊敬和爱恋的人,他是为了把自己塑造成一个高、大、全的形象。他可以说出许多科学的,马克思主义的社会学观念,然而在许多时候,却是执行旧观念的楷模。

高、大、全的形象又是为了什么?难道在为事业而献身的后面,没有一点对个人功名的追求吗?有的,有的,何必不敢正视这一点呢。哦,他怎样地为自己描绘着一张圣徒的像啊,为了头上那道光圈，他抛却了一个人的真情实感。

因此他没有圆圆的勇气。她可以走，想上哪儿就上哪儿。

想上哪儿就上哪儿，像圆圆那样，行吗？

郑子云渴望它，却又自己把它丢失。他谁也不能怨。

挣脱外界的束缚也许并不困难，而在挣脱自身的束缚，跨越自己的思想障碍时，人们却常常失败。

郑子云真愿意年华倒转，像圆圆那样，一切对她要比对郑子云容易得多。

风吹得更紧了，郑子云觉得更冷，从脚尖一直冷到手指头尖，还有胸口。

孤独。他身旁没有了一个亲人。

他茫无目的地向前走去。

下雪了。一片片大大的雪花，漫天地飞舞，像一只只小小的白蝴蝶。

蝴蝶。

圆圆六岁的时候，在医院里割扁桃腺。他在那张白色的小床旁边守了许久，听着她那均匀的、甜甜的呼吸，看着白被单上胖嘟嘟的脸蛋，他想到过对圆圆，对圆圆这后一代人的责任。但那责任究竟是什么呢？难道仅仅是在他们脚下垫一条路吗？

圆圆睡醒过来，问：“妈妈呢？”

“妈妈有事。嘘，不许说话。”他那时就开始欺骗圆圆。可是能怪他吗？他怎么能对圆圆说，妈妈正在北京饭店参加舞会？

“讲个故事，爸爸。”她声音沙哑地请求着。

他不会讲故事。他也从没想到，除了在圆圆的脚下铺一条路外,他们还需要听故事。

"啊,讲什么故事呢?"他开始在记忆里搜索,不,不行,这一条思维好像断掉了。

圆圆失望地看了他好久。郑子云惶惑地想:是啊,一个不会讲故事的爸爸,或在孩子割扁桃腺的时候还去参加舞会的妈妈,是多么不完整的爸爸和妈妈啊。过了一会儿,圆圆又问:"爸爸,蝴蝶是什么变的呢?"

"蝴蝶是毛毛虫变的。"

"您骗人。"圆圆不肯相信,那么美丽的蝴蝶,就是那丑陋的毛毛虫变的。

圆圆也许早已忘记这件事了,就连郑子云,也不知道自己怎么会突然想起这久已不忆的小事。

美丽的蝴蝶,正是那丑陋的毛虫变的,经过痛苦的蜕化。但即使经过痛苦的蜕化,也不一定每一条毛毛虫都会变成蝴蝶,也许在变蛹、做茧的时候,没有走完自己的路,便死掉了。真正走完这历程的,有几分之几呢?

他也是一个正在变蛹、做茧的毛虫。

"圆圆,不要把爸爸想得太好,你要允许和承认我也是一条毛虫,正在经历着痛苦的蜕变,也许不一定变成蝴蝶便死掉了。"郑子云在心里悄悄地对女儿讲。

不,为什么要在心里悄悄地讲呢?他应该当面去对圆圆讲,对那没有见过面,却已经被他伤害过的莫征讲。

几点?快十一点了,还有末班车。

刘玉英打着哈欠,拖着两条几乎失去知觉,像是变成了木头棒子的腿往楼上爬。

明天就过新年了。这些天的活特别忙,烫头发的人太多,加班加点,从早上八点一直干到晚上十点,两条腿都站木了。她自己的头发脏得都快结成板了,也没时间洗一洗。

小强晚饭怎么吃的? 早上她就把菜炒好了,和馒头一块放在笼屉里,锅里添好了水,坐在炉子上。交代过小强,吃的时候,打开煤气,划根火柴点着火,馏一馏就行。不过叶知秋准又把小强拉到她家吃饭去了。老这么麻烦人家,心里真是过意不去。刘玉英不知动员过叶知秋多少次,把头发烫一烫,她一定把最好的手艺都给叶知秋使上。

叶知秋每每听见这话,都不由地用双手捂着脑袋说:“得了,得了,您让我好好活两天吧。”

吓得那个样子,好像就这么说说,也会把头发说出卷来。

人恃衣服马恃鞍。要是给叶知秋捯饬捯饬,没准看上去会好看一点。

该往三层楼上爬了。刘玉英停下喘口气。怎么回事,她听见有人在哼哼,就在顶近的地方。她往楼梯底下看看,没人。赶紧往上走去,啊! 楼梯上歪着一个上了年纪的男人。

“同志,同志,您,您这是怎么了?”刘玉英慌了手脚,想去搀他。

郑子云张开双眼,连连摆手,示意她不要动。又指了指散落在地上的白色药丸,又指了指自己的嘴。

刘玉英明白了,立刻捡了几片,塞进了郑子云的嘴里。然后,她立刻去敲叶知秋的门。“老叶,老叶。”

门开了,却是三个人的笑脸:叶知秋,莫征,还有那个常来的,挺漂亮的叫做圆圆的姑娘。

“快,快!有个人病倒在楼梯上了,看来不轻。”刘玉英紧张极了。

叶知秋、莫征、圆圆三个人立即随刘玉英跑下楼梯。

啊!!!

“爸爸!”圆圆扑过去。

“老郑!快,莫征,去叫出租汽车。”

郑子云闭上了眼睛,好像他终于到了终点。

没想到在这样一种情况下和莫征见面,太戏剧性了。但愿莫征和圆圆不要误会他是来闹架的。

“呜——呜——”圆圆又开始哭了,她懊悔万分,觉得全是自己的罪过,气坏了爸爸。“爸爸,爸爸!”

叶知秋厉声地说:“不许哭,不要摇他也不要动他,让他安静。”她伏下身去把自己的胳膊垫在郑子云的头下。“去,先去拿个枕头来。”

圆圆像是傻了,没有听懂叶知秋的话,竟一动未动。唉,毕竟是孩子,刘玉英赶紧跑去拿枕头。

出租汽车怎么这么慢啊!叶知秋恨不得拖住那无形飞去的时间,她觉得每过一秒,郑子云离危险的时刻便更近一点,她的头上开始渗出大颗大颗的汗珠。

天,这个人绝不能就这样地去了,这样优秀的人,中国不是太多,而是太少。

圆圆把脸贴在郑子云那冰凉的、满是冷汗的手心上。“啊,爸爸,爸爸,我一定更好地疼您,爱您。只求您不要记住我说过的那些话,您是个好爸爸,我懂,爸爸,我懂得您。其实,我心里一点儿也不糊涂……”

"别说了圆圆,让他安静。"叶知秋发脾气了。

出租汽车终于来了。

莫征抱起郑子云。

哦,这男孩的胳膊多么有力啊。好像有股生命的活力,从莫征那有力的胳膊,流进郑子云衰竭的身体,真好！好像他变成了一个婴儿,靠在一个巨人的怀里。放心,他不会死的。郑子云睁开眼睛,莫征那对黑宝石一样的瞳仁,正定定地看着他。那对黑眼睛里,有一种不屈不挠的,对他也许会远去的生命的呼唤,又有一种磁石般的引力,把那已经飘摇的生命稳住。

郑子云努力对他微笑。哦,有这样一个儿子该多好。

尾　声

电话铃响了。

深更半夜,真是讨厌透了,连觉也不让人睡个安稳。田守诚翻个身,又睡了过去。

又响了,大概整整响了十分钟,也许有什么急事。田守诚睁开眼睛坐了起来,伸着两只脚在地板上来来回回地摸索着拖鞋。他妈的,左脚穿到右脚上去了。

"喂——"田守诚万分不耐烦地拿起话筒。

"田部长吗？对不起,打搅您休息了。"纪恒全也会在自己的嘴上抹蜜,他的话也不是一字千金的不舍得往外抛,只是看对谁而已。

"什么事啊——"田守诚拖长了声音。话筒里,他听得见纪恒全"咕嘟"一声,咽了口唾沫,好像面对着一盘令人馋涎欲滴的大菜。

"郑部长心肌梗死住进监护病房了。"纪恒全的声音听起来发紧,好像在努力地憋着嗓子眼儿里的笑。

"啊!"田守诚的困劲,顿时飞得无影无踪。"怎么搞的?"

"听说是在那个女记者家里,晚上十一点多钟的时候。"这句话,纪恒全说得很快,噎得他差点儿出不来气。他怕,怕自己没把这消息传遍全世界,便一眨眼死掉。他像电影上那些打入敌营的特工人员,终于夹着一大摞情报,胜利地返回司令部向首长汇报战果那么惬意。

"啊……"这啊字从最高音滑向最低。"你一定告诉医院领导,说我请求医院给予最好的护理,派最好的医护人员,用最好的药物……总之,郑子云同志是我们经济界里极有声望,极有贡献,极有影响的同志,一定要抢救过来。不然政治上的影响是很大的……你现在在哪里?在医院?好,我马上就来。"听起来田守诚真是关怀备至,体贴入微,心急如焚。

放下电话,映入他脑子的是十二大代表最后的投票结果:一千零六比二百八十七。

自从和郑子云刺刀见红的一战之后,郑子云的票数反而从八百八十七增加到一千零六,这真是赔了夫人又折兵,偷鸡不着蚀把米。

他已经灰心了,无望了。然而想不到事情会突然发生这样的逆转。

啊,这一下,郑子云当不成十二大代表了。

田守诚比往日更加庄重地坐进小汽车,即使在这深更半夜他也衣冠楚楚,像去赴一个盛大的招待会。

他低头看看手腕上带日历的夜光表,时间是一九八一年一月一日凌晨三点四十一分。

一九八一年四月十六日脱稿

一九八一年十一月第二次修改

一九八三年九月二十日第三次修改

一九八三年十二月十三日第四次修改稿

“新中国70年70部长篇小说典藏”书目

书　名	作　者	书　名	作　者
风云初记	孙　犁	白鹿原	陈忠实
铁道游击队	知　侠	长恨歌	王安忆
保卫延安	杜鹏程	马桥词典	韩少功
三里湾	赵树理	抉　择	张　平
红　日	吴　强	草房子	曹文轩
红旗谱	梁　斌	中国制造	周梅森
我们播种爱情	徐怀中	尘埃落定	阿　来
山乡巨变	周立波	突出重围	柳建伟
林海雪原	曲　波	李自成	姚雪垠
青春之歌	杨　沫	历史的天空	徐贵祥
苦菜花	冯德英	亮　剑	都　梁
野火春风斗古城	李英儒	茶人三部曲	王旭烽
上海的早晨	周而复	东藏记	宗　璞
三家巷	欧阳山	雍正皇帝	二月河
创业史	柳　青	日出东方	黄亚洲
红　岩	罗广斌　杨益言	省委书记	陆天明
艳阳天	浩　然	水乳大地	范　稳
大刀记	郭澄清	狼图腾	姜　戎
万山红遍	黎汝清	秦　腔	贾平凹
东　方	魏　巍	额尔古纳河右岸	迟子建
青春万岁	王　蒙	藏　獒	杨志军
许茂和他的女儿们	周克芹	暗　算	麦　家
冬天里的春天	李国文	笨　花	铁　凝
沉重的翅膀	张　洁	我的丁一之旅	史铁生
黄河东流去	李　準	我是我的神	邓一光
蹉跎岁月	叶　辛	三　体	刘慈欣
新　星	柯云路	推　拿	毕飞宇
钟鼓楼	刘心武	湖光山色	周大新
平凡的世界	路　遥	大江东去	阿　耐
第二个太阳	刘白羽	天行者	刘醒龙
红高粱家族	莫　言	焦裕禄	何香久
雪　城	梁晓声	生命册	李佩甫
浴血罗霄	萧　克	繁　花	金宇澄
穆斯林的葬礼	霍　达	黄雀记	苏　童
九月寓言	张　炜	装　台	陈　彦